CONFETI

Confeti
és l'obra guanyadora del Premi Sant Jordi 2023,
que convoca Òmnium Cultural i edita conjuntament
amb Edicions Proa.
El jurat del Premi Sant Jordi era constituït per
Sebastià Alzamora, Maria Dasca, Manuel Forcano,
Marcel Mauri, Mercè Sàrrias, Simona Škrabec
i Carme Vidal Huguet.

CONFETI

JORDI PUNTÍ

PREMI SANT JORDI

Proa

Primera edició: febrer del 2024

Disseny: Òmnium Cultural
Maquetació: La Letra, S.L.
Il·lustració de la coberta: © Maria Picassó

ÒMNIUM Proa

Raval Edicions SLU, Proa
Diagonal, 662-664, 08034 Barcelona

Imprès a Blackprint CPI

Dipòsit legal: B. 2.103-2024
Imprès a la UE
ISBN: 978-84-19657-57-2

PEFC Certificat
Aquest llibre procedeix de boscos gestionats de forma sostenible
PEFC
PEFC/14-38-00305
www.pefc.es

Aquesta és una obra de ficció. Tot i que sovint s'han utilitzat noms, fets i circumstàncies de persones reals i públiques, els personatges i situacions que s'hi reflecteixen són obra de la imaginació de l'autor.

Taula

A la Steffi

«L'ego només és confeti, després s'ha d'escombrar».

ANA MILÁN, actriu i humorista

«Smile all the time».

WILCO, *How to Fight Loneliness*

«I want to play these Cugat records Mama gave me.
I've been wanting to hear them all day».

SAUL BELLOW, *Dangling Man*

«Showtime!».

GUILLERMO CABRERA INFANTE, *Tres tristes tigres*

Intro

No vol plorar. Sent que li pugen les llàgrimes, però es mira fixament al mirall del camerino i el seu rostre seriós li diu que aguanti. Parpelleja tres cops seguits perquè les pestanyes postisses es posin bé i li cau una llàgrima, una i prou, que corre a eixugar-se amb el dors de la mà, amb ràbia. Està sola. Ara ja fa uns quants anys d'aquesta victòria que al principi semblava impossible: un camerino propi, per a ella i ningú més. Al principi de tot, quan l'acompanyava sa mare, feien sortir en Xavier amb l'excusa que arreglar-se per a l'actuació era cosa de dones. Després, ja casats i sense la presència constant de la mare, havia arribat un punt que trobava humiliant haver-se de canviar sempre amb ell, com si fos una protegida seva o, encara pitjor, una nena indefensa i tòtila. Durant un temps, després, li agradava arribar a la sala on actuarien i veure el seu nom escrit a la porta —Abbe Lane—, però ara tota aquesta comèdia més aviat la fastigueja, com si ell la contaminés, per això de tant en tant li venen ganes de plorar. Sort n'ha tingut els últims temps, d'aquesta soledat de camerino i de totes les estones guanyades per aïllar-s'hi. El món que ell li fa habitar s'ha anat convertint en una bombolla d'aire viciat. Aquí dins no hi arriba.

Durant l'assaig no s'han mirat ni una sola vegada, cada un fent el seu paper. Quan el director d'escena els aturava per fixar algun detall tècnic, ja fos dels moviments d'ella i els ballarins, o de la posició dels músics a l'escenari perquè la càmera la pogués enfocar bé, ell s'hi acostava amb impaciència per corregir-li una inflexió de la veu o un accent mal posat. Ella li feia morros i l'ignorava, com si no hi fos. Llavors ell alçava el coll i es feia l'ofès amb exageració, perquè tothom al plató es pensés que és un joc entre ells dos. L'amansiment de la fúria. La disputa havia començat feia una estona, de sobte, encara que també es pot veure com un episodi més en una batalla que fa temps que dura i s'allargassa gràcies a les treves voluntarioses que s'ofereixen l'un i l'altra.

És el 16 de desembre de 1962 i fa dies que els carrers i aparadors de Nova York ja estan engalanats per invocar l'esperit nadalenc. Quan han baixat del taxi davant del teatre on actuaran, a la cantonada de Broadway i el carrer 53, hi havia un Pare Noel de l'Exèrcit de Salvació que tocava una campana i brandava una galleda amb monedes, i en Xavier hi ha deixat un bitllet de deu dòlars, una quantitat generosa. Aleshores, com si de sobte fos conscient que s'acostaven les vacances de Nadal, ella ha comentat que tenia moltes ganes de tornar a veure els seus pares.

—Passarem les festes aquí, oi? —ha dit—. Entre actuacions i gires fa tres mesos que no els hem vist.

En Xavier s'ha aturat i l'ha mirat amb escepticisme.

—Però si fa setmanes que ho vam decidir, Abbe. La meva secretària ens va reservar bitllets per volar a Acapulco.

Ella s'ha desmuntat de cop. Mèxic. No ho suporta i, a més, no recorda que ell li comentés res. És on passava el Nadal amb les altres dues dones, abans que ella. Hi van anar un any, al principi d'estar casats, i ella es va enyorar dels seus pares i es va avorrir com una ostra, mentre ell no parava de saludar coneguts i fer el maco amb els seus èxits a Hollywood.

—Ni pensar-hi —diu l'Abbe, envalentida—. El Nadal és per estar amb la família. Tu fes el que vulguis, però jo em quedaré a Nova York.

—Ja ho veurem... —respon ell, i es fa el silenci.

Quan són al davant del teatre, ell s'avança, li aguanta la porta perquè passi primera i li fa una reverència que no sap si vol ser conciliadora o foteta.

Ara ella rumia que hi ha dos silencis diferents. El de quan estan junts, que a estones es carrega d'una pesantor mortificant i eixordadora, i el de dins el seu cap, que és un silenci tou i blanc i fa que totes les coses s'aquietin en harmonia. Potser per això ha començat a pensar que vol separar-se d'ell. Personalment i musicalment. La seva mare li diu que s'esperi una mica, que ha de tenir més renom per volar tota sola, i ella s'indigna perquè al principi era la mare precisament qui es malfiava de les intencions d'en Xavier. En canvi, ara que ja fa deu anys que estan casats i sap que guanya molts diners, el defensa i li costa imaginar-se una ruptura.

Al reflex del mirall veu el vestit que ha de portar aquesta nit, agafant forma al maniquí. Llarg i estret perquè li marqui tota la figura, amb les espatlles al descobert i estrellat de lluentons. Potser és massa just per ballar, i més amb uns talons tan alts com els que portarà, però no s'ha queixat perquè ja li agrada que tingui el caient sinuós del seu cos, així les càmeres es fixaran més en ella. Han decidit que cantarà dues cançons, una en anglès i una altra en italià, i després l'orquestra tocarà *Desafinado* i ella només ballarà, donant voltes per tot el plató com una baldufa, amb la gràcia que hi sap posar.

Anant cap a l'assaig, pel passadís, s'ha creuat amb una noia que aquesta nit debuta al programa. Es fa dir Barbra Streisand i, tot i que només té vint anys, tothom en parla. Portava un vestit blanc, d'una puresa virginal, i quan s'han saludat li ha dit que l'admirava molt. Ella l'hi ha agraït amb sinceritat, commoguda, i ara que torna a estar sola les seves paraules tímides li fan reviure aquella edat tan tendra. La mateixa innocència d'una nena de Brooklyn, de família jueva, però també la mateixa decisió per sobresortir fent el que t'agrada. Sembla impossible que amb aquesta noia només es portin deu anys. A la seva edat, ella ja s'havia casat amb en Xavier i tot el que ell deia o feia li semblava una lliçó. Tenia dinou anys, aleshores, i ara acaba d'estrenar la trentena. Els va fer abans-d'ahir, de fet, trenta anys, un tros de vida, i ella i en Xavier només van tenir temps per celebrar-ho a dalt de l'escenari, brindant amb una copa de xampany mentre l'orquestra li tocava el *Happy birthday* i el públic deixava de ballar per cantar i aplaudir-la. ¿On eren, per cert? Totes les sales de concert s'assemblen, igual que les estacions d'autobusos i les habitacions d'hotel.

Truquen a la porta i des de fora una veu suau de noia li diu que falten vint minuts per a la primera actuació. De fons se sent el piano de Liberace, que toca una versió molt refistolada de *Moon River*. No està gens nerviosa. Al llarg dels anys ja han actuat en aquest teatre uns quants cops, al xou d'Ed Sullivan i altres programes de varietats a la televisió. Es coneix de memòria el plató i sap que al final les coses sempre surten bé. Només s'ha de deixar portar per la música i en algun moment, quan balli, acostar-se a en Xavier. Llavors els enfocaran junts mentre ell marca el compàs i es desentén de l'orquestra per dedicar-li una mirada retuda, plena d'admiració.

Sí, en Xavier. Fa una estona, quan tornava de l'assaig per un dels passadissos entre bastidors, ha sentit una conversa entre la maquilladora i la perruquera. S'estaven assegudes sobre unes caixes del decorat, en un racó, fent temps mentre fumaven un cigarret, i parlaven d'ella —d'ells dos—. Com que no la veien, l'Abbe s'ha quedat quieta per escoltar-les. Elogiaven la seva bellesa sense esforç, encara més impressionant quan la tens a prop, deia una, amb aquella disposició natural que la fa ingènua i un segon després, només que giri el cap, la converteix en un animal salvatge.

—És que no pots deixar de mirar-la —diu—. És com una Marilyn, però amb els cabells pèl-rojos, que són més sensuals.

—Sí, no entenc com pot estar amb aquest home... —sent que diu l'altra. La seva entonació li fa pensar que ja n'han parlat algun cop.

—Ja, nena. Jo tampoc —calla uns segons, pensativa—. Se li

ha de reconèixer que tota la vida ha sigut un seductor, i és molt simpàtic amb tothom, però és que podria ser el seu pare.

—¿El seu pare? El seu avi i tot, podria ser. ¿Quants anys deu tenir? Com a mínim setanta.

Riuen, i una d'elles s'ennuega amb el cigarret. L'Abbe fa marxa enrere discretament i torna al camerino per un altre passadís. En té seixanta-un, ell, a punt de fer-ne seixanta-dos. Li dobla l'edat, però és veritat que quan estan junts sembla encara més gran per contrast. En va començar a ser conscient fa un parell d'anys, després de la temporada que va passar a Itàlia fent pel·lícules, lluny d'ell. Es mirava les fotos que havien sortit a les revistes, amb els actors i directors italians, i en totes feia tanta cara de felicitat que ella mateixa se sorprenia. Ara es torna a mirar al mirall i no s'hi sap reconèixer. ¿I si resulta que al costat d'ell envelleix més de pressa?

Es posa el vestit de lluentons per dissipar aquesta estranyesa incòmoda. Tornen a trucar a la porta i és la perruquera, precisament, que ve a fer-li els últims retocs al pentinat. La mira amb uns ulls embadalits i li diu que cada dia està més guapa. Ella li dona les gràcies sense gaire atenció, abstreta en els seus pensaments. D'ençà que van trobar morta la Marilyn Monroe, ara fa quatre mesos, li agafa una mena de basarda cada cop que algú la tracta com una deessa, tan perfecta que el dolor no hi pot entrar. Quan es va saber la notícia terrible, a l'agost, acabaven de tornar d'Espanya i un periodista idiota de Madrid els va telefonar, de matinada, només per preguntar-li com se sentia, i si ella es considerava una de les hereves de la Marilyn. Li va penjar el telèfon sense respondre. El record d'aquella trucada, com una premonició funesta, l'entristeix encara més i la maquilladora prova d'animar-la, dient-li que ja té ganes de fer vacances per Nadal. L'Abbe li somriu per compromís, des del mirall, i aconsegueix dir-li que ella també.

—Quan arriba aquesta època de l'any totes estem esgotades... —diu la perruquera—. Fa un moment el senyor Cugat ja m'ha explicat que aquest Nadal toca descansar i no aniran enlloc. Res com a casa, amb la família, oi?

La cara se li il·lumina de sobte i, assentint amb alegria, dona les gràcies a la perruquera. Una petita victòria, una altra treva. Abans de sortir, la noia li llança una última ullada, entre admirada i inquieta. Ha de trobar de seguida la seva amiga maquilladora per explicar-l'hi. Aquests canvis d'humor, pensa, només els fan les embarassades —però no, ara ja no.

Passen tres minuts i en Xavier treu el cap per la porta, sense trucar, per dir-li que és l'hora. S'adona que al final ha deixat el chihuahua al seu camerino, com ella volia (cada cop suporta menys aquests pobres gossets). Ell la repassa de dalt a baix, com fa sempre, i també com sempre li diu que no hi ha ningú tan exuberant com ella. L'adjectiu li omple la boca. Enfilen el passadís cap a l'escenari i ell li passa el braç per l'espatlla, en un gest de confiança habitual abans d'una actuació. L'abraçada és suau, però ella sent un calfred. ¿És suau de debò? Els seus dits l'estrenyen amb una pressió que està a punt de fer-li mal, però també pot ser que s'ho imagini. Quan ja s'acosten a l'escenari i els focus els il·luminen amb tota l'esplendor —el presentador anuncia els seus noms i creixen els aplaudiments del públic—, ell encara té temps de dir-li en un to una mica irritant:

—Enrecorda-te'n de somriure quan cantis, eh? Somriu!

1. La creació del personatge

Els científics asseguren que el vuitanta per cent del cervell humà és aigua. També diuen que un somriure ens fa moure disset músculs de la cara i que al matí, quan ens llevem, som un centímetre més alts que a la nit, quan anem a dormir. Que compartim el cinquanta per cent del nostre ADN amb un plàtan i el noranta-sis per cent amb un ximpanzé. Saben moltes coses, els científics. Però hi ha una altra dada que no comenten, potser perquè no es pot demostrar dins els límits pragmàtics d'un laboratori, i que és el resultat de la meva observació de l'espècie humana durant cent tres anys d'anar pel món (sí, soc vell i fins i tot molt vell, però encara no repapiejo). La dada és aquesta: el quaranta per cent de la vida humana, calculo jo, és una ficció. Una mentida. Una entelèquia. Un giravolt de la imaginació, si voleu. Una novel·la. Una broma.

Gairebé la meitat de tot el que vivim, ves per on. ¿Com és que he arribat a aquesta conclusió? Com deia un company periodista que vaig conèixer fa més de setanta anys a Califòrnia, quan tots dos ens deixàvem embadocar pels dies daurats del nou Hollywood: «Pensem-hi una mica. I després pensem-hi una mica més». Ens agrada creure que toquem de peus a terra. Provem d'ordenar la realitat quotidiana en milions de sentències, analitzem tesis i experiments que ens donen sentit com a humans, però no és pas menys cert que una part de tota existència és falsa, inventada, una producció de la nostra ment fantasiosa. Els optimistes ho veuen tot de color rosa i els pessimistes ho veuen tot negre. Entre els dos colors, vivim envoltats de misteris que voldríem resoldre i, quan no en tenim prou, ens els fabriquem: enganys, il·lusions, somnis, esperances, malentesos, enveges, trampes, desitjos... Tot el que us pugueu imaginar! Fantasies eròtiques i trastorns de personalitat; fal·làcies familiars i rumors divulgats per fer mal a algú; complots del paranoic i maquinacions del gelós. Una porta invisible separa la realitat de la ficció i constantment la traspassem.

Pensem-hi una mica, i després pensem-hi una mica més. Un home rep una carta de l'hospital, però no gosa obrir-la. D'ençà que es va fer les proves, més que res per descartar, la por el visita sovint i el cap se li dispara. Amb quina rapidesa els pensaments van cap al futur i el contaminen! Ell no ho sap, però n'hi hauria prou d'obrir el sobre i llegir els resultats per moure els disset músculs de la cara, i lliurar-se després a intrigues més amables. Mentrestant, l'endemà, o fa més de mig segle —no cal que tot sigui harmoniós—, un nen de set anys dorm en un refugi antiaeri de Londres. La mare l'acotxa amb una manta. A la llunyania, les canonades es barregen amb les sirenes i se li infiltren en el son: creix un somni on un tambor marca el ritme d'una desfilada militar, l'orquestra avança i ell va al davant, portant l'estendard que confirma que han guanyat la guerra. Potser ho va veure tot en un quadre pintat fa més d'un segle, al museu, i ara torna a la vida. Una gernació victoreja al seu pas i ell somriu orgullós. Mentrestant, en un altre continent, o al poble del costat, uns quants anys més tard, una noia dina al menjador de la feina. Cols de Brussel·les saltejades amb pernil, per exemple. No té gana. Les ha escalfat al microones i ara se les menja directament del túper. Està sola i a vegades sospita que els companys de feina li fan el buit, però no es vol amoïnar en excés. ¿Per què en diuen cols de Brussel·les?, rumia mentre mastega d'esma aquelles boletes, i de sobte se li ha obert una escletxa, un punt de fuga. L'aprofita. El pensament s'enlaira i va cap a la capital de Bèlgica. No hi ha estat mai, però de seguida s'afigura un carreró empedrat amb llambordes, una mica humit per la boira matinera, i es veu a si mateixa sortint d'una botiga... És un forn de pa, parla en francès, va vestida amb un abric verd fosc i du el coll alçat perquè és el mes d'abril i de bon matí encara fa fred... Si ara tingués la seva germana gran aquí al costat, la vídua, la que ha anat a viure amb ella, li diria: «Nena, no ho facis això de somiar desperta. ¿Que no ho veus que no et fa cap bé? Després et queixes que estàs deprimida».

I així anar fent. Podria seguir explicant històries semblants, inventades o reals o sentides d'algú altre, però no vull perdre més temps demostrant el que és evident. La meitat de la nostra existència és una ficció. Tots ens lliurem a realitats paral·leles que ens conforten o són un refugi o potser ens fan patir, però no ho podem ni ho volem evitar, i sovint ens sentim més vius en les invencions que no pas en el món que ens obliga a respirar. Per això hi tornem. Algú em dirà que predico amb l'exemple i aquestes pàgines són una aventura fabulosa i plena de falòrnies. No penso pas desmentir-ho, cadascú que les llegeixi com vulgui. Les meves intencions no es poden aturar davant d'eventualitats.

La xifra que dono del quaranta per cent és aproximada, esclar, sempre cal fer la mitjana. Hi ha éssers que passen de puntetes per la vida, sense sorpreses, com si el seu cervell fos tot aigua dolça i el cor els bombegés la sang a un ritme constant i monòton. N'hi ha que són tous i balbs i no gosen ni somiar, i el seu interior és tan buit que no hi trobaríem prou paraules per escriure'ls un epitafi. A l'altre extrem, però, també hi ha homes i dones de mil cares, que protagonitzen tres pel·lícules simultànies (i salten de l'una a l'altra com qui canvia de canal). Persones que es lliuren a la invenció sense miraments; caràcters descordats que semblen haver vingut al món per distreure els déus. Són aquests els que m'interessen: els camaleònics, els que tenen més d'una ombra, els actors que es fan la pel·lícula a mida, els jeckylls que viuen d'alimentar els seus hydes.

Entre el cinisme i l'atac sentimental, hi ha tot un espectre de possibilitats d'enganyar el dia a dia i deformar-lo perquè sembli el que no és, ni serà mai. És, també, un fenomen que es multiplica, perquè una argúcia en porta una altra, una evasiva obre possibilitats infinites, i t'hi acomodes, i t'agrada, i a poc a poc la invenció es disfressa de realitat. Tot dona tantes voltes que un dia ja no saps què és del dret i què del revés, quin avatar és el que et representa millor. Llavors et tornes boig o, si tens més sort, t'instal·les còmodament en el personatge. És aquell moment en què els cabells de la perruca, finalment, després de mitja vida de portar-la, semblen haver arrelat al crani.

Si parlo amb aquest convenciment és per experiència pròpia —ja anirà sortint, i confio que serà abans de morir-me—, però també perquè durant molts anys, dècades, gairebé un segle, vaig tractar un home així. Aquest individu excepcional es deia Xavier Cugat, encara que quan va començar a ser popular ell assegurava —amb gran part de raó— que el seu nom era Francesc d'Assís Xavier Cugat Mingall de Bru i Deulofeu. Li havia sentit recitar la tirallonga moltes vegades, en entrevistes a la ràdio o davant d'una cort d'admiradors, remarcant cada síl·laba a poc a poc, amb un ritme creixent, dalinià, com si així pogués transmetre uns aires de noblesa que li hauria encantat tenir. Pot ser que la idea d'afegir-se els quatre cognoms dels pares li vingués de Cuba, on havia viscut gran part de la infantesa i adolescència. O potser li havia agafat mentre s'hostatjava a l'hotel Waldorf-Astoria i, segons deia, es feia amb diplomàtics, maharajàs i membres de la reialesa de països tan remots que ni surten als mapes. O potser només era una altra facècia de les seves, una exageració destinada a subratllar els seus orígens catalans en un país tan bigarrat, els Estats Units, on tots els noms són possibles i no n'hi ha cap que faci estrany.

A més de referir-s'hi pel cognom, al llarg de la seva vida els americans també el van conèixer com De Brú, Cugie, Mr. Cugats Nugats i fins i tot X., una lletra amb tota la brevetat i la incògnita, encara que aquests dos atributs s'adeien ben poc amb el seu tarannà expansiu. Cadascun d'aquests noms, i certament la rastellera familiar, l'ajudava a eixamplar la seva fama, com si fos impossible que la música, les caricatures, els matrimonis, els chihuahues, els judicis, els hotels i les orquestres que va fer rodar pel món —tot allò que el va convertir en una celebritat internacional durant tants i tants anys— poguessin ser l'obra d'una sola persona i calgués repartir-los entre tots aquests altres sobrenoms.

El fet és que als ulls d'en Cugat la realitat sempre semblava millor del que era. Tenia el do de convertir-ho tot en una festa, com si la dissort no fos capaç d'importunar-lo, i quan alguna cosa fallava no li costava gens imaginar-se-la millorada. Ja aviso que arribarà un punt, en aquestes pàgines, que predicaré amb l'exemple i serà difícil destriar la realitat de la ficció, el que va passar del que hauria pogut passar. Alguns episodis us semblaran tan poc versemblants que els atribuireu a la meva fantasia, i tanmateix els meus ulls ho van veure perquè va succeir de debò. D'altres, en canvi, us els empassareu confiats, com un bombó deliciós, i seran tan sols un truc d'en Cugat —i, ara, meu— per embellir i fer més fascinant la seva llegenda. Els il·lusos i els temeraris em demanaran que els vengui una entrada per a la Galeria dels Records Inventats (el copyright és meu). També us aviso que això va per llarg, vull dir que a estones voldreu córrer perquè el ritme de la música us hi obligarà —de la música de les paraules—, i d'altres abaixareu la llum i buscareu un ambient íntim per paladejar un compàs més lent, mentre us banyeu en els reflexos d'una bola de mirallets.

Potser a hores d'ara ja us heu preguntat qui soc jo. Tot arribarà. No és important. Els periodistes estem acostumats a la indiferència, és el nostre èter. De moment només explicaré que al llarg de la meva vida he freqüentat en Cugat de manera intermitent. No és que fóssim amics íntims, això no, però teníem un vincle més contundent i alhora més vague que l'amistat, impossible de resumir en quatre frases. Diguem que el món és petit, els nostres interessos eren força coincidents i de tant en tant les casualitats ens unien —les casualitats i la meva impertinència professional—. Diguem també que el que m'hi feia apropar i allunyar-me'n, com una papallona nocturna davant la llum d'un focus, era la seva existència feliç. ¿Per què? Doncs perquè no me la creia. No del tot. M'atreia objectivament, però alhora em malfiava d'aquella alegria impostada de qui surt somrient a totes les fotos, de la seva música festiva, del seu èxit jovial. Aquesta felicitat a tot preu em fascinava i alhora em repel·lia, i per això no podia deixar de mirar-la. Però sense drames, sisplau: he viscut en tres segles diferents, tinc cent tres anys empolsegats i tot, absolutament tot, ha passat avall. ¿Que com em trobo, en aquesta edat? Bé, molt bé. És a dir, em cal una lupa per llegir la lletra petita. Sordejo força, però tot el que podria sentir, tot el que val la pena, ja ho tinc al cap. També he de fer una altra advertència: algú llegirà aquestes pàgines com un homenatge; d'altres, com una revenja més freda que el rosbif que servien de ressopó al Montmartre, passada la mitjanit. Tot em semblarà bé.

Fa un moment he anunciat la meva teoria sobre l'àmplia presència de la ficció en les nostres vides, i ja és hora que passi a la pràctica i ho demostri amb els fets. Tal vegada la millor manera de començar és explicant que un matí de juliol, quan tenia quinze anys, en Xavier Cugat va descobrir que era immortal.

Un detall important és que havia nascut amb les primeres hores de l'1 de gener del 1900. Tot i que encara faltava un any per a la data oficial, els pares havien decidit que era un fill del nou segle. El números rodons manaven. A vegades, de petit, si feia alguna marranada perquè estava gelós dels seus germans, la mare se l'asseia a la falda i el consolava dient-li que no patís, que aquella data rodona i perfecta el predestinava a fer grans coses.

—El primer dia, del primer mes, del primer any del segle xx... Què més vols, ratolí! —li recitava la senyora Àguila, comptant amb els ditets, i en la cantarella s'hi intuïa la vanitat materna. Al capdavall era ella qui havia fet diana portant-lo al món un dia tan especial. Unes hores abans, el seu fill hauria nascut vell, dins les escorrialles del 1899, en aquell segle pansit i decadent. Parint-lo quan tot just clarejava el dia 1, l'encomanava al futur amb la força dels escollits.

Tot i aquests precedents infantils, cal dir que la revelació sobre la immortalitat va agafar en Xavier per sorpresa. Era a la coberta d'un vaixell que es deia Havana i creuava pausadament els mars del Carib. Viatjava tot sol, o més aviat ho feia veure. Els tres primers dies, els núvols baixos i densos del tròpic havien embuatat el cel, com un sostremort sense escletxes, i la travessia se li feia lenta i carregosa. Havien perdut de vista les costes de Florida i, mar endins, el quart dia s'havia alçat d'un humor diferent. Com molts passatgers de segona classe, aquell matí en Xavier s'havia despertat molt d'hora, s'havia vestit i havia pujat a coberta. Després de tota una nit enxubat a l'interior del vaixell, a la llitera humida, envoltat d'homes mig despullats, que suaven i panteixaven de calor com ell, li feia l'efecte que sortir a l'aire lliure i que li toqués la marinada era com rentar-se la cara amb aigua fresca.

Es va acostar a la barana d'estribord, doncs, i s'hi va repenjar esperant que l'aire li portés algun esquitx del mar. Es va pentinar enrere els cabells dòcils, fent rasclet amb els dits. El fum del vapor sortia de les xemeneies de l'Havana i s'escampava pel cel dibuixant dues cintes blanques, que corrien paral·leles o es nuaven capritxoses i poc després es desfeien en l'aire. Al cap d'una estona, els núvols més gruixuts van retirar-se i una ullada de sol va raspallar el mar obert, la coberta, els passatgers. En Xavier va reaccionar a l'esclat de llum deixant vagar la mirada en l'horitzó i alguna cosa el va enlluernar. Potser era el sol que feia la rateta damunt l'aigua, o un peix que saltava amb una llampada d'escates, o potser era només la seva impaciència. El cas és que, tot d'una, encara que fos impossible, li va semblar distingir mar enllà la silueta d'una ciutat platejada. S'havia imaginat tantes vegades aquells edificis altíssims! Anava a Nova York i hi anava per triomfar-hi. Va posseir-lo una fiblada de transcendència. Va tancar els ulls i, de sobte, aquell miratge va cristal·litzar dins seu en una idea rebuscada: havia de viure cent anys exactes. Un segle. Fins a l'arribada de l'1 de gener del 2000. Ni un dia més, ni un dia menys. Era un bon tracte amb el destí. Així, si sabia el moment exacte en què moriria, si eliminava aquesta incertesa que rosega totes les vides humanes, es convertiria en un ésser immortal.

Es pot dir que aquesta convicció el va acompanyar fins a l'últim sospir. Primer com un pressentiment, després com un salconduit que li permetia no tenir edat i, al cap dels anys, com més a prop era del teló final, com una obligació contractual amb si mateix. Ara us podria revelar si en Xavier va arribar a bufar les cent espelmes o no, si va dinyar-la el dia del número rodó, però de moment m'ho guardaré per a mi. Com que l'he superat —en tinc cent tres, ¿ho he dit ja? Esclar que ho he dit, però repeteixo que no repapiejo—, m'haureu de perdonar aquesta i totes les llicències que puguin venir.

En tot cas, estarem d'acord que cent anys d'immortalitat era una xifra generosa, fins i tot una mica exagerada, però és que en Cugat no era una persona com tothom. Ell sentia que hi estava predestinat. El seu geni creatiu necessitava camp per córrer i un segle donava per molt. Portat per l'entusiasme, allà a la coberta del vaixell va cridar en veu alta per estar-ne més convençut:

—Soc immortal!

Al seu costat, una noia que duia un bebè a coll es va espantar i el va fulminar amb la mirada. La criatura es va posar a plorar i la mare va allunyar-se cinc o sis passos mentre engegava en Xavier a fer punyetes. Ell va saludar-la amb un somriure que volia ser amistós.

Encara que només feia quatre dies que havien sortit del port de l'Havana, en Xavier ja s'havia guanyat mitja fama d'excèntric entre els passatgers, com a mínim entre els que viatjaven a segona classe i havien de conviure-hi a totes hores. Hi ajudaven la vestimenta i el violí, que no abandonava mai, amb aquella funda de llana que li havia fet la mare (a casa no tenien diners per comprar un estoig de debò). Duia uns pantalons i una camisa de lli blancs, emmidonats en excés perquè aguantessin tota la travessa sense arrugar-se gaire, i semblava més gran i entenimentat del que era.

Un altre detall que el feia destacar entre els altres passatgers eren els dibuixos. De tant en tant buscava un racó a coberta, obria un quadern i es posava a perfilar el retrat d'algú que tingués a prop. Eren unes caricatures gracioses, fetes amb carbó i amb un traç segur: un home que jugava a cartes, una noia que es tapava la cara avergonyida, un nen que havia furtat la gorra d'un mariner endormiscat... Com que l'horitzó sempre era igual i al vaixell tothom s'avorria molt, de seguida l'envoltava un niu de curiosos. Seguien els seus gestos ràpids en un silenci respectuós, mirant com prenia forma el dibuix. Si de sobte feia un traç inesperat —un bigoti ridícul, un ull de vellut, una piga coqueta—, algú deixava anar un «oh!» d'admiració. Ell alçava el cap del paper i passava revista al seu públic amb aquell mig somriure que li feia els ulls petits i entremaliats. Quan havia acabat un dibuix, el firmava a baix a la dreta —Cugat—, l'arrencava del quadern i després el regalava a la persona que li havia servit de model.

En moments així, en Xavier solia aprofitar que ja tenia la

claca al voltant per mostrar l'autèntica passió que el dominava des de petit. No se'n podia estar. Guardava el quadern i, amb una solemnitat apresa dels concerts, treia el violí i l'arquet de la bossa i es preparava per tocar alguna cosa. Els que l'envoltaven feien tots una passa enrere, com si aquella sortida inesperada demanés més respecte. En Xavier es posava seriós i a mitja veu anunciava la peça que tocaria. En el fons era més tímid del que aparentava.

—Dedicado a todos ustedes, para animar esta travesía eterna, un fragmento de un concierto para violín de Donizetti...

Triava Donizetti, o Schubert, o Sarasate, que eren els compositors que estaven més de moda i els que ell havia estudiat a l'Havana. De seguida el so del violí embolcallava l'audiència improvisada i començava a temptejar els seus estats d'ànim. La majoria de passatgers, sobretot a segona classe, viatjaven cap a Nova York a ulls clucs, sense saber on els portaria el demà. Aquell trajecte era una sortida a contracor, una fugida, potser una aventura. N'hi havia que perseguien un futur fet de somnis, de cartes i postals familiars, de mesos estalviant per al bitllet. D'altres anaven a buscar-hi alguna cosa més abstracta, una clau de pas per al neguit interior. «Només són sis o set dies de travessia, si no va bé ja tornaré». «No et posis malalt, que a la frontera no et deixarien passar». «Per sort els blancs ho tenim més fàcil». Les notes del violí es propagaven per la coberta i aviat s'emmotllaven a totes aquestes inquietuds. Hi havia els que es deixaven portar per la melangia del moment, com si la música traduís l'enyorança que ja traginaven des de casa. Hi havia els que la seguien amb un nus a la gola, emocionats, perquè era la primera vegada que sentien de prop aquell instrument i ho veien com un indici de les novetats que buscaven. Hi havia els que fixaven la mirada en l'horitzó, tocats d'un patetisme sobtat, i els que se n'anaven al cap de mig minut, emprenyats perquè aquell mocós pretenia endolcir-los el tràngol amb quatre notes planyívoles.

En Xavier donava als seus moviments una gran lleugeresa. Sempre que tocava el violí en públic, ja fos al vaixell, al mig del carrer o a dalt d'un escenari, li semblava que tot ell creixia i es tornava més esvelt. Amb la música el cos se li despertava, els músculs es tensaven, el coll s'enduria, el pit se li inflava, les cames s'estiraven, els braços es doblegaven com si fossin de goma per dominar l'arquet, els dits es multiplicaven.

Aquell quart dia de travessia, al migdia, després d'adonar-se que era immortal, també va tocar davant d'uns quants curiosos. De sobte, quan estava a mitja actuació, se li va acostar un mariner uniformat. En Xavier el va veure de cua d'ull i durant un segon va pensar-se que li prohibiria tocar, però no, tot al contrari. El mariner es va esperar que acabés, li va entregar un sobre i es va quedar palplantat al seu davant. El grup va aplaudir i després es va dispersar. En Xavier va obrir el sobre. A dins hi havia un missatge, escrit amb lletra cal·ligràfica. Tot i que no acabava d'entendre el que deia, de seguida es va adonar que era una invitació i li va venir un estremiment d'orgull. El mariner li va explicar en un castellà de Cuba que avui era el 4 de juliol, dia de la Independència dels Estats Units. A la nit havien previst uns focs d'artifici sobre el mar, perquè tothom pogués celebrar-ho, però abans hi havia un sopar de gala al saló de primera classe, l'únic en tot el viatge. En total unes quaranta persones. El capità el convidava a la seva taula i li demanava si abans de les postres els podia delectar amb el seu art. L'havia sentit tocar unes quantes vegades a coberta i volia gaudir de prop de la interpretació.

Per tota resposta en Xavier es va mirar el seu vestit. Havia sigut blanc en algun moment, abans de sortir de casa, però ara només li semblava brut. El mariner se'n va adonar i li va dir que no es preocupés, ja li trobarien alguna cosa que mudés, amb corbata de llaç i tot. A les sis de la tarda s'havia de presentar a l'entrada del gran menjador amb aquella invitació.

L'adolescent Xavier ja no va tornar a baixar a segona classe. Seguint les ordres del capità, un suboficial li va trobar un llit a les habitacions de servei, junt amb els cambrers. No era gaire més confortable, però com a mínim li donaven menjar. Els dos dies següents de travessia, fins que van arribar a Nova York, els va passar entretenint el passatge de primera. Feia el mateix que havia fet els dies anteriors, però ara la coberta era més ampla i lluminosa i els espectadors aplaudien les seves interpretacions amb més convicció. Fins i tot n'hi havia que li allargaven alguna moneda, que ell refusava, o li compraven generosament les seves caricatures. Mentrestant ell es captenia amb una alegria una mica ingènua, més infantil que juvenil, d'algú que està acostumat a rebre elogis incondicionals, i en aquell petit ascens social hi veia la lògica de l'èxit. ¿No acabava de saber que era immortal? Doncs això.

A l'hora del sopar de gala, en Xavier va deixar el violí sota la cadira i va asseure's al lloc assignat a taula. A hores d'ara potser ja heu endevinat que jo també era un dels convidats. Acabava de fer divuit anys i era un jove tan malcriat que res no em motivava, més enllà de les distraccions femenines de la meva edat. El meu pare, un liberal que feia negocis amb la importació de sucre de canya, tornava a Nova York després de tancar tractes a Cuba. Jo, l'hereu, l'acompanyava perquè em convenia «veure món» i aprendre com funcionaven les relacions comercials. (Encara no ho sabia, però aquell viatge m'havia inoculat el verí del periodisme musical, com ja explicaré més endavant.)

Comptant-hi el capità, aquella nit érem deu a taula. Gràcies als concerts amb l'orquestra del Teatro Nacional de l'Havana, on tocava d'ençà que tenia dotze anys, en Cugat sabia reconèixer la gent de classe alta, aquella simpatia superficial, el gest despreocupat, la conversa fàcil. Li agradaven. De seguida, doncs, va comprendre que tots plegats formàvem part d'una certa elit social, tant de l'Havana com de Nova York. A la taula hi havia un cirurgià amb la seva dona —l'havien aplaudit amb fervor des de la primera fila en un concert al teatre—, un empresari de Cleveland que havia ficat el nas a la mineria cubana, un matrimoni de rendistes de Nova York que tornava de visitar un oncle díscol, una noia de Baltimore que havia anat a estudiar els ocells tropicals per encàrrec del Museu d'Història Natural... En fi, aquesta mena de gent. El capità ens va presentar en Xavier com una «jove promesa cubana de la música clàssica» i va llegir el seu nom a la invitació. El va pronunciar en anglès, dient alguna cosa com ara *Ex-sèviar Cúgat*. Amb els anys tots els americans se li adreçarien així, però aquell primer cop li va semblar massa extravagant i va gosar corregir el capità:

—Xavier. Xavier Cugat. O Javier, si lo prefieren.

—Ah, ¿eres catalán? —va fer el meu pare, amb la mica de castellà que havia anat aprenent a les diverses estades a l'illa—. ¿Cómo es aquello que dicen los negros cubanos? «¡Quién fuera blanco, aunque fuera catalán!».

Vaig notar que tots dos, en Cugat i jo, ens posàvem vermells. Ell va riure-li la gràcia per cortesia i va fer una salutació a tota la taula. El capità va donar l'ordre perquè ens servissin. Com que no parlava anglès, en Xavier es refiava de l'instint per seguir les diferents converses. El meu pare —que seia al seu costat— li traduïa amb quatre paraules per on anaven els temes, ja fossin les últimes notícies de la guerra a Europa o el combat de boxa que havia perdut el gran Jack Johnson a l'Oriental Park. Ell ho escoltava tot com si prestés molta atenció, però sobretot menjava i bevia. Li costava dissimular que estava afamat. Quan va tenir el ventre ple, la seva atenció es va fixar en la noia de Baltimore, que feia cara d'avorrir-se mortalment. Se la veia una persona de món, avesada a l'entregent, gens tímida. D'una bellesa feréstega, duia els cabells molt curts per ser una noia. Ell només tenia ulls per a ella i, des de l'altre cantó de la taula, ella li va aguantar la mirada un parell de cops, però no va somriure gens.

En una pausa de la conversa, en Xavier es va dirigir al seu traductor d'urgència:

—Por favor, ¿puede preguntarle a la señorita si le gusta la música clásica? Algo de su persona, quizá su porte tan distinguido, me hace pensar que así es. Más tarde me gustaría dedicarle una melodía.

Abans que el meu pare pogués dir res, la noia va intervenir-hi:

—Em sembla que tots hem entès les pretensions d'aquest nano —va fer en anglès—, i la resposta és que no, gràcies. Encara ha de créixer una mica —després va agafar una copa de vi, va brindar en silenci i se la va beure tota d'un glop sense apartar la vista d'en Xavier.

El capità, que estava acostumat als inevitables xocs de personalitat d'un sopar entre desconeguts, va refredar la situació amb una pregunta per al jovencell músic. De fet, em sembla que era l'única persona d'aquella taula que li interessava una mica.

—¿I què hi va a fer a Nova York algú tan jove, si es pot saber?

—Oh, hi vaig a tocar el violí —va respondre ell—. I a guanyar-me la vida com a músic. No sé fer res més. Només dibuixar i tocar el violí.

El meu pare i el capità feien torns per traduir la seva tendència a la verbositat i així van aconseguir que ens entenguéssim tots en una barreja d'anglès i espanyol.

—Segur que se'n sortirà, no pateixi —va dir la dona del cirurgià—. Vostè és molt jove. L'hem vist actuar a l'Havana i té talent de sobres.

—Moltes gràcies pels compliments —va fer ell i, ennoblit, va agafar al vol l'oportunitat de parlar de si mateix—. Com li dic, no sé fer res més. Vaig començar a tocar el violí als sis anys. A vegades penso que hi estava predestinat, i que és com si la meva àvia, els meus pares i tota la colla, tota la família, haguéssim anat junts a l'Havana perquè jo pogués estudiar música. ¿Sap?, poc després d'arribar, els meus pares van llogar una casa al davant d'un fabricant de violins i guitarres. Es diu Salvador Iglesias i va venir de València, potser n'han sentit a parlar perquè és un mestre i un dia serà universalment famós. Sempre que podia, en lloc d'anar a jugar amb els meus germans, jo em ficava al seu taller i em quedava encantat veient-lo treballar. Tot em fascinava: l'olor de les resines, la paciència per dominar la fusta i calibrar l'instrument, el primer so que en treia i com l'anava precisant amb paciència... —En Xavier acompanyava les paraules amb uns gestos delicats, fent servir el ganivet del peix i la forquilla, com si volgués imitar allà mateix l'art del lutier. Estava tan concentrat que ningú gosava interrompre'l.— Un bon dia em va deixar agafar un violí de quart. Un altre dia em va ensenyar com es posaven els dits al batedor. Un altre em va regalar un arquet vell, perquè jugués. Els meus pares em veien tan encisat que per Nadal em van regalar un violí.

—¿És el que tocarà d'aquí una estona? —va interrompre'l el capità.

—No, no, aquest és nou. També me'l van comprar els de casa ara fa dos anys, quan vaig començar a tocar amb l'orquestra nacional de Cuba, però igualment el va fer el senyor Iglesias.

Aquell vespre tots vam escoltar embadocats les seves històries de nen superdotat —tots menys la noia de Baltimore, que seguia fent-se la desmenjada— i, quan va arribar el moment de la seva intervenció musical, se'ns va acabar de ficar a la butxaca. El capità va demanar silenci tot fent dringar una copa, el menjador va callar i va presentar en Cugat com una de les grans promeses de la música internacional. El noi va abaixar el cap amb humilitat i, tot seguit, amb una parsimònia apresa dels grans violinistes, es va posar bé l'instrument, va fer sonar quatre o cinc notes de preparació i va tocar una peça de Beriot. El lament del violí es va escampar pel menjador amb la solemnitat d'un fet excepcional (en un vaixell a alta mar tot sembla excepcional). Després, per mostrar un registre diferent, més popular i fàcil, va oferir un fragment d'una sarsuela de Chapí, no recordo quina, i al final el públic la va aplaudir amb més entusiasme. El capità va alçar una copa de xampany per brindar com a agraïment i, quan ja semblava que s'havia acabat, en Cugat va demanar silenci i, d'improvís, va posar-se a tocar l'himne dels Estats Units. Si era el 4 de juliol, bé que s'havia de commemorar la Independència, no? Desconec com era que se'l sabia, però a l'instant tots els convidats ens vam posar drets i, amb la mà al pit, vam començar a cantar. La catarsi col·lectiva va ser fenomenal. Els ulls del capità es van humitejar i tot, i jo, veient com en Cugat sabia temperar tota aquella emoció expatriada, només amb un violí i la seva actitud, vaig tenir clar que un dia aquell adolescent fanfarró es faria l'amo dels escenaris de Nova York.

Acabat l'himne, el capità va convidar-nos a tots a sortir a coberta per estribord i admirar els focs d'artifici, i vaig seguir el meu pare, que era un expert a situar-se sempre al millor lloc. Un senyal del capità i, tot d'una, el cel va omplir-se d'espetecs, palmeres de colors, cascades de llum que reverberaven en les aigües tranquil·les d'aquell estiu i durant uns segons feien oblidar la lluna. Des de les altres cobertes, a segona i tercera classe, la gent seguia el castell de focs amb una sèrie d'exclamacions exultants, com si la celebració ja els convertís una mica en ciutadans americans. Tot plegat va durar cinc minuts escassos, res de l'altre món, i quan es va extingir la traca final em vaig adonar que en Cugat era al nostre costat, mirant cap a un punt inconcret de la segona classe.

—Quina meravella, no? —vaig dir, tot fent-lo tornar al present. Haver compartit el sopar ens atorgava alguna mena de familiaritat—. La nit perfecta.

Ell em va mirar i va semblar que m'entenia.

—I per sort d'aquí dos dies ja arribem. En tinc unes ganes! —va fer ell en castellà. Havia agafat un clavell del ram que feia de centre de taula i se l'havia posat al trau de l'americana. També em vaig fixar que, mig amagat, en una mà duia un farcellet que havia fet amb un tovalló.

—Vostè no viatja sol, oi? —va interrompre'l el meu pare, tot assenyalant el paquet.

—No —va somriure murri—, són uns bombons que han sobrat de les postres. El capità m'ho ha permès, eh. Els guardo per a la meva germaneta Regina, que només té cinc anys. És la més cubana de tots nosaltres, perquè ja va néixer a l'Havana.

Ara va alçar la mà, sense dissimular, i va saludar un grup de gent que hi havia a la coberta de segona classe. Ens va explicar que eren la seva família.

—¿Se'n van tots a viure a Nova York?

—De moment, sí —va dir—. A veure si me'n surto i un dia els puc tornar tot el que m'han donat. M'han ajudat molt, els meus pares. I els mestres de l'Havana també. Fixi's que tot just la setmana passada em van organitzar un concert, a l'Asociación de Dependientes, per recaptar diners per al nostre viatge. Fins i tot hi va participar en Manolito Funes, aquell altre nen espanyol, tan espavilat, que toca el piano per tot el món. Em va donar uns quants consells. ¿N'han sentit a parlar?

—Sí, i tant —vaig dir jo—. Fa uns mesos va tocar a Nova York. «The boy pianist», deien els programes.

—Però escolti —va fer el meu pare—, si em permet fer el tafaner, ¿on s'estaran tota la colla quan arribin a Manhattan? Avui dia no és fàcil trobar un allotjament que sigui decent i barat. Arriben molts forasters cada dia, i el Lower East Side és un vesper.

—Ah, no, per això no patim gens. Tinc dos germans que ja van marxar fa uns mesos, i ens vindran a rebre al port. Han llogat un apartament ben ampli, em sembla que al barri de Harlem, però mentre no arribin els mobles ens estarem un temps a la pensió d'un català com nosaltres, el senyor Isidro Capdevila. Ho ha arreglat tot el meu germà gran, que és molt despert. També és artista, pintor de quadres, i fins i tot ja ha fet algunes exposicions. Es diu Francesc, però firma com a Francis Cugat. ¿El coneixen?

—Em sap greu, però no —va dir el meu pare, que començava a cansar-se d'aquell mocós.

—Doncs un dia o altre ja el coneixeran, segur.

Els dos dies següents, a mesura que ens anàvem acostant a la costa de Nova Jersey, vaig desxifrar qui era qui al clan dels Cugat. Una curiositat creixent m'havia permès entendre que el projecte de futur que els unia, gairebé es pot dir que l'aposta familiar, era la carrera musical d'en Xavier. Entre tots havien decidit que l'Havana li havia quedat petita i buscaven a Nova York una escena més internacional i exigent, com si la seva creixença, el fet de fer-se adult, hagués d'anar acompanyada de nous reptes. Des de primera classe, aquells dos dies, jo m'escapolia de la vigilància del meu pare i observava els seus moviments. Una semblança física, tant dels rostres com dels gestos, els convertia als meus ulls en una mena de troupe d'artistes que en tot moment s'enjogassava malgrat les penúries del viatge. El pare, o més aviat el patriarca, duia un d'aquells bigotis tofuts dels prohoms d'abans i es feia escoltar: proclamava les coses més que no parlava. La seva dona Àguila i la tia Maria, que viatjava amb ells, s'estaven tot el dia juntes; caminaven de bracet per la coberta i ocupaven les estones mortes fent mitja. I després hi havia els nens: l'Enric, que era pastat a en Xavier, però una mica més tímid, i la petita Regina, que retirava més a la mare. Mentre en Xavier es distreia a la coberta de primera classe, pintant, tocant el violí i fent gala d'una precocitat conscient, la seva família deambulava al pis de sota com els altres passatgers, omplint les hores en un compàs d'espera que oscil·lava entre l'alegria i l'ensopiment. S'ajuntaven per parlar amb gent del seu país, buscaven amics comuns, comentaven detalls del seu destí final, es discutien per nimietats que els neguits de la travessia exageraven. Sovint, enmig d'aquestes reunions o disputes, s'alçava la veu d'en Joan Cugat, greu i decidida, que pontificava i jutjava i semblava de tornada de tot.

L'últim dia, quan començava a clarejar, va ser ell també el primer que va albirar Nova York en la distància i va avisar els de la seva colla. Com els altres passatgers, van reunir-se a la coberta per admirar aquelles formes que creixien en la distància. El dia despuntava net i clar i, com si ja fos una benvinguda formal, van celebrar la visió de l'estàtua de la Llibertat, però a mesura que ens acostàvem al port de Battery Park, al sud de Manhattan, i el perfil dels edificis es dibuixava millor, se'ls va enterbolir una mica l'ànim i van rebaixar les exclamacions d'admiració. Ni rastre d'aquella ciutat platejada que s'havia imaginat en Xavier. Rere una boirina de fum i sutge, els edificis se'ls presentaven alts i bruts, amb les parets de maons descolorits, imponents però alhora amenaçadors, com si al dessota, al darrere, més enllà, no hi pogués haver res més que una forma de vida primitiva.

—Tots aquests edificis tan alts, déu meu senyor... Així de lluny semblen un manat d'espàrrecs —va remugar la senyora Àguila, i els altres van riure del comentari, com si això els ajudés a foragitar la desesperança.

La decepció també va apoderar-se dels altres passatgers que anaven a Nova York per primer cop i, així, els últims minuts i l'acostament al moll van transcórrer enmig d'un silenci tibant, que només trencava l'udol eixordador de les sirenes d'altres vaixells i estibadors. Com que viatjaven en segona classe i, a més, podien acreditar davant dels duaners que cadascun dels adults portava cinquanta dòlars a la butxaca, els Cugat es van estalviar la visita a l'infern d'Ellis Island. Mentre els de tercera classe, els pobres i els malalts pujaven al transbordador que els duria al tràngol fronterer, ells van passar la revisió mèdica a dalt del vaixell. De seguida els van declarar lliures per sortir al nou món.

Com a ciutadans americans, el meu pare i jo ens vam estalviar tots aquests tràmits i vam sortir abans. A baix al moll, però, mentre un mosso ens buscava transport, encara vaig poder fer l'última repassada als Cugat, perquè la veritat és que es feien notar. Com si dirigís la comitiva, carregat amb maletes i fardells, el pare baixava per la passarel·la amb l'altivesa d'un conquistador. En Xavier li anava al darrere, encalçant-lo com si tingués pressa per trepitjar terra ferma, amb el violí enfundat als braços igual que si portés un nadó, i el seguien els altres de la colla. A baix, entre la gentada, hi havia dos nois que els feien senyals i per l'aire de família vaig deduir que eren dos germans més d'en Xavier —el pintor que m'havia dit ell i un altre de més jove, que ara sé que era l'Albert—. La mare i la tia els van omplir d'abraçades ploraneres. En Francesc duia un plec de papers a la mà, com si tingués pressa per superar els tràmits d'immigració, i per un instant vaig recordar unes paraules d'en Xavier, quan m'explicava que estaven tranquils perquè el seu germà ja ho tenia tot arreglat. Aleshores m'havia semblat una fanfarronada juvenil, potser una il·lusió, però veient amb quina confiança afrontaven tots junts la seva sort al nou país, amb l'hereu que responia per ells davant la llei, vaig adonar-me que s'havien organitzat bé.

Ara, quan recordo aquell primer contacte amb en Xavier Cugat, tan atzarós i alhora tan important per a la meva carrera, sé que vaig tenir la sort de conèixer-lo en la seva versió més pura. Aquells dies, amb quinze anys de vida, el seu dipòsit de ficcions estava pràcticament buit i només l'alimentaven alguns records millorats de la seva fulgurant carrera amb l'orquestra del Teatro Nacional, quan la seva mare l'obligava a portar pantalons curts perquè allà dalt de l'escenari el públic no el confongués amb un nan. De fet, tot allò que vam viure al vaixell era fins i tot massa real, massa previsible dins de l'epopeia que se suposa que ha de viure un immigrant que vol triomfar —i que triomfa—, i al cap d'uns quants anys la seva memòria ja ho havia embellit amb un relat molt més heroic.

En el pic de la seva fama, vaig sentir-li explicar en més d'una entrevista que als quinze anys —però a vegades era als catorze, o als tretze, o fins i tot als dotze— havia arribat tot sol i desemparat a Nova York, amb el seu violí i una targeta d'Enrico Caruso a la butxaca. Era una de les primeres creacions que guardava a la seva Galeria dels Records Inventats, un reducte de la memòria que va anar creixent en paral·lel a la seva fama, i que ell es va arribar a creure com una veritat incontestable. Representava que anys enrere havia conegut el tenor Caruso a l'Havana, on l'havia acompanyat com a violinista en les seves actuacions, i s'havien fet amics perquè a tots dos els agradava dibuixar caricatures. Veient el seu talent musical, Caruso li havia recomanat que anés a Nova York a estudiar i li havia promès que l'ajudaria a trobar feina. El seu art no es podia malbaratar en aquell racó de món tan xafogós i ple de mosques. Només havia de preguntar per ell a l'hotel Knickerbocker, on s'estava sempre que feia temporada. Resulta, però, que en Xavier havia arribat a deshora, massa tard, i Caruso ja no s'estava a l'hotel. De sobte el noi del violí s'havia trobat tot sol en aquella ciutat immensa, sense ningú que pogués ajudar-lo, i havia dormit tres o quatre nits a la intempèrie, en un banc de Central Park, a mercè de tots els perills d'una gran ciutat a la nit, plena de buscavides, enredaires i facinerosos. Només el quart dia, per una casualitat meravellosa, havia conegut un pianista català que es deia Agustí Borgunyó, i aquell compatriota l'havia ajudat a guanyar-se els primers dòlars —tocaven junts en un restaurant— i a trobar una habitació a dispesa.

No em digueu que no és una història bonica. Visca la imaginació portentosa d'en Cugat. Tant li fa que la coneixença d'en Borgunyó no es concretés fins uns anys més tard, o que Caruso no actués per primer cop a l'Havana fins al maig del

1920, quan en Cugat ja no hi vivia, o que fos un altre artista cubà i d'origen català, Conrado Massaguer, qui de fet va intercanviar caricatures amb el tenor dels tenors. Amb els anys vaig anar descobrint que moltes d'aquelles històries eren ben reals, només que viscudes per algú altre. Per increïble que sembli, en lloc de fer-me desconfiar d'en Cugat, les seves fantasies me'l feien més entranyable i atractiu —i m'hi vaig aficionar tant que al final d'aquestes pàgines (si hi arribo) algun mestretites potser dirà que soc víctima d'una obsessió.

2. Heifetz, Elman i Zimbalist

Van haver de passar gairebé cinc anys fins que vaig tornar a veure en Xavier Cugat, i llavors ja parlava l'anglès sense gaires traves. La trobada va tenir lloc el maig del 1920, en una època en què tots dos ja havíem deixat enrere les pors i els dilemes de la primera joventut i ens movia una determinació vocacional, qui sap si massa encegada, per dedicar-nos a allò que ens apassionava. La música clàssica, en el seu cas, i el periodisme en el meu. Vist ara, amb la perspectiva de tota una vida, m'agrada pensar que és com si durant aquell parèntesi ens haguéssim preparat a consciència per quan coincidíssim de nou, i tanmateix els camins per arribar-hi no podien ser més oposats. Mentre ell rebia el suport de la seva família, amb uns pares que se sacrificaven econòmicament i uns germans que treballaven perquè tingués els millors mestres, jo havia de combatre els clixés classistes i bregar contra un pare que ja havia somiat per a mi, l'hereu, un futur al negoci familiar. Que inesperat, oi? La música seriosa i l'òpera, en aquest meu camí, havien de ser tan sols accessoris, una relació amb les formes de l'art que vertebraven la vida social i permetien contactes i converses de negocis al davant de tothom, als entreactes, als salons ben il·luminats de l'època: el Carnegie Hall, l'Hippodrome, l'Aeolian...

Seguint aquest guió, des de ben petits la meva germana i jo vam rebre classes de solfeig i de piano amb una professora que havia arribat de Lituània vint anys enrere. Tres cops per setmana, a la tarda, la senyora Sofija Zukauskas agafava el tren en algun punt de Morris Park, al Bronx, i feia una hora de camí fins a casa nostra, al carrer 83 tocant a Park Avenue, per malgastar el seu talent educatiu en dos nens consentits de vuit i deu anys. La meva memòria infantil, tan impressionable, la recorda amb uns cabells molt negres i llargs, trenats en complicades estructures que li adornaven el cap. Parlava amb un accent fort però melòdic, com si a les cordes vocals hi tingués un xilòfon, i segons el dia la seva roba —dos o tres vestits llargs que alternava amb una precisió previsible— feia olor de farigola, romaní o camamilla. Aquella fragància ens nodria la imaginació i hores després ens impregnava els somnis per convertir-la en una dona boscana i salvatge que vivia en alguna cova fosca de Central Park, que era l'únic tros de natura que coneixíem. A vegades, d'una classe a l'altra, la flaire a penes es diluïa dins la sala de música i, quan entrava i es treia l'abric, l'atmosfera es tornava encara més intensa i ella deia:

—Caram, quina bona olor que fa aquí dins.

Nosaltres dos ens aguantàvem el riure i, si ella no mirava, ens tapàvem el nas o fèiem veure que ens desmaiàvem. No crec que la senyora Zukauskas trobés cap mena d'al·licient a fer-nos repetir escales al piano, o a corregir-nos els defectes tonals, ni tan sols si veia que progressàvem en els estudis. Suposo que ho feia perquè rebia un bon sou, i potser perquè a més a més hi havia un component sentimental: vint anys enrere, quan tenia la nostra edat, la mamà havia sigut la seva primera alumna a Nova York. Acabada d'arribar de Vílnius, sense el mínims rudiments d'anglès, la senyora Zukauskas havia seguit el consell d'un col·lega ucraïnès i havia invertit els quatre rals estalviats per posar un anunci a la revista *Musical Courier*. En aquella època els noms vagament eslaus tenien un halo de prestigi, com si la seva sonoritat ja fos un senyal de nivell, i la meva àvia va llogar-la sense pensar-s'hi gaire. A la llarga, el fet que la senyora Zukauskas no sabés un borrall d'anglès va ser fins i tot positiu, perquè s'havia de comunicar amb aquella nena, la nostra mare, únicament a través del llenguatge universal de la música, a força de repeticions i malentesos, i així absorbia els coneixements d'una manera intuïtiva i directa.

Quan volia renyar-nos perquè veia que la nostra atenció flaquejava, o ens volia corregir un error continuat, la professora ens posava la mamà com a exemple i lloava el seu estil exquisit al piano, la dedicació constant i abnegada que l'havia fet aturar-se —perquè ella ho havia decidit— a les portes del virtuosisme. I era veritat: la mamà tocava com els àngels, però havia abandonat els estudis de piano poc després de casar-se, embarassada ja de la meva germana, com si al capdavall la carrera artística pogués ser una nosa per a la vida matrimonial. Des d'aleshores assajava en privat, quan estava sola a casa i per no perdre l'hàbit, però a l'hora de tocar en públic, en festes familiars, es feia pregar i acabava triant alguna peça que no fos gaire difícil, per esquivar cap besllum de vanitat, o potser per evitar que l'admiració dels altres li fes veure que havia comès un gran error. A vegades, quan estava a punt d'acabar-se la nostra classe amb la senyora Zukauskas, la mare trucava a la porta i saludava la seva antiga mestra amb un afecte que li desconeixíem, de tan franc que semblava. Li donava de sotamà un paquet de cafè, o de sucre, que a casa n'anàvem sobrats, i tot seguit s'asseien juntes al piano i tocaven alguna peça a quatre mans, amb una passió i una finesa que les enriolava, i que a nosaltres dos ens engelosia una mica. Encabat, quan la senyora Zukauskas se n'anava, la mare corria a canviar-se de roba perquè, deia, se li havia empudegat de la flaire d'herbes remeieres i es marejava, i a més sabia que el pare ho detestava.

Amb el temps la meva germana i jo vam aprendre a disfrutar amb les classes de la senyora Zukauskas, però al cap de tres o quatre d'anys, quan vaig fer el canvi cap a l'adolescència, vaig desertar-ne. Un bon dia vaig comprendre que era maldestre amb els dits, massa curts, i que tot allò que llegia al pentagrama i sonava dins el meu cap es traduïa en una sèrie de ganyotes malhumorades al rostre més aviat lleig de la professora. En canvi, les deficiències del tacte es compensaven amb el sentit de l'oïda, i jo mateix m'adonava que sabia apreciar perfectament els progressos de la meva germana, molt més airosa i creativa a l'hora d'interpretar —cosa que satisfeia íntimament la nostra mare.

De mica en mica, doncs, les meves trobades amb la professora es van tornar més teòriques i vaig deixar d'asseure'm al piano. Com que jo devia ser un cas únic en la seva feina, la senyora Zukauskas exultava posant al meu servei tots els seus coneixements de música i m'ensenyava a entendre els clàssics, a destriar els matisos interpretatius que separaven un violinista prussià d'un d'italià, a calibrar la mesurada importància en una orquestra simfònica de l'oboè, «malgrat tot l'instrument més tímid», segons ella. Eren detalls així, que semblaven pensats per engrescar-me. Aquestes lliçons per transformar-me en un melòman s'acompanyaven sovint d'anècdotes pròpies, de concerts gloriosos que havia presenciat i de relacions personals amb alguns dels expatriats com ella que aleshores dominaven l'escena musical de Nova York.

Veient les meves ganes de saber-ne més i d'estar al dia, la mamà m'havia subscrit al *Courier* i tots aquells noms que la professora coneixia de prop —els Weiss, Bodanski, Casals o Rakhmàninov— havien deixat de ser una raresa per convertir-se en objecte d'admiració. Coincidia, a més, que amb els setze anys fets el papà em volia al seu costat, perquè la gent important em comencés a conèixer, i ara la meva germana i jo acompanyàvem els pares als espectacles que marcaven el calendari de Nova York, amb l'esperança que l'endemà les cròniques de societat ens citessin entre els assistents destacats. Jo sentia en directe tot allò que havia après a entendre amb la senyora Zukauskas i, de tant en tant, notava com els matisos i les subtileses de la música se'm ficaven sota la pell i a vegades emergien amb la forma d'un calfred, o d'una llàgrima d'emoció que m'enterbolia la vista (i tancava un moment els ulls per retenir-la, vergonyós). Ja al carrer, després de l'espectacle, comentàvem aquelles sensacions amb la mare i la meva germana, provàvem de reviure-les, però jo no en tenia prou. Arribant a casa, em tancava a la meva habitació i en un quadern escrivia tot allò que m'havia agitat per dins, com si així pogués capturar per sempre aquelles emocions fugisseres. Dies després, quan sortien els reports a les revistes, corria a llegir-los amb avidesa, repassant mentalment els fragments musicals, i descobria que tal crític era una ànima bessona, o que tal altre no havia entès res —i jo li esmenava la plana—. Llavors m'adonava que allò era el que m'agradava més del món, i em deia que un dia em caldria un arravatament wagnerià per dir-li al pare que volia dedicar-me al periodisme, i no a endolcir-me la vida amb els seus negocis d'importació de sucre. La por em paralitzava, i avui sé que aquell meu primer viatge a l'Havana va acabar sent el desllorigador que em calia.

La senyora Zukauskas també tenia una altra virtut: quan finalment em vaig atrevir a llegir-li el que escrivia, esperant la seva aprovació, ella em rebaixava l'eufòria. M'escoltava amb els ulls brillants d'orgull, però alhora buscava punts febles en la meva exposició, tòpics que jo repetia simplement perquè estaven en boca de tothom, i gràcies als seus comentaris no em vaig convertir en un crític repel·lent i elitista. Al contrari: com que no era gens ortodoxa pel que fa als gustos, em va fer adonar que per dessota dels genis hi havia tot un món per explorar, lluny del centre, on la música es tornava popular, arribava a més orelles i a vegades fins i tot es convertia en una coartada per ballar, enamorar-se i perdre el coneixement —però de debò, no com un artifici romàntic.

Així, sense deixar mai de seguir els grans mestres que venien a tocar a Nova York, també vaig aficionar-me a les comèdies musicals i les melodies populars dels vodevils. Un parell de vespres per setmana em ficava als teatres de Broadway i m'ho empassava tot, me n'empatxava sense digerir-ho gaire, només per la golafreria de la novetat, i tornava al territori segur de les composicions clàssiques. Potser en aquells primers anys em movia un esperit diletant, que anava més enllà de la música i transportava un desig de rebel·lia, de forçar els lligams tradicionals de la família, però només en vaig ser realment conscient de més gran, quan vaig assaborir realment les virtuts de ser un tastaolletes i vaig comprendre que el plaer musical també sorgia de la barreja de gèneres, de l'atreviment de ser menys exclusiu i menys esnob.

Mentrestant el nom de Xavier Cugat va començar a sortir a les llistes de concerts de la ciutat. El primer cop que el vaig veure escrit, la primavera del 1917, em va agafar una fiblada d'orgull fraternal, com si la simple menció ja confirmés que era jo qui l'havia descobert dos anys abans, dalt d'aquell vaixell. Estava mig decidit a anar-lo a escoltar, però em vaig adonar que era un sentiment absurd i no em pertocava, i a última hora em vaig fer enrere tot dient-me que només em podia decebre. Sabia com eren aquella mena d'actuacions. Tenien lloc a l'auditori de l'American Institute of Applied Music, per tal que els alumnes de Henry Schradieck —una eminència de l'època, ara oblidat com tants altres— agafessin experiència, i sovint es convertien en batejos sentimentals plens de bones intencions, que els familiars seguien amb la boca oberta i on clàssics com Mozart, Corelli o Donizetti rebien tota mena de tortures, del sentimentalisme més adolescent a la fúria exagerada del qui vol superar els nervis amb una seguretat postissa.

No, em vaig dir, si els crítics de veritat no es molestaven a visitar aquesta mena de festivals de la llagrimeta, jo tampoc. En canvi, el dia que vaig veure que el nom d'en Cugat sortia a la programació del Carnegie Hall, que era la prova de foc dels debutants, se'm van alçar les orelles i vaig pensar que ara sí, ara havia arribat l'hora. Era el juny del 1920, havien passat tres anys més i calia suposar que la persistència i l'aprenentatge havien donat alguns fruits. Desconeixia els entrellats de la vida d'en Cugat —si encara el mantenien els seus germans o què, si s'havia aparellat o què—, però sabia que el seu mestre Schradieck havia mort i la majoria dels seus pupils havien anat a parar a mans d'un altre professor de renom, Franz Kneisel.

La paciència no és infinita als cercles de l'excel·lència, i em ballava pel cap una intuïció que volia confirmar o desmentir. M'explicaré. En aquella època estaven de moda els nens prodigi. La guerra d'Europa i, especialment, les revoltes a Rússia havien fet emigrar una corrua d'intèrprets adolescents, i més petits i tot, que semblaven haver nascut amb la tècnica als gens i una confiança insultant. Era així com, tot sovint, se'ns presentaven nous talents que havien arribat als Estats Units després de mesos de penúries, arrossegant per mig món un equipatge massa gros i un feix de records de la pàtria. Al davant sempre hi havia uns pares encegats per les promeses dels representants de músics, que havien ensumat el negoci i anaven bojos per signar contractes amb genis de la primera volada. La senyora Zukauskas m'havia parlat d'un d'aquests minyons virtuosos, un jove violinista de setze o disset anys —no quedava clar— que com ella havia arribat de Lituània i d'un dia per l'altre s'havia convertit en una sensació. Als cercles musicals estava en boca de tothom. Es deia Jascha Heifetz i un mes després d'instal·lar-se a Nova York ja havia debutat al Carnegie Hall, sala gran. Entrades esgotades. Segon concert: també entrades esgotades, i la crítica que el saludava com «un torrent d'estil, de bellesa i rigor en l'execució, d'elasticitat i maduresa». Ja veieu que els elogis no s'escatimaven, al contrari: hi havia una predisposició a encimbellar nous talents —molt pròpia de Nova York, diguem-ho tot— que de seguida es traduïa en gires de concerts per tot el país i en la gravació de discos que després sonaven a les llars més acomodades, inclosa la nostra.

Aquest pic de fervor, a més, m'arribava en un moment dolç. Des de feia una temporada, mentre posposava l'enfrontament amb el meu pare, havia après a menar una doble vida, d'escrivent a temps parcial a la seva oficina i de melòman doblat de crític als vespres. Una revisteta especialitzada em deixava publicar de tant en tant les meves opinions i jo mateix m'obligava a seguir les novetats musicals. Aquest era l'ambient que dominava, doncs, quan aquella tarda preciosa de finals de juny vaig sortir de casa i, tot vorejant Central Park, vaig passejar fins al Carnegie Hall per ser-hi al punt de les vuit del vespre. El concert es feia a la sala petita, de música de cambra, i repassant el programa em vaig adonar que era una nit espanyola, on en Cugat compartia escenari amb una soprano, un barítan, i el pianista Julián Huarte, que després va ser el seu company habitual durant uns quants anys. En Javier Cugat —aleshores encara feia servir el nom castellà— havia de tocar dues peces al violí, tot sol, i una «Jota aragonesa» amb l'acompanyament del pianista.

La primera impressió que em va fer, tan bon punt va posar els peus a l'escenari, és que l'estrella de nen prodigi se li estava extingint, i ell en devia ser molt conscient. En Cugat anava vestit amb un frac negre, lluent, i una camisa blanca amb el llaç també blanc que li donaven un aire d'escolanet. Duia unes ulleres sense muntura, d'aspecte fràgil, que semblaven fetes per ressaltar-li un rostre juvenil, gairebé adolescent, emmarcat per uns cabells llargs i una mica rebels que —això ho sabem ara— segurament ja volien dissimular l'alopècia incipient. Si ho descric amb tant de detall és només perquè, quan va començar a moure's per l'escenari, aquest aspecte va agafar de sobte l'aire d'una disfressa. No sé si els altres espectadors se n'adonaven, però a mi em feia patir. Mentre es preparava per tocar, els seus gestos i moviments amb el violí delataven una incomoditat buscada, com si volgués exterioritzar alguna mena de suplici que anava més enllà dels nervis d'una actuació en directe. Com si esperés la nostra compassió, vaja, o fins i tot el favor incondicional, i llavors tota aquella farsa va esvair-se tan bon punt va començar a tocar. Recordo que vaig pensar: «S'està fent el superdotat». La meva intuïció es confirmava.

Encara que el meu esperit crític també sobreactués amb els fums de la suficiència juvenil, aviat vaig comprendre que la seva funció era la millor de la nit, molt per sobre dels altres, i així l'hi vaig reconèixer després. El vaig esperar a la sortida d'artistes, a la Setena Avinguda. En la rotllana de persones que també feien temps, era fàcil identificar-hi dos germans seus, l'Enric i l'Albert, perquè eren clavats. Quan finalment en Cugat va sortir, tots dos el van abraçar felicitant-lo amb efusió; li xiuxiuejaven coses a cau d'orella que el feien riure, i ell s'hi tornava amb més comentaris. Hi havia entre ells una complicitat fonda, i vaig pensar que es burlaven dels altres intèrprets. Mentrestant en Cugat rebia les felicitacions d'algun espectador, la majoria en castellà, i alçava el cap per si se li apropava algú més. En la penombra del carrer, sense els focus de l'escenari, havia perdut tota la candidesa i es comportava amb una seguretat que semblava que tingués vint-i-nou anys, i no dinou. Jo em mantenia més apartat, però tot d'una ens vam trobar amb la mirada i m'hi vaig acostar. Com que duia un bloc de notes a la mà, els seus germans devien suposar que jo era un periodista i el van deixar sol amb mi.

—Bona nit —vaig dir-li—. I enhorabona. La seva actuació ha sigut notable. Sobretot els solos.

—Gràcies, però no es mereixen —va fer, i va deixar anar un esbufec d'enuig—. Així no anem enlloc.

—El pianista és prou bo.

—Sí, en Julián fa el que pot. Però jo em queixo sobretot del programa. A veure quin dia podré posar-me a prova amb peces menys folklòriques i de més prestigi. Hi ha una reticència dels professors que no acabo d'entendre. Sempre em demanen paciència, paciència, paciència. No em deixen arriscar... —Mentre parlava va fer un cop d'ull al meu bloc i va dir:— Perdoni, però ¿ens coneixem? Em resulta familiar. ¿Vostè també freqüentava l'American Institute, potser?

—No, no. Ha d'anar més enrere. Vam coincidir al vaixell que venia de l'Havana, fa uns anys. Aquell sopar del capità. —Vaig callar un instant perquè fes memòria.— El seu anglès ha millorat molt, el felicito de nou.

Em va mirar fixament i va assentir amb un somriure. Les faccions se li van relaxar, però em va fer l'efecte que no em reconeixia. En aquell seu viatge inicial, tan emotiu, jo no havia assolit ni tan sols la condició de passavolant anecdòtic. Era comprensible. Vaig provar de fer-lo tornar a la música.

—El veig massa amoïnat, i això no és bo. ¿Quines són les seves aspiracions?

—¿Que és periodista, vostè? —va dir per tota resposta.

—De tant en tant em deixen fer la ressenya d'algun concert, però no és el cas d'avui. Aquest vespre he vingut per interès personal. Volia veure'l a vostè.

Les meves paraules li van tocar alguna corda de la vanitat i tot ell es va enravenar.

—¿Les meves aspiracions, diu? És molt senzill: Heifetz, Elman i Zimbalist —va recitar aquells tres noms de moda amb una sonsònia amoïnosa—. Vull ser com ells. Jo em proposo arribar al seu nivell com a solistes. Fa anys que em desvisc per estudiar, hores i hores d'assaig diari i de sacrificis. Si no havia debutat abans al Carnegie Hall era perquè el meu mestre, Herr Schradieck, al cel sigui, me'n treia les ganes dient que no estava preparat. I ja ho veu, el dia que m'estreno surto amb la sensació que tenia raó.

—Si em permet, potser ja és massa tard per ser un nen prodigi —vaig provocar-lo—, però no pas per ser un gran violinista. I vostè en té la fusta, això és obvi.

Les meves paraules no el van consolar gaire. Més aviat li van fer reprendre un pensament que el devia burxar per dins, però va apuntar un somriure per dissimular-ho i em va dir amb una sobtada confiança:

—L'Schradieck, que a vegades era una mica pesat, sempre em deia que hauria d'anar a estudiar a Berlín. Per aprendre-hi els meus Bach i els meus Beethoven. ¿I sap què? Ara, aquesta nit, aquí, començo a pensar que tenia raó.

Em vaig forçar a fer una ganyota de rebuig, per rebaixar aquell atac de dramatisme, tot i que per dins pensava que segurament li aniria molt bé.

—Si accepta l'opinió d'un passerell com jo, li diria que no s'hi encaparri. Ara mateix vivim una època de grans alternatives per als artistes, ho veig cada setmana, i tan sols és qüestió de trobar el seu lloc. La música, tal com l'entenem avui, s'està eixamplant perquè hi càpiga tothom. I el que és jo, senyor Cugat, a vostè no penso pas deixar de seguir-li la pista.

Em va agrair l'interès i, abans d'acomiadar-nos, li vaig donar la meva targeta perquè m'informés d'altres concerts. Se la va guardar despreocupadament a l'infern de l'americana. Jo estava convençut que aquella mateixa nit ja l'hauria extraviada, però temps després, quan ja no hi comptava, em va arribar una invitació seva. Era d'una nova actuació al Carnegie Hall, i aquest cop a la sala principal.

Havia passat un any i mig i era molt probable que durant aquest temps en Cugat ja s'hagués desprès de les vel·leïtats de nen prodigi com d'una pell morta. En divuit mesos una persona pot canviar molt, sobretot quan ets a la ratlla dels vint anys i l'afany vital fa alçaprem contra tot. Jo mateix en aquell temps havia mig consolidat la posició de reporter en un setmanari de Brooklyn, *The Chat*.

La lletra impresa fa miracles i, a força de veure el cognom familiar estampat a la premsa més tradicional, el meu pare havia anat acceptant que allò meu no era un joc de nen aviciat, sinó una vocació autèntica, i ara fins i tot feia els ulls grossos quan m'havia d'absentar de l'oficina abans d'hora per assistir a algun esdeveniment. També hi ajudava que la meva germana, finalment, havia debutat com a pianista en un concert múltiple a l'Aeolian Hall, amb un succés estimable, i gairebé al mateix temps s'havia compromès amb l'hereu d'una família dedicada als aliments enllaunats en conserva, un negoci en ple creixement. Ara la senyora Zukauskas havia quedat relegada a un segon pla i només apareixia per casa de tard en tard, deixant al seu pas aquella bafarada d'herbes remeieres. Venia amb l'excusa d'emportar-se unes partitures que necessitava urgentment, o per ajudar ma germana a repassar una peça que se li resistia, i es dedicava a conspirar amb la mare. Juntes tramaven escenaris en què la meva germana no abandonaria la carrera de pianista per consagrar-se a la vida familiar. La història no es podia repetir, es deien l'una a l'altra, més prudents que no envalentides, però les veus de les sufragistes se sentien cada cop més fortes i hi havia en els seus anhels un acord amb els temps que corrien, el reflex d'una empenta femenina que es percebia en moltes regions de l'art, i en especial de la música. Jo les escoltava i encoratjava i, cada cop que coincidia amb la meva germana, m'ho feia venir bé per mirar d'influir en les decisions que prendria, un cop casada, sobre el seu futur en la interpretació musical. Tots els esforços van ser en va, però.

A hores d'ara potser us pregunteu per què cito algunes persones amb nom i cognom i d'altres no tenen aquesta sort, si fins i tot formaven part de la meva família o dels meus cercles més íntims. L'explicació és senzilla: en aquest intent de recreació mural de la vida d'en Xavier Cugat, hi ha moltes figures que no aniran més enllà de la categoria d'esbós, ja que van ser figurants amb frase i poca cosa més, i per tant quedaran desdibuixades per la distància i el temps. D'altres, en canvi, han de tenir la mica de protagonisme de ser citats perquè en algun moment van intervenir —a gratcient o sense saber-ho— en la seva vida i facècies. És el cas del senyor Charles D. Isaacson, un esperit llibertari de Brooklyn, socialista, sufragista i pacifista, flagell contra el racisme que patien els negres. De tant en tant, quan convencia alguna institució que els treballadors també eren prou sensibles per gaudir amb la música de Schubert, posem per cas, l'Isaacson s'aliava amb el diari *Evening Mail* per muntar grans concerts gratuïts. En Cugat era llavors el violinista escollit perquè la música arribés a molta més gent.

—És dels pocs intèrprets que somriuen mentre estan tocant —em deia—, i per mi això és un valor afegit. Hem d'ensenyar al poble que la música clàssica pot ser divertida, fàcil, propera.

L'Isaacson havia fundat una mena de pamflet —*In a Minor Key*— que volia ser revolucionari socialment, i això també incloïa el periodisme musical, tot i que aleshores preferíem dirne melomania, música per a la gent i coses així. A vegades coincidíem en vetllades, concerts i altres espectacles de l'època, i la fèiem petar. Jo el veia com un referent, gairebé un mentor, i me li acostava buscant consell. No era estrany que sortíssim a parlar d'en Cugat i, de fet, era ell qui el sabia situar amb més precisió en el panorama del moment.

—Aquest noi en Cugat ho té fotut —em deia un dia en confiança—, perquè s'ha anat fent gran. Ha quedat encallat en una terra de ningú i difícilment se'n mourà. Fixi's: el seu talent està lluny dels genis del present, però alhora és massa bo perquè el considerem un intèrpret normalet, ¿no li sembla? Quiet al trespol de la porta, paralitzat, ningú no li aconsellarà mai que faci una passa endavant. Si ell volgués, amb aquest *savoir faire* que gasta, podria ser el músic preferit de les classes populars, però no sembla pas que això li interessi gaire.

Com que s'havia tornat un interès compartit, cada cop que ens vèiem l'Isaacson m'informava del seu parador, de l'última novetat *cugatiana* (ja puc fer servir aquest adjectiu, oi?). Així, per exemple, vaig saber que poc després d'aquell primer concert al Carnegie Hall, i d'altres que el condemnaven a tocar acompanyat d'intèrprets espanyols, incloent-hi una celebració del «Dia de Colom» un 12 d'octubre, en Cugat havia fet una escapada —o potser més aviat una fugida— a l'Havana. Es tractava de retrobar vells amics i mestres, i enllaçar una sèrie d'actuacions que li fessin créixer l'autoestima. L'havia rebut l'ambaixador espanyol, li havien fet un homenatge a la Sección de Bellas Artes, on havia estudiat i assajat els primers passos com a violinista. Cada concert es vivia com una festa nacional; el fill pròdig tornava, coronat pels suposats èxits llunyans de Nova York, i els diaris ho celebraven.

—¿Quant de temps s'hi devia estar? —calculava en veu alta l'Isaacson—. Potser un mes i mig. Hi va passar el Nadal, això segur, i diria que va tornar a principis d'any. Me'n recordo perquè poc després, un dia que teníem un concert a Brooklyn amb l'Ada Tyrone, la soprano, ell la volia impressionar fent córrer que havia conegut Enrico Caruso, i que el tenor ara el volia al seu costat, com a violí d'acompanyament. Cert que en Caruso havia actuat a Cuba uns mesos abans que ell, amb molta expectació, i després havia tornat aquí per reprendre la temporada al Metropolitan... Però, sincerament, no crec pas que coincidissin. En Cugat es devia adonar que li convenia que el vinculessin al gran tenor per guanyar prestigi. Però, ¿ho veu?, fins i tot en això és desmanegat. Tots sabem que en Caruso només s'envolta d'italians, és molt dels seus. De fet, d'ençà de l'atac de pleuresia que no ha tornat a cantar, i ja hi ha qui comenta que no trigarà a fer via cap a Nàpols. Tinc un mal pressentiment, si vol que l'hi digui.

Dos mesos després, l'agost del 1921, Caruso ja s'havia mort. Era jovenàs (només quaranta-vuit anys), però aquest detall no acoquinava pas en Cugat, al contrari. Ara que des de la seva tomba napolitana ja no el podia desmentir, el violinista jove havia inaugurat la seva Galeria de Records Inventats i explicava que el mestre italià l'havia apadrinat temps enrere. Que fins i tot havien emparaulat una sèrie de concerts junts. Amb el pas dels anys, la bola de la fantasia —de la mentida, de la imaginació— es va anar fent més grossa, farcint-se amb detalls sentits d'amics, cal suposar, i amb altres de nascuts del seu magí ambiciós. La sort del músic era que sabia ser prou convincent, perquè ningú no gosava corregir-lo —al contrari, tots li rèiem les gràcies.

Qui sap si aquella confiança renovada va empènyer en Cugat a enviar-me la invitació per al seu nou concert al Carnegie Hall. Aquesta vegada l'actuació prometia i vaig demanar a l'*Evening Post* que em guardessin espai per a una crònica de la nit. La protagonista absoluta era Alice Verlet, una cantant belga, d'estil una mica antiquat però efectista. Era allò que en diuen una soprano de *coloratura*, d'aquelles que sempre tenen un refilet per afegir, un enfilall de notes ràpides per fer-te badar la boca. L'acompanyaven un pianista i el violí d'en Cugat, però per descomptat el lluïment havia de ser per a ella. El programa incloïa peces de Mozart, de Debussy i de Grieg, i recordo que me'n vaig alegrar per en Cugat: per fi s'alliberava de les arrels hispàniques. Vaig suposar que ho viuria com una gran oportunitat, i és ben cert que la confiança li sobreeixia. Quan va sortir a l'escenari per primer cop, acompanyant la soprano en una ària d'*Il re pastore*, la seva col·locació em va semblar imponent, gairebé marcial, i el seu violí va adaptar-se amb molta prestesa a les ondulacions de la cantant. Al final de la peça, ella l'hi va agrair amb una mirada càlida i un suau cop de cap. Aquesta harmonia entre els dos músics es va mantenir tot el vespre, el públic se n'adonava i aplaudia cada peça amb entusiasme. I aleshores va arribar la pausa fatídica.

Tal com estava acordat, la soprano es va retirar al camerino per descansar i en Xavier va quedar-se a l'escenari amb la missió d'entretenir l'audiència. Havien de ser quinze minuts, no més. Acompanyat del pianista, de sobte es va sentir el centre de l'univers i va tocar el *larghetto* d'una sonata de Haendel amb tant de sentiment que la música va caure damunt la sala com un mantell de dolor. El públic es va aquietar. Ningú s'ho esperava i, quan va acabar, es va fer un silenci tan tens que es pot dir que tothom va aplaudir per trencar-lo, amb una força violenta. Ens havia commogut. Si encara quedava algú distret, se'l va guanyar amb la peça de després, una cançoneta hindú de Rimski-Kórsakov. Jo em fixava en el seu comport, de quina manera semblava xuclar la tensió del públic, i aleshores, cap al final de la peça, no es va poder estar d'allargar tres o quatre notes per subratllar-ne el to planyívol, com si li calgués deixar la seva signatura en l'atmosfera. Fins i tot el pianista va aixecar uns ulls astorats en la seva direcció per comprovar que no li passés res. Un nou aplaudiment el va escalfar encara més i va atacar una dansa espanyola, més fàcil, més complaent, i tothom es va relaxar. Era com si aquell territori conegut li desfermés un exhibicionisme que el compensava per les decepcions anteriors en aquell mateix escenari. El que havia de ser un interludi, un farciment, es va convertir de sobte en un espectacle com de zíngars, embogit, i quan es va acabar aquella tercera peça, que ja era l'última, el públic va aplaudir amb una intensitat desfermada. En Cugat va fer una sèrie de reverències i va desaparèixer pel costat dret de l'escenari, però encara no havien passat deu segons que va tornar a sortir per rebre un nou aplaudiment i uns quants visques. Tot allò estava fora de lloc, no li pertocava, i aquest cop —n'estic convençut— l'ovació va tenir un deix irònic i potser fins i tot burleta. Al meu voltant la gent somreia. Mentre ell es lliurava a tota aquella parafernàlia, aguantant el violí amb una mà i l'arquet amb l'altra, amb una actitud retuda, des de la meva butaca jo veia la soprano que se'l mirava entre bastidors, enfurida pel greuge d'aquell cretí, i tot d'una ella va irrompre a l'escenari i el va ignorar, com si amb la seva presència de diva ja n'hi hagués prou per censurar-lo.

La resta del concert va transcórrer sense estridències però també sense instants memorables. Una formalitat tibada enllaçava els músics i al final la soprano en va tenir prou amb una tarantel·la de Rossini, acompanyada només del piano, per conquerir de nou el públic. Durant els aplaudiments finals va semblar que es restablia la concòrdia entre ella i en Cugat, i que la bona sintonia no era del tot impostada, però el mal ja estava fet. Aquella mateixa nit vaig avisar a la redacció que no escriuria res, la vergonya aliena me'n privava. Els dies següents, la majoria d'articles passaven de puntetes sobre el concert i jo em podia imaginar molt bé el disgust entre torturat i cínic d'en Cugat mentre llegia la brevíssima nota d'un col·lega meu al *Brooklyn Daily Eagle*, que deia: «La veu de la senyora Verlet no sempre respon als seus estímuls mentals, però cal fer constar que les seves intencions van ser les correctes en tot moment. Les altres actuacions de la vetllada no mereixen cap comentari».

Amb aquell silenci tàcit, els crítics li retrèiem una actitud massa atrevida pels estàndards de l'època, massa heterodoxa i irreverent. Però ara que han passat més de setanta anys d'aquella nit al Carnegie Hall, no puc evitar veure'ns a tots nosaltres com una colla de creguts, entercs com els colls emmidonats de les camises que portàvem, i en canvi m'agrada pensar que aquells escarafalls d'en Cugat ja eren un senyal de la seva incomoditat amb la tradició, gairebé una provatura d'allò que anys després l'havia d'acostar al gran públic: com si des del principi el dominés un instint de l'espectacle a qualsevol preu.

Tot amb tot, en Cugat va desaparèixer novament del mapa musical. Es pot dir que el jove virtuós que aspirava a ser Heifetz, Elman o Zimbalist ja no va tornar a trepitjar un escenari de Nova York, no pas amb la mateixa voluntat. Uns mesos després d'aquell fiasco, vaig coincidir amb el senyor Isaacson en algun concert. Com sempre, li vaig preguntar si tenia notícies d'en Cugat.

—¿Que no ho sap? —em va dir—. Després d'aquell xafarranxo que va muntar amb la pobra Alice Verlet, devia estar tan avergonyit que va fer un mutis dels seus. Es veu que se n'ha tornat a Espanya, al poble on va néixer, i des d'allà té la intenció d'anar a perfeccionar el seu estil a Berlín, ni més ni menys que amb Willy Hess. El gran art del violí! —va sortir-li un posat de menyspreu—. No sé què em fa pensar que ja no el veurem mai més.

S'equivocava, esclar.

Dit d'una altra manera: el senyor Isaacson va tenir raó uns quants anys, fins que un nou Xavier Cugat el va desmentir. Més o menys. Tal com havia pronosticat el mestre, el seu nom va desaparèixer de l'escena novaiorquesa, on les fluctuacions entre l'èxit i el fracàs són vertiginoses, i va passar una llarga temporada al purgatori del silenci. Llavors un dia va reaparèixer a Manhattan i, a més a més, per la porta gran: transformat en director de l'orquestra de ball al Waldorf-Astoria, la institució hotelera que s'acabava de traslladar a un nou edifici majestuós de Park Avenue. Com aviat es veurà, la meva trajectòria com a periodista també va rebre un impuls amb el seu retorn. De moment només avançaré que l'any 1933 el magazín més important de l'època em va encarregar que visqués en primera línia els preparatius per a aquella segona vinguda, sent així que vaig traslladar-me a Los Angeles per entrevistar-los a ell i la seva muller (sí, s'havia casat), l'actriu i cantant Carmen Castillo. La primera impressió no era pas la d'algú que acaba de fer una travessa del desert. Ben al contrari. Portat per l'afany de reivindicar-se, quan vaig preguntar a en Xavier per aquell parèntesi d'uns quants anys fora de circulació, la resposta li va sortir com una torrentada incontenible. L'ofereixo tot seguit, editada amb fidelitat i deport.

—¿Sap quants diners guanyaré cada setmana al Waldorf-Astoria? —va dir-me somrient en Cugat, mentre amb dos dits es pentinava el bigotet—. Vuit-cents dòlars. Això, jo sol. I després hi ha els complements de l'orquestra, la ràdio i el que cobrarà la Carmen per cantar. No és pas poc, oi? Tenir diners a la butxaca et fa veure les coses amb més perspectiva, t'ajuda a prendre decisions. Fins i tot quan penses que potser són una mica esbojarrades, les fas més convençut. En canvi, fa set o vuit anys a Nova York jo depenia massa dels meus germans i dels quatre cèntims que esgarrapava en concerts de pa sucat amb oli, perdoni que ho digui així. Aquells que vostè venia a veure, ¿se'n recorda? Em feia un tip de tocar de franc, en actes benèfics i *soirées* de l'alta societat, però allò no m'ajudava pas a millorar. No es pensi que defallia, eh, bon un jo per rendir-me, però la processó anava per dins. Després de l'últim fracàs al Carnegie Hall, amb aquella soprano que, pobreta, ves a saber on para avui dia, encara tenia l'autoestima intacta i vaig acceptar una nova empenta de la família: aniria a estudiar a Berlín, amb el gran Willy Hess, que era el que em recomanaven els meus mestres.

»Aprofitant el trasllat a Europa, abans de Berlín vaig passar per Catalunya a veure la família. Els pares s'havien cansat de Nova York, sobretot pels problemes amb l'idioma, i feia un temps que havien tornat per instal·lar-se a la Bisbal d'Empordà, junt amb la meva germana petita, la Regina. Vaig quedar-me amb ells tot l'estiu i així, d'un dia per l'altre, vaig tornar a sentir-me català. O potser hauria de dir que me'n sentia per primer cop: pensi que vam arribar a Cuba quan jo comptava cinc anys i no tenia memòria de gairebé res. De tant en tant, a Nova York, la mare i la tia s'enyoraven de casa i la seva manera de consolar-se era reviure allò que havien deixat enrere amb una vivesa que feia bonic de sentir. "¿Què se'n deu haver fet de la Remei? ¿A hores d'ara potser ja s'ha casat amb aquell vailet de Vulpellac", deia una. "Doncs a mi el que m'agradaria ara és anar a prendre els banys a Llafranc, amb aquella aigua tan fresca, i passar tot el diumenge a la platja", feia l'altra. Ara de sobte, a la Bisbal, trepitjava aquells paisatges que només coneixia d'oïda; parlava amb la llengua en què m'havia criat i la gent em responia, tot i que alguns bromistes em prenien el pèl dient que parlava amb accent americà.

»El meu pare, que no deixava res per verd, abans de la meva arribada ja m'havia preparat el terreny. Com si hagués fet de representant tota la vida, m'havia muntat una gira pels teatres importants de l'Empordà. Figueres, Palafrugell, Palamós... Encara que no m'havien sentit tocar mai, els diaris locals en parlaven i tothom ja em coneixia com "l'eminent violinista", fins al punt que quan vaig arribar amb el tren a l'estació de la Bisbal m'hi esperava una gernació. Les autoritats em van rebre i em van acompanyar en comitiva a casa els pares. A la nit, després de sopar, em van fer un homenatge en forma d'audició de sardanes amb les dues cobles més importants: la Principal i la Nova Armonia. Aquella música m'era molt desconeguda. Només en tenia esment per la insistència de l'Agustí Borgunyó, que de ben joves m'havia fet escoltar les composicions del mestre Juli Garreta en un gramòfon i, des que les vaig retrobar a la meva terra, se'm posa la pell de gallina quan sento una sardana, com si el seu encís m'hagués arribat per la via sanguínia.

»Bé, perdoni, a vostè tot això no li diu res. El que volia explicar és que passat l'estiu vaig anar a Berlín en tren i al final m'hi vaig poder quedar dos cursos, però quan hi penso em sembla molt més temps, igual que si els dies s'obrissin i es rebreguessin com un acordió. Tingui present que hi vaig anar a petar el mes d'octubre del 1922, enmig d'allò que els diaris en deien la hiperinflació, que volia dir que els diners no valien res. No em faci explicar per què, només sé que tenia a veure amb les multes de la primera guerra que havia de pagar Alemanya. Mai no he tingut tants milions com aleshores. Quan m'arribava el gir que em feia el meu germà Francesc des de Nova York, anava amb compte a bescanviar els dòlars per marcs alemanys molt de mica en mica, perquè d'un dia per l'altre el seu valor decreixia una barbaritat. Quan anava al banc, el cap em rodava de tants bitllets que havia de comptar. Una barra de pa, diguem, valia dos milions de marcs! M'estava en una pensió de la Geisbergstrasse, al barri de Wilmersdorf, recomanat pel conservatori, i la mestressa m'implorava que li pagués la manutenció en dòlars, de sotamà, cosa que jo acceptava a canvi que de tant en tant em deixés portar una mossa a la meva cambra. Quins temps més bojos, si l'hi he de dir, perquè a Berlín tot em semblava o bé molt vulgar o bé molt refinat. Era una ciutat de contrastos a cada pas. Les lliçons amb Willy Hess eren d'una exigència màxima, sobretot per culpa dels joves russos exiliats, que eren molt competitius, però les classes transcorrien amb una calma monòtona, sense ensurts ni entusiasmes, i m'amansien de mala manera. Per això quan sortia de la Universitat de les Arts m'havia d'esbravar. Havia fet amistat amb un parell d'estudiants italians, que també s'estaven a la mateixa pensió, i en lloc de tancar-nos a casa corríem per les tavernes i cabarets de la Kudamm. Una vegada, a ple hivern, em va venir a veure el meu germà Enric i va quedar esparverat de la lleugeresa amb què es captenien les noies als cafès (lleugeresa de roba i de costums, s'entén), amb quin impudor es mostraven els transvestits i els homosexuals, i això que els de casa no érem gens de missa i més aviat ens atreien les alegries de la faràndula. Però ja l'hi dic: a Berlín tot era més exagerat, més extrem, i ara que ho penso diria que aquells ambients em van ensenyar a no tenir vergonya de res.

»Després tota aquella disbauxa es va calmar quan el govern alemany va renovar la moneda i en van dir *Rentenmark*, cap a la tardor del 1923. Ho sé perquè vaig poder fer un segon curs a l'acadèmia gràcies a una amiga molt estimada de Nova York, la meravellosa senyora Edna Thomas, que va organitzar un concert per recaptar diners per als meus estudis. Aquell segon any vaig millorar en la interpretació, vaig congeniar amb un pianista que compartia els meus gustos i fins i tot vam fer uns quants concerts a Berlín i a d'altres ciutats properes. Suposo que tota aquella dedicació va deixar-me un pòsit important, però és com si s'hagués quedat tot dins la bombolla del món berlinès: acabat el curs vaig tornar a la Bisbal per passar l'estiu i, tot d'una, em va revenir la sensació que no tenia cap perspectiva de futur entre els més grans violinistes. Tot havia sigut en va, tot passava avall. Berlín quedava enrere i Nova York quedava massa lluny. Ni l'enyor dels meus germans servia d'ham per tornar allà on em pensava que era casa meva. Al contrari: aquell estiu vaig engiponar un programa per fer quatre concerts, ja que els ajuntaments m'ho demanaven, i l'aclamació popular, tan aclaparadora i alhora tan..., tan insuficient (sí, aquesta és la paraula), em feien entendre que malgrat els meus Bach i els meus Beethoven no m'havia mogut de lloc. Potser, em deia, valia més acceptar-ho, i explotar la requesta local. Obrir una acadèmia a Barcelona, qui sap, o recórrer l'Espanya dels teatrins i els casinos mal il·luminats amb el meu trist violí. I és que encara hi havia un altre detall que em feia tocar de peus a terra: m'havia enamorat amb bogeria. Totes les aventures i festejos més o menys seriosos que havien decorat la meva vida a Berlín, de sobte quedaven reduïts a cendra davant del foc d'una bellesa de la Bisbal, una pubilla que tenia una veu melodiosa i em reia totes les gràcies. La més bonica que he conegut i segurament coneixeré mai (amb permís de la Carmen, esclar). Llavors, quan començava a tenir coll avall que em podria casar i fer vida a la meva terra natal, em va rescatar (s'ha de dir així) l'Albert, el meu germà. Arribat de Nova York per passar l'estiu a prop dels pares, l'Albert va retornar-me els vells somnis, va posar-me al dia de l'esplet musical que vivia la ciutat. En aquells dos anys, els estralls de la llei seca s'havien apaivagat i tothom va aprendre a conviure-hi. Vaja, vostè ho sap millor que jo: amb quina rapidesa es van obrir noves sales de ball i concert que sovint eren tapadores per beure alcohol d'amagat. Tothom tenia molta set, oi? —va riure amb sornegueria—. L'entusiasme del meu germà em va fer adonar que una altra vida era possible i que jo també en tenia, de set, i per això valia la pena intentar-ho de nou.

»A mitjan setembre, amb tota la pena del món, vaig haver de dir adeu a la noia de la Bisbal. Tots dos vam plorar com unes magdalenes, però ella va comprendre que jo era un artista i em veia obligat a fer sacrificis personals pel meu art, i jo li vaig prometre que no l'oblidaria mai. Anys després vaig demanar per ella i em van dir que s'havia mort ben jove, pobrissona, però miri, jo avui encara la tinc ben present. Els primers amors no s'obliden.

»Amb el meu germà vam anar a París i, d'allà, vam embarcar-nos a Le Havre en direcció a Nova York. Com sempre, quan érem a tocar de la nostra ciutat, em va agafar aquella sensació poderosa del triomf fàcil, del gran mercat on tothom pot oferir alguna cosa i segurament algú l'hi comprarà. Em tremolaven les cames de l'emoció. En lloc de fer-me sentir petit com una formiga, com deien molts visitants, a mi aquell Cafarnaüm modern m'omplia d'energia. Gairebé esperava que una gentada m'hagués vingut a rebre, com a l'estació de la Bisbal. Vaig baixar de la nau aferrant l'estoig del violí com qui transporta en secret la fórmula de la felicitat. Ara, avui, sé que m'enganyava a mi mateix, però tant li fa: veient tot el que m'ha portat aquella decisió, he de donar per bo el meu error.

»Al port, esclar, només ens hi esperaven els nostres germans —l'Enric i en Francis— i una noia molt guapa: la Ruth. Feia un any que en Francis s'hi havia casat. Es dedicava a la pintura com ell, la Ruth Wadler, i venia d'una família jueva molt culta. Junt amb els meus germans s'havien instal·lat en un altre apartament a Harlem, al carrer 156. Ens estàvem tots al mateix pis, però ells dos tenien una habitació pròpia i feien vida a part, i ara el guirigall constant de temps enrere —quan vivien tots encofurnats en una llar més petita— havia deixat pas a una vida més reposada, més adulta si vol.

»Ja es pot imaginar que els tres germans solters paràvem poc per casa. Ara cadascun tenia les seves amistats. L'Albert s'havia ocupat com a il·lustrador comercial i l'Enric, el petit, també estudiava música, però motivat sobretot per un somni: tornar-se'n a Cuba i fer-hi carrera. Jo, amb l'embranzida de la meva excitació, vaig reprendre alguns contactes i de seguida em van convidar a fer nous concerts, sobretot acompanyant al piano una altra amiga especial, l'Eva Stern. Amb ella també vam començar a tocar cada setmana a la ràdio, a la prestigiosa emissora WKNY. Eren concerts curts, de molta difusió, però a mi, què vol que li digui, em deixaven insatisfet, i la prova és que ningú me'n parlava i probablement vostè ni se'n va assabentar. Tot i que l'amistat amb la senyoreta Stern em distreia dels pensaments funestos (i m'encoratjava per la via sentimental), m'adonava que allò no em portaria enlloc. En parlava amb els meus germans, que ara ja no em podien ajudar econòmicament, i veia que havia de trobar alguna solució.

»Un dia, assajant amb el violí a casa, tocava una dansa espanyola de Kreisler i de sobte va ser com si l'arquet s'hagués revoltat, com si els meus dits tinguessin vida pròpia: vaig començar a suavitzar el compàs i nota a nota vaig convertir-la en un vals. Dins el meu cap sonava tota l'orquestra acompanyant-me, i després el vals va agafar aires d'un foxtrot, que estava molt de moda, i va ser com si una veu interior em digués que allò era el que em pertocava, seguint el meu caràcter, i no la seriositat encarcarada de les interpretacions clàssiques. Al capdavall els meus orígens musicals eren cubans, no? En alguna cosa s'havia de notar.

»Si havia tornat a Nova York era per picar més alt, fos quin fos l'estil que em convingués més, i estarem d'acord que l'home del moment era Vincent Lopez. Feia córrer més de trenta orquestres pels Estats Units, totes amb el seu nom, i s'havia fet famós a la ràdio. Deia allò de "Hello everybody, Lopez speaking!", se'n recorda? Tota aquella comèdia el feia molt popular. De manera que una tarda el vaig telefonar a l'hotel Pennsilvania, que era on tocava amb els seus homes, i li vaig dir que volia ser el seu violinista. A l'altre cantó, de fons, se sentia música i ell va aturar l'assaig. "¿I vostè qui és? ¿Quants anys té?", va preguntar en Vincent Lopez. Li vaig respondre en castellà i li vaig dir que acabava de tornar de Berlín, on havia estudiat a l'acadèmia, però això no el va impressionar gens. Em va despatxar sense manies i va penjar. L'endemà li vaig tornar a trucar i li vaig demanar que em fes una prova, només això; aquest cop em va escoltar i va dir que s'ho rumiaria. Abans de penjar, potser per dissuadir-me'n, encara em va dir: "¿I què més sap fer, a part de tocar el violí? A la meva orquestra hi vull músics versàtils, jo. Artistes de debò". No m'ho podia posar més fàcil. Aquell vespre vaig acostar-me al Grill del Pennsilvania, em vaig asseure a la barra i, mentre seguia la seva actuació, em vaig dedicar a omplir un quadern amb les caricatures de tots els músics i del mateix Vincent Lopez. Vaig procurar que fossin divertides però no ofensives i l'endemà al matí els hi vaig deixar a l'hotel, amb una nota de presentació. A la tarda ja estava contractat, sense cap prova ni res.

»Tot allò va ser vist i no vist. Amb l'orquestra d'en Vincent Lopez m'hi vaig estar una mica més de mig any, i si en tinc un bon record és perquè l'estiu del 1925 vam anar tres mesos de gira a Anglaterra. Vida d'hotel, camises planxades pel servei, tot el dia fent broma amb els nanos de l'orquestra... Allò va ser com una escola per mi, com una temporada a l'exèrcit. Vam actuar una colla de nits a Manchester i a Londres, en clubs tan coneguts com el Kit Kat o l'Apollo. Tocàvem tangos i foxtrots i ritmes de jazz, per fer ballar la gent, i de tant en tant —quan ell m'ho indicava— jo deixava el violí, em posava en un extrem de l'escenari i en un gran full blanc hi dibuixava una caricatura del pianista, o del trombó: els que tenien les faccions més exagerades i es prestaven al joc. La gent no se'n perdia detall mentre em mirava, reien molt. Si entre el públic hi havia alguna cara avinent, també la dibuixava. Havien de ser esbossos fets amb quatre ratlles i poc més, que pogués enllestir mentre durava una cançó, i després els regalàvem als protagonistes.

»En Vincent Lopez era molt ràpid a l'hora de guanyar calés, però també ho era a l'hora de perdre'n. Fins avui els seus deliris de grandesa no tenen mesura, ¿no li sembla? Entre els músics s'explicava que havíem fugit a Anglaterra per estalviar diners, perquè li sortia més a compte anar de gira que no quedar-se al país, per qüestió d'impostos. Després, quan vam tornar a Nova York, es va associar amb el senyor Monte Proser i van muntar Casa Lopez, fent-hi una gran inversió. L'èxit va ser instantani, segur que ho recorda, i l'ambient era fenomenal cada nit, però aquí, ¿veu?, ja no m'hi vaig trobar a gust. La música era popular, i dic popular per no dir una altra cosa. Quins arranjaments, déu meu! Després d'anys de barallar-me amb les partitures més endimoniades, era com si cada nit em manessin tocar el *Frère Jacques*. I aquelles cançons del sud amb el banjo, que és un instrument que les meves orelles rebutgen! Vaig aguantar una temporada gràcies a l'ambient de Broadway, que per mi era nou i m'obria els ulls cada nit. Potser el que em va fer més profit d'aquella etapa, penso ara, és que vaig aprendre que entre la música fàcil i la difícil hi ha sempre un camí del mig, tot i que aleshores no ho veia tan clar. Durant un temps vaig combinar l'orquestra amb els recitals més refinats, per mantenir la il·lusió que m'havia fet un nom entre l'elit clàssica, però una proposta de l'entranyable senyor Isaacson em va servir per deixar l'orquestra d'en Lopez.

»L'Isaacson m'havia convençut de participar en un recital que s'emetria per diverses emissores i, tot i la peresa de tocar segons què, no li vaig saber dir que no. Resulta que allà hi vaig coincidir amb la dona més bella de Cuba, per no dir del món (amb permís de la Carmen, esclar): la Rita Montaner. Una bellesa mulata que feia caure de cul i que havia sigut, agafi's fort, una amiga meva de la infantesa. Teníem la mateixa edat, tots dos havíem estudiat al conservatori Peyllerade de l'Havana —ella piano i jo violí— i de sobte ens retrobàvem a Nova York. Havien passat uns anys i ara la Rita tenia una veu de soprano prodigiosa, que feia brillar especialment quan cantava cançó espanyola i cubana. L'actuació va anar tan bé que al cap de poc un empresari ens va contractar perquè féssim una sèrie d'actuacions a l'Auditorium de Washington. "A Spanish Musicale", el van titular. L'espectacle va causar sensació i ens va portar més recitals. No sé si ho recorda, però vam estrenar al Town Hall una versió en fotodrama d'*El relicario*. Ens enteníem bé, la Rita i jo. Ja no érem criatures. Ella s'havia casat molt jove, als divuit anys o així, i tenia dos fills petits que enyorava molt, però jo veia que no parlava mai del seu marit, un metge, i, enamoradís com soc, em semblava que estàvem predestinats. L'empresari Rothafel també ho veia clar, a la seva manera, i després de sentir-nos a la ràdio ens va proposar que fóssim caps de cartell i parella d'escenari quan inaugurés el nou teatre Roxy de Broadway. Llavors, però, la Rita va tornar una temporada a l'Havana per estar amb la família, vam perdre el contacte i tres mesos més tard, quan va venir de nou a Nova York, havia signat un acord pel seu compte amb els germans Shubert, per actuar al Majestic. Fins i tot li prometien una temporada a París. La meva decepció va ser de les grosses i em vaig sentir traït i ultratjat. Però no l'hi vaig retreure mai. La rancúnia no m'interessa, perquè en aquest món nostre tot pot canviar en cinc minuts i, com diu el meu pare, no saps mai de qui t'hauràs de refiar. No descarto que m'hagués fet massa il·lusions, jo soc així, però ara han passat uns anys, el món és meravellós, la Carmen encara més, i no li sabria dir si aquell desengany amb la Rita va acabar provocant la meva fugida cap a Los Angeles. A mi m'agrada pensar que havia de canviar d'aires i prou.

Tot això passava la tardor del 1926, i aquell Nadal va ser el més trist de la seva vida, em va explicar en Cugat. De sobte els carrers nevats de Manhattan s'havien convertit en un lloc inhòspit per al jove Xavier i ni tan sols els recitals escadussers a mitja tarda, amb les previsibles tonades nadalenques i la decoració festiva, aconseguien animar-lo. ¿On anava a parar tot aquell encant que el feia resplendir dalt dels escenaris, tota aquella energia malgastada? L'Eva Stern, la pianista que temps enrere li havia donat alguna esperança, s'havia casat i vivia a Nova Zelanda, més lluny impossible. No era l'única dona que semblava respondre a les seves arts de seducció i de cop sobte se n'allunyava. De fet, començava a ser una cosa habitual. Mesos enrere, quan estava amb l'orquestra d'en Vincent Lopez, havia entès com funcionaven les normes del flirteig en aquell món. Les noies de la revista, les ballarines, tan fresques i rialleres, es deixaven temptar amb tota mena de plasenteries. Les atreia el glamur d'una cita a mitjanit, les encisava l'auguri d'una floreta ben dita..., però no s'enamoraven mai. Només es volien casar amb homes rics, però rics de debò, d'aquells que regalen anells de compromís amb un diamant gros com el Ritz.

Mentrestant en Francis i la Ruth Cugat s'havien traslladat a viure a Los Angeles, la ciutat més prometedora del continent. Tot i que la família no volia que deixés la música, aquell Nadal el germà gran va veure en Xavier tan alacaigut que el va convèncer perquè s'instal·lés a casa seva una temporada i oblidés tot aquell decandiment. En Francis ara tenia un nou nom artístic —F. Coradal-Cugat— i treballava a Hollywood com a escenògraf als estudis de Douglas Fairbanks. El seu particular trajecte cap a l'oest, buscant nous horitzons, no podia ser més reeixit: va aconseguir exposar els seus quadres a la famosa galeria Stendahl, i només cal dir que el novel·lista Francis Scott-Fitzgerald va triar una de les teles per il·lustrar la coberta de la seva novel·la més celebrada, *El gran Gatsby*.

La fortuna somreia al matrimoni Cugat, doncs, i fins i tot ja s'havien comprat una casa a Graciosa Drive, a tocar dels estudis Fairbanks-Pickford. Situada al capdamunt d'un turó, aquesta primera parada d'en Xavier a la terra de Hollywood li oferia una vista sensacional de Los Angeles allà sota, des del porxo de la casa, com una miniatura de carrers mig buits, jardins frondosos i edificis en construcció. Era un somni que el cridava perquè en formés part. Les coses s'hi feien d'una altra manera, allà: era el futur. La sobrietat dels teatres de Nova York empal·lidia davant la potència dels focus que, les nits d'estrena, s'alçaven des del Grauman o l'Egyptian i es projectaven fins al cel i més enllà, fins a les estrelles. Impressionat, es convencia que havia arribat just a temps, quan els papers d'aquell gran espectacle encara estaven per repartir.

El primer que va fer en Xavier per presentar-se en societat va ser canviar el violí pel llapis. Després va buscar-se un nom artístic, igual que el seu germà. Aquell any s'acabava de renovar l'esplèndid Hollywood Bowl per assolir la forma d'amfiteatre actual, més ampli i amb seients molt còmodes. Les donacions particulars de centenars de ciutadans havien confirmat que allò era un centre cultural per a tothom, sense restriccions, on es programaven concerts de la filharmònica, obres de teatre i òperes. Per celebrar la nova temporada, l'associació del Hollywood Bowl va encarregar a en Xavier —via Fairbanks, via Francis— un llibret de caricatures dels seus membres més reconeguts. El títol no podia ser més explícit: *The Hollywood Bowlsheviks*, un joc de paraules que apel·lava a l'esperit social del projecte i alhora obria les portes a la ironia. En Cugat no va defraudar i, signant com a De Brú, va retratar sense manies una colla de celebritats del moment. L'empresari Sid Grauman era tot llavis i rínxols rossos, i l'envoltava un eixam de mosques que et feia dubtar de la seva higiene. La mirada misteriosa de Pola Negri, que tants cors havia esberlat, prenia l'aire tristoi de l'heroïna que se sent abandonada per tothom. I el front protuberant de Douglas Fairbanks feia ombra al seu rosari de dents massa blanques. Per si algú es podia ofendre, De Brú tancava el volum amb un autoretrat en què demanava perdó.

El llibret va fer parlar quinze dies i prou, però en Cugat De Brú va entendre que fins i tot la caricatura més despectiva, si està feta amb gràcia, és una forma de vanitat. Dibuixar les estrelles de Hollywood podia ser el seu argument per acostar-s'hi, fer-se visible. Aquell estiu va acompanyar el seu germà i la cunyada a una colla de festes i actes socials. De seguida va aprendre a entrar a les mansions dels milionaris sense cohibir-se, a perdre's en els seus jardins per provocar converses més privades, com si aquell bigoti prim i els ulls falaguers atraguessin les confidències més picants. Només d'arribar, ell i en Francis buscaven els amfitrions i es presentaven. Com que el seu germà i la Ruth eren de tarannà més discret, al cap de poques setmanes ja semblava que en Xavier era el convidat principal, i ells dos els seus acompanyants. Ara les caricatures d'aquell primer llibret s'exposaven al Cafe Montmarte, amb un cert enrenou, i més d'un cop se li acostava un desconegut i, tot cridant «Mr. De Brú!», es presentava i el convidava a una altra festa. Si la conversa ho permetia, en Xavier embellia el seu passat com a solista de la Simfònica de Berlín, o s'enfaristolava explicant que havia tocat en audiència privada per al rei d'Espanya, Alfons XIII, i no trigava a dir el que s'esperava d'ell. Feia una passa enrere, girava el coll en un gest de contemplació, i deia: «Vostè..., vostè té una cara molt especial, si em permet que l'hi digui. Un dia l'hauré de dibuixar!». El desconegut s'allunyava entre rialles i escarafalls —«No, per déu, no!»—, però tot i així li donava les seves referències.

Més tard, a casa, amb el seu germà repassaven les targetes que havia recollit i en Francis l'informava sobre la poderosa influència d'aquells noms, gairebé sempre jueus i gairebé sempre relacionats amb la indústria del cinema o de l'art. Semblava que en fessin col·lecció. A finals d'estiu, després d'una d'aquelles festes, en Xavier va coincidir de nou amb un senyor de gran prestigi, Lynden Behymer, a qui havia dibuixat entre els *bowlsheviks*, i van acordar que seria el seu representant musical. En pocs mesos la seva situació havia fet un tomb: si a Nova York era un violinista que també feia caricatures, ara a Los Angeles seria un dibuixant que també tocava el violí. Behymer el promocionava com un artista de cap a peus i la principal diferència és que allí els seus concerts —cobrats bitllo-bitllo, s'entén— tenien un perfil més bohemi. Feia recitals en salons i vetllades al California Art Club, i una vegada un escultor búlgar el va convidar a tocar en una festa al seu estudi i li va presentar el comte Ilya Tolstoi, el fill més conegut de l'autor de *Guerra i pau*. La batalla d'accents de la conversa en anglès feia somriure els qui els envoltaven distrets.

Amb cada nova coneixença, en Xavier Cugat —o més aviat en De Brú— era més conscient que a Hollywood res no passava perquè sí. Un fil invisible enllaçava tota aquella gent que freqüentava: els seus destins s'estrenyien i es tibaven, es teixien i s'embullaven, però a vegades també es desfeien inesperadament, com nusos a les mans d'un mag. En aquella mateixa època, s'havia estrenat precisament una adaptació d'una novel·la de Tolstoi, *Resurrecció*, protagonitzada per un dels descobriments del moment, la jove Dolores del Río. Un migdia, la revista *Photoplay* va contactar amb en De Brú i li va encarregar una sèrie de caricatures, entre les quals hi havia la de l'actriu mexicana. Li van donar l'adreça de la seva residència i li van dir que només podia ser aquella tarda. Tindria el privilegi que l'actriu posés una estona per a ell. La seva vida estava a punt de canviar per sempre més —algú estirava el fil amb la intenció de fer-hi una llaçada.

Tot Hollywood sabia que la Dolores del Río acabava de mudar-se a una casa nova, a Pacific Palisades, que ella i el seu marit havien fet construir seguint l'estil modernista. Era una d'aquelles mansions que semblen fetes perquè la gent en parli amb enveja, i ara en Cugat tindria la fortuna de veure-la per dins. Des del carrer, la casa s'alçava amb la majestuositat d'un iot blanquíssim. Va trucar al timbre, doncs, i una minyona el va fer passar al jardí i li va dir que s'esperés allí. S'hi va endinsar tímidament, com un nen en un conte de fades, i va descobrir aquell racó del paradís: el blau turquesa de la piscina rutilava amb els arpegis que hi feien la brisa i el sol, mentre una columna de palmeres, molt ben distribuïdes, hi aplicava l'ombra justa. Va fixar-se en una taula feta de pedra, sota una acàcia jove, parada amb una safata plena de fruites i una gerra d'aigua fresca. Va alçar la vista i aleshores la va veure: una mica més enllà, a tocar de la piscina, la senyora Del Río prenia el sol en una gandula, amb un banyador de ratlles blanques i negres. En Xavier va acostar-s'hi discretament. Ella no es va moure i les ulleres fosques que duia no permetien saber si estava desperta o feia la migdiada. En Xavier es va deixar guiar per l'instint i va fer una cosa una mica agosarada: es va asseure en una altra gandula, a una certa distància, va obrir el bloc i va començar a dibuixar aquella criatura meravellosa. No havia passat ni un minut quan de sobte la noia va alçar el cap, es va treure les ulleres de sol i li va clavar una mirada assassina:

—¿Es pot saber què està fent? —li va dir en anglès.

—¿Que no ho veu? Dibuixar-la. Li prometo que quedarà molt bé, senyora Del Río —va respondre-li ell en castellà, una mica ofès, i veient la seva reacció va presentar-se:— Xavier Cugat, perdoni. Ja deu saber que em plau de dibuixar les estrelles de Hollywood per a les millors revistes. Em pensava que l'havien avisat de la meva visita... —i per temperar les ànsies va abaixar els ulls per fer un lleuger retoc a l'esbós, una ondulació en la seva figura.

La Carmen va reconèixer aquell nom i, encuriosida, va decidir que no volia esmenar l'error. Podia ser divertit. Com a tota resposta, va alçar-se de la gandula, va tirar-se un barnús de tul blanc sobre les espatlles i, asseguda, va posar per a ell amb una actitud desafiadora, el cap ben alt.

—Faci, faci, endavant —li va dir ella.

La seva bellesa se li oferia amb tanta frescor que el gest se li va tornar més enèrgic. Alçava els ulls, escrutava aquell cos i tornava a concentrar-se en el bloc. Tot es produïa en un silenci celestial, trencat només pels cants dels pit-rojos i caderneres que baixaven a mullar el bec a la piscina, i mentrestant, a mesura que perfilava aquell rostre, en Xavier n'entenia l'atractiu, el desxifrava. La pell colrada, la premonició de la cabellera morena recollida en un monyo tibant, les celles espesses que accentuaven una fesomia tan contundent com atractiva. Tot anava molt de pressa, i una mena de sortilegi li feia creure que amb cada traç del llapis també descobria algun senyal de la vida interior d'aquella dona, com si així pogués entreveure les dificultats que havia superat per arribar on era, la infantesa a Mèxic, la barreja d'anhels i decepcions que l'havien fet ser com era —ben bé igual que ell—. Ja he dit abans que li costava poc enamorar-se.

Es van estar així cinc minuts, observant-se sense dir res, veiam qui tenia més paciència, fins que una veu adorable va trencar aquella escena inaugural.

—Carmen! Señor Cugat!

Per un moment a tots dos els va semblar que els havien atrapat enmig d'una malifeta i van dissimular no se sap ben bé què. Com una aparició, la Dolores del Río va fer-se visible al capdamunt de l'escala. S'havia posat un vestit llarg i vaporós, sense mànigues, amb un lleu estampat de flors, i anava descalça, amb les ungles pintades d'un vermell infern. La cara, pàl·lida per mor d'un maquillatge suau, quedava emmarcada per un pentinat a la moda, ondulat amb delicadesa. N'hi va haver prou amb uns segons, veient-la baixar els graons amb aquella naturalitat, perquè en Xavier comprengués la diferència entre la noia que tenia al davant, la Carmen, i una autèntica estrella del cinema. Era aquell halo que desprenia, l'encant i l'elegància que aconseguia sense esforç, la seducció aparentment involuntària.

La Carmen, que sabia molt bé el paper que li pertocava en aquella escena, es va alçar de la gandula per cedir el protagonisme a la Dolores, però ella s'hi va acostar i la va agafar de la cintura. Així juntes, semblaven germanes, gairebé bessones.

—Veig que ja ha conegut la Carmen —va fer la Dolores—. Potser recorda que en aquell film que es va dir precisament *Els amors de Carmen* ens volíem matar, però resulta que som molt amigues. Oi que sí, estimada? —i li va fer un petó sorollós, de germana gran. La Carmen s'hi va tornar fent veure que la mossegava.

En Xavier va reviure mentalment la pel·lícula i va haver de reprimir un rampell fogós. Havia sigut el primer cop que algú filmava una baralla entre dones. Ho recordava com el combat de dues gates que s'estripaven la roba, s'estiraven els cabells i volien treure's els ulls per l'amor d'un home. Durant una temporada tothom parlava d'aquell petit escàndol, i ara ell les tenia totes dues allà al davant.

—Si volen les dibuixo juntes —va encertar a dir, viu com ell sol—, però els aviso que s'hauran de barallar altre cop.

Les noies van riure al mateix temps, accentuant l'efecte de repetició, però la Carmen es va apartar per seure a la taula de les fruites, deixant clar que ella només era una espectadora. En Xavier va passar la pàgina del bloc i va demanar a la Dolores que adoptés una postura en què se sentís còmoda. Quan va alçar de nou la vista, per mesurar-li les proporcions, la seva bellesa el va sorprendre per excessiva, gairebé irritant de tan perfecta. L'hauria de fer més lànguida, més immaculada, si volia que funcionés com a caricatura.

Aquella tarda l'esbós de la Carmen Castillo va quedar inacabat, però després en Cugat la va dibuixar moltes vegades. De fet, la confusió el va fer adonar-se que li agradaven les dones més terrenals, més de carn i ossos, amb un misteri als ulls però amb els peus en terra ferma.

Durant aquella meva primera visita a Los Angeles com a periodista també vaig parlar amb la Carmen, i ella em va confirmar que era molt difícil saber qui va seduir qui. Aquella tarda inaugural, abans de marxar, en Cugat li va demanar si podrien tornar-se a veure. La Dolores va beneir la proposta amb entusiasme i la Carmen es va veure mig obligada a dir-li que sí, però li va donar un número de telèfon equivocat. Tot i això, al cap d'una setmana en Cugat va fer-se el trobadís. La casa on la Carmen vivia amb la seva mare i la seva neboda era famosa perquè s'havia convertit en una mena d'ambaixada sentimental dels artistes mexicans a Hollywood. Dos cops al mes s'hi organitzava una vetllada musical d'aires nostàlgics, sempre al voltant dels chiles i els moles deliciosos que cuinava la mare. En Cugat, doncs, s'hi va presentar amb el violí, com a convidat d'un amic comú, el guitarrista Luis Elorriaga. Al primer moment la Carmen va fer com si no el reconegués del tot —ara era ella la que es confonia, o ho feia veure—, però després va cantar amb el seu acompanyament i tothom va aplaudir aquella afinitat tan espontània, com si haguessin actuat junts tota la vida. Més tard, en un apart, en Cugat va preguntar a la Carmen per què li havia donat un telèfon fals, i ella li va respondre:

—El meu cor em deia que, si ens tornàvem a veure de seguida, tu i jo acabaríem casant-nos. I ara mateix és més important la meva carrera.

—Doncs jo crec que l'amor i l'èxit són inseparables —li va dir ell—, i em sembla que nosaltres dos hi estem predestinats. A triomfar, vull dir, i a enamorar-nos potser també.

A més de comprendre que hauria d'insistir-hi, aquella nit en Xavier va rebre una altra informació: si volia casar-se amb la Carmen, també s'hauria de guanyar l'aprovació de la seva família i dels compatriotes. A partir d'aleshores, doncs, mirava d'assistir a totes les vetllades del clan, celebrar cadascun dels plats que preparava la seva mare, per picants que fossin. Mentrestant, amb l'excusa d'assajar algun número junts, aclaparava la Carmen perquè es trobessin i llavors li tirava la canya amb tot de projectes musicals que la tenien a ella com a veu protagonista. Duets d'ells dos, com a màxim trios amb una pianista ocasional. Era la seva manera de dir-li que s'havia enamorat. El seu mànager musical a Los Angeles sovint li aconseguia actuacions en recitals, on treia la pols a les composicions que havia tocat tantes vegades com a estudiant. Ara, però, en Cugat li cantava les excel·lències de la Carmen i el pressionava perquè li trobés concerts per a ells dos: excuses per poder estar junts. Amb la mateixa perseverança, aquells mesos també va publicar més d'una caricatura de la cantant, fins i tot en diaris de Mèxic, com si així —demanant-li que posés per al retrat— pogués repetir les condicions ideals d'aquella primera vegada a casa de la Dolores del Río.

—Al final, de tant demanar-me que ens prometéssim, li vaig haver de dir que sí —m'explicava la Carmen—. Si el vaig fer gruar, era perquè ell n'estigués convençut de debò, que jo ja ho estava des del primer dia. I no li negaré que em divertia veure'l patir una mica. Se servia de qualsevol avinentesa per declarar-se'm, fins al punt que aviat es va convertir en una broma continuada, i va arribar un dia que, de fet, tots dos ens comportàvem com si ja estiguéssim compromesos, però encara fèiem com si no. Un dia, finalment, vam demanar el permís de matrimoni i ens el van concedir de seguida. Ara només calia trobar data per casar-nos, però, ¿vol creure'm si li dic que això va ser el més difícil? Amb aquell vistiplau públic a les mans, per en Xavier era com si ja tinguéssim la feina feta. De sobte li sortien encàrrecs de tot arreu. Feia de director musical d'alguns projectes de cinema de Vitaphone, i al mateix temps havia muntat una orquestra per actuar i filmar curtmetratges sonors. Es presentaven com a Xavier Cugat and His Gigolos, i jo m'hi vaig afegir per donar veu a cançons de repertori com *El relicario*, *Estrellita*, *Cielito lindo*... Com que això del cinema sonor començava a tenir aprovació, de seguida ens van sortir concerts i actuacions a la ràdio. No paràvem.

»Tota aquella murga s'afegia als impediments per trobar un dia per casar-nos, i ara era jo la que es feia pesada, insistint que al final ens caducaria el permís i hauríem de tornar a fer tots els tràmits. A més, ma mare començava a dubtar d'en Xavier i ja em deia que si era un cantamanyanes, que si s'aprofitava de mi... De manera que un matí el vaig enganyar: estàvem preparant una filmació a Palm Springs i, durant una pausa, li vaig dir que m'acompanyés a comprar unes sabates. N'havia vist unes que m'agradaven molt, en una botiga del centre de Los Angeles, però eren una mica extremades i volia que ell em donés la seva opinió. Va fer el ronsa, vaig fer veure que m'enfadava i al final va cedir. Jo m'havia conxorxat amb el nostre xòfer i, quan passàvem per davant de l'ajuntament, va aturar el cotxe i ens va fer baixar i em va donar un ram de flors. En Xavier va veure l'edifici i de seguida va entendre que l'havia ensarronat. Però no s'hi va resistir gens, al contrari. Només es va mirar de dalt a baix i va fer sense gaire convenciment: "Amb aquest vestit tan normalet, ¿vols dir?". Li vaig recordar que aquell mateix dia caducava el permís i no teníem alternativa. De manera que vam enfilar escales amunt i, amb el xòfer i una senyora de la neteja com a testimonis, finalment un oficiant civil ens va casar.

»Ara potser em preguntarà on vam anar de viatge de noces, i la resposta descriu la naturalesa del nostre casament: enlloc. No vam anar enlloc. L'endemà de casar-nos jo començava la filmació d'una pel·lícula i en Xavier va reprendre com si res la seva vida d'home orquestra, mai tan ben dit. Des d'aleshores no sé si hem fet més de tres o quatre dies de vacances seguits. Potser la nostra sort és que hem sabut convertir el que fem en una lluna de mel continuada, com una festa que es renova cada dia. Penso en la sensació de privilegi que tenia algunes nits, quan tocàvem tangos al Montmartre i entre el públic hi descobria la Gloria Swanson, o la Greta Garbo, fulgurants fins i tot quan volien passar desapercebudes, i al final ens venien a felicitar. O aquella vegada que en Cecil B. de Mille ens va contractar per a una festa a casa seva, en honor de Basil Rathbone, i vam tocar en un jardí espectacular, envoltats de roses grogues, lliris i esperons, i l'olor era tan intensa que em vaig mig marejar i vaig fer veure que em desmaiava per amor a en Xavier, com si fos un número musical.. O quan ens van llogar perquè féssim temporada a l'hotel Roosevelt i alguna nit ens venia a veure en Chaplin, cosa que posava molt nerviós en Xavier, que es pensava que li volia encarregar alguna música per a les seves pel·lícules... Ja ho veu, són tres anys i mig que han passat volant i, pensant-ho bé, aquest trasllat a Nova York també té una mica l'aire d'una lluna de mel, ni que sigui perquè al principi viurem a l'hotel. I després potser sí que finalment sabré què és la vida d'una dona casada, ¿sap? Cantar als vespres a la ràdio i després actuar al Waldorf, i de dia fer el meu paper de senyora Cugat: buscar-nos una casa, moblar-la al nostre gust, viure-hi tranquil·lament, qui sap si tenir un o dos fills abans que sigui massa tard.

3. Els anys del mam

Tot es veu tan lluny, ara, des d'aquest segle XXI acabat d'estrenar, que sembla impossible que existís allò que se'n va dir la llei seca. Sobretot perquè el record em diu que durant aquells anys jo vaig beure més que mai, sense gaire control i amb l'enardiment que donava fer-ho en bona companyia, sempre festivament. Els anys del mam, en dic, per fixar una època en què l'alcohol i la música van fer-se inseparables, quan una bona actuació en directe encara era millor amb el gust del licor a la gola, el cervell i les cames. Bevies perquè tothom bevia, i tothom bevia perquè tu bevies, i potser sí que els amos dels bars i sales de ball i *speakeasies* que freqüentàvem a les nits havien hagut de fer mans i mànigues per abastir-se d'alcohol, o disfressar-lo d'esperits aromàtics i curatius —aquella pudor de farmàcia!—, però per a nosaltres era un instrument més: alçàvem el got, o l'ampolla, afegint-nos a l'actuació dels músics que teníem allà al davant.

Nosaltres, dic, i és que en aquells temps de depressió col·lectiva del país —parlo de finals dels anys vint, just abans de la gran garrotada de la Borsa— ens vam ajuntar una colla de reporters que corríem la nit, cada nit, i ens motivàvem els uns als altres. En Baxter, en Garnett, en Chamoiseau; la senyoreta Blumenthal i la senyoreta Shore: noms que potser us diran alguna cosa perquè van deixar l'empremta escrita als diaris i revistes d'aleshores. Jo era el més jove i estava més verd, i ells em van adoptar i em van ensenyar a gaudir d'estils més bastards, menys encotillats en les convencions clàssiques. No descarto que al principi els mogués un despit social, com si la seva missió fos reformar el nen de casa bona i obrir-me a nous ambients. Era com si, confabulats amb la senyora Zukauskas, acabessin d'eixamplar-me aquella curiositat que ella m'havia inculcat a l'adolescència. Festes exuberants, concerts improvisats de matinada, balls d'orquestra: tot s'hi valia si podíem actuar com a agents dobles de la diversió. Era aquell rar privilegi de viure-ho i després reviure-ho explicant-ho a la nostra manera, buscant els adjectius que transportessin la bogeria desvergonyida que entre tots convocàvem.

M'adono que parlar d'una època tan reculada amb el benefici dels anys sempre té un punt factici. És fer trampes amb la temptació d'ordenar els fets seguint una lògica, quan en el seu moment tot sorgia de manera molt més inesperada i casual i dilatada en el temps. Sigui com sigui, en el meu cas aquella immersió en els altres universos musicals, tan distants del que escoltàvem a casa, sempre m'ha semblat inseparable de les notícies que afectaven la meva família, gairebé com una causa i un efecte, com si les lligués alguna força superior. Ja que hi som, les resumiré per no atorrollar-vos gaire.

L'estiu del 1924, la meva germana es va casar amb el seu promès, el fabricant de llaunes de conserva, i van començar a tenir fills. Quatre en vuit anys, amb un avortament entremig, que la van allunyar a ella del piano, i no tan sols perquè tocar embarassada o amb un nadó als braços té les seves dificultats evidents.

L'estiu del 1925, el papà va morir sobtadament. Un atac de cor mentre visitava un dels seus proveïdors a Cuba, en una refineria de sucre de Calimete, a prop de Matanzas. Recordo el nom del lloc perquè el meu cunyat i jo vam viatjar fins allà per fer les gestions corresponents i repatriar el cos. Ens el guardaven dins un dipòsit de sucre sobrer, ple fins dalt —un mètode de conservació inaudit—, però al final el cònsol ens va aconsellar que l'enterréssim allà mateix perquè era més avinent no desafiar les lleis de la naturalesa, especialment severes amb la calor tropical. Va ser una mort doblement dolça, doncs, pel sudari de sucre i perquè en un apart el proveïdor em va fer saber, circumspecte, que el papà havia mort al llit en companyia d'una noia de carrer, i que potser caldria fer-li arribar una remuneració pel seu trasbals (i pel seu silenci, vaig afegir-hi mentalment).

Les restes del meu pare reposen al cementiri dit de San Carlos, tot i que ningú de la família s'hi ha acostat mai més —només jo—. La seva làpida, si encara es manté dreta, deu ser una distracció per als passavolants, un cognom exòtic que els desperta la imaginació i així no pensar tant en els seus morts. Tornant a Nova York, vam organitzar un funeral sense caixa i vam omplir de flors un cenotafi al cementiri de Green-Wood, al panteó familiar. Uns dies més tard, la lectura del testament em va convertir en l'hereu universal dels negocis del meu pare. Encara uns dies més tard, després d'un parell de reunions i d'aplicar el sentit comú a les nostres existències tan diferents, ens vam citar de nou a cal notari per refer les condicions d'aquella herència substanciosa. Jo cedia la meitat de tot a la meva germana, amb dues condicions: la primera era que ella tornés a tocar el piano; la segona, que el meu cunyat es fes càrrec de la direcció de l'empresa, pensant sobretot en la crisi econòmica que els més savis ja pronosticaven. Em vaig dir que qui sap enllaunar tomàquets i mongetes i pèsols, també ha de saber empaquetar sucre, i així jo podria seguir escrivint els meus articles i ressenyes, ara amb la tranquil·litat que cada mes em cauria del cel un bon sou.

Més coses. La primavera del 1928, la mamà es va tornar a casar. Després de més de dos anys de dol, la meva germana i jo no vam posar-hi cap pega. Aleshores ja era àvia, d'acord, però encara no havia fet els seixanta anys i, entre envellir sola en una llar gegant plena d'ombres o rejovenir al costat d'un altre marit, va triar la claror. També és veritat que l'home que la va conquistar tenia moltes virtuts: vidu i sense fills, culte, era un coronel retirat de l'exèrcit canadenc que havia tornat condecorat de la Primera Guerra Mundial i des d'aquella contesa es declarava pacifista. Mai no es penjava medalles a les celebracions, al contrari: més aviat intentava menystenir-les, com si li fes vergonya dur la quincalla al pit. Com que havia nascut i crescut a Montreal, l'havien educat en una doble cultura francesa i anglosaxona que sempre, d'una banda o de l'altra, li permetia animar una conversa. Ell i la mamà s'havien conegut durant un creuer pels Grans Llacs, i més en concret sota les cascades del Niàgara, en un punt equidistant entre els dos països. Els envoltaven desenes de nuvis en viatge de noces, com era tradició, i aquella felicitat a l'engròs els devia esperonar. Enamorats com dos jovencells, però incapaços de renunciar al seu passat, abans de casar-se van acordar que passarien mig any a Montreal i mig any a Nova York.

En aquella època jo encara vivia amb la mamà i, com que la nostra última minyona havia mort, la seva decisió salomònica i cosmopolita em convertia durant molts mesos en l'únic habitant del pis familiar. No diré que hi estava malament, però algunes tardes, especialment en dies festius, em feia l'efecte que totes aquelles cambres, i aquell saló desmesurat, es queixaven de tanta buidor; les parets enfustades de caoba cruixien, les finestres s'obrien soles i no feia vent, les portes grinyolaven com violins desafinats. Em va semblar que la meva germana, el fabricant de llaunes de conserva i tota la seva prole habitarien amb més entusiasme aquella llar, la farien més feliç, i els vaig proposar que hi anessin a viure. «Algú ha de tocar aquest piano», els vaig dir, i sense cap vergonya vaig aconsellar la meva germana que reprengués el contacte amb la senyora Zukauskas i seguís la tradició familiar: aviat tindria fills en edat d'estudiar piano.

Mentrestant, jo em vaig deixar portar per la fascinació de la novetat i a finals del 1930 vaig llogar un dels primers apartaments del bloc de London Terrace, al barri de Chelsea. Situat a la proa de la nau, diguem, el meu apartament era al quart pis, tenia dues habitacions i donava a la Novena Avinguda. La gent criticava l'edifici pel seu aspecte mastodòntic, com un transatlàntic que hagués embarrancat al carrer 23, però a mi m'agradava aquella sensació d'habitar el futur amb comoditat: tots els pisos tenien nevera i tanta aigua corrent com volguessis, i als baixos hi havia dos restaurants, una tintoreria, una piscina olímpica d'aigua calenta i una sala de ball. Amb una mica d'imaginació, podia semblar que vivies en un tros d'Anglaterra a Manhattan. Els porters de l'edifici anaven vestits com si fossin policies de Londres, amb el casc blanc i tot, i en dies assenyalats fins i tot interpretaven una mena de canvi de guàrdia. Encara que arribessis de matinada en un estat deplorable, els ascensoristes t'ajudaven a obrir la porta de casa sense perdre mai la flegma.

La resta —de quina manera un solter com jo treia partit d'aquella llibertat, quan i amb qui desplegava els encanteris de la seducció— us ho haureu d'imaginar, però no serà difícil perquè, com us deia, hi havia la música. L'entreteniment. Aquell festival de ritmes nous, d'experiments que l'orella humana desconeixia, sorgien una nit rere l'altra com en una competició per veure qui ens sorprenia més, qui ens xarbotava més, qui ens feia perdre el món de vista més de pressa. Amb els altres col·legues i amics ens hi abraonàvem, literalment, buscàvem allò desconegut amb la dedicació d'uns exploradors i després ho convertíem en una inspiració per als nostres dies. Escriu, beu, balla, dorm. Escriu, beu, balla, dorm. Escriu, beu, balla, dorm. Noteu el ritme, oi? Com de mica en mica se't fica al cos i demana al batec del cor que s'hi compassi...

Sota aquesta efervescència tan aviat ens rendíem a l'encís de les rosses oxigenades que Texas Gunin atreia a l'El Fey Club, fent barrila (i el que calgués) al voltant d'alguna orquestra de charleston, com celebràvem la música més sofisticada que reunia les *flappers* morenes i displicents, ja fos al Morosco, l'Stork

Club o el Beaux Arts Café. A vegades fèiem concessions al ball més tradicional i tornàvem a veure l'orquestra de Guy Lombardo al grill de l'hotel Roosevelt, o ens ficàvem en algun vodevil de les Ziegfeld Follies (i esperàvem les coristes a la sortida, tot un ritual). Nova York aleshores atreia el talent, n'hi havia per donar i per vendre. Als articles que escrivíem, cofois, dèiem que vivíem «l'edat del jazz» i no acabàvem de saber què significava, perquè més que una multitud de sons era un estat d'ànim, una actitud que anava canviant diàriament. De fet, es pot dir que ho enteníem a mesura que les nostres paraules definien el que experimentàvem, perquè l'altra gent també ho pogués explicar, sentir-se'n part, rabejar-s'hi. S'entén, doncs, que per a nosaltres la conquesta de la nit era també la fàbrica d'un llenguatge nou. Llegíem *El gran Gatsby* i ens hi sentíem a dins; buscàvem rèpliques de la Daisy a cada sala de ball i les tardes d'estiu planejàvem sortides a Long Island per sentir-nos més a prop d'aquell ambient mig fantasiós.

Broadway era com casa nostra, però a vegades també ens enfilàvem més amunt, cap a Harlem, i ens ficàvem als locals on es torrava el jazz de debò. En Chamoiseau era negre i ens hi convidava com si volgués presentar-nos la seva família, i amb ell passàvem més discrets, sense aquella sensació molesta d'estar envaint un món que no ens pertocava. Així la impressió d'assistir al naixement d'alguna cosa absolutament nova encara era més bèstia. Mai no oblidaré la tarda que vaig veure l'orquestra de Duke Ellington al Cotton Club, i encara menys la primera actuació de Cab Calloway i els seus Missourians al Plantation Club del carrer 126: l'excés d'aquell homenàs, els seus moviments de bruixot que feia levitar tota l'orquestra, el seu serrell salvatge! Convertia la vetllada en una missa pagana, on els càntics espirituals agafaven nous sentits i et feien combregar en aquella mena de religió. La seva veu febril quan cantava *Minnie the moocher* em va fer pensar que calaria foc a les parets del local; amb la mirada vaig buscar algú que compartís el meu embadaliment, però tothom replicava els seus cants en una mena de trànsit, *hi-de-hi-de-hi-de-ho...* —i m'hi vaig afegir.

Nit rere nit, les excursions als marges del nostre món es van fer més habituals. Allà dalt, ens dèiem, la cocaïna t'afina els sentits amb una bufetada i l'alcohol està més ben destil·lat, però era tan sols un al·licient més per acostar-nos als escenaris que encara ens podien sacsejar amb la novetat. Corríem pel Savoy, el Radium, el Hot-Cha, on lluïen el ragtime i les grans bandes i els espectacles de claqué dels germans Nicholas, i Garland Wilson tocant el boogie-woogie. De tant en tant jo aconseguia escorar-me més cap a l'est de Harlem, al *barrio*, on la música mexicana es barrejava amb el jazz, i el tango i els ritmes de Puerto Rico buscaven aliances impensables. No he oblidat la trompeta d'Augusto Coen ni la flauta d'Alberto Socarrás. I llavors, quan tots aquests músics començaven a sortir del seu racó del barri per colonitzar Manhattan, un dissabte d'abril del 1930, vaig anar al Palace a veure l'orquestra del Casino de l'Havana, que dirigia Don Azpiazu, i se'm va obrir el cel. Antonio Machín duia la veu cantant i interpretava clàssics com *El manisero*, o *Mamá Inés*, però el que em va deixar sense alè era l'aposta d'Azpiazu amb l'orquestra. No vaig gaire errat si dic que era la primera vegada que a Broadway se sentia —a tot vapor— el so combinat de les maraques, els claves, els bongos i les congues, el güiros i els timbals. Era la rumba cubana, senyores i senyors. Jo sentia aquella música d'arrels llatines i africanes, filtrada per la llunyania, i em feia pensar en el meu primer viatge a l'Havana acompanyant el papà. Aleshores la ment se me n'anava cap al cementiri on reposava, en una terra que l'acollia sense reserves, i tot d'una aquella casualitat em feia sentir una mica cubà, una mica més fosc de pell, com si la seva sepultura hagués arrelat i aquell fet accidental em donés dret a disfrutar més de l'espectacle.

Vet aquí el frenesí que sacsejava Nova York aquells anys, mentre en Cugat s'obria camí com a caricaturista a Hollywood, es casava amb la Carmen Castillo i amb la seva nova orquestra de tangos i rumbes encara tocaven per a un públic selecte i amb vel·leïtats de modernor. Si posem els dos moments de costat, semblaria que ell havia perdut definitivament el tren, però el seu nas per acomodar-se als nous temps amb provatures i innovacions el feia destacar. A Nova York, mentrestant, la invasió de la música llatina s'escampava encara més i havia començat a atreure l'alta societat. Els privilegiats volien tastar la fruita prohibida (sense que els fes gaire mal), i aleshores, el 1933, els amos de l'hotel Waldorf-Astoria van buscar algú que pogués omplir els salons del ball de l'hotel amb aquelles noves tonades —i aquest algú era en Xavier Cugat.

Com que era un mestre de l'autobombo i ell mateix es feia la publicitat, un mes abans els diaris ja imprimien anuncis amb la seva arribada a Nova York. La revista *Vanity Fair* va pensar que estaria bé ser els primers a presentar-lo als seus lectors quan tot just debutés i van encomanar un article al meu amic Baxter. Ell, però, quan va entendre que era un músic que es prestava a la llatinada, va declinar i em va fer el gran favor de recomanar-me a mi. Els del *Vanity Fair* van fer-li cas i així, després d'anys d'escriure per a la premsa local, per fi vaig aconseguir un reportatge nacional. El *Vanity Fair*, déu meu, paraules majors. I en aquell moment crucial —perdoneu-me la grolleria— la vaig cagar. La vaig cagar per inexpert, o per incompetent, o per ser massa escrupolós i primmirat, qui sap. *I fucked it big time*. Molt a pesar meu, em sembla raonable que ho expliqui.

Com he apuntat abans, a finals de maig d'aquell 1933, mentre es preparava per estrenar xou al Waldorf, vaig anar a Los Angeles per retrobar-me amb en Xavier Cugat. Un cop més no es va recordar de mi, però quan li vaig fer memòria va semblar que sí, sobretot en dir-li que el *Vanity Fair* m'havia encarregat un article per parlar d'ell. «Un retrat en moviment», li vaig dir, i tot van ser facilitats. Em va convidar a casa seva i em va presentar la seva dona, l'artista Carmen Castillo. Vaig entrevistar-los a tots dos (com ja heu pogut llegir). Vaig assistir als assajos amb els músics que l'havien d'acompanyar a Nova York i vaig comprovar el seu èxit en l'última nit al Cocoanut Grove, envoltat dels amics que havia fet aquells anys. També em va fer conèixer la seva neboda —la Margo—, una noia de quinze anys que era la contradicció personificada: tenia un dimoni al cos i ballava com els àngels. En veu baixa, com si em fes un favor, en Cugat em va revelar que ella seria la sorpresa del seu nou espectacle, la cirereta que ningú s'esperava. Així, durant uns quants dies vaig ser l'ombra emprenyadora del músic, sense que es queixés gaire, al contrari, i fins i tot em va permetre acompanyar-lo en el llarg viatge que l'havia de fer travessar tot el país des de Hollywood a Nova York en cotxe. Mentre la seva sogra, la Margo i la majoria de músics feien el llarg trajecte en tren, ell havia triat l'auto que s'havia comprat feia poc. Suposo que li agradava la idea del retorn èpic, la reconquesta de l'est amb aires iniciàtics.

Aquells sis dies a la carretera van ser frenètics i plens d'anècdotes, i em van deixar entreveure la cara menys pública del músic. L'arribada triomfal al Waldorf, just a temps per a la primera actuació programada, va culminar una odissea extraordinària. Com a reporter no podia demanar més. L'endemà, de bon matí, vaig ordenar i repassar les meves notes i vaig escriure sense parar. Vet aquí el meu error: la fascinació pel personatge em portava a incloure-hi fins a l'últim detall, tot em semblava rellevant i mereixia ser explicat. No descarto tampoc que la pressió subtil que en Cugat havia fet m'emboirés l'enteniment. La qüestió és que els del *Vanity Fair* m'havien demanat set pàgines de text i jo els en vaig portar una vintena. Quan va veure aquell patracol, l'editor va fer una ganyota burleta i amb una punta de condescendència em va fer saber que no patís, que entenia el meu entusiasme però ells mateixos pagarien algú perquè ho arreglés, escurçant-ho a la mida òptima. La seva reacció va tocar-me l'amor propi i, envanit, em vaig fer l'ofès i els vaig dir que si no m'ho publicaven sencer, no hi havia tracte.

L'esbroncada es devia sentir des de l'estàtua de la Llibertat. ¿Qui era jo per venir amb aquelles exigències? Ni el senyor Dalton Trumbo gaudia d'aquests privilegis, ni la senyoreta Dorothy Parker! O feia el favor de portar-los una versió de set pàgines —com a molt!— o ja m'ho podia confitar. Ah, i no em pagarien ni les despeses del viatge. Vaig deixar passar dos dies i, en fred, vaig aconseguir reduir tot aquella bíblia a set miserables pàgines que eren un poti-poti insípid. Les hi vaig portar de nou i les van publicar. L'article va sortir amb una errata al meu cognom, que encara ara penso que era feta expressament per escarmentar-me. Un mes més tard, quan en Cugat va llegir la revista, va escriure'm tot seguit manifestant la seva decepció. El seu nom només sortia dinou vegades en tot l'article! L'endemà el vaig anar a veure al Waldorf per disculpar-me i li vaig fer entendre que no era cosa meva. Fins i tot li vaig portar el text original, perquè fos conscient de tot el que havia escrit. Va agafar-me els fulls i se'ls va mirar per sobre, amb desconfiança, i encara em va dir:

—És que ni tan sols han posat el meu nom a la portada de la revista!

Per aplacar-li l'enrabiada, li vaig prometre que em guardaria aquell material i al cap d'uns de mesos el publicaria en alguna altra banda. Amb el triomf de la seva orquestra, que ja es començava a palpar en l'ambient, me'l prendrien de les mans. L'afalac el va tranquil·litzar, però el cert és que l'article sencer no es va publicar mai. Tot i els meus errors de jove arrogant, vull creure que el temps m'ha donat la raó i aquell excés, aquell retrat que desbordava pertot arreu, massa llarg per als costums de l'època, avui es pot llegir amb normalitat. Entre tots n'hem après. Per això l'he tret de la carpeta on ha dormit totes aquestes dècades i finalment el dono a imprimir. No crec equivocar-me si dic que a hores d'ara tothom que hi surt ja és mort —tothom menys jo, segurament.

UNA ESTRELLA PER AL WALDORF-ASTORIA

Retrat a la carretera

Un matí de juny del 1933 a primera hora, en un carrer d'una zona residencial de Hollywood, un grup de persones brinden amb un líquid que podria ser o no ser xampany al jardí del davant d'una casa d'estil espanyol. Amb la marinada, les fulles de color fúcsia d'una buguenvíl·lea gegant dansen com banderetes en una desfilada. Tot i que l'ambient és modestament alegre, la cerimònia no s'allarga gaires minuts. Les bombolles encara juguen dins les copes quan, d'enmig del grup, un home exclama que ja és hora de marxar. És el senyor Xavier Cugat i, tot i que segur que ja l'identifiqueu, s'imposa una breu descripció: duu un barret fedora, un fulard al coll i una camisa d'esport blanca, per suportar millor el viatge llarg, i el front li perleja de suor per les ànsies del moment. S'ha deixat créixer el bigoti i diu que no pensa afaitar-se'l per superstició. Després d'acomiadar-se d'uns amics i de les dues persones que estan al servei de la casa, la seva esposa —l'actriu i cantant mexicana Carmen Castillo— i el gos Lobo se situen al davant del cotxe, i els tres músics que els acompanyen van ocupant les places del darrere. Llavors el senyor Cugat es posa uns guants i s'asseu al volant de l'auto. És un Pierce-Arrow 1932, d'un blanc impol·lut, veloç i espaiós com pocs se'n construeixen avui dia. El senyor Cugat engega el motor i amb un toc breu del clàxon deixa enrere la casa on ha viscut durant els últims quatre anys. No és un adeu per sempre, perquè ja se sap que a la seva vida no hi ha res definitiu, però acompanya el moment amb un cop de cap massa solemne, és a dir, amb una certa melangia. Els altres també fan adeu amb la mà —menys el gos, esclar, que s'arrauleix als peus de la seva mestressa.

Després de sis anys de viure a Hollywood i haver-se fet un nom, en Xavier Cugat torna a Nova York i aquest cop està convençut que és per quedar-s'hi. D'una manera física, però també emocional, li sembla que desfà el mateix camí de l'anada. Aleshores, amb vint-i-cinc anys i més orgull que talent, se'n va anar sense pensar-s'hi gaire, com si fugís d'alguna cosa que l'intimidava. Va mig abandonar una carrera de violinista que li havia donat moltes alegries —a ell i a la seva família—, però també molts disgustos. Va deixar enrere l'apartament al nord de Manhattan, a Harlem, on vivia amb dos dels seus germans, per anar a buscar un futur incert a Los Angeles. Quan li entraven els dubtes, es deia que era un home impulsiu i que les intuïcions sempre li havien sortit bé. La realitat és que és un cul inquiet i que encara no havia trobat el seu lloc al món, però potser més que un punt en el mapa, el que perseguia era un estat d'ànim, aquell que procura la gran admiració dels altres i et fa creure que ets a tot arreu alhora.

Si els plans no se li esguerren, a partir d'ara el senyor Cugat té la pretensió de ser un privilegiat i viure l'estiu tot l'any: amb els hiverns suaus de la costa de Califòrnia i els mesos de bonança climàtica del nord-est d'aquest immens país nostre. Mentre s'allunya de Los Angeles amb el seu auto, doncs, també corregeix l'error d'haver volgut deixar la música, perquè ara duu un contracte fabulós a la butxaca. Ha hagut de ploure molt —una pluja sobretot de serpentines i confeti— i li ha calgut fer no pas poques concessions musicals, però a hores d'ara ja s'ha convençut que era la millor solució i fins i tot potser l'única. És el futur, viatgen tots cap al futur: els esperen al nou hotel Waldorf-Astoria per omplir de música les nits de l'estiu de Manhattan. Ara té una orquestra pròpia que porta el seu nom. Li han confirmat que estrenarà les vetllades a la serena de la Starlight Roof, compartides amb l'orquestra de Jack Denny. Per qui ho desconegui, la Starlight és la terrassa més luxosa de l'hotel, on la gent fa el ressopó i balla i perd el cap fins que surt el sol.

Ell mateix diu que és com si, en el fons, l'haguessin contractat perquè trasplantés la màgia elegant de Hollywood al cor del Manhattan més benestant. Park Avenue, ni més ni menys, entre els carrers 49 i 50. En un hotel nou de trinca, amb més de mil quatre-centes habitacions, i que per dins és com una ciutat dins la ciutat. El contracte inclou una habitació per a cada músic, perquè s'hi quedin a viure una temporada, fins que trobin un allotjament propi. Per acabar d'arrodonir el sou, l'orquestra tocarà cada tarda als estudis de la WEAF, en emissió de ràdio per a tot el país. Quan el senyor Cugat es pessiga, incrèdul, una veu interior li diu que s'ho mereix. Se sent com el fill pròdig que torna i, a més, porta una música diferent, que després d'escalfar cada nit el Cocoanut Grove —oh tango, oh rumba!— vol sorprendre, escandalitzar i potser esmenar la plana a aquells que fa uns anys no van creure en ell.

Mentre el cotxe avança imponent pels bulevards de Hollywood, el senyor Cugat no mira enrere. Encara que no li agradi gaire, aquest cubano-català admet que quan es va traslladar a Los Angeles, la primavera de l'any 1927, era com una baldufa sense nord, en equilibri precari i sempre a punt d'aturar-se. Ara se'n va amb la sensació que coneix tothom i, encara més important, que tothom el coneix a ell. Aquesta seguretat prové en part de la dona que té al seu costat. La senyora Carmen és una bellesa clàssica, amb un rostre angulós que, segons d'on la il·luminen, traslluεix la sang calenta dels gitanos o la fredor venjativa d'una deïtat asteca. Davant d'un temperament tan vistós, ens preguntem si Cugat va pensar que aquella dona afegiria més sal i pebre a la seva vida tan moguda, o si és a l'inrevés i resulta que es calmen l'un a l'altre. La veritat és que els parents i amics del matrimoni no saben decidir qui va domar qui, però quan es posa sentimental Cugat diu que aquests últims anys a Hollywood sembla que tot hagi passat perquè pogués conèixer aquella dona extraordinària. Certament les coincidències ho fan tot més apassionant i literari: a Sunset Boulevard tothom ja coneix la història del caricaturista solter que ha de retratar la preciosa Dolores del Río, va a casa seva, es confon i dibuixa una amiga, també bellíssima, i de sobte neix l'amor entre ells dos. És la típica història que els productors delegen i ja corre el rumor que se'n farà una pel·lícula. Els actors ja els tenen —ara es busquen guionistes!

Al cap de dos dies de transitar per una carretera polsegosa, resseguint el traçat de la Ruta 66, el bon humor que hi havia al cotxe dels Cugat ha anat minvant, evaporat per la calor desèrtica. En aquest país nostre en perpètua construcció, quan un auto tan urbà com el Pierce-Arrow abandona els carrers de la ciutat esdevé una criatura indefensa, a mercè de les inclemències de la natura i els imprevistos del progrés que no sempre arriba a tot arreu. Mentre alguns trams del trajecte són poc més que un camí de tartana i un catàleg de sotracs, d'altres mostren l'empremta del futur, ja sigui en la forma de gasolineres i cantines, nascudes al costat de l'asfalt nou i relluent, o amb l'aparició inesperada d'hotels del motor —els anomenats *motels* per no gastar tantes lletres— que ofereixen al client un llit bastant flonjo i un bany vespertí. Els nostres amics van cloure la primera jornada més enllà de Phoenix, i anit van arribar fins a Amarillo, a Texas, una tirada llarga i penosa però que els prometia un sojorn agradable a l'hotel Herring. Trepitjar de nou una ciutat, encara que només sigui per dormir-hi unes hores, et fa sentir a recer, sobretot quan has fet centenars de milles sense veure ni una ànima humana, o com a màxim creuant-te potser amb un altre cotxe, potser amb un ramat de bisons que fan via cap al ranxo.

Ara, aquest matí, nets i afaitats, carreguen l'equipatge i pugen tots al cotxe. Mentrestant el gos Lobo s'acomiada d'un fanal. Avui miraran d'arribar a Little Rock, Arkansas, i si el trajecte no els sorprèn amb cap imprevist potser allargaran fins a Memphis. Els tres músics s'acomoden als seients del darrere i intenten no pensar en el suplici que encara els espera. Són Ray Gonzales, que fa les percussions, Billy Hobbs, que toca l'acordió, i el violinista Max Wannowsky. Al principi van acceptar la proposta d'anar amb l'auto del mestre, i no en tren, per una raó de jerarquia —són els que fa més temps que toquen a la seva orquestra—, però tot just sortir de Los Angeles ja havien entès el seu error. El seient del darrere és ample i senyorial, però han de compartir-lo amb aquest periodista que signa i amb els instruments. En Billy s'havia imaginat que en algun moment trauria l'acordió i, mentre veien passar el no tan llunyà oest, cantarien cançons per fer més amè el viatge, però la combustió del motor, tan exigit, no els deixa sentir res. De fet, quan condueix, Cugat es transforma; ara no és el director expansiu que cada nit admiraven els clients del Montmartre, sinó que esdevé una mena d'estàtua silenciosa i concentrada, aferrat al volant com si li paguessin més que per dirigir una orquestra. Sortint de Los Angeles, en la primera aturada perquè el gos fes les seves necessitats, es va posar uns taps de paper a les orelles, per esmorteir el soroll, i això encara l'aïlla més dels altres passatgers. Només Carmen, al seu costat, manté els nervis a ratlla mentre comanda aquesta nau: és ella qui obre el mapa per marcar el camí, qui decideix quin és el millor paratge per aturar-se a estirar les cames, qui està pendent de les inclemències climàtiques i dona ordres perquè s'alci o s'abaixi la capota del cotxe.

Carmen Castillo i Xavier Cugat fa tres anys i mig que estan casats oficialment, però en fa gairebé cinc que actuen junts als escenaris. De moment no tenen descendència, si no és que considereu com a criatures les seves creacions musicals, cada cop més populars a la ràdio i el cinema. Es van conèixer parlant i cantant en castellà. Quan els pregunto quin va ser el detall que els va unir, Cugat s'afanya a dir: «Un malentès feliç». Carmen riu per sota el nas i respon: «Això és el que ell es pensa». Després afegeix: «La seva insistència. Em va convèncer per esgotament».

En l'actitud deseixida de Carmen hi clissem els trets de les noies entremaliades de Hollywood, com Claudette Colbert o Carole Lombard, però passats pel sedàs misteriós de l'herència llatina. L'hauríeu de veure quan canta *La cumparsita* acompanyada del seu marit i la banda dels Gigolos, amb quin ímpetu l'amargor la trasbalsa tota mentre declama:

> Y aquel perrito compañero
> que por tu ausencia no comía
> al verme sola el otro día
> también a mi me dejó...

El cinquè dia, quan surten de Chicago al migdia, després d'un esmorzar reparador, Carmen té un pressentiment: van amb retard respecte de l'itinerari previst. Patiran. El debut al Waldorf està anunciat pel 3 de juny al vespre, d'aquí a dos dies, i els convindria arribar a Nova York demà com a màxim, perquè tinguin un dia per assajar tot el que ja saben, posar-ho en solfa al nou escenari. Van una mica justos, sí. A hores d'ara, calcula, els que viatjaven en tren ja deuen ser al Waldorf, i sent enveja de la seva mare i la Margo, i dels altres músics. Però s'estima més no comentar-ho: l'ambient al cotxe és espès. La barreja de cansament i ressaca amb què surten de la gran ciutat els té mig atordits. En Xavier condueix capficat en el trànsit, ara que la carretera va més plena de cotxes. De tant en tant taral·leja sense adonar-se'n alguna cançó que li balla pel cap, però només li fa cas el gos Lobo, que alça les orelles, l'observa i després torna a ajupir-se als peus de la seva mestressa. Als seients del darrere, els tres músics dormen o contemplen les aigües del llac Michigan amb la mirada fixa, hipnotitzats per una altra de les meravelles d'aquest gran país nostre. Ahir, quan deixaven enrere Memphis, ja es van encantar així: durant unes quantes milles van avançar paral·lels al riu Mississipi, que apareixia i desapareixia entre els arbres com si jugues-sin al gat i la rata, fins que van sorgir els enormes camps de blat de moro, compactes i infinits, a punt de segar, i només algunes granges en la distància, amb els seus graners i molins de vent, enmig d'un paisatge d'un verd intens. Es van aturar a Saint Louis per omplir el dipòsit i al cap d'una estona Max Wannowski, el violinista, que sempre és el primer que té gana i vol parar a menjar, va comentar que els anuncis de cantines amb *hot dogs* al costat de la carretera havien substituït els de les *barbecues*: es podia dir que oficialment havien deixat enrere l'oest i ara anaven a la conquesta de l'est. Tots van riure-li la gràcia, però la menció havia fet el seu efecte i quan van trobar el proper cafè es van aturar a prendre un *hot dog* i una coca-cola, i encara un pastís de nous pacanes.

Aquest presagi del món modern es va fer més fort quan van albirar els edificis alts del centre de Chicago i, a mesura que s'hi acostaven, els creixia una eufòria continguda, com si ja haguessin arribat però no del tot. La Carmen anava guiant en Xavier per la ciutat fins que van trobar l'hotel Drake —una recomanació de Francis Cugat, el seu germà artista, de quan hi vivia i treballava per a l'Òpera—. Tenien el cos sotragat de tants dies de cotxe i els convenia un bon llit, però només eren les sis de la tarda, la primavera estava a punt de desplegar-se amb tots els colors del capvespre sobre el llac, i una agitació extraordinària omplia els carrers. Hi havia passavolants pertot arreu, els aparadors de les botigues lluïen engalanats, els tramvies duien unes garlandes amb els colors de la nostra bandera.

Llavors es van fixar en un cartell enorme penjat entre dues columnes: esclar, s'acabava d'inaugurar la Gran Exposició Universal a Chicago! Ara mateix eren al centre de l'univers i aquella casualitat els va carregar d'energia. Seria una llàstima desaprofitar l'oportunitat, es van dir, de manera que van deixar l'equipatge a les habitacions, van confiar en Lobo a un grum de l'hotel i, després de refrescar-se, van sortir a fer de ciutadans del món.

Xavier va convidar-los a sopar per agafar forces i tot seguit van córrer a barrejar-se amb la gent. La riuada de vianants els arrossegava cap al sud, en direcció als recintes de l'Exposició. Uns edificis d'aspecte futurista sobresortien en la distància, com si una nau de l'espai exterior hagués aterrat damunt del llac Michigan. A cada passa hi havia homes-anunci i venedors cridaners que els volien atreure amb tota mena d'amenitats. Compreu tiquets per descobrir els cotxes del demà, enfileu-vos a la gran cistella per fer una passejada pel cel! En el fons, però, després de tants dies de carretera els corria per dins una altra mena de desfici: el de la música, esclar. ¿On podrien anar? Carmen va imposar el seu sentit pràctic i en un quiosc van comprar un diari per repassar els anuncis d'atraccions. L'oferta era abassegadora. Paul Whiteman i la seva orquestra tocaven a l'Oriental; Vincent Lopez s'estava a l'hotel Congress, i aquell mateix dia també hi havia Guy Lombardo, Buddy Rogers... Tants noms els feien ballar el cap, i Xavier els va interrompre:

—Un mes al Waldorf i també tindrem aquest predicament, nois. Ja ho veureu. ¿No hi ha alguna cosa una mica diferent? Aquesta mena de música ja la sabem fer nosaltres, i millor que tots ells.

Anys enrere Billy Hobbs havia fet temporada a Chicago, en un *music hall*, i va recordar que si volien sarau de debò havien d'anar més avall, cap al South Side.

—Hi ha qui diu que és perillós i salvatge perquè és el barri on viuen els negres, i perquè sovint hi ha manifestacions d'obrers, però això és xerrameca maliciosa, creieu-me. Al South Side s'hi poden sentir músics que no toquen enlloc més. Sempre hi ha oberta la sala de ball del Grand Terrace, que era d'un dels homes d'Al Capone, i per descomptat el Savoy, on es va fer famós Louis Armstrong. Es veu que amb la gran crisi el negoci dels clubs ha anat de baixa, però segur que avui hi haurà teca de la bona.

El vespre i la nit se'ls van escapar de les mans sense adonar-se'n. Van anar al Trianon i van anar al Rustic Gardens, van anar al Plantation i van anar al Pershing. En alguns llocs era entrar i sortir, només per veure l'ambient, però tota aquella rauxa se'ls ficava a dins i els esperonava. La música els sorprenia a cada local que entraven, sobretot per la barreja inaudita, en experiments que als cabarets de Hollywood encara eren poc tolerats, per no dir prohibits. Algunes sales només permetien l'entrada de blancs, però en d'altres hi havia orquestres de blancs amb un solista negre que allargava les cançons improvisant, i el públic ho aplaudia amb fervor. O grups de negres que tocaven cançons de plantació com no les havien sentit mai abans, amb uns arranjaments de jazz que els feien palpitar amb força i uns canvis de ritme que gairebé els espantaven, de tan inesperats. Es van sorprendre de veure cambrers negres servint clients negres, músics negres tocant per a clients blancs com ells, clients negres que ballaven al davant dels músics blancs. Una recepcionista negra passava comptes amb un patró també negre, mentre un client blanc li confiava el seu abric. Les balladores de companyia, negres, acceptaven clients blancs o negres, els era igual, i no semblava que a ningú li importés gaire mentre s'afegissin a la combustió col·lectiva.

Xavier es resistia a acceptar aquell desordre de les convencions i s'ho mirava tot amb un punt d'incredulitat, potser perquè allà ningú el reconeixia, però a la fi també va deixar-se anar. Com que tota la policia devia ser al centre de la ciutat, vigilant l'Exposició, l'alcohol corria sense cap impediment, com si fos la cosa més normal, i Carmen va fer-los entendre que allò que tenien allà al davant era el futur immediat.

—El dia que finalment deroguin la llei seca —els deia, tot passant la vista pel local— serà així a tot arreu. Al capdavall nosaltres també som de fora, no? Si l'orquestra pot tenir músics llatins, també en pot tenir de negres. Els cubans, per exemple, o els porto-riquenys!

Els altres ho van aprovar fent un brindis amb la copa de xampany, o el que fos aquell mata-rates. Billy Hobbs va insistir que la ronda només es podia acabar al Savoy, el gran temple musical de la nit de Chicago, i van demanar a un porter que els indiqués com arribar-hi. Eren a tres carrers. Un cartell a l'entrada deia que l'aforament permetia quatre mil persones, i renoi si les hi feien cabre! A dins, l'atmosfera es condensava en un núvol de suor, tabac, tint per als cabells i perfums casolans. Gairebé tothom era negre, començant pels músics. Una mica cohibits, Xavier i Carmen van provar de ballar al so d'un foxtrot que ells també sabien tocar, però com a màxim van poder arrenglerar-se amb altres parelles i anar ocupant l'espai que els deixaven. Més que ballar, semblava que mesuressin la pista de fusta. Mentrestant, Ray Gonzales feia amistat amb una caribenya que havia identificat per la seva forma de moure els malucs quan ballava, i Bill Hobbs i Max Wannowski s'obrien pas en la selva frondosa de cossos per arribar a la zona de taules on la gent menjava i, més enllà, a la llarga barra del bar.

A les tres de la matinada, l'orquestra va anunciar que feia una pausa i tot seguit va pujar a l'escenari el conjunt de reserva. Van sonar les primeres notes i, de sobte, el seu so sorgia amb una estridència colossal, com si ara que Al Capone ja dormia a la presó els obliguessin a tocar més fort perquè ell també ho sentís. La pista va estremir-se amb les convulsions d'un terratrèmol humà i, per algun miracle, enmig dels moviments sísmics, els nostres amics van retrobar-se i van aconseguir sortir al carrer. Max havia perdut una sabata i Ray exhibia uns llavis pintats al coll. Carmen estava marejada. Només Xavier duia el vestit impecable: l'elegància és una de les seves qualitats naturals. A les quatre encara no, arribaven a l'hotel i es ficaven al llit.

Ara, al migdia, aquell vendaval els regolfa dins el cervell amb unes punxades traïdores. Cada clot de la carretera és una rufagada que els remou l'enteniment.

—Era l'alcohol —diu un—, ves a saber què ens vam beure.

—Era el menjar d'aquell restaurant —fa un altre—, massa mantega.

—Era aquella música, que no hi estem acostumats.

—Sou vosaltres —sentencia Carmen—. I si calleu una mica, potser us passarà.

Sortint de Chicago han agafat l'autopista Lincoln i, a mesura que el cotxe es va menjant milles en direcció a Pittsburgh, els retorna lentament el sentit del viatge. Demà passat els esperen al Waldorf de Nova York, què carai! Dins la caparra fenomenal s'hi concentra —com a mínim en el cas del senyor Cugat— la sensació d'haver superat un purgatori. No és pas que vinguessin de l'infern, això no, però els anys a Hollywood han deixat un pòsit de llums i ombres. A la part lluminosa, fins i tot enlluernadora, hi ha tot allò que té a veure amb la música. La reconquesta d'una passió, en podríem dir, que va rebre un gran impuls quan va conèixer Carmen. Després van venir les actuacions a la ràdio, els sojorns al Cafe Montmartre, l'ascens en l'escala artística que el va portar cada nit al Cocoanut Grove. Recordem-ho: els clients sopaven entre palmeres i cocoters, i la seva orquestra de nou homes els feia sentir dins un particular somni d'Orient, un miratge de fantasies picants.

En aquells anys, la seva experiència —amb un punt d'inconsciència feliç— li permetia assajar els formats amb una gran versatilitat, i tant podia presentar una orquestra d'hongaresos com un espectacle de *follies* espanyoles, com un gran cabaret que es digués *A night in Brazil*. Un dia coincidia amb Joan Crawford per inaugurar la *Cortina de les estrelles*, el teló que havia dibuixat amb desenes de caricatures famoses per al teatre xinès de Grauman, i un mes més tard tocava a la gran obertura de l'hotel Ensenada, que Jack Dempsey, campió dels boxejadors, havia fet construir a Aguas Calientes, a la Baixa Califòrnia.

¿I les ombres, direu, si tot li anava sobre rodes? Bé, doncs potser havien crescut amb la sensació que al capdavall la música era només una excusa, un soroll de fons que li permetia cobrar alguns xecs grassos i, sobretot, sentir-se a prop de les estrelles. Perquè la realitat és que, quan ell intentava fer un pas endavant i situar-se al centre dels negocis, les coses no li acabaven de sortir bé. Ho havia vist molt clar amb les caricatures. Al principi els encàrrecs li obrien portes, li feien de drecera per arribar a algun productor important, i durant uns mesos s'havia estès a Hollywood una superstició: si no t'ha dibuixat De Brú, no ets ningú. De mica en mica, però, la mateixa dinàmica social li havia definit millor el paper en aquella Babilònia: l'adoptaven com al bufó de la cort, igual que tants d'altres. El dia que se'n va adonar, va deixar d'acceptar encàrrecs, especialment del *Los Angeles Times*.

—Quan et demanen que demà a quarts d'onze del matí siguis graciós, la cosa no funciona —deia ell, per justificar la seva decisió—. Per mi dibuixar no és un ofici: és un art, una passió!

Coneixent el seu tarannà, podem pensar que aquests ensurts li reforçaven l'orgull i fins i tot li donaven més popularitat, però alhora era inevitable sumar-los a la certesa que alguna cosa fallava: d'un temps ençà havia començat a perdre diners. Hi ha un tipus de negociant de Hollywood a qui agrada de dir en veu alta «em vaig arruïnar» al bell mig d'una festa, només per poder treure pit i anunciar tot seguit que en pocs mesos ha refet la seva fortuna. No és el cas de Cugat: abans d'arruïnar-se va saber posar el fre de la prudència. I això que hauria pogut guanyar diners a cabassos, de la manera que els guanyen aquells visionaris que arriben els primers a tot arreu.

El febrer del 1930, ell i l'empresari Rodolfo Montes van muntar a Hollywood la companyia Spanish Pictures, dedicada a fer pel·lícules parlades en castellà, i el primer projecte era de l'orquestra de Xavier Cugat y sus Gigolos, junt amb nombrosos artistes convidats. Es va dir *Charros, gauchos y manolas* —olé!— i havia de ser l'alternativa llatina a *The jazz singer*, d'Al Jolson, que triomfava a tot arreu. Presentava números musicals mexicans, argentins i espanyols, i per la tria ja es veu que estava destinada a un mercat molt ampli. Montes i Cugat no pensaven només en els espectadors de Califòrnia i Mèxic, sinó també en els d'Espanya i de tot Sud-amèrica. Al cap d'un mes, la primera pel·lícula parlada en castellà ja s'estrenava al Million Dollar Theater i les crítiques destacaven la mescla d'humor i drama, junt amb l'habilitat de Cugat en la direcció dels artistes. També hi havia qui hi trobava pegues, esclar, i deia que era massa fosca, que els sons no concordaven amb els moviments bucals dels actors, i que els accents entre mexicans, andalusos i argentins sovint es confonien. Tot això eren minúcies davant del problema principal: havien anat massa de pressa i, quan van voler exportar la pel·lícula, els productors es van trobar que no la volia ningú perquè els cinemes encara no tenien els projectors adaptats per a films sonors. ¿Quina gràcia feia mirar una pel·lícula musical com si fos muda? La patacada es va sentir des de Tijuana fins a la Terra del Foc.

Així s'entén millor, doncs, que la proposta del senyor George Boldt, gerent del Waldorf, amb un contracte per portar les danses de Margo i la música llatina de Xavier Cugat al seu hotel, els caigués del cel com aigua beneita. Era l'excusa perfecta per fugir endavant.

—Canvia de pastura i el vedell s'engreixarà —fa el senyor Cugat, recordant un dels refranys que deia el seu pare, i és com si volgués dissimular que la processó va per dins.

Després de viatjar tot el dia en aquell estat letàrgic, ara ja són a les envistes de Pittsburgh, el bressol de l'acer que aguanta la puixant Amèrica. En un trencant de la carretera veuen un rètol que anuncia les milles que falten per a Nova York i només de llegir-lo diríeu que els nervis se'ls desperten, com si un corrent elèctric passés de l'un a l'altre i els enrampés amb una lleugera incomoditat. Porten més de set hores de cotxe i ha començat a fer-se fosc, però Carmen planteja la possibilitat de seguir tota la nit. Xavier se la mira de reüll, incrèdul, i fa que no amb el cap. Ell és l'únic que sap conduir i està massa cansat. S'adormiria al volant.

Quan arriben a Pittsburgh ja és fosc del tot i el motor del seu Pierce-Arrow ressona pels carrers mal il·luminats i desèrtics. A tocar de la via del tren, passen per davant d'un barri de barraques i cases a mig construir, amb els pobres veïns que prenen la fresca, i pregunten a un passavolant per l'hotel Roosevelt (a totes les capitals hi ha un hotel Roosevelt). L'home té un fort accent irlandès i l'alè li put a whisky, potser per això les indicacions no són prou bones i es perden abans d'arribar al centre de la ciutat. Creuen un pont sobre el riu Monongahela, segueixen intuïtivament una desviació i de sobte es troben al davant d'un altre hotel, el Morrowfield. Fa una mica de basarda, tan voluminós i solitari, però els llums a les finestres de les cambres, com promeses de descans, els conviden a aturar-se i demanar allotjament. El hall és ampli i acollidor i un recepcionista molt jove els rep amb una servitud exagerada. Els dona habitació i els aconsella que aparquin al davant de l'hotel, en un terraplè sobre un parc on hi ha altres cotxes. El vigilant nocturn ja estarà al cas. Esgotats i afamats, els músics només tenen esma per agafar els fardells indispensables i els instruments, que són per a ells com animals de companyia que mai no deixarien a la intempèrie, igual que el gos Lobo.

Al bar de l'hotel encarreguen entrepans i beguda i cadascú puja a la seva habitació. Descansen al llit mentre la nit cau sobre Pittsburgh amb una densitat ferruginosa i llavors, unes hores més tard, mentre dormen, els desperta el so agut i insistent d'unes campanes. És el cotxe dels bombers. El gos Lobo es posa a bordar. Encara desorientats, tots reaccionen igual: el primer pensament és que hi ha un incendi a l'hotel. Se sent alguna corredissa al passadís. Proven d'obrir el llum i s'adonen que no hi ha electricitat. L'habitació del matrimoni Cugat dona a la façana del davant de l'hotel, al tercer pis, i es fixen en la claror groguenca que puja del carrer. Treuen el cap a la finestra i entenen què passa: al davant de l'hotel, un cotxe ha xocat contra un pal d'electricitat i l'ha fet caure. El pal n'ha arrossegat dos més, que han provocat un curtcircuit i s'han precipitat sobre tres cotxes aparcats, i els han calat foc. És el foc que els bombers intenten apagar, i Cugat s'adona de seguida que un dels cotxes, el que queda més apartat, és el seu Pierce-Arrow. Es vesteixen d'una revolada i a les palpentes, acompanyats d'un grum que troben al passadís amb un llum d'oli, baixen per les escales i surten al carrer. Quan finalment els deixen acostar al cotxe, els bombers ja han extingit les flames i s'adonen que a primera vista no és tan greu. Com que l'extrem d'un dels pals encesos ha caigut a la part posterior, només s'ha encès el darrere: la pell dels seients i l'equipatge restant estan socarrimats i alhora xops de l'aigua de les mànegues. La cabina del davant, en canvi, continua gairebé intacta, només una mica molla. Aquesta és la primera impressió; quan miren els fardells de l'equipatge, s'adonen que tot ha quedat inservible: els uniformes de l'orquestra, la capsa de les partitures amb els arranjaments, el material de dibuix: no es pot salvar res. Encara bo que s'havien endut els instruments a l'habitació.

De cop se sent un terrabastall i torna la llum a l'hotel, gràcies a un generador autònom, i Xavier i Carmen veuen tots els estadants a les finestres, observant el desastre. Hauria pogut ser molt pitjor, es diuen. Max i Ray s'acosten en pijama a veure què ha passat. Billy, el més dormilega, ni tan sols s'ha despertat, i aquest periodista que signa i està de servei, refet de l'ensurt, mira de consolar Carmen, que ploriqueja. Una mena de desesma l'afebleix i s'ha d'agafar al braç de Xavier.

—¿I ara què? —diu amb un filet de veu.

—Ara res, estimada —fa ell—. Si s'engega el motor, que s'engegarà, demà al matí continuarem el viatge. Ens esperen a Nova York i el xou ha de començar, com sempre. D'aquí quinze dies ens en riurem, de tot plegat. Una anècdota més per explicar.

A la seva memòria, l'última etapa farà per sempre més pudor de cremat, i això que corrien a cel obert, sense la capota del Pierce-Arrow (de fet, el foc va devorar gran part de la lona). Com que s'havien d'esperar que la companyia elèctrica tragués els pals i els fils d'electricitat de damunt dels tres cotxes accidentats, tots han tornat a l'habitació. Amb el trasbals es pensaven que ja no dormirien més, però a la fi el cansament els ha vençut i han guanyat unes hores de son. Després s'han regalat un bon esmorzar i de sobte era com si el sol radiant d'aquest matí de juny els convidés a oblidar aquell últim destret. No volen fer-ne una tragèdia, no s'ho poden permetre. En Xavier ha posat la clau al contacte i ha provat d'engegar el motor. El cotxe els ha fet patir estossegant tres cops, com si s'hagués empassat massa fum, però finalment s'ha posat en marxa. Crits d'alegria, alleujament, eufòria. L'hotel els ha ofert unes quantes tovalloles, que han estès sobre els seients per no embrutar-se el cul de sutge i cendres, i han represà el camí. De Pittsburgh a Filadèlfia, parada per dinar, i des d'allà fins a Nova York, destí final.

Ara agafen el Holland Tunnel a Nova Jersey i, quan emergeixen a l'altre cantó, en Xavier ja se sent a casa. Manhattan. Se li nota que està pletòric. L'aire va carregat d'unes olors que li resulten familiars, com si algú hagués obert la porta d'un armari on guardava records de la seva adolescència.

—Benvinguts al centre del món! —crida. A les set de la tarda d'aquest divendres, el trànsit a Canal St. és intens i caòtic, i Xavier retroba aquella manera de conduir més esbojarrada que a Los Angeles, on els crits i el clàxon són imprescindibles per fer-se respectar. Al seu costat, la seva muller ha d'agafar el gos Lobo, que amb les potes del davant s'enfila a la porta, com si esperés l'ordre de saltar sobre algun vianant. A la Sisena Avinguda, la via s'eixampla i de sobte sembla que el món es torni a ordenar. És el primer cop que els músics trepitgen aquesta ciutat i no tenen prou ulls ni orelles per absorbir-ho tot. El brogit urbà, el contrast entre les cases més velles i atrotinades i els edificis que semblen créixer a ulls vistents, les botigues a cada cantonada amb els munts de fruita en exposició. Quin bé de déu.

A la tarda, tot conduint, Xavier s'havia imaginat el trajecte que faria quan entressin a Manhattan. Té pressa per posar els peus al Waldorf, com tots, però abans vol fer saber a tothom que ja és aquí, que ja ha tornat, i alhora presentar la seva ciutat als companys, i sobretot a Carmen. Ara, doncs, avancen per la Sisena a l'ombra del tren elevat, fins al carrer 34, i s'encanten amb els anuncis gegants de Macy's. A Herald Square, que aquesta hora és un formiguer, aconsegueix girar cap a Broadway i enfilen fins a Times Square i el carrer 42, on els cartells dels teatres i les sales de cinema semblen encendre's al seu pas —un bateig de llum daurada. Mentre circulen, Xavier va anunciant en veu alta tot el que veu, igual que un guia turístic: l'Hippodrome! L'hotel Knickerbocker! Bryant Park! Els lleons de la biblioteca pública! Encara encegats per les marquesines rutilants amb els seus noms mítics, trenquen per la Cinquena avall. És un gir innecessari, però vol veure l'Empire State acabat del tot, aturar-se als peus d'aquella agulla monumental que sembla indicar-los en quin punt exacte es pot tocar el cel a Nova York.

Mentre circulen hi ha gent que els mira i els saluda, i ells els tornen la salutació. Diríeu que els diaris han publicitat la seva arribada i els estaven esperant. Són les vuit del vespre, comença a fosquejar i no s'adonen que en la penombra creixent dibuixen una estampa estrambòtica: un cotxe mig cremat, amb la carrosseria bruta, la part posterior ennegrida pel fum, els seients espellifats i la lona esfilagarsada. Com si l'auto hagués traspassat un huracà, o com si un volcà l'hagués escopit. A l'interior, ells tampoc no fan una fila gaire presentable: els rostres demacrats pel viatge, els cossos adolorits per la posició incòmoda, entre fardells i instruments, i a més amb un gos llop que alça les orelles, ho contempla tot en un estat d'alerta i borda sense parar.

Aquesta sensació d'estar fora de lloc es fa evident fins i tot per a ells mateixos quan comencen a circular per Park Avenue, en direcció a l'hotel. La tranquil·litat refinada de l'avinguda, amb els parterres de gespa al mig, les mansions sumptuoses a banda i banda i els porters uniformats que se'ls miren amb recel, no s'adiu gens amb el seu aspecte de captaires, o com a mínim de troupe de circ que no acaba de saber on instal·lar-se. Alcen la vista i no es poden creure que aquest serà el seu carrer. Carmen té un atac de vergonya i s'enfonsa al seient. Xavier redueix la velocitat, com si el cotxe pogués anar de puntetes i així passar més desapercebuts. Quan són davant de l'entrada de l'hotel, un dels porters fa quatre passes, s'hi acosta i gesticula perquè avancin. Allà no s'hi poden estar, els diu amb males paraules, i el cotxe accelera. Tomben a la cantonada i aparquen al carrer 50. Decideixen que Xavier hi anirà tot sol per presentar-se i aclarir la situació, però quan comença a caminar cap a l'entrada, el gos Lobo salta del cotxe i l'acompanya al darrere, ben bé com si l'hagués de protegir. Ell no se n'adona fins que ja és dins de l'hotel —els porters l'han deixat passar amb desgana— i s'acosta a la recepció saludant amb el barret. De cop el gos s'atura, es grata amb passió i la fisiologia s'imposa: al bell mig del hall, en un punt on la moqueta verda sembla més flonja que la gespa, buida el ventre. Un dels recepcionistes contempla l'escena garratibat, crida discretament un grum i amb uns moviments de cap i de celles li ordena que hi posi remei *ipso facto*. Xavier se n'adona, veu el regal del Lobo i les cames li flaquegen del disgust. El grum s'acosta amb una cadira i el nostre músic es pensa que és per a ell, quina eficiència, però immediatament s'adona que té una altra missió: deixada al mig del pas, dissimula el cos del delicte i evita mals majors entre els clients que transiten pel hall. Mentrestant el gos va ensumant aquí i allà, com si ja intuís que aviat tot allò seran els seus dominis.

L'endemà a la mateixa hora, les vuit del vespre, tot aquest deliri ja forma part del passat, i anys a venir és probable que el senyor Cugat ho recordi com una anècdota lamentable que farà més humana la seva carrera exitosa. La qüestió és que, un cop resolt l'afer del gos, ja més calmat, el músic s'anuncia amb gran prosopopeia i el recepcionista no sap qui és. Ni idea. ¿Pot lletrejar-li el nom, sisplau? Caldrà recórrer a la presència del senyor gerent Lucius Boomer per desfer l'embolic, i aleshores sí, després d'unes quantes formalitats esdevenen residents del Waldorf-Astoria —sense data de sortida.

Vint-i-quatre hores donen per molt. Mentre aquest periodista se'n torna al seu domicili, concedint als nostres herois la privacitat necessària, només pot imaginar-se com les han omplert. Un còctel o dos, uns entremesos per sopar, desfer maletes a la suite, comprovar que el llit sigui flonjo, reunir-se finalment amb Margo, la mare de Carmen i els altres músics, descriure'ls amb detalls potser exagerats la peripècia de Pittsburgh... Qui sap. I el matí del dia que debuten, assajar, assajar, assajar —la millor manera de dominar els nervis, això se sap.

Ara ja són dalt de l'escenari de la Starlight Roof i aquesta ploma està novament de servei. La nit serena de Manhattan els ha rebut amb una plètora d'estrelles. L'orquestra de Jack Denny s'ha retirat a reposar i ells la substitueixen. Des de les seves taules, entre copes de xampany i menges delicioses, el públic està atent als nou músics, la cantant Carmen i el director de l'orquestra, el gran Xavier Cugat, que apunta un somriure de satisfacció que li durarà tota la nit. En un camerino rere l'escenari, la jove Margo espera el senyal —el final de la tercera cançó— per sortir a ballar. Tot sembla perfectament a lloc, si no fos per un detall que només coneixen els protagonistes: com que els uniformes de l'orquestra es van cremar, sense temps material perquè un sastre en confeccionés de nous, van tots vestits amb les jaquetes de tons vermells i daurats dels cambrers del Waldorf. L'etiqueta no ha quedat compromesa, doncs. El mestre Cugat fa un parell de tocs amb l'arquet del seu violí i tot seguit comencen a sonar les notes melangioses d'un bolero. La música s'escampa per la sala amb una espontaneïtat atractiva, desconeguda per a molts, i cada cop hi ha més parelles que s'alcen de taula i es posen a ballar, ballar, ballar.

4. Els enfonsats i els salvats

¿Quantes persones he conegut al llarg de la meva vida? Intento no pensar-hi, però a vegades la memòria va pel seu compte i s'entesta a despertar-me una cara que vaig veure trenta, cinquanta, setanta anys enrere. Llavors, si provo de posar-hi un nom, m'adono que a la meva edat tots els noms es confonen i totes les cares s'assemblen —homes i dones i vells i joves i guapos i lletjos— i rumio una tarda sencera per ajuntar una cara i un nom i estar mig convençut d'haver-la encertat. Esclar que després em cal donar-los una ciutat, i un temps, i potser fins i tot una conversa que vaig arribar a transcriure en algun dels meus articles, i si no vaig amb compte el record se'm rebel·la i em fa entrar en un bucle que és com una sala de miralls, on les figures es multipliquen fins a l'infinit i al final em marejo i he de tancar els ulls una estona. L'única conclusió que en trec, aleshores, és que tothom s'ha mort. Només en queda una música distant. Tots aquells cors ja s'han aturat en algun moment, perquè això de viure és una cursa sense guanyador. Miro endavant i no hi tinc ningú; miro enrere i tampoc. Fa tant de temps que ja he anat més enllà de la nostàlgia. Les ombres s'han aprimat cada cop més i ara, des de la trinxera d'aquests cent tres anys, fa l'efecte que el temps també s'ha convertit en una ficció. ¿Ho vaig viure, tot allò que em torna sobtadament? Les rialles dels amics, les abraçades de les amants, les cançons que escoltàvem i ballàvem a la matinada, el confeti que ens sortia de les butxaques l'endemà de la festa, com engrunes de felicitat... ¿Fins a quin punt els records que han sobreviscut no són també una invenció? Soc incapaç de dir-ho, esclar, però llavors penso en algú com el pianista Nilo Menéndez i és exactament això. Quan la meva passió era conèixer totes les orquestres del país i explicar què tocaven, vam coincidir moltes vegades en sales de ball, hotels, estacions d'autobusos, però mai no vam ser amics.

Em concentro i recordo que en Nilo Menéndez era llargarut i esprimatxat, amb cara de nen perpetu, discret, i s'esforçava per semblar elegant. Havia arribat de Cuba, com gairebé tots els músics que triomfaven, i de seguida va trobar feina a San Francisco. Jo l'havia vist tocar el piano amb l'orquestra de l'Anson Weeks, la mateixa banda que tenia en Xavier Cugat com a violinista. Després, quan en Cugat va muntar la seva primera orquestra a Nova York, es van retrobar i en Menéndez va tocar amb ell. De tota manera, penso en en Nilo Menéndez i de fons sento la melodia que li va donar fama i diners i alguns maldecaps, *Aquellos ojos verdes*. La va escriure junt amb l'Adolfo Utrera, que hi va posar la lletra, i en quatre dies els va fer immortals a tots dos:

Aquellos ojos verdes,
de mirada serena,
dejaron en mi alma
eterna sed de amar...

La gent l'escoltava a la ràdio i la ballava als salons, sobretot després que l'orquestra d'en Jimmy Dorsey en fes la versió en anglès. Les noies es preguntaven amb un punt d'enveja de qui devien ser aquells ulls verds, qui havia embruixat el músic amb la mirada. ¿Era de Matanzas com els músics, un amor de joventut, o era una actriu que havia conegut una nit imprecisa a Hollywood? Havia de ser algú important. Un periodista vingut de Cuba assegurava que la propietària dels ulls verds era Conchita Utrera, precisament la germana del lletrista, una noia bufona, intel·ligent i de bona família, que havia anat a

Nova York per fer d'artista. En Nilo, però, sempre fugia d'estudi i deia que valia més conservar la incògnita. Anys després, una nit al Morocco, me'l vaig trobar a la barra del bar, fent temps entre dues actuacions. El seu rostre havia perdut la innocència de la primera època, feia cara de cansat i tot just començava una davallada que aleshores encara era impossible de preveure. L'edat mitjana. Em vaig asseure al seu costat —de cua d'ull em va semblar que em reconeixia— i, buscant la seva complicitat amb una broma, de tu a tu, vaig estrafer una veueta de noia i vaig dir:

—Disculpe, maestro Menéndez: ¿de quién eran aquellos ojos verdes de la canción?

Sense girar-se per mirar-me, se li va dibuixar un rictus que tant podia ser irònic com de disgust.

—Tremendo mulato que conocí una noche en Nueva York, tú sabes. Unos ojazos como..., como tigre de bengala. —Va fer una pausa.— A saber lo que fue de ese pato.

D'un glop es va acabar la copa que tenia al davant i em va fer adeu amb el cap, a punt per tornar a l'escenari. En aquella època anava pel seu compte i tocava amb qui volia, tant podia ser en Frank Sinatra com en Desi Arnaz com la Rosita Moreno. En Cugat havia partit peres amb ell, a la primeria d'actuar al Waldorf, i al capdavall li havia fet un favor. En Nilo Menéndez disfrutava tocant el piano fora d'hores, assajant i provant melodies quan estava sol a l'escenari, i en Cugat ho veia com una mena d'insurrecció. No costava gaire adonar-se que tot plegat era una qüestió d'egos i enveges, la combinació fatídica: massa èxit amb *Aquellos ojos verdes*.

De tota manera, el Nilo que ara convoco no és el de l'últim cop que vam coincidir, és un de més vell i atrotinat. Vet aquí el pianista que ja no actuava gaire i un dia se'n va anar a viure ni més ni menys que a prop de Seattle, en una part del país on sempre hi plou i a més és lluny de tot. S'hi va passar mitja vida, fins que va comprendre que tanta humitat l'havia fet envellir més de pressa i va tornar a Califòrnia per morir-s'hi. ¿Què se li havia perdut al nord-oest, tan enllà? ¿Quins pecats hi purgava? Potser la pluja, com en un bolero dolent, li feia de pantalla per projectar-hi la solitud i l'abandó. Tocava sovint en un club de patacada, mig d'incògnit, i m'havien dit que s'hi sentia com si fos a casa seva perquè no havia de donar explicacions a ningú. Me l'imagino embolcallat pel plugim lent i constant, un borrissol aquós que no sembla que caigui del cel, tan diferent de les gotellades salvatges i sonores del tròpic, i el veig com dins una peixera: una figura translúcida que deambula per trobar el seu lloc a l'eterna Orquestra dels Enfonsats.

Sí, així és com m'afiguro els músics que vaig conèixer i van fer una mala fi: enfonsats sota l'aigua, com la famosa orquestra del Titanic, que continuava tocant mentre el vaixell se submergia més i més en les aigües gèlides. Un estol d'ombres esmerilades. També hi ha d'haver l'amic del Nilo, Adolfo Utrera, que es va suïcidar el 1931 i gairebé no va conèixer el triomf d'*Aquellos ojos verdes*. Hi ha Chano Pozo, mort d'un tret disparat a boca de canó al Rio, aquell bar de Harlem, el 1948. Hi ha Panchito Riset, el cantant de boleros diabètic, amb les dues cames amputades, vivint en un apartament minúscul de Nova York. Hi ha Noro Morales, també diabètic, gros i gruixut, inflat de rom, mort a la ratlla dels cinquanta. Hi ha la Carmen Miranda i el seu atac de cor fulminant poques hores després d'actuar amb en Jimmy Durante, quan només tenia quaranta-vuit anys. Hi ha el gran Glenn Miller que el 1944, mentre feia la guerra, va desaparèixer dins un avió que creuava el canal de la Mànega. Hi ha en Max Wannowski, el violinista d'en Cugat, que també va anar a la guerra per fer de radiotelegrafista i no en va tornar: mort quan el seu vaixell va ser torpedinat al Pacífic. Hi ha George Melachrino, un dels noms sonats de la Tin Pan Alley, que va morir ofegat a la banyera, adormit per culpa del monòxid de carboni d'una estufa. Hi ha la preciosa Dorothy Dandridge, que s'havia fet famosa en el paper de Carmen Jones al cine, i uns mesos abans de morir —sobredosi de barbitúrics— als quaranta-dos anys va cantar amb l'orquestra d'en Cugat...

La llista és molt més llarga, tu diràs si ho és, i tots junts componen un conjunt bigarrat i dolorós, que potser troba consol en la sort que els reuneix: que el meu record segueixi prou viu per mencionar-los ara i aquí. De vegades algun d'aquests músics s'acosta al vidre de la peixera, em mira als ulls i em diu coses. Les bombolles li surten de la boca, o de l'instrument que toca, i jo les interpreto amb la saviesa que m'ha donat un segle de sentir la seva música i seguir-li la petja. No em cal partitura perquè la memòria m'ho dona tot, i no soc un disc ratllat.

La tardor del 1933, després del fiasco de l'article per a *Vanity Fair*, vaig entendre dues coses. La primera és que em fascinava aquell món de músics amb camises de seda i volants a les mànigues, d'esmòquings i lluentons, de veus seductores i melodies enganxoses que nodrien la felicitat dels altres i alhora, rere l'escenari, amagaven un combat de vanitats i enveges. Una pel·lícula feta de realitat. La segona és que la meva manera de formar-ne part i gaudir-ne havia de ser a través de l'escriptura. La mosca a la paret, el missatger discret, el passavolant afortunat, el mitòman carregós, el setciències incansable —digueu-ne com vulgueu—. En aquells moments això s'aconseguia amb un espai fix en un diari, una secció amb un títol que inclogués paraules com ara *Broadway*, *nit* o *estrelles*, i una disposició descarada a omplir-la de noms que fessin pessigolles a l'orella dels lectors.

Em sap greu però, en aquest punt he de convocar el record més aviat desagradable d'en Walter Winchell. Des de feia un parell d'anys, amb la seva columna, en Winchell havia posat de moda les xafarderies que passaven per notícies. Eren afirmacions sovint insubstancials, carregades de jocs de paraules i punts suspensius que es llegien com una picada d'ullet, un matís que les feia més entremaliades. Quan li faltava teca, en

Winchell se la inventava a partir d'intuïcions, o de rumors que sortien de veus ocultes en el fons de la nit dels bars en voga, i no era estrany que els dards es dirigissin a algun artista que estigués en el seu moment més àlgid. Les seves frases, llefiscoses i viperines, destruïen reputacions i encimbellaven desconeguts —sobretot desconegudes—, i així les misèries dels rics i dels famosos consolaven els lectors més mundans.

La seva fórmula despietada tenia tanta tirada que una empresa li sindicava els articles. Un cop havien sortit al *Daily Mirror*, els imprimien en desenes de diaris de tot el país i ell cobrava un tant per cada repetició. L'il·lustre Alexander Woollcott, que no podia sofrir aquell menyspreu pel rigor periodístic, deia que en Winchell havia convertit els Estats Units en una barriada on tothom malparlava de tothom. Els diaris que no volien pagar-li, o que se sentien incòmodes amb el seu estil de pinxo abusananos, buscaven altres periodistes que patrullessin pel *show business* de Nova York sense tanta fatxenderia, i aquí és on em van trobar a mi.

S'ha de reconèixer que quan el nazisme va començar a fer estralls, en Winchell va ser el primer de tots nosaltres a posar el crit al cel; acusava Hitler de marieta per ridiculitzar-lo («Adèle Hitler», li deia) i denunciava l'antisemitisme de les manifestacions en favor del règim nazi que als Estats Units sortien com bolets. Tot amb tot, dos anys abans, quan jo em plantejava el meu futur com a reporter de l'espectacle, no volia assemblar-me a en Walter Winchell. Ningú volia assemblar-s'hi, en realitat, però tothom el copiava estirant els fils dels mateixos noms i freqüentant els mateixos clubs. A mi m'agradava més l'estil de l'Ed Sullivan, que tractava les seves patums amb una dosi de prudència i bonhomia. Per l'Ed la informació encara era important i, si calia, podia ser insidiós i recargolat i fins i tot injust, però sempre deixava oberta la porta del somriure i la reconciliació per mitjà d'un whisky o dos. En Winchell havia fixat les regles del joc —tot s'hi val—, però en Sullivan feia d'àrbitre —no tot s'hi val—. En Winchell feia por, però en Sullivan queia bé.

A finals del 1933, doncs, passat el Dia d'Acció de Gràcies, vaig començar a escriure al *Journal Courier* i de mica en mica el meu nom es va afegir als de Louis Sobol, Rose Blumenthal, Ben Gross o Seymour Roman, per dir-ne només uns quants de la colla. Des de les nostres columnes diàries, dominicals o setmanals, tots fèiem més o menys el mateix: ens repartíem la carnassa que oferia l'actualitat de l'entreteniment. Broadway era un carrer interminable que travessava Manhattan i, moltes milles enllà, es convertia en Sunset Boulevard, Hollywood. En les seves giragonses per mig país hi bategava el món dels comediants, els cabarets, les sales de festa, les orquestres, la ràdio, el cinema, el teatre i fins i tot les vetllades de boxa —i això, esclar, incloïa els contractes milionaris i els divorcis de les estrelles, els embolics de la reialesa estrangera i dels magnats locals, les acusacions i els judicis, les festes privades i els que no hi eren convidats, les traïcions i els accidents inesperats.

Cadascú tenia els seus límits morals, uns més que d'altres, però de tant en tant l'escorpí es veia obligat a treure el fibló. Havíem d'escriure tanta teca que en un moment o altre tots ens rebaixàvem a acceptar la tafaneria més vulgar; ponderàvem una crítica salvatge amb un elogi excessiu; ens pronunciàvem a favor de l'honestedat de tal actor sabent que això es llegiria com un cop de puny al seu rival; lloàvem una orquestra per allargar-li el contracte (i, de passada, fer-nos amics del director); fèiem propaganda d'una emissora de ràdio perquè el seu propietari ens havia avançat alguna novetat; descrivíem les virtuts d'una actriu jove com si l'estiguéssim maquillant amb paraules boniques i en el fons era una inversió: sabíem que, si triomfava, seria per sempre més una aliada nostra.

A Nova York hi havia dos centres d'ebullició que es mantenien vius fins a la matinada. L'Stork Club, al carrer 53, era el territori d'en Winchell, i El Morocco del carrer 54 acollia l'Ed Sullivan i la seva cohort. Com que eren molt a prop l'un de l'altre, tots hi anàvem a parar, amunt i avall, frisosos d'oferir i de rebre la nostra porció de novetats-que-no-pots-dir-a-ningú. De portes enfora, la competència entre reporters era ferotge, però alhora ens movia un instint de supervivència i sabíem que a vegades calia repartir-se el pastís, canviar-se cromos o fins i tot sacrificar una primícia per guanyar-se la confiança d'un col·lega massa esquerp.

Quan va arribar el dia d'escriure la meva primera columna per al *Journal Courier*, jo ja havia gastat unes quantes nits als dos locals per arreplegar una colla de contactes que em permetrien omplir la pàgina, però em va semblar que el paper protagonista l'havia de tenir l'artista que coneixia millor, en Xavier Cugat. Un migdia, abans de dinar, em vaig acostar al Waldorf i vaig preguntar per ell. Sabia que amb la seva dona ocupaven una suite al sisè pis de l'hotel i volia demanar-li que m'obrís la porta de les seves estances, però quan em vaig anunciar a recepció, ell va baixar a trobar-me al vestíbul dient que ho sentia molt, però estaven a punt de començar un assaig. Només feia mig any del desengany del *Vanity Fair* i em va rebre amb molta fredor. Li vaig explicar que ara tindria una columna fixa al *Courier* i que m'aniria bé qualsevol informació, però va fer-se el desmenjat.

—Passa algun vespre a veure'ns com toquem, noi, segur que així podràs fer conèixer als teus lectors la immensa aprovació que ara mateix tenen al bon Nova York el tango i la rumba que hem portat en exclusiva —va dir-me, ben bé com si recités un anunci a la ràdio.

—Vaig venir ahir a la nit, mestre —jo estava segur que se n'havia adonat, però feia veure que no—, i els catorze músics a dalt l'escenari fan molt de goig. Quina precisió a l'hora de dirigir-los! I la Margo, quins moviments més eurítmics i, si m'ho permet, eròtics, lascius fins i tot. Estan revolucionant la música llatina en aquesta ciutat, i això s'ha d'explicar bé.

—Doncs així ja tens coses per escriure, home —va dir-me, i donant-me un copet a l'esquena em va dedicar un dels seus somriures de gat mesquer, que mai no sabies si eren amistosos o burletes.

Com que els meus elogis no l'havien estovat, vaig haver de recórrer a l'estratègia que em guardava al sarró. Quan ja se n'anava, el vaig cridar:

—Per cert, senyor Cugat, perdoni, ¿vostè no sap pas on puc trobar l'Enric Madriguera, oi?

Es va aturar en sec i es va girar per presentar-me una versió més amable de si mateix. L'atzar m'era favorable i havia volgut que en aquell moment, per a la temporada de tardor, l'orquestra d'en Cugat s'alternés amb la d'en Madriguera a l'Empire Room. De fet, tots dos havien estrenat espectacle al mateix temps. Comparant les seves biografies t'adonaves que l'Enric i en Xavier, en Xavier i l'Enric, semblaven menar vides paral·leles. En Madriguera era dos anys més jove, català com ell, i també havia fet carrera de violinista. Des de ben petit havia destacat com a nen prodigi al Conservatori de Barcelona i, als catorze anys, ja havia triomfat durant una gira a Nova York i Boston. Després havia ampliat estudis amb Auer i en el seu periple es repetien els noms que ja coneixia en Cugat: Heifetz, Elman, Zimbalist... Havia actuat a l'Havana més d'un cop. En un accident, s'havia mal trencat un dit de la mà esquerra i havia abandonat la carrera com a solista. Des d'aleshores es dedicava a la composició i a la direcció de la seva pròpia orquestra. Ritmes llatins, ritmes lleugers, festa i sentiments. Acabava de signar amb el Waldorf una ampliació de contracte i s'hi quedaria tot un any —allò sí que era una notícia per a la meva columna—. Tot i que l'un i l'altre es tractaven amb el respecte i la intimitat que sorgia de comunicar-se en català quan ningú més el parlava al seu voltant, era inevitable que els clients comparessin i hi hagués una rivalitat entre les dues orquestres. En aquella època feien programes d'estils molt diferents i miraven de no trepitjar-se, i he de dir que en Madriguera portava millor la competència, o com a mínim dissimulava més bé, potser perquè sempre duia corbata de llacet i les corbates de llacet són discretes i ajuden a contenir la personalitat. En canvi en Cugat era més temperamental i no sabia reprimir el sulfur. Li costava acceptar que les seves biografies aventureres s'assemblessin i un tel d'enveja (del tot injustificat) l'obligava a desmarcar-se sempre d'en Madriguera, fins al punt que més endavant em va suggerir algun cop, *sottovoce*, que des de la infantesa li havia copiat les decisions.

Per culpa d'aquesta rivalitat inofensiva, aquell matí de novembre en Xavier va mussitar alguna excusa per fer-me oblidar l'Enric i em va informar que, si el Senat dels Estats Units acabava confirmant la derogació de la llei seca, el 5 de desembre hi hauria una festa especial a l'hotel. L'alcohol en seria el protagonista, a dojo, i hi hauria servei de cocteleria, sopar i vins selectes i ball fins a la matinada, a càrrec de la seva fabulosa orquestra. Aquesta va ser la primera primícia cugatiana per a la meva columna, amb gran interès per part de la professió, tot i que es va descuidar d'afegir-hi un petit detall: aquella nit també estava previst que hi actués l'orquestra de l'Enric Madriguera.

El periodista és un nàufrag professional. Vet aquí una afirmació que en aquells anys circulava entre els reporters que ens guanyàvem la vida escrivint columnes. La sensació d'anar a la deriva, pendent de les vides dels altres per extreure'n alguna informació útil, brillant o inesperada —o tot alhora—, et feia sentir com una ànima perduda, sense brúixola, i potser per això cada nit ens retrobàvem tots als mateixos bars, clubs i soterranis que ja he mencionat. Ens barrejàvem, ens reconeixíem els uns als altres, era la platja on arribàvem arrossegant-nos a les hores petites, després de voltar tot el dia, escriure la columna i portar-la a la redacció. O pitjor encara: després de telefonar des del lloc més impensat —una estació de tren, el despatx d'un corredor d'apostes, una comissaria de Queens— i dictar l'article a una secretària de veu servicial i dits ràpids. Aquesta condició de nàufrag es feia durícia amb els desenganys amorosos i la solitud sobrevinguda —no tots estàvem fets per a la vida familiar—, i l'únic remei era creure'ns uns privilegiats. No som els seus servents, ens dèiem (encara que a vegades ho semblés), ni els seus missatgers: som els jutges, els que reparteixen la glòria i el fracàs, els déus invisibles que mouen els fils del seu destí... L'alcohol, la nocturnitat i la camaraderia ens feien exagerar, esclar, però qui no entenia aquest joc del robinson que s'inventa un reialme per governar no servia per a la feina. L'endemà, cada matí, ens despertàvem desorientats en algun llit que no sempre era el nostre.

Em resulta impossible saber quants articles vaig publicar durant aquella època, moltíssims, però sí que puc dir que des del principi vaig gravitar al voltant d'en Xavier Cugat. Era la meva palmera a l'illa deserta, diguem, i sabia allunyar-me'n o acostar-m'hi segons l'època i les modes, també segons els seus vaivens musicals, però sempre em va fer una bona ombra —i ja paro d'allargassar la metàfora.

Després d'aquell primer *scoop* sobre la derogació de la llei seca al Waldorf, que des de la meva columna va córrer com la pólvora i l'endemà ja sortia a tots els diaris, vam establir de seguida una mena d'acord que ens beneficiés a tots dos i no enfarfegués el lector: quan jo necessitava material perquè anava curt, ell m'ajudava, ni que fos amb algun comentari innocent; quan era ell qui volia promocionar alguna novetat, jo parava l'orella. Amb el temps la col·laboració es va anar perfeccionant per no semblar que n'abusàvem, i recordo haver viscut com una victòria personal el dia que el mateix Walter Winchell va parlar d'en Cugat fent servir una frase que jo havia escrit abans. Per als qui no coneguin com anaven les coses, una columna meva d'aquells anys podia sonar més o menys així:

Es veu que Arturo Toscanini, el director d'orquestra que estrenarà un programa exclusivament de Beethoven, perd la calma quan assaja i la música no surt bé. La seva reacció més habitual és arrencar-se les ulleres, tirar-les a terra i trepitjar-les. Aquesta setmana ja se n'ha carregat sis parells, però no cal patir, per a l'esperada estrena de demà amb la Filharmònica al Metropolitan se n'ha fet fer unes de noves —i unes de recanvi. ⁎ Claudette Colbert ha aconseguit divorciar-se de Norman Foster a Mèxic. La seva felicitat matrimonial, en la salut i en l'adversitat, ha durat vuit anys, que en temps de Hollywood són com els anys de gos, és a dir, cinquanta-sis. Si no se'ls ha fet llarg, potser és perquè van decidir des del principi que no viurien junts, i ho han complert. ⁎ Si aneu per Broadway i resulta que és el 14 de gener i us trobeu Sophie Tucker, desitgeu-li un bon aniversari, ja que fa quaranta-sis anys; si és un altre dia, feliciteu-la perquè ella sola ha retornat tot el glamur a l'art musical més endiastrat amb les seves actuacions, i a més resulta que celebra 25 anys de la seva primera aparició en un escenari. El dia del retorn va cantar un dels seus primers números, *Follies*, escrit per Irving Berlin; anava acompanyada de quatre coristes, i renoi, quina presència més abassegadora: Sophie Tucker és el pastís i la cirereta, les espelmes i el vent que les bufa, el farciment de crema i nata i la *red hot mama* que se'l menja. ⁎ I ara una llista personal: la millor actuació de la setmana, Greta Garbo a *Queen Christina*; el cantant que ha millorat la seva veu, Georges Metaxa al Morocco; el director d'orquestra que pronuncia millor la lletra erra, Xavier Cugat a la Rrrrrainbow Rrrrroom del Waldorf; la millor parella de ball, Fred Astaire i Ginger Rogers... a tot arreu; el millor quiosc de diaris: el que hi ha a la parada del metro del carrer 42.

Aquest exercici de repartir floretes i clatellots amb la mateixa elegància i càlcul demana un apunt inevitable que encara avui dia m'omple de vergonya: vaig trigar més d'un any a parlar d'un músic negre, i a més el primer cop va ser sense gaire risc. En Fats Waller actuava al Cotton Club, m'hi van convidar els col·legues i em va captivar per la seva rauxa simpàtica i torrencial. Vaig escriure que tocava el piano amb tanta energia que ell sol hauria pogut il·luminar tot Harlem aquella nit. És així, ho admeto: l'oferta nocturna de Harlem, que es multiplicava en desenes de clubs de jazz i blues, i en sales de ball que creixien a redós de grans temples com el Savoy o l'Apollo, tenia poca repercussió en els nostres articles. Si en parlàvem, era gairebé sempre cap al final —un apunt sobre Billie Holliday, un elogi de Louis Armstrong— i ens en servíem per afegir una nota exòtica, fer-nos els entesos amb un punt d'esnobisme o com a recurs per cloure una columna que ens havia quedat curta. Quan escrivíem, estàvem entrenats a reprimir el nostre entusiasme perquè qui comprava els diaris, qui ens pagava, era la gent que freqüentava els espectacles, la que els llegia per sentir-se a prop de les celebritats. Lectors blancs, o això deien els amos dels diaris, tot i que en el fons sabíem que les nostres paraules també convocaven lectors negres, i no només això: alhora existia una premsa negra (en deien així) que deixava constància del domini aclaparador dels seus músics a l'hora d'innovar. Mai no he oblidat una frase de Duke Ellington, tan respectat per tothom, que en aquella època va obrir els ulls a molta gent: «Pots dir el que vulguis amb un trombó, però has d'anar amb compte amb les paraules». La música dels negres també era una forma d'activisme social, vet aquí.

Fet i fet, aquest racisme encobert i passiu del nostre periodisme no era tan diferent del que exercien les orquestres del moment, dirigides totes per homes blancs, o els empresaris que contractaven els músics per als seus locals. No recordo en quin moment l'orquestra d'en Xavier Cugat va tenir el primer músic negre, i no ho recordo perquè la resposta és potser mai. Cubans, porto-riquenys o mexicans, sí, tants com vulguis, i per a molts intèrprets va ser la seva porta d'entrada al negoci americà —tot un mèrit que no li podem escatimar—. ¿Però negres? La Dinah Shore ho era i va gravar amb en Cugat, tot i que a l'època passava per blanca. També hauríem pogut considerar que en Miguelito Valdés era negre, sobretot quan cantava *Bruca maniguá* amb tant de sentiment que fins i tot semblava enfosquir-se-li la pell allà mateix, davant dels nostres ulls embadocats.

Vaig escriure articles amb aquell aiguabarreig de noms i opinions volàtils durant una dècada, i quan hi penso ara els veig com un aprenentatge continuat —no tant de la professió com de les obsessions i dèries d'en Cugat, també del seu encant personal—. Els primers mesos, per una superstició de novell, l'anava a veure un cop per setmana, principalment al migdia, que era quan acabava d'esmorzar i estava més relaxat. Jo m'adonava que li servia de mur de les lamentacions: se'm queixava d'algun músic que havia afluixat el nivell, em transmetia l'ansietat per la gravació imminent d'un disc nou, criticava els altres directors perquè li copiaven l'arranjament d'una rumba. Després jo li pidolava que em deixés escriure sobre alguna d'aquelles novetats i ell feia veure que acceptava a contracor. Era com un joc que ens distreia a tots dos. Mentre parlava, a vegades dibuixava en un paper, gairebé sense mirar. Amb quatre traços feia la caricatura d'un grum o d'una cambrera que passaven per allà.

—Té, per si la voleu treure al diari —em deia.

—¿Qui és?

—No ho sé, tu mateix. Inventa't un nom, o una història de les teves, però que es vegi bé la meva firma.

Al cap d'uns quants mesos de publicar, la meva agenda de fonts d'informació i contactes havia crescut i vaig deixar de reclamar-lo tan sovint. Aleshores la seva orquestra ja s'havia convertit en una de les referències més admirades entre el públic benestant. Me'n vaig adonar quan la meva germana i el seu marit, un dia que dinava a casa seva, em van explicar que havien gaudit d'una nit meravellosa sopant i ballant al Waldorf, amb «l'orquestra d'aquell cubà tan graciós». En Cugat tenia a favor l'alta societat de Manhattan, doncs, que volia divertir-se per demostrar que la crisi del 1929 havia quedat enrere i la maleïda Depressió no els afectava, però també dels forasters de tot el país, que quan visitaven Nova York volien veure en persona aquell home eixerit, d'accent impossible, que es ficava a casa seva a través de la ràdio i els omplia els capvespres amb acudits i cançons esbojarrades.

Per ampliar l'àrea d'influència i afinar millor la promoció personal, en Cugat havia contractat una secretària, la senyora Lillian D'Morello. Era una dona alta i rossa, una mica desmuntada, atractiva sense acabar de ser guapa, i potser per això es mostrava expeditiva, per fer-se respectar en aquell món d'egos superlatius. Solia portar vestits extremats, de flors grosses i colors cridaners, com si volgués donar a entendre que, si no cantava, era perquè no volia. Des d'una oficina en un soterrani al carrer 52, portava l'agenda i feia de rellotge d'en Cugat, a qui sovint deia «Mr. X»: l'avisava de quan actuaven a la ràdio i quines cançons havien anunciat, a quina hora els esperaven per a tal acte benèfic, qui havia parlat d'ell (bé o malament) als diaris. Li responia les cartes dels oients i seguidors (i li reservava les que creia que li podien interessar, de noies principalment, per fer-lo content). En Cugat anava sempre escopetejat, amunt i avall, ficat en mil projectes i empreses, i sense ella li hauria sigut impossible complir tots els compromisos. Com un bon diapasó, la senyora D'Morello li donava l'equilibri necessari per no perdre el pas i no córrer massa.

Aquells primers anys de vida d'hotel, ben entrada la tardor i tot l'hivern, els Cugat sortien de gira pels Estats Units, especialment cap a Florida i Califòrnia, i si els quedava temps encara feien alguna escapada a l'estranger sense l'orquestra. Saltaven fins a Cuba, o a Mèxic, per veure una part de la família, o fins i tot a Europa, amb visita obligada a Catalunya. Aleshores era ella, la senyora D'Morello, qui em telefonava i amb una veu confidencial, impostada com per jugar, em servia algun caramelet (com deia ella) per mantenir la presència del músic i el seu entorn als diaris. Podia ser un concert accidentat a Baltimore, on les pluges torrencials havien provocat una inundació dels camerinos i en Cugat havia salvat de miracle el seu violí tan valuós. O podia ser el retrobament familiar de la Carmen Castillo amb els seus vint-i-dos germans i germanes a Acapulco: la xifra era impossible de verificar i variava sovint, però sempre es movia en aquest excés absurd i sobrenatural, com de nissaga llegendària.

Algun cop jo m'havia servit d'aquella connexió per demanar a la senyora D'Morello de sortir junts un vespre i anar a sopar, però ella em responia amb una rialla sarcàstica:

—¿Què diu ara? —feia—, però si jo soc una dona casada i amb un fill petit que m'espera a casa. Vostè, jove, ha d'aspirar a molt més.

Em deia jove i devíem tenir la mateixa edat, però aquest galanteig superficial reforçava la nostra entesa, tots dos ho sabíem. A vegades fins i tot em referia alguna anècdota d'amagat d'en Cugat, sense consultar-l'hi, i després jo ho comentava amb ell com si fos un rumor arribat d'alguna altra banda, a veure com reaccionava. En aquesta línia, un dia la senyora D'Morello em va recomanar que fes més cas a l'Enric Madriguera, a qui jo tenia una mica oblidat. També seguia tocant al mateix hotel, i em va semblar que la divertia la idea de veure com en Cugat tindria enveja. Més d'un cop m'he preguntat si en la seva bona disposició no hi havia també un punt de revenja, de ganes de ser malvada amb l'home que la manava, però la resposta ha de ser que no: va treballar per ell gairebé trenta anys, i això només ho aguantes si estàs contenta amb el teu boss i et paga bé. Era com si tingués assumit que part de la seva feina consistia a fer de contrapès crític, o més aviat autocrític, del món feliç, rutilant i expansiu que el nostre músic maldava per transmetre a qualsevol preu. Uns anys més tard, quan la vida íntima d'en Xavier i la Carmen Castillo es va anar esquerdant sense remei, la senyora D'Morello se'm va revelar com una agent doble que sabia com repartir les culpes i fer justícia, sobretot perquè veia cada dia la posició de feblesa de la Carmen, com a diana de les impaciències d'en Cugat.

Tot això tenia lloc en aquells anys trenta i més enllà, fins a la meitat dels quaranta. El món vivia temps convulsos, amb guerres terribles i dictadors abominables. Molts dels periodistes que ens dedicàvem a l'espectacle, a Nova York, teníem arrels jueves i havíem de conviure amb l'antisemitisme latent —també al nostre país, obertament, amb la presència indissimulada de seguidors de Hitler—. Ara tots crien malves i no passaré llista dels col·legues que hi simpatitzaven, ni apuntaré les seves insinuacions o amenaces, però sí que diré que com més es coneixien les atrocitats nazis, més paralitzats ens sentíem nosaltres, com si ens caigués a sobre una culpa que venia del nostre tracte amb la, diguem-ne, frivolitat quotidiana. ¿Com podíem parlar de la mirada perillosa de Lana Turner, de Jean Gabin sopant al Sardi's o de l'última tonada perfecta que Cole Porter havia estrenat a Broadway? A la primera plana, els titulars s'imprimien en cos seixanta, com si la taca de tinta negríssima volgués expressar algun dol, i tot seguit els corresponsals descrivien a cinc columnes els detalls d'aquells conflictes, el recompte sinistre de les morts. Més enllà, arraulides en una raconada del diari, les pàgines d'espectacles semblava que demanessin perdó per existir. Sovint era un dilema moral, esclar, però ens hi vam haver d'acostumar, i jo com a mínim vull pensar que la nostra missió consistia a preservar una idea de la normalitat: els gossos feien la seva vida de gos; a l'hivern els nens anaven a patinar sobre gel i a l'estiu es banyaven al mar; les àvies feien llimonades i pastissos de poma... Els artistes es dedicaven al seu art —i nosaltres en deixàvem constància.

Repasso papers d'aquells anys i retrobo les notes d'un dia del 1935, poc abans del 14 d'abril: la il·lusió sincera d'en Cugat quan em va fer saber que, per encàrrec de l'ambaixador d'Espanya als Estats Units, hi hauria al Waldorf un ball d'etiqueta per celebrar el quart aniversari de la Segona República. M'hi vaig presentar sense invitació i em van deixar entrar. Engalanada amb una llarga bandera tricolor i una pila de rams de flors que buscaven l'harmonia del vermell, el groc i el lila, la Rainbow Room no semblava la mateixa, ara més endiumenjada i alhora més popular. Els músics seien amb els seus instruments i feien cara d'adormits, com si els ofengués l'olor de tantes flors. Al principi en Cugat tampoc no semblava ell: un aire seriós i encarcarat dominava els seus moviments, especialment quan l'orquestra va tocar l'himne de Riego. Els convidats es van posar drets, la Carmen va començar a cantar acompanyant-se d'una partitura i molts dels assistents, però no tots, la van seguir en veu alta. A més d'amics i parents d'en Cugat, hi havia funcionaris del cos diplomàtic, empresaris espanyols trasplantats a Nova York i alguns altres ambaixadors convidats per afinitats polítiques. Es notava que els espanyols volien quedar bé. Després l'ambaixador va obrir l'acte amb un parlament que pel to de veu semblava força encès i, quan l'orquestra va poder atacar la selecció de cançons espanyoles, en Cugat es va relaxar i ja tornava a ser el de sempre, xerraire, distès i tan ficat en el seu paper que parlava amb un accent exageradament castís. Al final, per tancar l'acte, van tornar a tocar l'himne, i aquest cop, potser perquè el xampany havia corregut sense miraments durant la recepció, els va sortir a tots més alegre. Al cap d'uns dies en Cugat em va fer saber dues coses: que havien tocat de franc, per descomptat, i que de resultes d'aquella vetllada el president de les Filipines l'havia convidat formalment a actuar a Manila.

Un any més tard, aquell fervor republicà s'havia pansit i a partir de l'estiu del 1936 vam començar a rebre l'impacte de la Guerra Civil espanyola. En algun moment tots vam escriure que els músics, ballarins i artistes patien per les seves famílies. A l'octubre, l'Enric Madriguera ens va fer saber que ell i la seva germana Paquita —la pianista casada amb l'Andrés Segovia— havien aconseguit fer sortir la mare i dues germanes més de Barcelona per portar-les a Nova York. Mentrestant, a les actuacions diàries a la ràdio, tant ell com en Cugat com d'altres músics amb arrels hispàniques solien començar amb un record per als seus familiars i amics i per al poble espanyol, que patia una guerra fratricida i sanguinària, i donaven les gràcies a la Brigada Lincoln pel seu ajut voluntariós. Sense dir-ho obertament, perquè la menció del comunisme els hauria complicat la vida, se sobreentenia que tots dos donaven suport al bàndol republicà. Potser perquè encara tenia els pares a la Bisbal, en el cas d'en Cugat tot era una mica més tebi, menys contundent, i la prova és que per l'any nou del 1937 va anunciar un programa especial a la ràdio en què l'orquestra interpretaria cançons «dels soldats partisans, tant dels lleials com dels rebels».

Una tarda, mesos més tard, la senyora D'Morello em va fer arribar una invitació per al Manhattan Beach Casino, on l'orquestra havia d'actuar a l'aire lliure, davant dels milers de banyistes que anaven al club. En Cugat mateix em va comentar que era un compromís carregós, però l'havia acceptat perquè només hi convidaven els millors —noms com Benny Goodman i Gene Krupa—, i per divertir-se una mica s'havia proposat de fer la conga més llarga de la història (ho va aconseguir, no cal dir-ho). Al final de l'actuació, mentre el capvespre queia lentament sobre la ciutat i la marinada semblava amorosir aquell estiu tòrrid, el vaig acompanyar dins el taxi que el portava des de Brooklyn cap al Waldorf de nou, on aviat tenia un altre xou. Vam parlar d'això i d'allò, em va fer jurar que esmentaria la conga infinita al meu pròxim article, i en algun moment li vaig preguntar si els seus pares corrien algun perill per la guerra d'Espanya.

—Estan bé —va fer—, però no les tenim totes. Als meus germans i a mi ens agradaria que vinguessin cap aquí, com més aviat millor. El problema és que el meu pare és l'home més tossut del món. Fa poc va deixar de ser el jutge de pau de la Bisbal, que és el poble on viuen, i es pensa que la seva neutralitat el situa per sobre dels conflictes, però és precisament tot el contrari: el càrrec li ha reportat enemics i gent que li vol mal. Tant dels comunistes com dels nacionals. Ell va a la seva i no es deixa intimidar, i mentrestant ja han pelat algun amic seu sense raó, només perquè algú sospitava no se sap què. Per demà a la tarda he emparaulat una conversa transatlàntica amb ell, des de l'hotel, a veure si me'n surto de fer-li veure que han de marxar com més aviat millor.

Encara va haver d'escolar-se més d'un any de dubtes i discussions, fins que la guerra ja es decantava perillosament cap al bàndol franquista, perquè el seu pare prengués una decisió i en Cugat i els seus germans poguessin respirar tranquils. Després de gestions complicades i més conferències transatlàntiques, van aconseguir que els pares i la germana agafessin un vaixell cap a Cuba, com si repetissin aquella primera travessia de més de trenta anys enrere, però aquest cop amb unes altres urgències.

La sensació de barrejar frivolitat i transcendència es va extremar amb l'inici de la Segona Guerra Mundial, i encara més després de l'atac de Pearl Harbor, el desembre del 1941, quan els Estats Units van entrar activament a la guerra i de sobte ja no érem uns observadors més o menys distants. Alguns músics els cridaven a files, o s'hi presentaven voluntàriament, i des dels diaris els saludàvem com si representessin el nostre col·lectiu i ja fossin herois abans d'hora. Totes les emissores de ràdio programaven concerts especials per als soldats del front, que ells escoltaven en directe allà on fossin: calia animar-los amb alguna cançó alegre i excitar-los la imaginació amb les noies que els esperaven per ballar quan tornessin. En Cugat havia viscut una joventut d'entreguerres, com jo, i s'havia escapat de fer el soldat —massa jove a la primera i massa gran a la segona—, i en senyal de gratitud es dedicava en cos i ànima a aquelles emissions de tall militar. Tal com s'esperava d'ell, el «señor Cugat» barrejava l'anglès i el castellà amb un efecte humorístic, llegia les cartes dels soldats que li demanaven números com *Isle of Capri* o *Temptation*, feia acudits beneits disfressats de patriotisme, i les cantants de torn —la Lina Romay, l'Elena Verdugo— es burlaven d'ell com si fos un pare autoritari i alhora declaraven el seu amor als aviadors i als marines que defensaven la llibertat a l'altra punta del món.

Sentides o no, aquestes efusions patriòtiques per ràdio eren una forma extraordinària de promoció i per descomptat altres directors, músics i artistes de tot tipus també s'hi prestaven de bon grat. En Cugat jugava amb l'avantatge que havia sigut dels primers a creure en el poder de la ràdio. Molt abans que es convertís en un servei al país, ell havia tastat el nèctar de les actuacions en un estudi en directe, amb un públic que l'aclamava i li aplaudia les gracietes. Tothom tenia una ràdio a casa i ell cada nit triava el repertori pensant en la filla enamoradissa, el fill aventurer, l'àvia nostàlgica, la mare que somiava amb un amant argentí. La ràdio era el seu banc de proves per assajar cançons i alhora difondre els nous èxits que sortirien en disc, i les grans marques se'l disputaven per patrocinar-lo. Les emissores guanyaven diners gràcies a la publicitat i la llista de programes creixia cada dia; per atreure els oients s'havien d'anunciar als diaris. Tothom se'n beneficiava, doncs, però diríeu que pocs van utilitzar tan bé aquella situació com en Cugat: la seva figura pública, amb els trets, les virtuts i les impostures que el feien un personatge famós, es va anar formant aleshores. D'un dia per l'altre va passar a ser el Rei de la Rumba. El Waldorf va inaugurar una sala amb les seves caricatures a la paret. L'entrevistaven als diaris, els polítics que volien fer carrera l'anaven a veure tocar, i aquell any fins i tot va posar de moda les maraques com a regal de Nadal.

Dels milers d'hores que va invertir en estudis de ràdio, un dels més populars va ser el programa *Let's Dance*, els dissabtes al vespre, que es gravava a la NBC. Les corredisses de tota la banda amb els instruments a coll pel carrer 49, amunt i avall entre el Waldorf i el Rockefeller Center, on hi havia els estudis, formaven part de l'espectacle nocturn. Com si intentessin demostrar que es pot ser en dos llocs alhora, quan sonava l'última nota a la ràdio i en Xavier s'acomiadava fins al proper programa, els deu músics ja havien guardat els instruments i baixaven les escales a tot drap. A vegades, en plena cursa, n'hi havia algun que ensopegava, se li obria l'estoig i es produïa el nyigo-nyigo d'un violí, el retruny d'un timbal, i els vianants s'espantaven. El pas del conjunt d'eixelebrats deixava a les voreres, en aquelles hores molt transitades, una rècula d'empentes, insults i xiulets de policies, que en Xavier desactivava anant-los al darrere i cridant:

—Permís! Perdó! Permís! Perdó! Som l'Orquestra de Xavier Cugat! Jo mateix! —confiava que el reconeixerien.

Estic segur que, encara avui, en algun llogaret d'Ohio, Illinois o Connecticut, hi ha gent que recorda amb devoció aquelles nits mítiques de ràdio, com de sobte aquelles cançons els feien alçar-se i apartar els mobles del menjador per ballar una estona, estrets però feliços. Tres orquestres s'alternaven durant gairebé cinc hores perquè la seva música arribés de costa a costa del país: primer en Kel Murray acariciava les ones amb melodies romàntiques, després en Cugat treia el suc dels ritmes llatins i tropicals, i a última hora en Benny Goodman presentava el seu nou swing, amb unes vibracions com de locomotora que accelera sense frens.

Parlant de swing. Al principi tothom, periodistes inclosos, escoltava el que feia en Benny Goodman amb una lleugera incomoditat. No enteníem els seus arranjaments, no hi estàvem acostumats. ¿Era un foxtrot allò, o què era? A estones semblava un homenatge al dixieland i a estones semblava que l'escarnís per riure-se'n. Un Prometeu amb un clarinet havia robat el foc als déus de Harlem. Alhora hauríeu dit que aquell so volia discutir la bondat de les conegudes orquestres d'hotel —molt abans que aquesta expressió es tornés pejorativa— i que amb el seu swing carregava l'atmosfera d'una altra potència, com si de sobte la ràdio s'hagués espatllat i la Terra girés més de pressa, a punt de sortir del seu eix invisible. La culpa era d'aquell nervi creixent de la guitarra a les seccions rítmiques, del clarinet d'en Goodman que s'hi ficava pel mig i no sentia cap vergonya quan es tractava de mossegar les melodies, o d'arrossegar-les una estona per donar pas a algun altre solo —de trompeta, de piano—. El swing recollia coses que havíem sentit a Harlem les nits salvatges, es fixava en l'estil més lliure dels intèrprets negres del jazz i mirava d'ordenar-lo d'una altra manera, amb més o menys insolència, segons la disposició de cadascú. Quan per fi t'entregaves a aquella música, t'entrava per les orelles i se't ficava al cos com una plaga de formigues carnívores que t'obligaven a moure't. En Benny Goodman reclutava músics negres a la seva orquestra —en Count Basie o en Lionel Hampton, poca broma!— i, pels que havíem tastat la visceralitat fogosa de Harlem, el swing era com si algú obrís la porta del darrere del Cotton Club i xuclés una part d'aquella efervescència. Sense demanar permís, esclar.

Vivíem temps bèl·lics, sí, i la batalla del swing va ser un altre conflicte que ens va tenir entretinguts, per sort menys cruent però fent uns estralls considerables, perquè la sacsejada va ser tan forta que va ressituar tota l'escena musical. Si feia poc havíem coronat en Cugat com el Rei de la Rumba, en Benny Goodman de seguida es va convertir en el Rei del

Swing. Els periodistes preguntàvem als directors d'orquestra i als mànagers dels clubs i sales de ball quina era la seva opinió, ¿a favor o en contra? N'hi havia que parlaven d'epidèmia del swing i d'altres de tempesta passatgera, i el cert és que alguns directors ja no se'n van refer mai més, escombrats per la novetat. En moments com aquells va créixer la meva admiració per en Cugat, perquè al principi ell era dels reticents, però de seguida va entendre que, si volia seguir sent el rei d'alguna cosa, li calia enfilar-se al carro —i sense deixar de ser ell mateix.

S'ha de dir que l'Enric Madriguera també va ser dels més lúcids a l'hora de reaccionar a la nova moda. Quan estava a punt d'estrenar un espectacle al Riviera de Nova Jersey, just a l'altre cantó del riu, li vaig demanar que m'informés sobre les seves intencions. En Madriguera oferia un contrast que sempre em trastocava: la seva entrada era tímida, de veu suau i actitud continguda, mig a la defensiva, però més enllà d'aquesta façana hi descobries un gentleman rialler i desinhibit; li agradava explicar acudits i fer comentaris enginyosos que semblaven mesurats per a les nostres columnes. En moments així intuïes que tot allò no li sortia de natural i demanava un esforç, i en canvi aconseguia una gran proximitat. Quan es posava seriós, en Madriguera agafava un to més confessional i tenia el tic de tocar-se un botó de puny entre frase i frase, com un recordatori de la seva impecable distinció en el vestir. En alguna gresca privada, els col·legues del ram ens havíem posat d'acord que es mereixia el títol de Rei del Tango (entès a l'americana, més melodiós i sense rastre del dramatisme original argentí), i tanmateix aquell dia, quan m'explicava què volia portar al Riviera, semblava renunciar-hi.

—El tango i la rumba els veig una mica desfasats —em deia—. Ens hem fet un tip de tocar sempre les mateixes cançons i potser n'estàvem massa cofois, i ara en Benny Goodman ens ha despistat amb això del swing. Jo no deixaré de tocar tangos ni rumbes, esclar, però miro d'adaptar-me al cançoner americà, que és un corn de l'abundància. Hi ha gent que només ve a veure'ns per sentir l'*Adiós* i ens el demanen, però obliden que l'he tocat com a tango, com a foxtrot, com a rumba... Amb una mica d'imaginació tot es pot adaptar, i ara que ja els hem ensenyat con es ballen els ritmes llatins, ara els farem entendre que també poden ballar-los sense tant moviment dels malucs, perquè al capdavall es pot ser romàntic o eixelebrat en totes les llengües i estils.

Mai més no he oblidat les paraules d'en Madriguera, perquè en aquell moment li sortien com una declaració d'intencions, però alhora, quan penso en tota la seva trajectòria, agafen un aire de testament. Mentre va estar actiu, la seva orquestra va gaudir d'una aprovació constant, però sense gaires pics d'excel·lència. Probablement és el que ell buscava: en podríem dir una professió creativa, però una professió al capdavall. No goso dir que l'esperit vocacional se li anés arronsant en la rutina de la repetició: són moltes nits tocant el mateix, fent les mateixes bromes, entretenint el mateix tipus de públic. No goso dir-ho, però intueixo que no és fàcil suportar el cansament d'estar al dia, d'assajar temes nous, de gravar discos i conèixer músics que van i venen, amb les seves depressions o somnis frustrats o exigències de milhomes; el cansament dels càstings per trobar recanvis, hores i hores d'escoltar intèrprets sense prou qualitat, aficionats que et venen amb un paper signat per algun tècnic de la discogràfica, o recomanats pel mànager d'un hotel perdut a la fi del món. I això val per a tots els directors: és el difícil equilibri entre la disciplina diària i allò que et dicta l'instint, a la impensada, només pel goig de deixar-se anar, però amb el risc del fracàs sempre a l'aguait.

Després del Riviera, en Madriguera va actuar unes quantes setmanes al Paramount de Times Square i un matí va fer una prova a una noia de dinou anys de Chicago que es deia Patricia Gilmore. La Pat era llesta, ambiciosa, de molt bon veure, amb instint per a la interpretació, i de seguida va agafar l'aire del que li demanava en Madriguera. Al cap d'un mes tots els periodistes ja havíem elogiat els encants d'aquella musa, sovint amb una foto de primer pla per recalcar que de molt jove havia guanyat un concurs de bellesa, i els productors atents no van trigar a cridar-la per a d'altres espectacles musicals. Com que no volia perdre-la de vista, en Madriguera la va contractar perquè fos la cantant principal de l'orquestra a la temporada d'estiu. La Patricia dominava el cançoner americà i, si s'esqueia, podia interpretar-lo amb una alenada de swing, una picardia de cabaret. A totes les ciutats tocaven *Saddest man in town*, un foxtrot lent que tenia molta demanda a la ràdio, i amb cada inflexió de la seva veu la melangia conqueria la sala de ball, els cossos s'estremien en silenci i abaixaven la vista, dissimulant per si allò es convertia en un concurs per trobar l'home més trist de la ciutat de torn. Era el moment més allunyat del swing que els recordo. Quan feia tres o quatre anys que estaven junts, l'Enric i la Patricia es van casar d'improvís en un jutjat d'Indiana i, com aquell qui diu, ella ja no va deixar de cantar amb l'orquestra fins a l'última nota de l'últim concert.

Davant de la foguerada d'aquella nova envestida musical, en Xavier Cugat va ser encara més directe. Es va adonar que el swing era una oportunitat per renovar-se i, en lloc de veure'l com un enemic, va considerar-lo un aliat sense haver de renunciar a res. Al contrari: ell ho volia tot. El nou i el vell. Tornant d'unes vacances a Cuba, va demanar a la direcció del Waldorf que ampliessin els escenaris i va encabir-hi una orquestra de divuit músics, perquè sonés tot més compacte i gruixut i alhora cada instrument tingués espai per destacar, si calia allargar les cançons. Volia adaptar com a rumba-swing els èxits que tenien més requesta. Així, a mesura que anava modelant aquell nou so, en Cugat va reduir la presència dels violins i va incorporar-hi més clarinets i flautes, trompetes i saxos, percussions com els timbals, els bongos, els güiros i les congues, utilitzats amb mesura. Quan sortien de gira pels Estats Units, davant del públic menys entès provava alguns arranjaments més extrems i, si veia que agradaven, els acabava gravant en disc. Que la gent s'hi acostumés.

Uns mesos més tard, la Carmen va marxar una temporada a Los Angeles, per fer de tieta de la Margo i acompanyar-la durant el rodatge d'una pel·lícula on per fi seria protagonista. En Cugat va anar alternant diverses intèrprets femenines per substituir-la. També va contractar les Three Swinsgsters, que amb les seves harmonies vocals afegien un toc de swing a tot el que tocava l'orquestra, començant pel nom, i com si volgués fer una declaració d'intencions cada nit tocaven *Everybody calls it swing*:

> This rhythm started years ago
> long before the radio
> but now it's all dressed up and so,
> everybody calls it swing.
> Back in nineteen-two or three
> ragtime was the novelty,
> but it's been modernized, I see,
> everybody calls it... swing.

La picada d'ullet anava dirigida sobretot a alguns companys meus de professió, els més puristes, que es queixaven que en Cugat simplificava la música cubana per agradar a tothom i li retreien que subvertís els compassos tradicionals. Amb els timbales i el clave encara es nota més el desgavell, deien. Era una opinió que compartien en veu baixa alguns músics, fins i tot dels que tocaven amb ell, i devien tenir raó. La seva orquestra donava una versió mastegada de les rumbes i guarachas i congues que omplien els cabarets de l'Havana cada nit, però, tot i les concessions, a molts en Cugat ens guanyava per la via irònica, perquè era ben conscient de seu lloc en tot el negoci. Totes aquelles queixes li entraven per una orella i li sortien per l'altra.

Uns mesos més tard, encara, es va produir un fet que no em puc estar d'explicar. Aquell any, per la campanya de Nadal, el Waldorf va arribar a convidar set orquestres, totes de primer nivell. Hi havia nits que en funcionaven tres alhora, en diferents sales de l'hotel, en doble funció, i calculaven que cada dia hi anaven a sopar i ballar al voltant de vuit mil persones. Una nit va coincidir que tocaven al mateix moment, a poca distància, les orquestres d'en Cugat i d'en Madriguera. Feia anys, quan compartien cartell a l'estiu, els dos directors havien pactat que evitarien les mateixes cançons i se les repartien com a bons germans. Tu, *El relicario*, i jo, *Malagueña*. Tu, l'*Habanera*, i jo, el *Bim Bam Bum*. Ara aquells dies quedaven lluny, igual que el *savoir faire*. Tothom ho tocava tot i després l'associació de músics ja es cuidava de pagar els drets corresponents.

Un vespre d'aquell Nadal, els vaig anar a veure per escriure alguna cosa, primer l'un i tot seguit l'altre, i l'atzar va fer que en pocs minuts de diferència tots dos toquessin *Siboney*, el clàssic d'Ernesto Lecuona. La versió d'en Madriguera s'iniciava amb una crispació inesperada, massa aguda, però de seguida s'alentia i es propagava pel saló amb un tacte de vellut; els balladors somreien captivats per aquella suavitat, com si l'orquestra els donés confiança per alçar-se i volar una estona, lleugers, i quan es va acabar la cançó havien deixat en l'ambient un polsim de fortuna, de saber-se únics. La versió d'en Cugat començava com una fantasia bucòlica de flabiols i violins, però aviat els bongos entraven per dibuixar-hi un aire selvàtic, com un camí frondós que s'obria lentament i convidava els altres instruments a dir-hi la seva. Gairebé esperaves que un tigre sortís de darrere les columnes i es passegés entre les taules. Més que ballar, primer les parelles temptejaven aquell ritme i després es deixaven hipnotitzar pel seu misteri, captius d'una luxúria que desconeixien, àgils i convençuts que en Cugat era un guru de la felicitat.

Sense ganes de fer-me el visionari, he de dir que en aquella manera de tocar d'en Cugat s'intuïa el camí que va prendre un parell d'anys més tard, quan el swing ja era una veritat universal i ell va decidir renovar les veus de l'orquestra. Malgrat que tots ens fèiem el desentès, començant per ell mateix, innegablement una de les víctimes d'aquella febrada havia de ser la Carmen Castillo. El lirisme de la seva veu, de tons aguts, havia quedat antiquat: cantava bé com sempre, però el signe del temps feia que inevitablement envellís qualsevol tonada, com si els sons li sortissin de la gola amb una consistència de ceràmica, massa fràgil i trencadissa. A més a més s'havia fet gran, tenia quaranta anys i el senyor Lucius Boomer, el gerent de l'hotel, instava en Cugat perquè trobés algú més jove. Les orquestres també entraven pels ulls, insistia.

En poc temps de diferència, doncs, va contractar la Lina Romay, una noia de vint-i-un anys, nascuda a Brooklyn i filla d'un diplomàtic mexicà, que cantava tant en anglès com en castellà, i en Miguelito Valdés, un cubà no gaire més gran que arribava a Nova York amb la intenció de menjar-se el món. Des de l'Havana, l'Enric Cugat havia descrit al seu germà aquell cantant com «una fúria que et sap defensar un bolero, una guaracha o una rumba, i que a més sap cantar amb la llengua i el ritme dels negres d'aquí».

Tots dos es complementaven molt bé: la Lina havia crescut als Estats Units, amb un peu a cada cultura, i atacava sense por tots els registres, americans i llatins. Era morena, de faccions suaus, i el seu rostre tant reflectia la passió continguda d'una hereva de les grans fortunes americanes com la sensualitat turgent d'una filla d'immigrants italians o la ingenuïtat d'una germana petita de Mary Astor. En Miguelito —tan rabassut que el nom li anava estret com un jersei encongit— havia fet una breu carrera de boxejador i ara canalitzava l'agressivitat cap a la interpretació. Només li havies de posar un micròfon al davant i tot ell es transformava, com si estigués en trànsit i parlés per boca d'una deïtat africana. En Cugat li demanava que reprimís alguns crits massa exaltats i primitius, sobretot en els interludis instrumentals, però l'havíeu de veure (i sentir) cantant *Bruca Maniguá*, *Babalú* o *Yo ta namorá*.

Junt amb aquesta veta afrocubana, en Miguelito Valdés havia après a modelar els registres del bolero i la rumba, cantant amb més o menys vehemència segons les reaccions del públic. Amb ell i la Lina Romay en un espectacle, junts però sense barrejar-se gaire, més alguna aparició de la Carmen Castillo per fer contents els nostàlgics, en Cugat obtenia l'equilibri buscat: la seva manera de posar-se al dia era acostar-se més que mai als orígens, com si el seu swing emergís de la càrrega exòtica que duien de naixement aquelles tonades llatines.

Tots consultàvem el *Variety*, que cada setmana publicava els guanys de les orquestres dels hotels, i la d'en Cugat havia batut més d'un cop els rècords de recaptació. Com en els dibuixos animats de Tex Avery, els seus ulls reflectien el signe del dòlar. Amb l'onada expansiva d'aquella fal·lera, els telèfons dels seus mànagers cada dia rebien més propostes de contractació. El reclamaven de tot Amèrica i, seguint els consells d'en Bob Diamant, va fer el següent pas lògic: multiplicar-se, acceptar el do de la ubiqüitat. L'orquestra d'en Xavier Cugat s'expandia. Ara, amb el seu nom com a franquícia, els hotels de ciutats mitjanes ja podien anunciar el seu ball de cap de setmana amb l'orquestra de moda. Només era una minúcia que el protagonista del cartell no hi fos, un inconvenient que acceptaves de grat si t'havia tocat viure en un lloc com Cincinnati, Omaha o Albuquerque. Al cap i a la fi, dalt de l'escenari hi havia una colla de músics que feien servir els arranjaments del mestre i tocaven amb la mateixa alegria, i uns cantants que sempre eren atractius, exageraven la nostàlgia pel seu país caribeny i entre cançó i cançó feien acudits semblants als d'en Cugat. Potser ell no hi era en persona, però sí espiritualment.

Em pregunto si tot va anar massa de pressa i en el fons no preludiava ja una deriva que, en plena eufòria, ningú no va ser capaç de reconèixer. Començant pel fet que en Miguelito Valdés s'estigués tan poc temps amb en Cugat. Quina llàstima. Al cap de dos anys va dir prou, just abans d'un estiu que prometia ser fulgurant. El seu temperament no volia lligams tan ferms. Era un cas semblant al d'en Desi Arnaz, que temps enrere s'havia quedat sis mesos amb l'orquestra abans d'anar-se'n a Miami, muntar el seu propi grup i proposar-se com a candidat al Rei de la Conga. La diferència, però, és que l'adeu d'en Miguelito va deixar un rastre d'acusacions i denúncies creuades que els advocats respectius van trigar gairebé un any a desarticular. Va a caràcters, suposo.

Quan en Miguelito va marxar, en Cugat va pensar que ja havia fet el fet, i, com sempre, massa centrat en si mateix, no va comprendre que aquella impaciència era un avís, i que potser els temps canviaven per a tothom —ell inclòs—. Tot i que el trasbals devia anar per dins, va protegir-se rere les obligacions contractuals, va fer-se l'ofès uns quants dies i de seguida va trobar-li un substitut. Es deia Felipe Santos i era un porto-riqueny de veu profunda, que brodava els boleros amb un encant de seductor i, quan bevia massa, li sortia el bohemi patètic, però mai no va fer oblidar l'energia d'en Miguelito. De veus que demanaven una audició no en faltaven mai, en tot cas. Era la desena temporada que passarien l'estiu al Waldorf i en Cugat s'havia convertit en un expert en aquelles tribulacions: li agradava de dir —fent literatura a partir del que havíem escrit els periodistes— que per a molts músics que venien de Cuba i de Puerto Rico la seva orquestra era «una porta d'arribada, gairebé una casa de rellogats on trobaven un llit, un plat a taula i algú que parlava la seva llengua».

No siguem ingenus, tanmateix: que el miratge de la celebritat i la glòria no ens distregui. Al llarg d'aquella dècada, en Cugat havia viscut una transformació notable, i, per molt que s'esforcés a dissimular-ho —perquè en el fons aparentava ser un sentimental—, el jove carregat d'il·lusions ja només treia el cap ocasionalment, quan algú li tocava el voraviu dels records, com en les escasses trobades que tenia amb els seus germans. Ara s'havia convertit en un músic doblat d'empresari, pragmàtic, intuïtiu i alhora molt conscient de la imatge que projectava. Ara només agafava el violí de tant en tant, per deixar la seva petja amb un solo anecdòtic, i s'havia acostumat a dirigir amb l'arquet, que és més llarg que una batuta. Sempre d'escorç, com un demiürg entre els músics i el públic, gesticulava com si demanés més espai al seu voltant, aquella distància que els actors amb caràcter aconsegueixen sense esforç quan són a l'escenari. Algun dia traurà l'ull a un músic, dèiem amb sorna.

Aquesta seguretat, aquesta determinació en els afers públics, ocultava per defecte la qüestió espinosa de la vida privada. És a dir, els problemes amb la Carmen Castillo, que molts ens ensumàvem d'una hora lluny. Quan nosaltres, els periodistes, buscàvem les pessigolles a en Cugat per saber-ne algun detall, topàvem sempre amb el mur de les seves dents blanques, el somriure confiat, i se'ns rifava comentant les obligacions dels músics, les llargues gires per mig continent, les proeses i els honors i altres romanços. Tot per no parlar de si mateix. Vet aquí la paradoxa: com més famós el personatge, més ocult. Com a màxim, de tant en tant ens donava peixet perquè féssim córrer algun rumor que no anava enlloc, per riure i prou. Després de participar en una pel·lícula de la Mae West, havia insinuat algun embolic de xampany i camerino amb la dona més voluptuosa del moment, però no s'ho creia ni ell: els contactes d'en Winchell ho van desestimar amb una ganyota de menyspreu i no se'n va parlar mai més. L'arribada de la Lina Romay, i el fet que durant l'espectacle ballessin la rumba unes quantes vegades, va provocar alguna insinuació interessada d'en Cugat, però la química de l'edat ho desmentia, aleshores ja massa inversemblant, i de fet un any més tard ella es va casar amb un tennista de Califòrnia i va dissipar de cop les enraonies.

Encara havien de passar un parell d'anys fins que ens toqués contemplar els seus flirtejos continus i un punt desesperats, sovint amb l'afegitó de la promoció personal, i en aquella època més aviat ens intrigava la seva monotonia. ¿Què amagava? La felicitat pretesa sempre, a tot preu, ens despistava, i ens imaginàvem que la vida de parella s'havia convertit en una mena de riu subterrani, invisible, que corria tèrbol per sota d'aquella bonança plàcida. En una riba, la Carmen estava cada cop més pendent de la seva neboda Margo. A l'altra riba, en Cugat insistia a posar el nom d'ella als anuncis dels nous espectacles, amb lletres grosses, gairebé com un talismà imprescindible perquè tot sortís bé, encara que després ella no sortís a l'escenari o en tot cas hi tingués un paper discretíssim.

Temps enrere, el dia que l'amo del Waldorf els havia gosat plantejar obertament que calia un recanvi per a la Carmen, tots dos havien reaccionat amb indignació, però només la Carmen, més impulsiva, havia arribat a amenaçar-lo cridant que si calia deixarien el Waldorf-Astoria. Després, a casa, en Cugat l'havia corregit dient que no es podien permetre aquell daltabaix, ara no, i per descomptat no calia que plegués de cantar, ella era l'ànima de l'orquestra, però sí que estaria bé buscar altres veus que l'acompanyessin. Tothom ho feia, s'havien de renovar, i de vegades ella mateixa es queixava que estava cansada de tot plegat, no?, de tants viatges, i que necessitaven afluixar el ritme.

En Cugat no s'adonava (o no es volia adonar) que la Carmen es referia a ells dos, a la vida que portaven, i no a la maleïda orquestra. Era com si la faceta pública fos intocable, com una cuirassa que els protegiria de qualsevol crisi —i no, la veritat és que no els protegia de res—. De mica en mica el conflicte va anar agafant més cos. Aquell estiu del 1942, el senyor Boomer va organitzar una festassa a l'hotel per celebrar els deu anys de la presència dels Cugat al Waldorf, una de les col·laboracions més fructíferes que es coneixien a Nova York. Com que en el fons l'acte també era una manera de fer publicitat, a més de músics i promotors i personalitats del món llatinoamericà, la senyora D'Morello va incloure a la llista de convidats una selecta nòmina de periodistes, i per descomptat jo hi era.

En Cugat, no cal dir-ho, estava exultant. Se'l veia envigorit, fortificat, moreno del sol de Califòrnia. S'havia vestit amb camisa blanca i un esmòquing negre lluent. Tot ell sobreeixia d'entusiasme i rebia els convidats efusivament, amb abraçades als senyors i besamans a les senyores. Els cines acabaven d'estrenar *You were never lovelier*, amb Fred Astaire i Rita Hayworth, on ell tenia un paper més destacat que mai, i la resposta del públic era fabulosa. Si no l'havies vista, no eres ningú. En Cugat es delia per explicar anècdotes del rodatge a tothom que el volgués escoltar. Al llarg de la nit va fer circular diferents versions de la seva amistat amb la Rita Hayworth: si a primera hora cantava la bellesa encisadora d'aquella noia pèl-roja d'origen mig irlandès, una hora més tard ja explicava que ell l'havia descobert quan era una adolescent que es deia Rita Cansino i ballava al casino d'Aguas Calientes, i al final de la nit ens assegurava que, de fet, ell s'havia inventat el seu nom artístic, perquè Hayworth sonava més universal que Cansino... Històries que des d'aquella nit, qui sap, potser passarien directament a la Galeria dels Records Inventats.

A última hora, quan la festa ja s'esllanguia, em vaig separar dels meus col·legues per acostar-me als protagonistes. Per un moment coincidia que en Cugat i la Carmen estaven junts i jo tenia ganes de felicitar-los. Al capdavall ens lligava el record de deu anys enrere, en què havíem compartit l'odissea de travessar Amèrica en cotxe per arribar al Waldorf, i ells ho sabien. Després dels quatre mots protocol·laris, en Cugat de seguida em va voler parlar de la nova pel·lícula. No se'n podia estar. Se'l veia infatuat, amb un rei al cos, i per dins vaig recordar que al film també hi cantaven en Miguelito Valdés i la Lina Romay, però no pas la Carmen. Potser no era culpa d'ell, però cada instant del rodatge, cada anècdota que sortia dels seus llavis, devia ser una ganivetada traïdora. Em vaig adonar que ella feia un gran esforç per dissimular, encara que en la manera d'aguantar la copa de xampany buida hi havia molta desídia. Tota ella semblava esbravada.

—El més important —va dir-me en Cugat— és que per primera vegada he tingut un paper de debò, com a actor amb frase, i no com a simple director d'una orquestra. No és que els diners m'importin gaire, en aquest cas, però cobraré més, sap?

—No sé per què estàs tan emocionat —li va etzibar la Carmen, ràpida com un llampec—. Fa deu anys que ets un actor en tot el que fas, estimat. És com si cobressis per cada minut de la teva vida, i no només com a director.

En Cugat se la va mirar tot parat, com si acabés de descobrir que era allà amb nosaltres, i volia respondre-li, però ella i la copa de xampany buida van girar cua, fent un mutis teatral, i el van deixar amb la paraula a la boca.

—Dones...! —va fer ell, exagerant com si estigués en una comèdia de Noël Coward—. Qui les entengui que les empaiti.

Desconcertat, vaig afanyar-me a canviar de tema, i li vaig preguntar per en Miguelito Valdés, si era veritat que volia deixar l'orquestra. Va fer que sí amb el cap, pensatiu, com si el seu personatge hagués fugit un instant de la festa per reviure alguna discussió amb el cantant, i al cap d'uns segons va tornar al present i em va dir:

—En el fons em fa un favor anant-se'n, perquè als amos del Waldorf no els agradava. Deien que semblava un cirabotes, sempre tan despentinat. I tampoc no suportaven que ballés mentre cantava. «Que s'estigui quiet a l'escenari», em demanaven, i jo m'he fet un tip de defensar el seu estil. Res, un dia o altre havia de passar. Tots aquests músics se'n van carregats de greuges, inflats d'ego, però temps després tots m'ho agraeixen. ¿I vols que et digui una cosa? Quan es tanca una porta, aviat se n'obre una altra. En un final sempre hi ha un començament, només s'ha de ser prou llest per detectar-lo.

Tal com ho deia semblava que formulés un desig, i jo no sabia si parlava de l'orquestra, o de la seva relació amb la Carmen, o de tot alhora.

Ens vam dir adeu i, quan ja me n'anava, la senyora D'Morello em va cridar des d'un racó de la festa, on passava desapercebuda. Feia cara d'espia en acció i vaig suposar que ens havia estat observant. M'hi vaig acostar.

—L'hi he de dir perquè, si no, rebento. Em fa tot l'efecte que estan a punt de separar-se —va fer, assenyalant amb el cap a un punt inconcret—. Ell i la Carmen. Això serà una guerra.

5. Vida d'hotel

Encara que sembli impossible, en Cugat va posar una marxa més a la seva vida quan va començar a fer pel·lícules a Hollywood sense pausa, l'una rere l'altra. Tots vam ser testimonis de l'ascens fulgurant: va arribar un punt que enllaçava un contracte amb el següent, fins i tot encavalcant-los i fent mans i mànigues per no decebre ningú. Els productors de la Columbia i més tard, quan va canviar, els de la Metro van adonar-se que, si feien sortir el nom d'en Cugat als cartells promocionals i als tràilers, venien més entrades. No hi feia res si en el film ell tenia un paper de comparsa, o simplement era el pretext per incloure la seva música a la banda sonora. El punt d'inflexió va venir precisament a partir de l'estrena de *You were never lovelier*, el 1942, on actuava dirigint l'orquestra que feia ballar meravellosament Fred Astaire i Rita Hayworth. Era igual que es portessin gairebé vint anys de diferència: els passos i moviments d'ell eren tan harmoniosos que el rejovenien, i els espectadors volien creure que la Rita de vint-i-quatre anys podia enamorar-se de debò d'aquell home esprimatxat que passava dels quaranta.

L'èxit va ser tan immediat que en Cugat es va accelerar, va créixer, va agafar distància, va catapultar-se. La seva popularitat va multiplicar-se, el cridaven de tot arreu i firmava contractes amb més zeros; es va engreixar deu quilos, tot i que no parava mai quiet. Durant el rodatge, Fred Astaire li va començar a dir *Cugie*, afectuosament, i els periodistes vam recordar tants cops l'anècdota que el sobrenom li va quedar fixat. Era com si la seva omnipresència demanés més d'un nom artístic: Cugat a la costa est, amb les orquestres, i Cugie a l'oest, fent pel·lícules. Quan el vèiem actuar per tot Amèrica, o a la pantalla del cinema, la seva figura irradiava encara més felicitat que abans, més simpatia, i els seus gestos i paraules semblaven destinats a encomanar aquell estat d'ànim impertorbable, que res ni ningú no podia rebaixar. Tot venia de la seva música, esclar, però de fet semblava que era accessòria: si era alegre i ens feia ballar, precisament era perquè ell dirigia els homes que la tocaven.

Fou aleshores, en ple frenesí, quan va prendre una decisió que ja no va abandonar mai més: en Cugie es va posar tupè. Es va calçar aquells cabells falsos a la closca i el seu carisma era tan potent que semblava que li haguessin crescut de debò. Ningú, ni en Walter Winchell, va gosar burlar-se'n a la seva columna i, com a molt, ho vam comentar com una excentricitat divertida. De fet, ell mateix en parlava obertament, amb orgull, i un dia que li vaig preguntar el perquè, em va respondre que volia semblar més jove —així, sense subterfugis— i que ho veia com una qüestió de bon gust, igual que triar una bona corbata o uns botons de puny. Per si calia algun suport, va fer-me la llista dels famosos que mai no actuaven sense tupè o perruca: Frank Sinatra, Bing Crosby, Ray Milland, fins i tot John Wayne! ¿Com podien estar equivocats? Una altra vegada que l'hi vaig tornar a preguntar, anys més tard, també em va dir:

—Em llevo al matí i, després de dutxar-me i arreglar-me, em miro al mirall i em dic: «Sobretot que la felicitat no t'agafi fent cara d'enze, Xavier, perquè voldria dir que no hi estàs acostumat». Llavors em poso el tupè.

Així, amb aquestes expansions, en Xavier es va convertir en el veí tabalot que volien molts americans blancs de classe mitjana, en l'oncle enjogassat que mai s'oblidava del teu aniversari (encara que fos un dia tard per culpa de la seva vida intensa), en el gendre que sempre tenia un compliment per a la sogra, i a més a més semblava sincer.

La velocitat del seu triomf també va tenir una conseqüència previsible per a qualsevol observador pendent de la seva vida matrimonial: el va allunyar encara més de la Carmen. No sé en quin moment tots dos van entendre que el matrimoni s'havia esmicolat, ni si l'enrunament va començar per la part pública o per la privada, per la sentimental o la professional. Segurament tot anava massa junt i resultava indestriable, com a mínim al bàndol d'ell. La intimitat de la Carmen i en Xavier era un misteri no resolt, i de fet la incògnita s'estén més enllà i abasta tot el currículum marital d'en Cugat. Si va haver-hi una època en què el músic va mantenir alguna mena de vida conjugal, tal com s'entén tradicionalment, fou precisament durant la dècada llarga en què van conviure amb la Carmen. No sé què m'hi jugo que, després, aquella naturalitat amorosa ja no es va repetir mai més.

En aquest punt he de tornar un parell d'anys enrere, perquè la meva intuïció em diu que els desequilibris es van fer més patents quan van haver de practicar els usos i costums de la vida familiar, amb totes les dolceses i els hàbits que comporta una casa pròpia. Mentre que la Carmen ho desitjava, en Xavier ho temia —jo aventuro que per un excés de solitud, d'estar només ells amb ells—. Sense ànim de penjar-me cap medalla, he de dir que probablement soc l'únic reporter que va entrar a casa seva i s'hi va passejar, després de demanar repetidament la mediació de la senyora D'Morello. Una tarda assolellada de primavera, el 1941, vaig aconseguir que em deixessin fer un reportatge a cals Cugat amb el pretext que allò era tota una novetat: després d'uns quants anys de fer vida en una suite de l'hotel, en Xavier havia accedit a llogar una casa. «Una llar», tal com reclamava la Carmen amb una punta de crispació a la veu.

L'atzar i els contactes d'en Bob Diamant els van portar a un dels racons més bonics de Manhattan, a Beekman Place, que a més quedava a quatre cantonades del Waldorf, en una passejada de deu minuts. Era un dels carrers més petits i reservats de l'illa, i a l'època —quan encara no havien fet acte de presència els diplomàtics de les Nacions Unides— havia viscut una renovació dels edificis que atreia famílies benestants, escriptors, músics i gent del teatre. Sorties de casa i amb una mica de sort et creuaves amb artistes com Billy Rose, o com el matrimoni que aleshores donava més llustre al carrer: Katharine Cornell i Guthrie McClintic. Que avui ningú els recordi és només una de les moltes crueltats del *show business*.

L'apartament dels Cugat es trobava a la planta baixa. Veient la façana de l'edifici —noble, de totxo vermell, amb una heura enfiladissa— hauríeu dit que viure a peu de carrer era un inconvenient, però el secret és que per la part del darrere s'obria a un jardí ample i pacífic, de gespa ben cuidada, que donava directament a l'East River. Només hi faltava un embarcador amb un bot amarrat. Al davant veien l'extrem estret de l'illa de Roosevelt i, més enllà, a l'altre cantó del riu, les fàbriques de Queens treien fum en silenci mentre al seu voltant començaven a construir-se habitatges per a treballadors. Em va rebre a la porta la mateixa Carmen i amb la primera impressió vaig pensar que s'havia fet gran. Com que actuava cada cop menys, feia mesos que no ens havíem vist i vaig trobar-la més apersonada. Tenia la cara més rodona i plàcida, les formes potser més suaus i toves sota un vestit blanc folgat, que li donava un aire d'estiueig perpetu. Per un instant vaig pensar que potser estava embarassada, però no vaig dir res. Era com si la pau de la vida casolana l'hagués apagesat, com si en el fons ja no visqués a Nova York. Em va convidar a passar i de mica en mica vaig entendre aquell canvi. A mesura que m'endinsava pel passadís, de la cuina va sortir a saludar-me la mare de la Carmen, una senyora baixeta i d'actitud atrafegada que vivia amb ells, i la seva presència va anar acompanyada de l'aroma picant d'un *chili con carne* —«es passa el dia a la cuina, és el seu antídot contra l'enyor», va fer la Carmen—. Al seu darrere va saltar com una aparició un cadell de gos juganer que no parava de fer-me festes. Em va venir a la memòria aquell seu pastor alemany que havia conegut anys enrere, el Lobo, i la Carmen em va explicar que el pobre s'havia mort durant una visita a Barcelona, enverinat per qui sap què quan s'estaven a l'hotel Ritz, i el seu record li va provocar un devessall de queixes sobre la falta de veterinaris competents a la ciutat catalana. Ara el substituïa aquella gosseta —Rumba—, d'una raça indefinida, que ens precedia movent la cua i semblava que ens indiqués el camí. La Carmen li va fer cas, la vam seguir pel passadís i vam arribar a una sala lluminosa, de finestrals generosos, amb mobles d'estil colonial, tapissos de motius asteques a les parets, un sofà de vellut verd fosc i una llar de foc, tan neta i polida que semblava que no hagués cremat mai. Jo em feia el distret i a cada passa expressava la meva admiració, però intentava no perdre'm cap detall de les cambres que deixàvem a banda i banda del passadís.

Per fi vam sortir al jardí, on en Xavier ens esperava al davant d'una taula parada amb una gerra de suc de taronja i alguna cosa per berenar. Semblava que s'hagués endiumenjat per a l'ocasió: sabates de color crema, pantalons amples i clars, jaqueta blanca. En el seu cas el vaig trobar elegant com sempre, però més prim i esvelt. Potser ho feia la llum natural de l'abril a Nova York, a l'aire lliure, acostumat com estava a veure'l sempre dalt d'un escenari. Ens vam asseure tots tres i vam trencar el gel recordant alguna anècdota de quan vaig creuar amb ells els Estats Units, i després vaig elogiar-los aquell tros de paradís, la quietud que pujava de l'aigua lenta, on fins i tot l'escena fabril de l'altre cantó del riu i el pas d'una barcassa aturaven el temps. La Carmen servia un pastís de cireres, complaguda i melindrosa, i en Xavier feia ullets de satisfacció. La gosseta corria amunt i avall amb alguna cosa a la boca —¿era una rata, un talp?— i vaig preferir no dir res per por de trencar l'harmonia de l'instant. Per dins em voltaven les ganes de furgar en els lligams de la parella. Recordava la il·lusió encegada i un punt adolescent que els empenyia a tots dos vuit anys enrere, quan els esperava el gran contracte del Waldorf, i em deia que l'èxit els havia acabat domesticant l'esperit de conquesta; l'havia despullat dels dubtes, sí, però alhora n'havia eliminat aquella trepidació que els envalentia davant la novetat i la incertesa.

Quan vaig trobar una escletxa en aquell inici de conversa més aviat àtona, vaig treure el bloc i la ploma perquè quedés clar que allò era una entrevista, i vaig demanar-los per la casa. Volia saber si els plans passaven per retirar-se un dia a Nova York, si estaven contents, si s'imaginaven com seria a l'hivern, quan els flocs de neu caiguessin sobre el jardí i el riu. Jo volia que projectessin la seva felicitat conjunta davant meu. Curiosament, la primera resposta d'en Xavier va desviar-se cap a l'oest, a Califòrnia, per explicar que en el fons també havien de tenir una casa a Hollywood. Per diners s'ho podien permetre, i cada cop era més evident que feien vida aquí i allà, no s'entenia l'un sense l'altre, la música sense el cinema. Al capdavall a Hollywood ja hi havien viscut junts i també els agradava molt, oi? La Carmen va fer que sí, però se'l va mirar amb uns ulls apagats i tot seguit em va donar la seva versió:

—Vostè ja ho sap —va dir—: aquest país és tan gran que els músics necessitem moure'ns sempre per fer content el públic, i més ara que mig món està en guerra i tenim la missió de distreure i encoratjar la gent d'arreu. Però nosaltres no som artistes de circ —aquí en Cugat va alçar les celles—, no tenim l'esperit nòmada, i com a tothom també ens cal un lloc que en puguem dir llar, una adreça on arribin les cartes... No sé com dir-ho, una casa amb corrents d'aire, amb unes habitacions que ens rebin sense sorpreses, amb una olor familiar, sense que calgui fer passadissos o tancar sempre la porta, com a l'hotel. I això és el que ens donarà aquest apartament, oi, Javier?

Ella li deia el nom així, en castellà. En Cugat va fer que sí, i tant, i va lloar els mèrits de la Carmen per haver convertit aquella casa en un «palau tan fabulós i acollidor». A partir d'aleshores, tanmateix, ell va respondre cada pregunta amb un gir personal que li permetés parlar de l'orquestra i dels projectes, de l'últim disc que havien publicat, de l'arribada d'un nou ritme que portava de Cuba, el danzón, i que les parelles havien de ballar molt juntes, molt juntes. Sí, li agradaven la casa, el jardí meravellós, el barri tranquil, i se'l veia sincer, però tot allò més aviat semblava abstreure'l dels seus negocis i vanitats, com un parent que et visita en el pitjor moment i no li pots fer un lleig.

Quan feia una hora que parlàvem, en Xavier va mirar-se llargament el rellotge i va anunciar que, sentint-ho molt, ell se n'havia d'anar. Un dels trompetistes més joves de l'orquestra l'havien cridat a files, a l'exèrcit, i ara li tocava rebre el seu substitut per repassar el repertori de la nit. Em va donar la mà i va fer un petó a la Carmen, i vaig veure'l ficar-se a dins de casa seva com si fos un intrús, algú que no sabia ben bé on anava, tot i que la gosseta Rumba també li ensenyava el camí. Quan ens vam quedar sols, la Carmen va semblar sobtadament deprimida, cansada d'haver fet el cor fort tota l'estona, i li va sortir la mexicana i va desfogar-se amb ganes. En el fons, va dir-me, en Xavier feia aquelles concessions per tenir-la contenta, com un palau encantat perquè ella hi covés la seva il·lusió i el deixés fer i desfer en els canvis a l'orquestra. Ja me n'havia adonat, oi?, ara només li interessava renovar les veus, sobretot les veus femenines. Maleït swing! No feia ni dos mesos que vivien a Beekman Place i la meitat de nits encara es quedava a dormir al Waldorf perquè deia que se li havia fet tard. ¿Tard de què?, si no hi havia ni un quart d'hora a peu fins a casa! I no és que desconfiés d'ell ni que tingués por que li fes el salt, eh. D'ofertes no n'hi faltaven, esclar, sobretot entre les noies que buscaven la fama a qualsevol preu, però el coneixia massa bé i sabia que no gosaria. Contra ella, no. El problema era que per en Xavier la vida d'hotel era com una droga, com si tot aquell glamur quotidià fos indispensable per fer-lo triomfar. Quin sòmines, déu meu, quin pet presumit!

La Carmen passava de la ràbia a la tristesa com si res, gairebé podies resseguir els meandres del seu pensament, de tan a flor de pell que li vibraven les emocions, però amb el mateix ímpetu reprenia el to acusador. Es notava que tot allò li cremava per dins, fent-li bullir la sang, i ara finalment ho deixava anar. Jo n'estava previngut per algunes confidències de la senyora D'Morello i perquè tenia ulls a la cara, i reservava les meves simpaties privades per a la Carmen. Des que la vaig conèixer, m'agradava la seva calidesa gens impostada, una disposició a comprendre sempre quin era el seu lloc, sense deliris de grandesa però també sense renunciar al seu caràcter fort. Potser perquè jo mateix havia experimentat recentment aquell buit de l'edat —tal com ho pot viure un home tossudament solter de quaranta-tres anys, s'entén—, fins i tot amb la sensació d'haver perdut algun tren important, vaig cometre la imprudència de preguntar-li si no havien volgut tenir fills.

—I tant que en volíem tenir! Però d'això ja fa molts anys i ara aquella desil·lusió ha quedat enrere. Tinc quaranta anys, jo. Ho vam intentar durant molt de temps, per ganes que no quedés. Fins i tot vam visitar una clínica de Detroit, una vegada que hi fèiem temporada, i una altra de Los Angeles, i encara una altra a l'Havana, però al final tots els metges arribaven a la conclusió que en Xavier no és fèrtil. A ell li costava d'admetre i insistia perquè consultéssim més especialistes, fins que me'n vaig cansar i vaig dir prou, i ell s'hi va conformar abans que jo. Mentrestant, ja es pot imaginar que no era fàcil sortir a cantar cada nit sabent que mai no seria mare, però al final t'hi acostumes, assages un somriure neutre i cantes. Cantes que no es pot tenir tot a la vida, com en un bolero, i t'ho acabes creient, i si algú fa preguntes (perquè la família sempre fa preguntes), et vas inventant alguna excusa fins que un dia els gires la cara, els engegues a fer punyetes i llavors ho entenen de cop, sense més paraules. De fet, a hores d'ara ja sabem que és un mal que afecta tots els germans: no n'hi ha cap que pugui tenir fills, i cregui'm que això no és cap consol. Sobretot per mi que vinc d'una família nombrosa, amb més de quinze germans i germanes! Com a mínim, em dic quan tinc un mal dia, he pogut pujar la meva neboda, la Margo, que va ser com una filla per nosaltres. Fins i tot li he parat una habitació aquí a casa, tot i que ara ja està casada i ben casada... —el to de confessió retuda li va fer abaixar la veu, com si parlés per a ella mateixa, els ulls fixos en un punt inconcret del riu, i vaig veure que dues llàgrimes li queien per les galtes, i després dues més, i dues més. Parpellejava i prou, com si no volgués adonar-se'n.

Ja he dit que la Carmen m'atreia i m'agradava, tot i que no podia precisar l'abast dels meus sentiments. Potser, segurament, només era una admiració concreta i perllongada en el temps, candorosa, però la vaig veure tan desvalguda que em vaig aixecar i la vaig abraçar per confortar-la. Encara que allò era inapropiat i maldestre, ella es va deixar fer i també em va abraçar una mica. Vaig sentir als braços la tebior del cotó blanc del seu vestit, l'escalfor del seu cos, galta contra galta, i, obeint algun instint potser imaginat algun cop, vaig moure'm a poc a poc per buscar-li els llavis. Amb un moviment suau i discret, gens aparatós, ella va anar desfent la meva abraçada i em va mirar amb un somriure entristit. Ho va fer tot amb una desimboltura i una falsa ingenuïtat que em van recordar que, a més de cantar, era una actriu de cinema. Quan treballava a Hollywood, de més jove, penso ara, s'hi devia haver trobat desenes de cops, perquè en això de l'amor els homes som uns somiatruites, o uns oportunistes, i volem veure senyals pertot arreu. Em va mirar als ulls, com si em volgués fer entendre que dominava l'escena, i movent el cap em va dir:

—Soc una idiota. Tot això que t'he dit no ho escriguis, sisplau. M'ha semblat que tota l'estona parlava amb un amic, i no amb un periodista.

—Així és, Carmen, no pateixis que això queda entre tu i jo —li vaig dir mentre tornava a asseure'm, sufocat—. M'afalaga que em consideris un amic i per descomptat jo també sento el mateix.

Després d'aquella escena penosa per part meva, que tanmateix avui recordo amb orgull i perfídia —com un intent beneit d'apropiar-me de la vida amorosa d'en Cugat—, la Carmen va insistir a ensenyar-me la casa, habitació per habitació. Era la seva manera d'enterrar tot malentès, suposo, i al capdavall el meu article volia tocar la qüestió de la convivència, «el matrimoni Cugat de portes endins». Avui, a la meva edat, em confon la memòria de desenes de llars conegudes durant un segle, ja fossin pròpies o d'altri, luxoses o funcionals, càlides o inhòspites, i s'hi barreja una desfilada d'objectes i cambres i converses, sofàs i llits i còctels i sopars i riures i discussions, tot ara tan lluny, i per això d'aquella casa a Beekman Place només en puc rescatar els detalls que van sortir finalment al meu article, apuntats fa una estona —gràcies, arxius—. Ara bé, fora del món material sí que conservo la sensació d'haver visitat una casa desanimada, només a mig viure, que des de tots els racons feia uns esforços desesperats per agradar als seus estadants i procurar-los la felicitat més quotidiana. Mentre escrivia l'article, m'imaginava la sala i el jardí i fins i tot la gosseta lliurats a la influència d'una o dues criatures —un Xavier i una Carmen en miniatura— que els habitessin amb la seva disbauxa infantil, amb aquells plors i rialles que omplen d'aire fresc l'ambient més estantís. Tot hauria sigut tan diferent!

Per les informacions que em va donar la senyora D'Morello, sempre atenta, aquell matrimoni al bany maria es va anar assentant a Beekman Place i durant una època fins i tot devien sentir-s'hi com a casa. Potser. És veritat que un apartament burgès sol ser més gran que una suite d'hotel i, per tant, hi ha més racons on perdre's, però alhora apaivaga les formalitats, afavoreix aquell descans mental de sopar amb sabatilles i t'obliga a entendre que els problemes no es resolen agafant el telèfon i trucant a recepció. Dic potser: em sembla que en aquella casa ells dos no van consolidar mai una relació familiar constant, perquè de tant en tant l'orquestra tenia compromisos pel país i en Xavier marxava una o dues setmanes —mentre que la Carmen gairebé sempre trobava alguna obligació per quedar-se a casa—, però precisament aquestes absències ocasionals, com petites treves de llibertat, facilitaven que s'aguantessin l'un a l'altre i allargaven una situació que en el fons els convenia a tots dos. En Cugat entrava per la porta després d'un viatge, la gosseta sortia a fer-li festes i la Carmen el rebia amb la fe renovada. Els retrobaments encara els il·lusionaven. I llavors, quan no feia ni tres anys que vivien a Beekman Place, per culpa d'un embolic amb el contracte de lloguer, van haver de deixar l'apartament d'un dia per l'altre.

De bon principi, la Carmen va treure les ungles i va lluitar per allargar el contracte, però l'advocat que portava l'afer li feia rodar el cap amb clàusules impossibles i drets del propietari, que volia instal·lar-hi una filla que es casava. En Xavier, massa enfebrat amb les seves cabòries, dissimulava i tampoc no hi veia una sortida, i tot d'una la solució més ràpida, per no dir l'única, va ser amagar el cap sota l'ala i tornar al Waldorf-Astoria.

La Carmen, no cal dir-ho, va viure-ho com una desfeta personal, la confirmació que tota aquella farsa ja no tenia més sentit. Una malaltia de la seva mare, que amb aquell destret semblava agreujar-se i volia tornar a Mèxic, i les necessitats emocionals de la Margo, que s'estava divorciant d'un actor massa guapo i seductor per a una sola dona, la van empènyer a marxar de Nova York i instal·lar-se a Califòrnia. Mentrestant ella també rumiava quan i com demanaria el divorci.

En Xavier, en canvi, va retrobar al Waldorf l'energia estimulant de la vida d'hotel. D'una manera inconscient associava aquell entorn a l'èxit personal, a l'espontaneïtat i l'alegria. Li feia gràcia que entre la seva suite i l'escenari no hi hagués més de tres-cents passos (els havia comptat), com si sempre estigués a punt per actuar en cas d'emergència. Era digne de veure com gaudia del seu entregent! El signe impredictible de les sales, els passadissos i el hall li permetia fer-se visible. Alguns visitants el reconeixien i l'aturaven per dir-li que el sentien a la ràdio, demanar-li un autògraf o anunciar-li que aquell vespre ballarien al so de la seva orquestra. Hi havia un grum de l'hotel, un noiet negre de pares cubans, que sempre duia una bossa de cacauets torrats a la butxaca i a vegades, quan intuïa que els clients eren de bona pasta, els n'oferia. En Cugat li deia «el manisero» i, quan coincidia amb ell a l'ascensor, entonava la cançó —«maníííí»— i el noi de seguida treia la bossa de cacauets. Els que no n'estaven al cas (però havien reconegut en Cugat) reien meravellats davant d'aquell número màgic. En moments així, el músic lluïa una aura de celebritat i deambulava per l'hotel fent la passa més llarga i lenta, estarrufat, com si tot allò fos casa seva. I a l'inrevés: com si ell mateix fos patrimoni d'aquella gran institució de Nova York.

En aquells anys el Waldorf reunia la flor i nata universal. Monarques, presidents, magnats, empresaris, artistes, exploradors i esportistes de renom triaven l'hotel quan alguna cosa els portava a Manhattan. En Cugat intentava estar al corrent de les patums que s'hi allotjaven i, gràcies a les informacions del personal, especialment de les telefonistes de la centraleta, sempre tenia alguna anècdota per explicar-te a mitja veu, com si fos un secret. Una vegada que el xa de Pèrsia es va allotjar quinze dies al Waldorf, amb tot el seu seguici i grans mesures de seguretat, en Cugat em va fer saber que aquell home humil era tot un sibarita:

—Fixi's bé què m'ha dit un dels *maîtres* —deia privadament—: ahir, ell i la princesa Fawzia, que és d'una bellesa angelical, una mica com la nostra Elizabeth Taylor, van tenir convidats a sopar. Doncs Sa Excel·lència va fer-se cuinar un cabrit sencer, que havia d'anar farcit d'un faisà, alhora farcit d'una guatlla, que estava farcida amb foie-gras. Què li sembla, quina finor!

Ho descrivia com si hagués estat present al sopar. Aquella proximitat guanyava un grau més quan es tractava de clients de llarga estada com ell, residents a qui tractava de veïns, encara que potser vivien vint pisos més amunt o en una altra torre de l'edifici. Eren personalitats tan diverses com Cole Porter, l'ex-president Herbert Hoover, la família Hilton o el gàngster Bugsy Siegel, i tots en un moment o altre havien conegut la simpatia lleugerament apegalosa d'en Xavier. Com que compartien la passió per la música, en Cole Porter era el seu veí preferit. Jo els havia vist conversant al Sir Harry's Bar, mentre bevien xampany, però no gosaria afirmar que fossin amics. Les males llengües dels meus col·legues deien que en Cugat s'hi feia per interès, a veure si així si se li empeltava alguna cosa del geni musical de Porter, i sigui com sigui va aconseguir fer córrer com a certa una de les seves fabulacions...

A la Galeria de Records Inventats, en Cugat hi atresorava en un lloc destacat l'origen, per no dir l'autoria, d'una de les cançons més famoses d'en Cole Porter. Segons la seva versió, el músic havia escrit una melodia molt bonica, però no aconseguia a donar-li un ritme que la fes brillar. Un dia, quan assajava amb l'orquestra, en Porter el va anar a trobar, va asseure's al piano i li va demanar consell; en Cugat aleshores li va suggerir que provés de tocar-la amb el ritme sinuós del beguine, una música que venia del Carib i semblava una rumba lenta. Així és com va néixer *Begin the beguine.* L'únic que sabem del cert és que en Porter la va incloure en un dels seus musicals i aquell mateix any, el 1935, en Cugat la va gravar en disc i tothom la coneixia. Ara bé, si algú posava en dubte la seva intervenció decisiva (perquè les dates no acabaven de quadrar), en Cugat de seguida ho certificava amb l'argument dubtós que ells dos eren col·legues, i per remarcar la sintonia t'explicava que sovint el visitava a la suite del pis 33, una de les més fabuloses de l'hotel, i referia el detall personal: es veu que el mestre s'havia fet canviar el parquet de fusta, trasplantat des del seu castell a França, per millorar la sonoritat del piano. Un Steinway, hi afegia.

Aquesta curiositat de bugadera, n'estic convençut, donava a en Cugat una sensació de pertinença, de situar-se molt amunt entre els escollits —cosa que, d'altra banda, era força exacta—. Alhora li permetia pensar que ell també suscitava històries semblants, com si el sol fet de residir al Waldorf imprimís en els seus estadants un filtre de llegenda, com si el bany d'exclusivitat anés inclòs amb la factura. Potser per això a vegades es lliurava a excentricitats innecessàries, que no li esqueien del tot però l'exposaven públicament —i li donaven punts per treure el cap als nostres articles—. Per exemple: l'havien vist sortint de la seva suite mentre tocava el violí i es passejava per les diverses sales de l'hotel, en un periple laberíntic; ell deia que li agradava assajar tot caminant i, si algú el seguia enriolat, cridava: «Soc el violinista de Hamelín!», i així encara atreia més públic. També li agradava disfressar-se sense motiu, només per fer gràcia: deia que li recordava les vetllades a casa seva de quan eren criatures, amb els seus germans; es feien disfresses amb qualsevol parrac que trobessin, llençols i abrics vells, si calia despenjant les cortines de vellut, i interpretaven per als seus pares i avis fragments d'alguna òpera bufa.

S'ha de dir que en Cugat mostrava la mateixa familiaritat amb el personal de l'hotel. Tenia carta blanca per ficar-se on li donés la gana. Se sabia el nom dels recepcionistes, entrava a les cuines i felicitava els cuiners, tractava les governantes amb l'afecte d'un fill, feia moixaines i pessics a les galtes de les cambreres més joves, deixava una propina abundant quan algun porter li treia el gos a passejar. El Waldorf, que era com una petita ciutat, amb el servei de sastres, perruqueres, planxadores, joiers o policies, també publicava un setmanari intern amb notícies dels treballadors —qui s'havia casat, qui s'havia trencat una cama, qui es jubilava—, acudits privats i, de tant en tant, una caricatura que ell feia d'algun empleat. Entre ells, que el senyor Cugat et dibuixés era un senyal de prestigi, sobretot perquè et regalava el dibuix original.

Sovint he rumiat que en Xavier se sentia protegit per la vida d'hotel, gairebé diria que hi trobava una seguretat física. El simulacre diari del luxe i el plaer li permetia abstreure's de si mateix. Així podia oblidar que tot allò potser només era un decorat preciós i que al darrere, quan s'acabava la música i s'apagaven els focus, no hi quedava res, tan sols un camerino buit amb un mirall molt gros que l'obligava a reflectir-s'hi i preguntar-se qui era, què feia, què esperava del futur. Preguntes incòmodes que creia resoldre cada dia, cada hora, mentre celebrava en directe, d'un instant a l'altre, la felicitat de ser en Xavier Cugat i nosaltres no. Com un peix que es mossega la cua: era feliç perquè era ell, i era ell perquè era feliç.

Si voleu viatjar directament a aquella època i contemplar el seu ascendent públic, només heu d'anar a un videoclub, o enxampar a la televisió un d'aquells canals perduts que recuperen clàssics en blanc i negre, i mirar-vos *Weekend at the Waldorf*, la pel·lícula del 1945 en què va participar en Xavier —fent d'ell mateix, esclar—. Tot i que estava envoltat d'un elenc d'actors impressionant, no crec que hi hagi una gran diferència entre el Cugat que sortia en pantalla i el que habitualment feia la viu-viu a l'hotel. De fet, és molt possible que la pel·lícula es quedés curta a l'hora de documentar la seva presència al Waldorf.

Aquest blindatge que li donaven els hotels va ser una constant a la vida d'en Cugat, ben bé fins als seus últims dies. És veritat que va viure en mansions luxoses a Hollywood i pisos senyorials a Barcelona i a Nova York, va invertir en propietats a la costa de Mèxic, Atlantic City i Miami, i fins i tot va muntar una cadena de restaurants que es deien Casa Cugat, però la seva trajectòria és també un catàleg d'habitacions repetides, totes semblants. Aquella escenografia, que el va acompanyar al llarg de les gires interminables pels Estats Units i a l'estranger, l'assossegava amb la seva familiaritat impersonal i acollidora. Quan la Carmen se'n va anar a Califòrnia per no tornar, sense acordar que se separaven de manera oficial, en Xavier va seguir tan content com un gínjol, de concert en concert i de gira en gira, i només quan van arribar les festes de Nadal va trobar-la a faltar. Aleshores va enviar-li un telegrama dient que havia nevat i que Nova York estava preciosa, i preguntant-li quan la veuria de nou al Waldorf, però és difícil expressar els sentiments en poques paraules i no caure en els tòpics. Ella li va respondre amb excuses, que la brevetat i els STOP del telegrama feien encara més lacòniques. En Xavier va viure aquell any el segon Nadal més trist de la seva vida. Coincidia que per primer cop en molts anys no celebrava el seu aniversari actuant i, per fabricar-se alguna mena d'atmosfera alegre, va convidar el seu germà Albert i la seva cunyada Lolita a celebrar les festes amb ell.

El consol de debò, suposo, el va trobar en el retorn a l'activitat frenètica, el remolí d'actuacions diàries a la ràdio i de nits a l'hotel. A partir del febrer va afegir-hi deu setmanes al Paramount de Times Square, en sessió contínua i amb un contracte molt generós que el convertia en un dels músics més ben pagats de la ciutat i li garantia més de tres mil espectadors diaris. Si no fos que aquest era el seu ritme habitual, hauríeu dit que ho feia per no haver de pensar en res més. Enmig d'aquella agenda endimoniada, vaig pescar en Cugat en un concert singular, l'homenatge a Fats Waller que van promoure les Joventuts Demòcrates d'Amèrica al Carnegie Hall. El recordo especialment perquè el presentaven com «una gran demostració espontània d'unitat interracial», i en Cugat va compartir cartell amb orquestres com les de Count Basie o Duke Ellington, i veus com Jimmy Rushing, Mildred Bailey o Billie Holiday. Una exhibició constant del poder de la música negra, vaja. La seva actuació, tocant el violí davant d'una orquestra prestada, va ser un vist i no vist, una anècdota. Jo em preguntava quina connexió hi podia haver entre en Cugat i en Fats Waller, que havia mort feia uns mesos, al desembre. Enmig de tant de talent, a mesura que anaven desfilant els artistes, vaig comprendre que ell complia la part incòmoda de la quota racial: devia ser el director d'orquestra blanc més famós que en aquells moments hi havia a Nova York, i amb la seva música d'arrels llatines havia fet debutar desenes de músics vinguts de Cuba, Mèxic o Costa Rica.

Des de Nova York, ara que havia agafat embranzida, semblava que res no pogués aturar en Cugat, i corria amb l'orquestra amunt i avall per tot el país. Tan aviat s'anunciava un concert a Cincinnati, com a Chicago, o a Boston. A Detroit, en una de les últimes actuacions amb la Lina Romay com a cap de cartell, va tenir un dels seus cops de sort habituals. Al final d'una funció se li va acostar una noia per dir-li que volia cantar a la seva orquestra. Era alta i bufona, amb una cabellera morena, unes cames llargues i un posat volgudament ingenu i, esclar, anava acompanyada de la seva mare. En Cugat en va tenir prou amb una repassada per entendre que la noia li convenia.

—¿Com et dius, quants anys tens i d'on vens? —li va preguntar arrufant les celles.

—Me llamo Nita Rosa. Tengo dieciocho años y somos de Denver, pero mi mamá es colombiana.

La mare, tan jove que més aviat semblava la germana gran, va ficar-hi cullerada, mig en castellà i mig en anglès.

—La Nita n'acaba de fer divuit, sí, però ha de saber que des dels quinze que canta, sap fer riure homes i dones, i una vegada fins i tot va actuar a la ràdio amb l'Enric Madriguera.

—Nita Rosa és un bon nom artístic... —va fer ell, picant l'ullet a la mare, i la va citar l'endemà per fer una prova.

Cinc dies més tard, amb el contracte signat, la Nita Rosa va debutar a la ràdio, un primer pas abans de pujar a un escenari. En Cugat volia treure partit d'una voluptat tan aparent i la primera cançó que van assajar era *Bésame mucho*. Entonava bé, amb posat de gata maula, però com que li faltava ritme la va ensenyar a cantar tocant les maraques, que l'afavorien si hi afegia un moviment de malucs. Després la senyora D'Morello va enviar fotos de promoció a les agències i els diaris més importants, on es veia la Nita Rosa en una postura insinuant, amb aquell cos esponerós i un text que deia: «Nita Rosa és el nou canari de l'orquestra de Xavier Cugat, en substitució de Lina Romay. Escollida en un càsting entre més de cent noies prometedores».

Durant un mes la Nita Rosa va ser la nova sensació a les vetllades a l'aire lliure del Waldorf i, com si l'estiu invoqués l'estímul d'una revolta interior, en Xavier es va tornar més eixelebrat i descarat. Es podria dir que va acabar de perdre la contenció que imposaven els ambients refinats. Va viatjar a Cuba i a Mèxic per fer-hi unes quantes gales i després es va instal·lar a Hollywood per filmar un nou musical, *Holiday in Mexico*, i preparar temporada al Ciro's de Sunset Boulevard. Els reporters destacaven la seva ubiqüitat, una figura hiperactiva i riallera que apareixia a totes les festes i estrenes. Tothom el saludava i li feia compliments —Cugie!— i semblava que aquell nou sobrenom fos la contrasenya per desfermar-li la loquacitat, l'encant. A més, de propina, es rabejava en l'èxit de les pel·lícules on havia participat, i que s'anaven estrenant a un ritme insistent. El seu nom estava en boca de tothom. Recordo que una companya de la premsa va publicar una breu conversa amb Billy Wilder, que acabava d'estrenar *Double indemnity*. Ell li deia que era una pel·lícula tan agosarada que només l'hauria pogut produir la Paramount. «¿I vol dir que la Metro no?», va punxar-lo ella. «¿La Metro...?», va respondre Billy Wilder, «potser sí, però això ens obligaria a fer-hi sortir en Xavier Cugat amb la seva orquestra».

Havia fet el belluguet durant tants mesos que a Hollywood no es va instal·lar en cap hotel, sinó que va llogar la casa de Hedy Lamarr a Beverly Hills i temps després, com que s'hi sentia bé, l'hi va comprar. En alguns cercles aquella decisió es va interpretar com un primer pas per reconciliar-se amb la Carmen, que també vivia a Los Angeles, però ningú no els va veure mai junts i, a mesura que passaven els dies, més aviat semblava que les seves intencions anaven en una altra direcció. Ara la Nita Rosa passejava arreu la frescor dels seus nou anys a cada cama, amb una desimboltura que es llegia com una amenaça, i en més d'una festa hi apareixia de bracet d'en Cugie i estrenant vestit. Ell es divertia explicant com l'havia «descobert» —aquest era el verb que feia servir— i començava a paladejar el seu paper de Pigmalió, carregat d'un doble i fins i tot un triple sentit, una actitud que anys a venir es convertiria en una constant vital.

Ningú sabia dir si s'entenien en privat o era tan sols un acord que els beneficiava a tots dos, com tants cops s'havia vist a Hollywood, i més aviat feien desconfiar. Els suposats divuit anys d'ella amb el vigor saludable contra els quaranta-cinc d'ell amb el seu tupè: la diferència era tan vistosa que va obrir el camí de la xerrameca, i aleshores, amb la mateixa lleugeresa de qui es distreu fent bombolles de sabó, tothom es va aficionar a buscar nòvies, afers i romanços del senyor X. Si va obrir el foc la Nita Rosa, de seguida va sorgir el nom de Carmen Miranda, amb qui s'havia creuat als estudis de la Metro; a continuació, breument, es va parlar d'Esther Williams i, la nit que va estrenar al Ciro's, algú hi va distingir entre el públic els ulls encaterinats de Ramsay Ames, l'actriu que feia uns mesos havia passat pels braços de Mickey Rooney i ara estava massa sola.

En Cugat, mentrestant, no desmentia res, sabedor que a Hollywood la línia entre realitat i rumor era molt més prima que a cap altre lloc del món. Jo m'ho mirava des de la distància, a Nova York, però les notícies volaven i recordava les paraules de la Carmen a la nostra trobada a Beekman Place, convençuda que el seu home no seria capaç d'enganyar-la. Em preguntava si, ara que ja no estaven junts, ella veia tot aquell rum-rum com una traïció o més aviat com un alleujament. Aleshores, com si m'hagués sentit, va trencar el seu silenci i va presentar una demanda de divorci a través d'un bufet d'advocats. Durant la vista oral, mitja dotzena de periodistes van transcriure les paraules de la Carmen: «Entre el 15 de maig i el 15 de juliol, a Nova York, en diversos llocs i en diverses hores, tot i que no puc precisar ni els llocs ni les hores, el meu marit va cometre adulteri amb una dona que desconec».

He de dir que la seva declaració era tan imprecisa que semblava una broma. Amb totes aquelles incògnites només es podia entendre com la conseqüència d'un atac de ràbia, encara que intuïtivament les dates coincidien força amb la irrupció de la Nita Rosa a la vida d'en Cugat. Esclar que també es podia tractar d'una corista de la ràdio, de nom Joan Mitchell, que en Cugat freqüentava en aquella època i a qui fins i tot havia regalat un abric de pells. Quan va rebre la citació judicial, ell s'ho va prendre com una invitació a jugar, a desfermar-se encara més, com si la simple menció d'un possible divorci els hagués situat en una nova realitat, més amunt en els cercles de la fama. Al cap d'unes quantes setmanes es va deixar veure en una joieria de les cares, al centre de Los Angeles, comprant un braçalet i un anell de compromís, i tres dies més tard el mateix Cugat filtrava el nom de l'afortunada als periodistes: Ann Marsh. Es casarien a principis de gener, tan bon punt fos efectiu el divorci amb la Carmen.

El nom ens va desconcertar a tots. Una perfecta desconeguda. Uns deien que venia d'una família molt rica de Nova

York i d'altres que la coneixien com a corista, i com passava sovint en Walter Winchell se'ns va avançar i va revelar que ja se l'havia vist amb en Cugat quan tenia un altre nom: era aquella tal Joan Mitchell. Ah, i que estava casada (però mal casada). L'única certesa era que cada nit, d'ençà que en Cugat havia estrenat espectacle a Ciro's, l'Ann Marsh es quedava a la sala de festes fins molt tard i sovint marxaven junts.

En Cugat i l'Ann Marsh van fer el tonto durant mig any encara no, i llavors ho van deixar córrer i ella va optar per un final poc espectacular: va tornar amb el seu marit. Jo mateix vaig escriure en una de les meves columnes que la seva relació «s'havia refredat més que una nevera carregada de gel dins un iglú al pol Nord» (els lectors agraïen aquesta mena de sarcasmes fàcils). El nom d'ella aviat va desaparèixer de l'esfera pública, i es va afegir a la constel·lació de dones que en algun moment havien sortit als diaris al costat d'en Xavier —compartint un llit, imaginari o no—. En el seu cas, l'Ann Marsh tenia el rècord d'haver prolongat la relació uns quants mesos, amb compromís de matrimoni inclòs, i una cosa és certa: en Cugie va passar les festes nadalenques d'aquell 1944 en companyia seva.

Enmig d'aquella ronda sentimental que el promovia com un don Joan llatí dels més tòpics i tronats, en Xavier devia acabar l'any amb la sensació de ser al centre d'una festa permanent. Tot amb tot, aquella intimitat d'última hora amb l'Ann Marsh, que a més tenia l'al·licient de ser adúltera per part de tots dos, disfressava una evidència: a en Cugat tothom l'abandonava. Una circumstància greu, si tenim en compte que era un home que no sabia estar sol.

En poc temps l'havia deixat en Miguelito Valdés.

L'havia deixat la Lina Romay.

L'havia deixat la Nita Rosa: novament una joveneta prometedora feia servir la seva orquestra com a trampolí per iniciar una carrera brillant.

L'havia deixat el seu mànager, en Bob Diamant.

I l'havia deixat definitivament la Carmen.

Encara que ell no ho podia saber, i de fet no en seria mai conscient, totes aquestes desercions eren el preludi d'un gir crucial. Literalment, físicament, estava a punt de tombar a la Gran Cantonada. De començar la Segona Part. D'iniciar el descens un cop fet el cim. Tot el que puja, baixa, i hi ha un moment en què la vida arriba al seu punt culminant i tot d'una ja només queda la davallada. És una qüestió matemàtica, de calendari. És aquell dia en què tothom, fins i tot les persones que es pensen que poden sobreviure a tots els imponderables —com ell—, comença a estar més a prop de la mort que del naixement.

No sé si m'explico prou bé. Passeu pàgina.

6. 33.172 dies

Es pot dir que a la seva manera en Xavier Cugat volia ser un *enfant du siècle*. S'havia convençut que viuria cent anys exactes i per això, seguint una lògica pròpia, se sentia immortal, incombustible, perpetu. En les situacions que va haver d'afrontar per problemes de salut —com aquell cop que el van operar a Los Angeles d'una disfunció renal, encara jove, o durant els múltiples atacs de cor a la vellesa—, parlava de la seva suposada immortalitat com una llicència que el protegia. Se sentia predestinat i era com si el desig de viure un nombre exacte de dies i d'anys l'alliberés de qualsevol penúria. Els metges i les infermeres reien de l'estirabot perquè era ell, en Cugie, i sortien de la seva habitació ben convençuts (i sovint amb un autògraf). Segurament ho feia per asserenar-los i alhora imposar un ambient relaxat fins i tot quan li tocava passar unes hores en un quiròfan, o unes setmanes en una clínica. A mesura que es feia vell, com amb tantes altres afirmacions de la Galeria dels Records Inventats, en Cugat es va convèncer més i més de la seva coartada i va arribar un punt que als ulls ja no li brillava aquella espurna picardiosa i còmplice del qui fa trampes i sap que tu ho saps. S'ho creia de debò. Una vegada, quan ja passava dels setanta anys i els dies i les nits se li confonien en la penombra luxosa d'un casino de Las Vegas, jo dubtava que aquells decorats de cartró pedra li poguessin agradar gaire i li vaig preguntar:

—Dispensi la impertinència, Cugie, però ¿ha pensat on voldria morir-se?

—No, i ara! —va respondre'm—. Amb aquestes qüestions val més no perdre-hi ni un minut. A més, has de saber que jo crec en Déu i em sento immortal. O etern, si ho prefereixes. No sé quan vull morir, però vull viure els cent anys dia per dia, i sé que Ell m'ajudarà.

—No sabia que fos religiós...

—A la meva manera, sí. No vaig a missa ni reso gaire, per no dir gens, però tinc a casa un gravat d'un Sant Crist, que em va regalar el gran Salvador Dalí, i de tant en tant me'l miro amb devoció i reso un parenostre, tal com me'l va ensenyar la meva mare. Diguem que soc catòlic però només quan em convé, i Déu ho sap i m'ho perdona.

—Cent anys, diu que vol viure. Si un dia hi arriba, ¿vol dir que no anirà més enllà? Des que el conec, vostè no en té mai prou.

—Oh, això seria molt pretensiós per part meva. Amb un segle sencer ja faig —i va esclafir una riallada greu, que era com de ricatxo que la sap llarga.

Pensem-hi una mica, i després pensem-hi una mica més. Allò que seduïa en Cugat era la voluntat d'enganyar el temps, de dominar-lo per imposar una imatge de si mateix a la posteritat, però se li escapava un detall (o com a mínim no en parlava). Per afinar la punteria de morir el 31 de desembre de l'any 1999 o, per fer-ho més bonic l'1 de gener del 2000, només tenia dues opcions: que l'atzar l'ajudés amb alguna malaltia o amb un accident imprevist justament aquell dia, o bé posar-hi fi ell mateix. Em costa d'imaginar, no obstant, que aquell ésser fantasiós pogués fabricar mai un acte tan contradictori com el suïcidi, el silenci definitiu, l'última nota —i ho dic jo que l'he superat en edat i algun cop, en les meves velleses, he jugat amb la idea de respondre amb contundència la pregunta temible: ¿què hi faig encara aquí a la Terra?

No, un suïcidi, ni que fos just a la línia de meta dels cent anys, hauria sigut un final massa estètic, d'una fredor calculada. En Cugat era addicte a la felicitat, però encara més a l'ostentació de la felicitat. Per ell el més important era que el xou sempre havia de continuar i, de fet, ens haurem d'imaginar aquesta quimera dels cent anys exactes dins el territori de la ficció, perquè el cert és que a la vida real ell, tot solet, no hi va arribar.

Ja està, ja ho he dit.

Avui sabem que va viure fins al 27 d'octubre de 1990. És a dir, 33.172 dies (sí, he tingut la paciència de comptar-hi els anys de traspàs). La sort d'haver-lo sobreviscut és que ara puc fixar amb precisió quin va ser el dia del bell mig de la seva vida, el dia que va fer el tomb per iniciar el descens: el 30 de maig de 1945, vet aquí.

¿Quina temptació, oi, la de voler precisar l'eix que ens doblega? Tot un símptoma de la mortalitat. Un argument més per ensonyar-se i fer volar coloms. Si Déu o la ciència ens haguessin dotat amb la virtut —o el defecte— de descobrir en quin moment fèiem el tombant, ¿podríem anar pel món amb la mateixa inconsciència, i fins i tot indiferència? Ves a saber, potser rebríem aquell anunci amb més fatalitat que la mort mateixa: un dia qualsevol et lleves, esmorzes, et deixes portar per la rutina quotidiana i de sobte, inesperadament, reps un senyal que et diu que ja ets al mig del camí. Si tens quaranta anys, te'n queden quaranta més. Si en tens dotze, nen, ho sento, moriràs en la flor de la joventut. Si vas pels trenta, no arribaràs a vella ni a jubilar-te. Si has passat dels cinquanta, com jo, obre una ampolla de xampany i celebra-ho, perquè ara ja saps que seràs centenari... ¿Quina angoixa ens rosegaria amb més força: la d'esperar cada dia la sentència o la de saber tot d'una la data d'execució?

Au, va, se m'han de perdonar aquestes divagacions, ni que sigui per confirmar que no vaig de tort ni repapiejo. Tot ve perquè em pregunto què hauria canviat per a en Cugat a partir d'aleshores, si hagués sabut que ja havia gastat mitja vida, i la resposta que jo aventuro és aquesta: res. O gairebé res. Minúcies. Ell pertanyia a l'estirp dels autosuficients, dels homes fets a si mateixos que en algun moment, especialment quan són al cim de la carrera, proclamen orgullosos que si tornessin a néixer ho farien tot igual altre cop. Quins tanoques. Tots n'hem conegut algun: la seguretat amb què parlen els empeny a estimar fins i tot els propis errors.

El 30 de maig de 1945, dic. És impossible descriure què va fer en Cugat exactament aquell dia, si va notar o no alguna mena de vibració espiritual que el fes més conscient del pas del temps, però puc reconstruir els seus moviments amb força precisió perquè aquella primavera havia tornat a actuar a Nova York. Feia tres setmanes que Alemanya havia capitulat a la Segona Guerra Mundial i la ciutat s'havia omplert de celebracions espontànies del Dia de la Victòria a Europa. «VE Day», cridaven els titulars dels diaris i repetia la gent. Encara quedava el front obert al Pacífic i l'amenaça nipona, d'acord, però el govern americà havia eliminat el toc de queda i les festes cuejaven arreu fins a la matinada.

Recordo en Cugat fent temporada al Copacabana del carrer 60, a quatre passes de l'hotel Plaza i de Central Park. Hi tocava amb un contracte de sis mil dòlars setmanals, probablement el més substanciós de la ciutat en aquells moments, per tres sessions diàries que el deixaven esgotat. Portava la Hilda Ramos com a cantant, una noia d'una bellesa que els periodistes qualificàvem de misteriosa per no dir voluptuosa, però que aviat canviaria aquell escenari per una comèdia de Broadway, on l'havien agafat com a primera veu en un musical.

Amb la seva decoració d'estil brasiler, amb les palmeres i bananes pintades que s'enfilaven per les columnes del local, el Copacabana s'havia convertit en un dels llocs de moda per a la gent rica i de gustos falsament atrevits. L'orquestra hi feia passis de vespre, nit i ressopó, a les dues de la matinada. L'havia engegat en Monte Proser, un dels empresaris més inquiets i ambiciosos de l'època, però havia estat a punt d'enganxar-s'hi els dits per culpa dels seus somnis de grandesa. Corria el rumor que, si en Proser se n'havia sortit, era perquè al darrere hi havia diners de la màfia, en concret de Frank Costello, que un dia s'havia presentat quan la sala estava empantanegada en obres i li havia proposat un pacte irrenunciable, però irrenunciable en un sentit literal: no s'hi podia negar. A partir d'ara serien socis i ell li pagaria tots els deutes pendents. A canvi, esclar, s'ho cobraria fent servir el Copacabana per blanquejar els diners que guanyava amb el joc, sobretot al seu casino de Saratoga Springs.

Això era el que s'explicava a sota veu. La majoria d'informacions sortien de la boca verinosa d'en Walter Winchell, que era amic de tota aquella gent, i potser per això molts periodistes ens en malfiàvem. Sabíem que li agradava exagerar. La qüestió és que una nit d'aquell mes de juny vaig portar una amiga a sopar al Copacabana i de sobte era com si haguéssim viatjat al Brasil. L'orquestra només tocava sambes o clàssics com *Perfidia*, però amb arranjaments més tropicals, i era fàcil sentir-te en un club de Rio de Janeiro. Sense les limitacions del toc de queda nocturn, entre cançó i cançó en Cugat animava les noies a ballar «com una Ventafocs que ja no té por de les campanades de mitjanit».

Jo havia convidat la meva amiga amb la intenció de presentar-li en Cugat. Ens havíem conegut un mes enrere, després de veure-la actuar a Broadway en un vodevil escrit per al lluïment de Zero Mostel, i em semblava que tenia el perfil de les intèrprets que agradaven al músic. És a dir, era jove, molt jove, i atractiva, molt atractiva; de trets sinuosos i enigmàtics, llatina i alhora no llatina, com una barreja de Dorothy Lamour i Katy Jurado. De pare veneçolà i mare italiana de Nova Jersey, sabia cantar en anglès i castellà, i a més ballava i havia estudiat claqué. Es deia Perdita Lavalle i no negaré que aquella nit em movien raons egoistes. A més de voler-la impressionar amb els meus contactes, perquè me n'havia encapritxat, m'agradava la idea de promoure un talent innegable i, alhora, temptejar si aquest favor em deixaria traspassar la púdica ratlla de l'amistat. Era el que havia vist fer desenes de vegades a en Cugat i d'altres músics, sempre amb la incògnita de si aquella relació laboral es traduïa també en alguna mena d'intimitat. Ara ho volia comprovar jo mateix. Era arriscat, perquè podia ser que en Cugat intentés beneficiar-se del meu propòsit, gat vell com era, però des de feia un temps només estava pendent d'una altra gata, la Lorraine Allen, la seva última conquesta, i junts havien començat a exhibir-se pertot arreu.

Ja sé que ara, sota el signe dels nous temps, als inicis d'aquest segle XXI que mai no em vaig imaginar que veuria, tot allò sembla grotesc i segurament execrable. ¿Com és que un home a la ratlla dels cinquanta creia que podia seduir una noia de menys de vint anys pels seus encants, i no per la seva influència? Però és que aleshores ningú es feia la pregunta, ho sento. Aquesta mena de sobreentesos eren el pa de cada dia, i tots hi combregàvem. Com que el xef del Copacabana em coneixia, ens van donar una taula al centre del local, a la part de baix. Vam sopar, vam ballar i vam seguir l'actuació mentre ens bevíem la segona ampolla de xampany. De tant en tant jo em mirava la Perdita, que al seu torn observava la Hilda Ramos i n'estudiava els gestos i els girs vocals, i em vaig fixar que una parpella li palpitava lleument, però no sabia destriar si era per l'enveja, l'emoció o els nervis. Gairebé a mitjanit, l'orquestra va tocar *Aquarela do Brasil* i tot seguit en Cugat va anunciar que feien la mitja hora de descans. El vam veure sortir de l'escenari per un lateral i, quan enfilava cap al camerino, vaig agafar la Perdita del braç, amb la delicadesa de qui porta un ídol precolombí, i el vaig cridar pel seu nom, «Xavier» (un senyal de confiança). Al primer moment ell es va girar i em va clavar una mirada molesta, com dient «què vol aquest ara», però llavors es va fixar en la noia. Li vaig presentar la Perdita i li vaig dir que cantava i ballava com els àngels. Ell la va repassar de dalt a baix, com si la volgués despullar allà mateix.

—Ja ho veig que és un àngel —va dir—. Em sembla que algú m'havia parlat de tu, maca.

En Cugat mentia molt bé. Tal com havíem acordat, quan va sentir el seu nom la Perdita va fer una passa endavant, posant-se al centre de tots tres, va allisar-se la cabellera morena amb la mà dreta i va apuntar un somriure de llavis gustosos. Jo ja m'havia adonat que aquell gest era la seva targeta de presentació, perquè un joc d'asimetries facials li ressaltava la piga que tenia al pòmul esquerre, tan ben posada que t'hipnotitzava.

—¿Perdita Lavalle, dius que es diu? —va fer en Cugat mirant-me a mi—. Potser li hauríem de buscar un nom artístic més sensacional, no? No ho sé. Perdita Lux... O Perdita Romeo.

—Moltes gràcies, senyor Cugat —va ficar-s'hi ella—, tot i que no sé si el meu pare ho acceptaria. Els Lavalle ens diem així des de fa tres segles com a mínim, i n'estem molt orgullosos.

—Sí que ho acceptaria, ja t'ho dic jo —va respondre ell—. A més de veure com cantes i balles, la gent t'ha de recordar per dues coses: un nom que et faci lluir i un tret singular. En el teu cas, no cal dir-ho, allò que et fa única és aquesta *coquette* —en Cugat va acariciar-li amb un dit la piga, la galta, com si volgués comprovar que era de debò i no pintada. Aquestes deliberacions l'embadalien i suposo que per a ell duien implícites una promesa de futur.

—Li ha de fer una prova, Cugat, i no se'n penedirà —vaig intervenir-hi jo per fer-lo tornar a la realitat—. M'han dit que la Hilda deixa l'orquestra, oi? I la Perdita és una estrella que espera ser descoberta.

Li vaig picar l'ullet, però la meva interrupció va tenir un efecte inesperat. La Perdita se'm va agafar fort del braç, per amagar el pic d'ansietat, i vaig sentir-li l'escalfor del cos, la flama que li cremava per dins i que tant m'atreia. Tot d'una en Cugat va canviar de cara i de cop semblava que alguna cosa l'amoïnava, o que fèiem nosa perquè érem al mig del pas.

Se'ns va acostar una mica més i en veu baixa, com si tingués por que algú el sentís, ens va dir:

—En un altre moment us diria que sí, demà mateix, perquè ja es veu que aquesta noia té talent per donar i per vendre, però aquí al Copacabana estic lligat de mans i peus. Hi ha coses que no les puc decidir jo i prou.

Va girar el coll, com assenyalant-nos el fons de la sala, i ens va dir adeu, un adeu atrafegat, a contracor.

Amb la Perdita encara al meu costat, com esporuguida, vaig fer una llambregada en direcció al fons del local, allà on la claror quedava esmorteïda, i aleshores vaig entreveure que en una taula discreta hi havia en Frank Costello, l'home que remenava les cireres als baixos fons de Nova York —el Primer Ministre, com li deia la seva gent—. S'estava tot sol i la seva fesomia de calabrès encaboriat en alguna revenja em resultava familiar perquè havia sortit retratat uns quants cops als diaris, sempre a causa de les detencions per joc il·legal, apostes i suborns, però també per la seva destresa d'anguila a l'hora d'escapolir-se de la llei. Advocats llestos i bons contactes als llocs de poder. Vaig girar-me de seguida, com si no l'hagués vist, per evitar que tingués la temptació de preguntar-se qui eren aquells dos que parlaven amb en Cugat, i mentre apressava la Perdita per sortir del Copacabana vaig pensar que malament rai, si aquells sis mil dòlars setmanals sortien dels negocis tèrbols d'en Costello.

Ara potser he d'explicar que a mesura que es feia vell, especialment quan va tornar a Barcelona per quedar-s'hi, en Cugat va convertir les seves intimacions amb la màfia en una aventura que feia més suculents els reportatges que li dedicaven. Tot allò li permetia projectar una imatge de si mateix revestida d'una lluentor excepcional, com si la seva fama vingués també del fet d'haver sobreviscut a algun risc real, fins i tot d'haver fet ballar els mafiosos al seu so i sortir-ne indemne. A la Galeria de Records Inventats reservava un lloc principal per a Capone: segons el dia, explicava que li havia obert les portes a les sales d'espectacles de Chicago, o que l'havia protegit d'amenaces d'empresaris facinerosos, o que fins i tot li havia espantat alguna exdona que exigia massa diners amb el divorci... No era del tot cert. En realitat no crec que en Xavier creués mai ni una paraula amb l'Al Capone, que ja dormia a la garjola quan ell començava a guanyar-se la vida amb la música, i potser algun cop el van visitar els seus parents i esbirros per assegurar-se que no trepitgés territori aliè. En canvi, la presència d''en Frank Costello aquella nit era ben real, tot i la figura desmenjada i distant en les ombres del Copacabana, i després encara van venir altres relacions interessades, que l'acostaven al cantó fosc de la vida artística. O potser era simplement que en Cugat sabia dissimular fins i tot en aquells entorns, com si tota la brutícia fos incapaç de tacar-lo i li rellisqués pel vestit de ratlles... Tampoc no es pot descartar que es referís sempre a l'Al Capone, el gàngster més magnífic i llegendari, perquè això li permetia desviar l'atenció d'altres relacions que devien ser més estretes i compromeses, i sobre les quals no volia respondre per por de remoure qui sap què —la màfia mai no descansa i els greuges s'hereten durant generacions.

La qüestió és que, quan m'aturo en el tomb que va fer la vida d'en Cugat aquell any, penso també en la mirada freda d'en Frank Costello i en els diners llefres que li sortien de les butxaques, i llavors no em costa veure-hi indicis d'aquells vincles perillosos. Per exemple: en algun moment en Cugat havia agafat el costum de portar un anell de grans dimensions al dit petit de la mà dreta, amb una maragda d'un verd ostentós, i quan la brandava per dirigir l'orquestra semblava que volgués avisar d'alguna connexió protectora. Aquell anell cridava als quatre vents: «Tinc amics i no em podeu enganyar».

O per exemple: ell mateix va anar desviant la seva àrea d'influència de Nova York cap a Hollywood. No és que renunciés a fer temporada als grans temples de Manhattan, però hi detectava més competència per a la seva orquestra, noves tendències musicals que ell no volia o no sabia adoptar, i reclamava al seu mànager que li trobés més contractes a Los Angeles. En el fons és comprensible, perquè en Cugat s'havia fet un nom al cinema, tothom o gairebé tothom l'apreciava, i, en aquell món superficial dels estudis de filmació i els restaurants i els anuncis il·luminats, la fama s'encomanava i ell podia lluir més hores i sense tant d'esforç. A més, a la Costa Oest el lligam dels empresaris amb la xarxa mafiosa també era més discret i pacífic, fins i tot amable, perquè hi havia més alternatives per blanquejar diners —i això sí que en Cugat ho podia explicar de primera mà: el destí li havia donat cita amb un dels gàngsters més simpàtics i alhora més sanguinaris d'aleshores, en Bugsy Siegel, i aviat hauré de referir-me a les peripècies que els van unir durant uns quants dies, quan en Xavier va estar més a prop de cremar-se que mai.

O per exemple: quan recordo els quatre anys (encara no) de festeig, casament i divorci entre en Cugat i la Lorraine Allen, amb totes les baralles i reconciliacions d'una relació tempestuosa, amb els atacs de gelosia d'ell i les tribulacions d'ella, amb cops de porta i cigarrets esclafats rabiosament al cendrer, amb regals fabulosos i llàgrimes de cocodril, amb retrets sobreactuats i exhibicions d'amor *fou*... Quan penso en tot aquell catàleg de clixés tan ben executats, dic, m'atreu la idea de veure-ho com una simulació de l'idil·li fatal entre el gàngster i la noia del gàngster. Creat al cel i dignificat a l'infern. Tot i que ni en Cugat era un home dur ni la Lorraine una flasca, a estones semblava que hi juguessin, com una diversió dels sentiments que de mica en mica se'ls va escapar de les mans per convertir-se en una qüestió de diners, com gairebé tot i gairebé sempre. Retrets i diners.

La Lorraine Allen, doncs. La segona dona d'en Cugat. Hi va haver una època que a ella també se la coneixia per diversos noms. Tan aviat era Stein, com Breacher, com Allen. Sempre Lorraine, el seu nom pronunciat allargant l'última síl·laba, amb dolçor, com si així es pogués convocar la benedicció d'una pluja necessària. No em va quedar mai clar quin era el seu cognom de soltera, i cal suposar que algun o altre devia ser el de casada, o com a mínim de prometatge, i els feia servir amb aires de revenja, com qui passeja un ridícul, igual que més endavant, quan ja estaven divorciats, durant un temps es va negar a prescindir del cognom i demanava taula als restaurants com a «senyora Cugat», jugant amb el misteri de saber qui seria exactament.

Quan en Xavier va conèixer aquell bé de déu de la naturalesa, venia rebotada d'en Busby Berkeley, el director de cinema. Ella i en Busby havien estat promesos durant una temporada, amb anell de compromís i anunci de boda i tot, però la cosa es va refredar i ho van cancel·lar amb bombo i platerets (a Hollywood tot s'aprofita). Amb alguns col·legues de la premsa havíem apostat sobre si aquella relació arribaria a bon port o no. El meu escepticisme em va fer guanyar cinquanta dòlars, i és que no calia ser gaire llest per anticipar-ho: la Lorraine s'havia divorciat feia poc del seu primer marit i abans havia sortit a sopar amb una corrua de flirts i pretendents; en Busby ja duia tres matrimonis fracassats i una reputació de faldiller incansable. Dos i dos fan quatre.

A vegades penso que, amb la Lorraine, en Cugat va aprendre l'art de casar-se i fer llista d'esposes. Ells dos es van veure per primer cop al rodatge de *Holiday in Mexico*, un musical de la Metro que dirigia George Sidney i buscava la llagrimeta sentimental, amb José Iturbi de pianista. En Xavier Cugat s'hi representava a si mateix i, quan sortia amb la seva orquestra, la pel·lícula es convertia en una comèdia extremada i colorista que servia com a promoció del músic i els seus negocis: actuava en un local que es deia Casa Cugat —com el seu programa de ràdio d'aleshores—, amb una caricatura d'ell mateix presidint l'entrada, i sempre sortia acompanyat d'un chihuahua esporuguit. Se sentia tan segur que fins i tot s'atrevia a cantar una cançó, *Yo te amo mucho*, en què no s'esforçava gens ni mica per dissimular el seu pèssim accent anglès. De fet, l'exagerava i tot. Però s'ha de dir que feia gràcia i els espectadors reien —tenia aquest do.

És difícil imaginar-se la Lorraine enfavada davant d'aquell senyor apersonat i extravertit, que es passejava pel set de rodatge amb un gosset als braços i feia broma amb tothom que se li acostava. En canvi és molt fàcil intuir que en Xavier de seguida havia quedat ullprès d'aquella bellesa escultural, més jove i més alta que ell, pitrera omnipresent i una seguretat del seu cos tan desimbolta que semblava més una estrella amb Oscar que no una figurant sense frase. És veritat que la Lorraine havia après el llenguatge de la seducció fent d'extra en dos rodatges previs —els que li havia aconseguit el seu Busby— i no calia ser gaire espavilat per desxifrar el seu posat avinent i un papalloneig que convidava a la contemplació. En Cugat hi va caure de quatre grapes. Durant una pausa del rodatge, abans d'una escena musical, ella se li va acostar i va fer moixaines al chihuahua. Anava vestida de minyona, el seu paper a la pel·lícula, en què servia a casa de l'ambaixador nord-americà a Mèxic.

—¿La tracta bé el seu amo, senyoreta, o es passa tot el dia traient la pols i fent els llits de la mansió? —li va preguntar en Cugat, mentre li oferia el gosset perquè l'agafés—. Si té cap queixa, només cal que m'ho digui i jo aniré a veure els guionistes del film. Són amics meus, ¿sap? A més, salta a la vista que a vostè li correspon un paper de mestressa, i no de minyona.

—No puc dir que sigui gaire feliç, no —va fer ella seguint-li el joc—. Trec la pols i faig els llits de tota la casa, i això que a mi m'agrada més desfer-los. Ah, i serveixo l'esmorzar a una nena consentida. A més a més —aquí va actuar amb veu apesarada—, estic..., molt..., sola.

—Oh, això té solució —va dir en Cugat, ràpid—. Li regalaré un chihuahua com aquest perquè li faci companyia.

—Sí, però que sigui una gossa femella —va dir-ho remarcant el *she-huahua*, en anglès—, així es podrien trobar amb el seu amiguet i jugaríem junts, no? Tots quatre, vull dir.

Ella va riure exageradament i alçant-se el davantal de puntes va embolicar el gosset amb molta cura, com si li volgués donar escalfor; ell va fer cara de padrí entendrit i, segurament, quan ella s'ajupia una mica per tornar-li el chihuahua, va donar un cop d'ull als pits que li tibaven el davantal blanc. Ella segurament ho sabia, i va allargar el gest perquè ell s'hi pogués envescar. L'escena no devia durar més de dos minuts, però semblava que l'haguessin assajat abans, de tan bé que els va quedar.

Tot i les guspires que es van generar en aquell primer contacte, durant el rodatge ja no es van repetir. Una setmana més tard, la Lorraine es va fer acompanyar d'en Walter Winchell al Trocadero, on actuava l'orquestra, i allà es van retrobar amb en Xavier. L'endemà en Winchell va fer-ho explícit a la seva columna, encara recordo la frase: «La noia melosa que l'altra nit s'estava amb Cugat al Troc és Lorraine Allen, la mateixa que temps enrere accelerava els batecs del cor de George Raft». Feia uns mesos que en Cugat havia gravat una cançó que es deia *Walter Winchell rhumba* i la tocava cada nit, i ara, amb aquella nota informativa als diaris de mig país, era com si el sant pare dels afers amorosos hagués beneït la trobada. Al cap d'unes setmanes, per Cap d'Any, la Lorraine va regalar a en Xavier una agulla de corbata amb la forma d'un violí de plata, a joc amb uns botons de puny, i ell va entendre-ho com una confirmació de les seves avinences. Darrerament s'havia convençut que els anys amb la Carmen, sempre a menys de dos metres d'ell, li havien deturpat el caràcter, com si sota la seva influència no fos ben bé ell, i els nous flirtejos eren tan sols temptatives una mica desesperades. Ara, per primer cop, veia que aquella intriga amorosa potser tenia algun futur. Llavors ell va convidar la Lorraine a passar uns dies junts a la platja, a Ensenada. Ara sí que farien vacances a Mèxic, de debò.

És impossible esbrinar qui va seduir a qui, si la Lorraine a en Xavier, o en Xavier a la Lorraine. La qüestió és que tots dos, sense ser-ne ben bé conscients, tenien el que l'altre buscava. Fama i bellesa, diners i joventut, simpatia i seducció, i una necessitat compartida de fer parlar la gent. La diferència, en tot cas, la van anar descobrint els mesos següents, a mesura que els llaços s'estrenyien i el compromís oficial —a la vista de tothom— els obligava a complir amb el guió de la parella feliç, com tantes altres estrelles que pul·lulaven juntes pel firmament de Hollywood. El preu que va pagar en Cugat fou el de la gelosia, tot un gènere de la ficció que es va apoderar de la seva ment i des d'aleshores el va infectar d'una espècie de malaltia crònica, incurable. En un dels seus punts més àlgids, tanmateix, que de seguida hauré d'explicar, vaig arribar a la conclusió que en Cugat sabia que aquell malestar era part del tracte, una càrrega que assumia de bon grat per poder anar de bracet de dones fabuloses com la Lorraine.

El preu pagat per la Lorraine és que la seva carrera cinematogràfica no va progressar mai més. Tampoc la musical, malgrat les escaramusses que va intentar uns anys més tard, ja divorciats. Quan feia poc que sortien junts, encara sense estar compromesos, en Xavier li va fer una prova per cantar a l'orquestra, però ni tenia ni la veu ni les ganes d'aprendre i ella mateixa es va descartar. Els periodistes vam entendre que a la Lorraine li agradava més ballar —acompanyada, esclar— i quan passejava la seva figura per la pista, un ball i un altre en braços d'algun home que havia pescat, deia que no només ho feia per gust, sinó que també treballava per al seu promès, i que ella hauria de cobrar per esvalotar el galliner. En Cugat la guaitava des de l'escenari amb una actitud entre còmplice i molesta. El somriure orgullós deia una cosa, i els ulls suspicaços, una altra de diferent. A vegades, quan ja no podia més, deixava que l'orquestra es dirigís tota sola, baixava de l'escenari i, amb gestos galants, agafava la Lorraine i ballaven junts. En sabien molt i les altres parelles els obrien una rotllana perquè poguessin esplaiar-se. Durant aquella estona, que s'allargava el temps d'una cançó com a màxim, tots dos eren el centre de l'univers, es miraven als ulls i s'entotsolaven en una mena d'essència d'allò que volien representar, i quan deixaven de ballar, entre aplaudiments, es feien un petó als llavis —com qui segella un pacte.

Aquesta facècia la vaig viure en persona unes quantes vegades, i fins i tot vaig ballar amb la Lorraine a la pista del Trocadero, amb la secreta ambició de fer patir una mica en Xavier, encara que des de l'escenari ell em devia veure com un *partenaire* inofensiu. Aquells anys jo tenia un peu a Nova York i un altre a Los Angeles, perquè m'havia convertit en un periodista d'un cert renom en el món de l'espectacle de varietats i em convenia ser a tot arreu. A la ratlla dels cinquanta anys, ara escrivia una columna setmanal sindicada en una setantena de diaris de diversos estats, i em guanyava molt bé la vida. Ni jo mateix sé com vaig arribar a aquest nivell d'autoritat, suposo que persistint i cuidant els contactes que em podien donar una bona primícia. Ara en Winchell ja em saludava, quan coincidíem en algun club, i l'Ed Sullivan, que sempre m'havia respectat, acabava d'estrenar el seu programa de televisió i em demanava que en fes publicitat als meus articles. Deixeu-me gallejar, però, d'una altra virtut més important: la discreció. El meu nom surt poc als annals musicals de Hollywood i Broadway, sempre mencionat de passada, en notes a peu de pàgina o en reports massa densos perquè ningú els llegeixi. Ni tan sols el maccarthisme em va posar en cap llista negra, i això que anys després vaig saber que el radar del Comitè d'Activitats Antiamericanes em vigilava, com a tots els que escrivíem sobre la música llatina.

La meva actitud discreta també tenia un altre interès: no fer ombra i passar mig desapercebut, sobretot perquè aleshores les dones periodistes s'havien fet les mestresses de l'ofici. Aquell era el moment de la Louella Parsons i la Hedda Hopper. S'obrien pas les dues grans dames de la xafarderia i, per molt antagòniques que fossin, feien la mateixa por. Amb la gosadia despietada de les seves columnes (i les seves idees sovint reaccionàries) se saltaven els límits de la vida privada per destrossar carreres amb un somriure irònic. Tothom rebia: Charles Chaplin per comunista, Ingrid Bergman per adúltera, Grace Kelly i Ray Milland per llicenciosos... Als seus ulls tothom amagava alguna cosa o ho semblava, i quan una d'elles et dedicava un elogi l'altra es veia obligada a criticar-te amb qualsevol pretext. Només estaven d'acord a l'hora de menysprear els marietes i els «morenos mexicans» del sud de la frontera. Les celebritats de Hollywood llegien les seves columnes cada matí, més que res per confirmar que no fossin víctimes col·laterals de la rivalitat entre aquelles dues harpies. Alguns companys periodistes van adonar-se que no podien competir contra el seu cinisme biliós i van abandonar; d'altres van acontentar-se remenant les restes dels escàndols que elles treien a la llum, com ocells carronyaires, o convertint aquella virulència en el centre de la notícia, cosa que encara els donava més relleu a elles. Enmig del foc creuat, uns quants vam fer la viu-viu des del nostre raconet del diari, sense defugir el detall picant però alhora sense inventar-lo o instigar-lo, i centrant-nos en figures que en aquell Hollywood dels anys cinquanta tothom coneixia però ja començaven a perdre el llustre davant les cares més joves, com ja he dit que passava amb el mateix Xavier Cugat. L'edat no perdona.

Dic això i mai no vaig tenir la sensació que en Cugie fos un territori meu i de ningú més, però sí que en aquella època jo ja notava que m'havia convertit en el seu especialista, si aquesta ha de ser la paraula. Començava a saber-ho tot, d'ell. Com més estrafolaris i expansius eren els seus actes, millor s'acoblaven al meu tarannà reservat i planer. Aquestes són les paraules que em venen al cap: reservat i planer, potser fins i tot dúctil. Llavors encara no ho sentia ben bé així i em deixava portar per la inèrcia de l'ofici, però inconscientment assumia que ell... (he estat a punt d'escriure que ell *vivia* per a mi, i no és això, esclar, més aviat és que jo havia acabat vivint a través d'ell.) Em preguntava si els seus somnis de grandesa podien ser la meva realitat, i no és que el dubte m'entusiasmés, però era obvi que amb els anys m'hi havia acostumat. Aquell home m'acoloria els dies amb alguna mena de fruïció constant per saber què vindria després, cap a on aniria el seu destí —el nostre— ara que la seva carrera començava a fer baixada. El seu afany de supervivència en un medi musical renovat era també el meu afany, doncs, i em consolava pensant que tot allò que m'omplia el dia a dia —la xarxa d'interessos que havia construït des de ben jove, partint de la seva figura— no m'oferiria mai cap alternativa més convincent. Ja he dit que l'edat no perdona.

Durant uns quants mesos, el meu refugi discret a Los Angeles es va dir —*surprise, surprise*— Perdita Lavalle. De seguida veureu per què. Des de Nova York, la senyora Lillian D'Morello seguia portant els negocis d'en Cugat i em feia confidències, però la llunyania i l'hàbit d'aguantar-lo l'havien tornat més pragmàtica, sense tantes ganes de conspirar o fer safareig, i només ocasionalment em donava primícies que, ben pensat, potser ja no haurien interessat a cap altre col·lega. La sort és que la senyora D'Morello no va aguantar mai la Lorraine i aviat la va titllar de vampiressa xucla-sang, i quan ja era evident que el matrimoni tenia més passat que futur em va revelar alguns detalls de la ruptura que eren prou sucosos —tot i que no puc descartar que ella els inflés, després de tants anys respirant els mateixos aires grandiloqüents d'en Cugat—. A més, la Lillian era una bona amiga i defensora de la Carmen Castillo, i aquell primer divorci li havia fet més mal a ella que no al seu amo. Encara recordo amb quin somriure sorneguer m'explicava les emprenyades d'en Cugat quan, ja separats, la discogràfica seguia publicant discos de l'orquestra en què hi cantava la Carmen, amb cançons com *La prisionera del mar* o *Guadalajara*. La seva veu tan lírica l'exasperava, com si cada refilet li recordés els dòlars que li pagava de pensió mensual, i més d'un cop havia estampat els maleïts discos contra la paret (ho vaig publicar, em sembla).

Tot això passava a Nova York. A Los Angeles hi havia la Perdita, que finalment havia entrat com a cantant de l'orquestra d'en Cugat. Tot i que el músic havia insistit a canviar-li el nom artístic, s'havia acabat imposant el criteri del seu pare, amb un orgull familiar pel cognom que se sostenia en un besavi vicepresident de Veneçuela i un escut d'armes d'heràldica dubtosa.

—Mi nena actuarà como Perdita Lavalle y no se hable más —havien estat les paraules contundents d'aquell home que a més li feia de mànager, i en Cugat ho havia acceptat sense posar-hi cap pega. Estava a punt d'engegar temporada a Hollywood i necessitava una veu nova que causés sensació. A més, aleshores ell només tenia ulls per a la Lorraine, i l'amor o el que fos li adormia el sentit crític. Mentre va durar l'idil·li entre ells dos, la Perdita va estalviar-se el típic escrutini apegalós d'en Cugat amb les noves cantants, i amb quatre dies va fer-se seu el repertori de l'orquestra.

La senyora D'Morello em va avisar del seu debut i la vaig anar a veure. Ocupava l'escenari amb tanta seguretat que ningú hauria dit que aquella nit s'estrenava. La Perdita em va reconèixer entre el públic i em va picar l'ullet, i acabada l'actuació es va asseure amb mi i es va desfer en agraïments mentre ens divertíem buidant una ampolla de xampany. Aquella nit es va establir entre nosaltres una relació sexual i emotiva, o emotiva i sexual, que es basava en la confiança mútua i alhora es projectava en la figura d'en Cugat. Si ho hagués de concretar en una sola imatge, triaria la nit que va rebre la seva primera paga, al final d'una setmana d'actuacions. Ens estàvem al meu hotel, al llit, i ella m'ensenyava el feix de dòlars amb una bona fe gairebé infantil —la seva primera paga— i em deia que amb aquells diners em compraria un regal, una ploma Parker de les més bones. Jo la contemplava amb deliri i m'agafaven ganes d'engrapar tots aquells bitllets i llançar-los a l'aire com si fos la pluja de confeti més cara, com deia la llegenda que havien fet en Francis i la Zelda a la seva habitació del Knickerbocker.

Allò nostre va durar el que va durar, fins que els seus sentiments van centrar-se exclusivament en un músic de la seva edat i jo em vaig veure obligat a retirar-me cap a la zona d'ombra, apesarat però conscient que feia més nosa que servei. L'edat no perdona —ja ho he dit abans, oi?

Durant aquella temporada feliç, jo maldava per coincidir amb la Perdita allà on la portés l'orquestra, ja fos a Nova York o a Los Angeles, o fins i tot a Baltimore, Boston o alguna altra capital no gaire distant, i junts ens lliuràvem a la conspiració. En dèiem així, del nostre afer: conspiràvem. Aviat la relació d'en Cugat amb la Lorraine havia començat a mostrar els clarobscurs de dues persones capritxoses i interessades, i el dia a dia de l'orquestra ho notava. Quan ens vèiem, la Perdita es desfogava enumerant-me els abusos d'aquella vida tan excitant i alhora condicionada pels humors del mestre. Jo garbellava les seves informacions, escrivia el que em semblava convenient i després ho revivíem junts amb aires de revenja divertida. Jèiem al llit d'algun hotel, feliços, amb les pàgines del diari rebregades als nostres peus; jo li deia que era la meva espia, la meva Mata Hari, i ella disfrutava descrivint-me les reaccions d'en Xavier, la tibantor dels llavis de la Lorraine, que sabia dissimular molt bé però a estones semblava intuir alguna cosa, de dona a dona. Ara penso que en el fons tots acceptàvem les regles del joc i ens hi sotmetíem.

Reconèixer els codis i saber-s'hi adaptar ho feia tot més fàcil, i estic convençut que la sobtada maduresa de la Perdita, així com la seva actitud descreguda envers en Cugat (que anava creixent amb les nostres conspiracions), provenien del bateig de foc que va viure a Las Vegas, ni més ni menys que durant la inauguració del Flamingo, hotel i casino. Vull recordar que som al 1946 i només tenia vint-i-dos anyets, la meva criatura, i fins i tot per a ella, de nissaga benestant, devia ser una impressió forta. Durant una setmana sencera va conèixer tota la pompa i la purpurina d'aquell món on ella volia triomfar, l'ambició desmesurada i l'ostentació, la servitud dels diners com caiguts del cel, però també la seva cara fosca i depriment, que al Flamingo agafava unes dimensions colossals. O et deixaves encisar i dominaves el joc, com sabia fer en Cugat, o et desencantaves i aleshores només podies sobreviure a través d'un distanciament entre ingenu i burleta, com la Perdita. I ja és ben curiós, penso ara, que aquell dilema que va fer-se present els primers dies de vida del Flamingo, quan Las Vegas tot just era un projecte de quatre il·luminats enmig del no-res desèrtic, avui dia, acabat d'estrenar el segle XXI, segueixi formant part de la seva essència encara amb més intensitat.

Aquell mes de desembre la Perdita passava el Nadal amb els seus pares a Veneçuela. Feia dos mesos que havia debutat amb l'orquestra, primer al Ciro's de Hollywood i després en una gira breu que li havia fet conèixer Chicago i Minneapolis. Tal com estava previst, en Cugat i la Lorraine havien agafat unes setmanes de vacances. En pocs mesos de diferència s'havien estrenat dues comèdies musicals amb aparicions de l'orquestra, *Holiday in Mexico* i *No leave, no love*, i en Xavier combinava la promoció de les pel·lícules amb els viatges de plaer a Mèxic. En realitat, ell ens hauria assegurat que de vacances, res de res, i que aquelles sortides tenien altres intencions, com ara resoldre les complicacions del divorci amb la Carmen per poder-se casar amb la Lorraine, o temptejar algun negoci al sud de la frontera. Enmig d'un d'aquests afers, va rebre un telegrama d'algú que li parlava en nom de Benjamin Siegel, l'empresari més arriscat (o el gàngster solitari), i li demanava un favor que alhora era «un regal, un premi, un privilegi que quedaria imprès a la història de l'entreteniment nord-americà». En Ben Siegel volia que l'orquestra d'en Cugie toqués a la inauguració del nou Flamingo, a Las Vegas. Només ho podia fer ell. L'estrena s'allargaria set dies, perquè allò havia de ser una festa contínua. L'èxit estava assegurat i ja havien donat el sí altres figures de l'espectacle, com en Jimmy Durante, el còmic del nas gros; la Rose Marie, que tot i estar embarassada de cinc mesos no s'ho volia perdre; en Tommy Wonder o la Lena Horne. Hi havia molts diners per repartir, no escatimarien ni un dòlar, i no podia dir que no.

En Cugat coneixia en Ben Siegel d'anys enrere, quan tots dos vivien al Waldorf, i sabia que s'enfurismava si algú s'hi referia pel malnom de Bugsy. Tampoc li agradava que li portessin la contrària, i per això va acceptar la seva proposta a ulls clucs. A més, en Ben feia negocis amb en Frank Costello i li convenia no decebre'ls. En poques hores la senyora Lillian D'Morello va moure els fils per reunir l'orquestra a Los Angeles i, d'allà, portar-los tots junts a Las Vegas.

Els podrien haver enviat al planeta Mart i la sorpresa no hauria sigut gaire diferent. El Flamingo s'alçava al mig del desert com un miratge ideat per la imaginació més esbojarrada. Un col·lega periodista amb ínfules el va descriure com la «modernitat moderna», i sempre que la Perdita em parlava d'aquells dies, la seva expressió era d'incredulitat, com si el flaix de luxe inesperat no s'acabés d'esvair mai.

Perdita bonica, la meva espia que va arribar del tròpic, ¿on deus ser avui dia? Vull creure que encara ets viva, t'ho mereixes; vull creure que ets una àvia amb sis o set nets per cuidar i entretenir, i un passat rutilant i ple d'anècdotes que ja només tenen gràcia perquè les expliques tu amb la teva veu seductora. ¿Al final vas tornar a la vida privilegiada de Caracas, o el trompetista et va retenir a Miami? No ens vam veure mai més, tot i que escoltava els teus discos i aquella veu una mica arrossegada, d'encostipat mal curat, indisciplinada, semblava que em xiuxiuegés secrets a l'orella amb un pessigolleig deliciós. Perdita bonica, segur que m'has oblidat i, si surt el vell Cugat en alguna conversa, potser et torna el meu record insignificant i deus pensar que ja soc mort i enterrat, com tots els espectres d'aquella època. D'alguna manera és així, perquè el periodista amb qui conspiraves s'ha passat a l'enemic i ara ja no escriu sobre ell, sinó a través d'ell, com en una ficció de la realitat. Si no et fa res, doncs, per narrar un dels episodis importants, m'estimo més donar-te la veu a tu que hi vas ser. Aquestes formes de transvestisme literari em fan reviscolar. Espera't, que hi posarem un títol. Parla, Perdita.

FLAMENCS AL DESERT

El trajecte des de Los Angeles en avió va ser curt com un saltiró de pardal i, en canvi, les deu milles d'arribada fins als afores de Las Vegas, on hi havia el casino, se'm van fer eternes. Només eren les cinc de la tarda, però començava a fosquejar i dins aquell crepuscle lent el desert s'empassava les ombres. Miràvem endavant, com si estiguéssim en un túnel, i al fons es distingien cada cop més a prop les lletres de color rosa que cridaven Hotel Flamingo.

L'autobús ens va deixar en un aparcament enorme, a tocar de l'entrada principal. La claror fúcsia del rètol deixava veure un jardí de palmeres i parterres de gespa. Un estany artificial amb cinc o sis flamencs de debò, vius, estupefactes, volia reproduir l'exotisme d'un nou Shangri-La. Al costat d'aquell excés, els negocis que havíem vist a la carretera, tot venint, semblaven fondes tronades o barraques de fira. Unes tanques de bardissa ben retallades, que delimitaven l'hotel i el casino, s'il·luminaven amb esclats de blau i vermell, i subratllaven encara més la foscor que envoltava aquell deliri: volien que oblidessis que més enllà només hi havia terra seca, ermots i coiots famolencs.

En Benjamin Siegel ens va sortir a rebre amb un somriure d'orella a orella, altiu i alhora afable, i al darrere venia la seva amant, la Virginia Hill, que ens va saludar amb una lleugera displicència, cordial i alhora enigmàtica. Una rècula de camàlics, dirigits per un encarregat massa diligent, ens van acompanyar a les habitacions. A partir d'aleshores, sempre que coincidíem amb els dos amfitrions semblaven guiats per una actitud inversa, com si un consumís l'energia de l'altre. En Bugsy es multiplicava anant amunt i avall, esperitat i nerviós, donant ordres i saludant els clients, mentre que la Virginia Hill es movia amb una parsimònia felina, et sortia d'on no te l'esperaves, amb aquell aire confiat i perdonavides que uns mesos després, quan va tenir lloc tot el drama, se li va girar en contra i per això tothom l'odiava.

Per dins el Flamingo semblava tot ell folrat de vellut, feltre i oripells, com una exposició —a l'engròs— de les últimes novetats que es portaven a les mansions de Hollywood. El mateix Bugsy havia esbombat la xifra invertida en aquell club —cinc milions de dòlars— i el dispendi s'apreciava en tots els detalls. Terres i columnes de marbre polit, sofàs d'un vermell imperial, decoracions florals arranjades en forma de ferradura de la sort. Als restaurants, grans parades de menjar, safates abundants i plenes de llepolies, tot tan ben presentat que al cap d'un minut ja havies oblidat les preguntes importants:

¿d'on sortia aquell bé de déu? ¿Com ho portaven fins allà? Deambulant per aquest escenari fastuós com de la Metro, un exèrcit de cambreres, crupiers, cigarreres i grums es cuidava que tothom se sentís benvingut, tant si hi anava a jugar, com a beure o a ballar —o tot alhora—. No calia ser gaire llesta per entendre que aquest gran decorat era una estratègia fabulosa per amagar a plena vista l'autèntica missió de l'hotel i casino: guanyar diners amb el joc, carretades de dòlars que els visitants deixarien a caixa mentre es divertien, i que després servirien per tapar els ingressos de negocis menys legals en una altra banda.

Com era previsible, en Cugat es va adaptar de seguida a aquell escenari de pel·lícula i es passejava pel Flamingo com si, de fet, l'haguessin construït exclusivament per al seu gaudi. Amb la Lorraine havien decidit que ella es quedaria a Los Angeles —buscaven una casa nova i en volia visitar unes quantes— i ell es comportava com una altra persona, menys tibat i més expansiu, més relaxat. De seguida s'havia lliurat als envits del flirteig i semblava que volgués recuperar el temps perdut, gairebé com un deute pendent. Jo mateixa li havia de parar els peus i per treure-me'l del damunt i avisar-lo de la conducta impròpia li deia:

—¿Que no enyora la Lorraine, senyor Cugat?

—Esclar que l'enyoro, Perdita, i molt —s'exclamava ell—, però com que no sé si ella em troba a faltar a mi, he d'espantar els dubtes d'alguna manera, no?

—¿Per què no li telefona i l'hi pregunta?

—És que quan li truco no és mai a casa i encara pateixo més, ¿m'entens?, i jo no vull patir.

Jo mirava de tenir la veu cantant en aquesta mena de diàlegs com de vodevil, fins que ell entenia que me l'estava rifant, però al casino sempre hi havia un gran tràfec de gent i no puc respondre per les noies que ensabonava sense cap raó aparent, servint-se del seu renom per trencar el gel i detectar les més ingènues. En tot cas, si el veien amb els mateixos ulls que jo, diré només que aquella fruita feia temps que havia caigut de l'arbre, i que fins i tot al desert de Nevada les seves arts feien un tuf antiquat, com aquelles cançonetes espanyoles que a vegades encara posava al repertori i nosaltres cantàvem amb desgana.

Això no treu que amb els nois de l'orquestra ens divertíssim molt, sobretot com a espectadors privilegiats de la seva vida exagerada. Als assajos, quan s'ajuntaven ell i en Jimmy Durante, amb aquella facilitat que tenia per convertir qualsevol cançó en un número hilarant, s'embrancaven tots dos en bromes i xanxes d'alta complicitat. En Durante es deixava dir Pinotxo mentre en Xavier li estirava la nàpia llargaruda i, a canvi, en Cugat permetia que el seu amic Jimmy fes una cosa mai vista, fins i tot tabú: li alçava una mica el tupè pel darrere, només uns segons, i feia veure que s'emmirallava en la seva calba polida.

Potser per aquesta alegria que irradiava tothom, com si ens paguessin per estar contents, encara es va notar més la sensació de fracàs que va planar arreu del Flamingo quan per fi va obrir les portes. Era l'endemà de Nadal i com a deferència en Ben Siegel havia previst que aquell primer dia fos sobretot per al públic de l'estat de Nevada, perquè poguessin tafanejar què s'amagava en aquell lloc que la gent veia com l'obra del diable. Els diaris de Reno els havien bombardejat amb propaganda, reproduint durant dies tot d'anuncis i articles, i en Bugsy i els seus socis havien invitat expressament, personalment, meticulosament, les autoritats locals. Congressistes, governadors i alcaldes, caps de la policia, jutges i advocats, capellans, directors de ràdio i premsa... Estaven convocats tots els poders, sense oblits ni greuges de cap color, però quan va ser l'hora no s'hi va presentar gairebé ningú, només algun càrrec menor, massa curiós o massa inútil per entendre les intencions dels seus superiors. En Bugsy s'havia guanyat a pols la mala reputació i el missatge implícit deia que el Flamingo era un lloc indesitjable per als interessos públics. Autoritats a banda, només quatre gats van deixar-se temptar per la novetat, en algun cas perquè hi tenien una filla que hi havia començat a treballar i els movia una curiositat preocupada. Els vèiem entrar atemorits, a la defensiva, però aviat tota aquella opulència i luxe, i l'olor dels diners canviant de mans a les taules de joc, els desactivaven els prejudicis.

El segon dia alguns van repetir i se n'hi van afegir de nous, i tot i això els salons i els passadissos es veien buits, desangelats. En Bugsy va entomar prou bé aquella primera sotragada, perquè en part se l'esperava, i no va ser fins l'endemà que li va caure el món a sobre. El tercer dia era el més important. La inauguració oficial s'havia anunciat com una gala contínua i estava previst que la flor i nata de Hollywood el beneís amb el glamur i l'encant de la seva presència. Sense ells res no tenia sentit. En Bugsy havia acordat amb la companyia aèria TWA que durant tres dies hi hauria un vol xàrter que sortiria a mitja tarda de Los Angeles fins a Las Vegas i després tornaria de matinada. La reserva de bitllets anava a molt bon ritme i artistes com George Sanders, Ava Gardner, Lucille Ball o William Holden ja havien confirmat l'assistència. Però el matí d'aquell tercer dia el sud de Califòrnia es va llevar amb tempestes huracanades. Més enllà, al desert s'alçaven grans núvols de sorra i el cim del Charleston es veia nevat. La previsió era que el mal temps continuaria tot el dia i l'aeroport de Los Angeles va cancel·lar els vols fins a nou avís.

A Las Vegas, 360 quilòmetres més al nord-est, el temporal arribava convertit en un plugim que fins i tot era agradable. Des de mig matí, la Virginia i en Bugsy s'havien arreglat per rebre els convidats i els nervis de l'espera se'ls menjaven vius. Ella fumava sense parar, amb la mirada perduda a l'horitzó i fent veure que no passava res; ell entrava i sortia de la porta principal o donava ordres contradictòries als treballadors, que el defugien espantats. Quan finalment van rebre la comunicació des de L.A., ell no s'ho acabava de creure i va esclatar en un atac de ràbia i desesperació que fet i fet —tots ho vam entendre més endavant— desfermava les tensions de molts mesos, durant la construcció d'aquell palau del joc i el tripijoc. Saludar i fer-se fotos amb unes quantes estrelles de Hollywood hauria aplacat els ànims i posposat decisions dràstiques, però l'abandonament que el gelava per dins, la indefensió envers els seus amics i còmplices, tant italians com jueus, ja no els hi treia ningú.

El tercer dia, doncs, que havia de ser el millor, va ser el pitjor. Tots, músics i ballarins i comediants, vagàvem pel casino tediosos i fastiguejats, en un compàs d'espera que es feia etern, encara que per sort no ens faltava el menjar. Els cambrers ens servien de franc tota aquella teca abans que es fes malbé i l'haguessin de llençar, i quan ens havíem afartat tornàvem a la nostra habitació per fer la migdiada. Estava previst que actuéssim quatre cops al dia, en sessions curtes de tarda, vespre, nit i ressopó, i a l'hora del nostre primer passi vam ficar-nos als camerinos sense tenir clar si sortiríem a l'escenari o no. Una dotzena de parelles, a tot estirar, feien cua a l'entrada de la sala de ball. Algú va avisar en Bugsy i ell ens va convocar a tots rere l'escenari. Se'l veia tan exaltat que ningú gosava mirar-lo, com si aquells seus ulls, d'un blau tan intens, ens poguessin convertir en estàtues de sal o alguna cosa pitjor, cactus del desert. Llavors, amb la intenció de destensar l'ambient, però sense calcular gaire bé la magnitud del desastre, en Jimmy Durante li va dir tot rient:

—Benjamin, em sap greu, però això sembla un cementiri amb ruletes i màquines de joc, i la majoria de morts els enterren sense un dòlar a la butxaca.

—D'acord. Ha ha ha —va respondre ell, dilatant una rialla sardònica—, però ara, sisplau, feu com si aquest dia d'avui no existís. Com si tots fóssim els morts que viuen en aquest teu cementiri, Jimmy. I tu, Xavier, nenes, músics: canteu i balleu, per l'amor de déu, mateu aquest silenci. Els morts també ballen al so que els toquis, ho sé per experiència, creieu-me. Ara mateix, l'única cosa que vull és que aquest maleït dia s'acabi i demà surti un sol radiant perquè puguin arribar els convidats, però els convidats de debò, no aquesta colla de pagerols que venen a fer el tafaner i no es gasten ni un cèntim.

Tot d'una la Virginia Hill va aparèixer del no-res i, sense obrir boca, amb un gest maternal va agafar en Bugsy del braç i se'l va emportar. Aquell dia perdut vam cantar i vam ballar per a una audiència fantasma. L'endemà, amb el temps a favor, va arribar el vol xàrter i els artistes de dents blanques i elegància fabulosa van entrar al Flamingo lentament, deixant-se admirar, com si anessin a l'estrena de la nova pel·lícula de Howard Hawks. La seva presència va atreure més públic, els diaris i les ràdios van esgotar les metàfores ditiràmbiques a l'hora de descriure aquell Taj Mahal americà, van repetir molts cops que en Ben Siegel s'hi havia deixat cinc milions de dòlars i van retratar algun famós assegut a la taula d'una ruleta, apostant i perdent alegrement com si els bitllets fossin falsos, dòlars de figuració. A partir d'aleshores la setmana va ser un èxit continuat, s'hi van afegir més cantants i actors per a la nit de Cap d'Any. Els diners criden diners, cada dia es repetien les cues a la recepció de l'hotel, als casinos, a les sales de ball, i en Bugsy Siegel i la Virginia Hill van estrenar el 1947 convençuts que la vida era bella i el seu futur, esplendorós.

L'últim matí en Cugat se sentia partícip d'aquell gran sarau, orgullós com un padrí de bateig, però el seu comiat del Flamingo va deixar-li un regust agredolç. Tal com havien quedat amb en Ben Siegel, abans de marxar va passar pel seu despatx a dir-li adeu i recollir el xec d'on havien de sortir el seu sou i el de tota la companyia. Era una suma amb uns quants zeros, la que havien acordat prèviament per contracte. En Bugsy el va abraçar amb força i li va dir que ja ho tenia a punt, i aleshores va obrir una caixa forta, en va treure dues bosses de paper d'estrassa, plenes de feixos de dòlars, i els hi va entregar sense gens de solemnitat.

—No cal que els comptis —li va dir—, t'asseguro que hi és tot. I si en falta algun, considera-ho com una contribució al negoci, una mena de donatiu familiar.

En Xavier ens va explicar que havia agafat les dues bosses mirant de dissimular la incomoditat, i abans de marxar en Bugsy encara li va dir que esperava veure'l de nou ben aviat, abans de l'estiu. Al vol de tornada a Los Angeles, es va afanyar a repartir-nos a tots la nostra part, dòlar per dòlar, com si aquells diners l'inculpessin d'algun crim i buidant les bosses pogués desfer també la malastrugança, els mals presagis.

Fins aquí els records de la meva estimada Perdita. No és casual que el seu testimoni es clogui fent referència als mals presagis, perquè a mesura que s'esfumava el polsim daurat d'aquells dies fastuosos, fora de la bombolla hiperbòlica del Flamingo, cada cop estava més clar que en Bugsy era un rei que anava despullat i potser no ho sabia —o no ho volia saber.

Els fets han quedat inscrits als annals tèrbols del sindicat del crim, i són tan populars que n'hi ha múltiples versions, fins i tot de contradictòries, però jo ho explicaré breument tal com ho recordo. Com que el negoci no acabava d'arrencar, a finals de gener un Ben Siegel abatut va haver de tancar el Flamingo. Devia ser un cop dur per al seu amor propi: no havia passat ni un mes de la inauguració fallida i ja es veia obligat a invertir-hi més diners per fer-hi millores. Al març va poder obrir de nou i aquest cop no va tenir tants miraments. Tant li feia si les estrelles de Hollywood hi anaven o no, si les autoritats el defugien i malparlaven d'ell, el que calia era fer córrer la veu que hi havia mam del bo, a dojo, i diners a guanyar, també a dojo. Calia que s'omplissin les taules de joc i les habitacions de l'hotel, calia que cada vespre pogués comptar milers de dòlars al recambró del seu despatx, tot sol mentre un guardaespatlles cepat vigilava la porta. Aquest cop la jugada li va sortir bé i cada setmana la recaptació augmentava. Amb la Virginia feien càlculs i es convencien que, si seguien així, al cap de quatre anys haurien recuperat tota la inversió. Amb cada feix de bitllets, doncs, en Bugsy també soterrava els seus mals pensaments: aquella sonsònia que des de feia mesos li recordava que els seus homes de confiança estaven molt quiets, massa. I que era molt sospitós, massa, que havent-li deixat aquell dineral els seus socis ni s'haguessin acostat al Flamingo a saludar-lo.

Revestit d'orgull, al cap d'unes setmanes va tornar a Los Angeles. Trobava a faltar el seu barber habitual, que s'havia resistit a acompanyar-lo a Las Vegas. Volia deixar-se veure als restaurants de moda, retrobar persones importants i reclamar alguna mena de reconeixement entre els seus socis. Ell era en Ben Siegel, collons, i sempre se'n sortia, que ningú ho oblidés. Mentre la Virginia estava de visita a París, en Bugsy va instal·lar-se a casa d'ella, junt amb el seu cunyat i un amic que li feia d'ombra protectora, i una nit després de sopar —el 20 de juny de 1947— un pistoler a sou va disparar-li un reguitzell de trets des de l'exterior. Nou bales que van travessar el vidre d'una finestra. Dues el van tocar, una li va entrar per un ull i l'indomable Bugsy Siegel va morir allà mateix. Tenia quaranta-un anys.

Uns dies després, molts diaris van imprimir la foto del seu cadàver, com una prova més que el mal sempre acaba malament. En Bugsy jeia en un sofà estampat de flors, com si estigués fent una becaina després d'haver begut massa, amb un exemplar de *Los Angeles Times* mig rebregat als peus i un telèfon a prop. Només la postura incòmoda i, esclar, la conca ara buida d'un d'aquells ulls tan blaus, i negra de la sang, et feien entendre que era mort. Després es va saber que en Bugsy estava sentenciat des de feia temps. Més o menys des de la inauguració del Flamingo, perquè aquell mateix desembre s'havia celebrat una cimera de caps de la màfia a l'Havana. Els havien convocat els dos peixos més grossos, en Meyer Lansky i en Lucky Luciano —que un jutge havia desterrat a Itàlia i sense poder entrar als Estats Units—. Hi eren tots menys en Bugsy, a l'hotel Nacional de l'Havana: en Frank Costello i en Moe Dalitz, en Joe Adonis i en Genovese, els Bonnano i els Gambino, els Fischetti... Un dels punts calents de la reunió familiar —per dir-ho amb les seves paraules— era què cony fotien amb el torracollons d'en Benjamin Siegel. Tot i que el respectaven i en el passat, quan l'havien posat a càrrec dels negocis a la Costa Oest, els havia fet guanyar pasta gansa, els portaveus de cada família es queixaven que supurava arrogància i ara es creia l'amo del cotarro. Feia temps que anava per lliure, cada cop més envalentit, i no els deia tota la veritat; a més, sospitaven que una part dels diners que li havien prestat per aixecar el Flamingo havia anat a parar a un compte bancari de Suïssa, desviats per la Virginia Hill durant els seus viatges freqüents a Europa. N'hi havia proves definitives i, d'altra banda, més d'un li tenia tírria per episodis del passat, de manera que entre tots van acordar que tard o d'hora, tant si el Flamingo funcionava com si no, el malxinat hauria de pagar per tanta ruqueria.

Amb els anys, gràcies a les investigacions de l'FBI, es van conèixer més detalls d'aquella reunió sinistra a l'hotel Nacional de l'Havana. En Meyer Lansky, que era l'amic més antic d'en Bugsy i responia per ell, es va veure acorralat pels altres i va acceptar que calia sacrificar-lo. L'endemà de l'assassinat, dos dels seus homes es van presentar a Las Vegas i es van fer càrrec de l'hotel i el casino. Tement per la seva vida, la Virginia Hill no va tornar pel funeral d'en Bugsy i es va quedar una temporada a França. També es va acabar sabent que en Frank Sinatra i la seva orquestra havien sigut l'aposta d'en Bugsy per inaugurar el Flamingo, però el cantant va fer-se enrere aconsellat per en Lucky Luciano: no li convenia que l'associessin amb aquell malànima. En canvi, dies després va aparèixer a l'Havana acompanyant els germans Fischetti.

Desconec fins a quin punt en Cugat sabia que era un suplent, l'alternativa que havia trobat en Bugsy quan en Sinatra havia menystingut la seva proposta. La meva intuïció és que en algun moment s'ho devia imaginar, i fins i tot pot ser que després en parlés amb el mateix Sinatra, quan van coincidir en alguna filmació. Sigui com sigui, la mort del gàngster simpàtic va afectar molt en Cugat. Des de casa seva a Beverly Hills fins a la casa on havien pelat en Bugsy s'hi podia anar a peu. Una passejada de quinze minuts. Aquesta proximitat física feia esborronar en Xavier, tot i que no anava mai enlloc a peu. Quan va veure la foto del cadàver, una queixalada de realitat el va fer més conscient d'on sortien els quartos que l'alimentaven. La sang no era de mentida, i en Bugsy ja no li diria mai més Cugie en aquell to d'amic perdonavides.

L'impacte de l'assassinat va fer que alguns periodistes —jo entre ells— goséssim escriure articles denunciant la connivència i fins i tot les relacions perilloses entre la màfia i l'*star system* de Hollywood. Tothom sabia qui era i a què es dedicava en Bugsy, no fotem. Amb el bon gust a l'hora de vestir-se i de triar les companyies femenines que li obrien portes, amb la seva agitada vida nocturna, havia aconseguit que la por que infonia es convertís en tolerància, fins i tot en un perill atractiu. Si arribava a una festa massa mudat, amb un vestit blanc i una gorra de conjunt, ningú gosava burlar-se d'aquell excés ridícul i tothom li lloava l'estil (mentre de reüll es fixaven en el bony que li feia la pistola a l'infern de l'americana). Algun despistat podia pensar que en Bugsy es delia per alternar amb les celebritats del moment, però des de fora feia l'efecte contrari: la seva proximitat tenyia els altres de mafiosos en potència. El cas més clar era en George Raft, que de fet era qui més complagut estava d'aquest equívoc, com si les pel·lícules de gàngsters que havia fet anys enrere fossin un curset per formar part d'aquella casta especial.

Amb la mort d'en Bugsy, alguns actors van justificar la seva amistat dient que ho feien per estudiar el personatge. D'altres van ser més discrets i van fer l'estàtua, com si el seu nom els sonés i prou. La reacció d'en Cugat, igual que la majoria de músics que es movien pels mateixos ambients apelfats, va ser callar com si no hagués passat res i l'episodi del Flamingo fos una llegenda poc versemblant. I va somriure, esclar, això sempre. Feia unes setmanes havia iniciat una nova sèrie d'actuacions al Ciro's, amb la Perdita de cantant estrella. En una de les meves visites a Los Angeles, vaig anar a veure'ls i al final vaig saludar en Cugat. Enmig d'altres comentaris, sense donar-hi importància, li vaig deixar caure el nom d'en Bugsy.

—¿Què vols que et digui? —Va sortir-li un esbufec llarg, que volia transmetre'm enuig.— Ell s'ho va buscar.

La resposta era prou ambigua per no aclarir si li censurava les males companyies o li retreia que fos un traïdor.

7. Carícies i esgarrapades

Tothom que hagi tingut una vida una mica interessant us confirmarà que no s'ha de perdre ni un minut intentant dominar el destí. Som joguines de l'atzar, nines i ninots que unes mans invisibles d'infant mouen capritxosament, i cada dia ens basquegem per donar sentit als seus rampells. Aquesta creença també és una forma de ficció, ves si no, i simulem que ens entusiasma allò que només ens consola. Al final, però, alguns entenem que acaba sent més gratificant acceptar l'inesperat, fins i tot donar-s'hi com qui paga una entrada per a un parc d'atraccions. És la incògnita d'anar pel món sense esperar qui et trobaràs a la propera cantonada, i ho dic jo que de jove era més aviat poruc, fermat curt per una família que ens educava en l'eficiència dels diners i els bons costums.

El revers d'aquesta lleugeresa existencial és que a vegades et deixes portar per una dèria i remous cel i terra per aconseguir-la. Sobretot si té nom de dona. Fas l'impossible i arrisques allò que no tens, i aleshores, quan ja et sembla que acaricies l'èxit, un gir inesperat de guió et trastoca i et deixa més desemparat que un gos sense amo. En el meu cas el nom de dona era Perdita i la tardor del 1947 volia demanar-li que es casés amb mi, però al final vaig casar-me amb en Xavier Cugat —metafòricament, s'entén.

Després de les calamitats de Las Vegas i el trasbals per l'assassinat d'en Bugsy Siegel, amb la Perdita havíem mantingut les trobades secretes durant uns quants mesos, tot i que cada cop eren més esporàdiques i menys impúdiques, i en hotels que volien ser impersonals com una terra de ningú. Jo em deia que el calendari de les seves actuacions per tot el país ens ho posava difícil, i notava que la llunyania havia començat a desequilibrar la nostra diguem-ne relació, aquella sintonia que s'excitava amb l'intercanvi de xafarderies i confessions (ella) per influències i consells (jo). Encara ens ho passàvem bé, sí, però ja no li feia tanta gràcia malparlar d'en Cugat ni que fos per riure-se'n, projectant-hi les seves inseguretats de nouvinguda, perquè ara tenia el futur ben encarat. Malgrat les reticències del seu descobridor, la Perdita havia agafat un mànager i de tant en tant ja li sortien actuacions a la ràdio i fins i tot una proposta per gravar un disc. Aleshores jo desconeixia que feia uns mesos —durant el desgavell del Flamingo, de fet— s'havia embolicat amb un trompetista de l'orquestra, jove i ambiciós com ella, i anaven en sèrio. Era ell qui li havia presentat el seu mànager i junts ja feien plans per casar-se i muntar una orquestra pròpia.

Sigui com sigui, al llarg d'aquell any de 1947, gràcies a la Perdita vaig publicar que la Lorraine finalment havia entabanat en Xavier perquè li comprés una casa a Brentwood, Los Angeles. També em vaig assabentar que, encara que era ell qui havia pagat la morterada, l'havien posat a nom de tots dos. S'alçava majestuosa i alhora discreta en un cul-de-sac, al final d'una d'aquelles vies que semblaven menjades per una vegetació exuberant de palmeres i plantes tropicals, i ocultaven a banda i banda altres cases de gent rica. La Lorraine no en deia «una casa» sinó «una mansió», allargant la paraula com si així pogués transmetre tot el privilegi que significava viure en una de les àrees més de moda i exclusives de Los Angeles. Entre els veïns del barri hi havia estrelles com en Jimmy Stewart o la Joan Crawford, i la Lorraine s'imaginava que organitzaria grans festes que s'allargarien fins a la matinada, amb convidats que la farien sortir retratada als diaris com una de les millors amfitriones de Hollywood.

A l'hora de la veritat, però, en Cugat sempre estava de gira, o actuant al Ciro's, o al Trocadero, i només recordo una festa important en aquella casa (m'hi vaig fer convidar a través de la Perdita). Hi celebraven l'estrena d'alguna pel·lícula on actuava en Xavier, d'aquelles de piscines i sirenes, o potser era de transatlàntics i embolics amorosos, i van presentar en societat dos gossets que havien portat de Mèxic: es deien Tico i Taco i eren chihuahues, dues miniatures de pèl moixí, amb els ulls desorbitats i que tremolaven quan els convidats se'ls passaven de mà en mà, acariciant-los com si els fes por trencar-los algun osset. Al bell mig de la festa en Xavier va aparèixer amb una americana que un sastre de la Metro li havia dissenyat especialment, amb dues butxaques molt grosses, i va encabir-hi els pobres Tico i Taco. Després es va passejar pel jardí i la mansió exhibint-los i provocant les rialles dels convidats.

Es pot dir que aquella nit va néixer l'encanteri dels chihuahues, que va durar molts anys i es va convertir en un dels múltiples negocis d'en Cugat, sobretot perquè anava a tot arreu amb un d'aquells gossets i els va posar de moda entre les celebritats. En aquella època sovint teníem la sensació que en Cugat necessitava reinventar-se constantment, invertir en atraccions i enginys que renovessin la seva imatge, ja fos una nova esposa, una veu cantant, un gosset o un estil musical que es treia de la màniga. El seu germà Albert, que es dedicava a la publicitat com a dibuixant, l'ajudava en les campanyes de promoció i així tan aviat anunciaven maquinetes d'afaitar, com els famosos caramels de marca CUGATS NUGATS, com unes capses de música que els donaves corda i sonaven les seves cançons més populars, amb una figureta d'un chihuahua que tocava unes maraques. A més a més, esclar, tots aquests negocis anaven acompanyats de la seva caricatura, un nom i una cara reconeixibles a tot arreu. Com a bon americà d'adopció, com a bon *self-made man*, en Cugie mai no va tenir por de parlar dels diners. Al contrari, li agradava fer-se el ric —però també l'arruïnat— i recordo una entrevista de l'època en què un col·lega li preguntava si era veritat que aquell any guanyaria un milió de dòlars. La resposta era que sí, per descomptat, i jo m'imaginava la Lorraine davant d'un mirall a la mansió, amb aquells seus ulls preciosos brillant com dues maragdes i exultant perquè aquest cop l'havia encertada.

Aquella adreça fixa a Hollywood, a quatre carrers de Sunset Boulevard i que havia de ser el niuet (o més aviat niuàs) d'una relació sentimental arrauxada, es podia interpretar com una declaració d'intencions per part d'en Xavier. El seu centre de gravetat es traslladava novament de Nova York a Los Angeles. Semblava un moviment natural, perquè allà era on hi havia millors condicions per fer diners i relacionar-se amb la gent de l'espectacle, però alhora jo el veia antinatural, perquè en Cugat no sabia estar-se quiet en un lloc. M'ho havia demostrat tots aquests anys de seguir-li la pista. Dos dels seus germans —en Francis i l'Albert— havien fet el mateix camí cap a l'oest americà, mentre l'Enric seguia vivint a l'Havana, on es cuidava dels pares i la germana petita, la Regina. Quan es reunien els germans, molt de tant en tant, somiejaven que farien venir la família des de Cuba i s'instal·larien tots a Los Angeles; tornarien a estar junts i recuperarien l'esperit d'aquell clan tan ben avingut de quan van arribar a Amèrica, trenta anys enrere. No va passar mai.

Durant l'última i trista vegada que la Perdita i jo vam conspirar amb intimitat al meu apartament, arran d'una sèrie d'actuacions que la van portar a Nova York, em va donar una primícia que reafirmava aquell allunyament d'en Cugat. Parant l'orella en un dels assajos, el va sentir parlar amb el seu mànager i va entendre que volia trencar relacions amb els propietaris del Waldorf, potser de manera definitiva. D'entrada no em semblava una gran novetat, perquè en Xavier solia fer broma d'aquella relació laboral i, quan els unia un contracte, deia que es barallaven i reconciliaven un cop per setmana com a mínim. Abans de publicar res, doncs, ho vaig voler contrastar amb la meva font principal, la senyora D'Morello, i amb veu apesarada em va confirmar que aquesta vegada era de debò.

Per primer cop havien rebutjat l'augment que demanava, ni tan sols volien negociar, i en Cugat estava tan disgustat que el proper disc ja no el signaria com a Xavier Cugat i l'Orquestra del Waldorf. S'havia acabat això de fer-los publicitat de franc.

El rebot el va portar al Capitol de Broadway durant tot un mes, en un espectacle en què la Perdita compartia cartell amb la Betty Reilly i amb dues estrelles emergents que venien precisament de Hollywood: Dean Martin i Jerry Lewis. Era una solució d'urgència i, tan bon punt va acabar l'últim passi del xou, en Cugat va agafar els trastos i va tornar cap a casa, on la Lorraine l'esperava amb els braços oberts i l'empresari Herman Hover li oferia un contracte fabulós al Ciro's. És veritat que a Hollywood l'escena era més conservadora, més resistent als canvis, i abans que capitular davant dels amos del Waldorf es podia permetre fer-se l'ofès. A més, a Califòrnia les relacions amb els propietaris dels locals també eren més segures i amables, menys vigilades pels capitostos del crim, i després de l'experiència del Flamingo aquesta mena de seguretat s'havia de tenir en compte.

Les primeres nits com a orquestra resident al Ciro's, quan sempre hi havia alguna estrella del cinema que s'hi acostava a sopar i ballar, en Cugat estava eufòric i, si el punxaves una mica, s'inflava i et deia que segurament no tornaria mai més al Waldorf. Potser ni tan sols a Nova York. Era fals, no cal dir-ho. En les seves paraules s'entreveia el ressentiment d'algú que per primer cop en molts anys se sentia desplaçat i menystingut. Tots aquells cubans que colonitzaven les nits de Manhattan amb ritmes nous l'exasperaven pels seus aires d'autenticitat, com si les cançons que ell havia fet tan populars només fossin una còpia banal i ensucrada, i corria la brama que alguns músics de la nova onada, com en Chano Pozo, li havien perdut el respecte i fins i tot es burlaven d'ell en públic.

Malgrat aquests escarafalls, mesos després un contracte substanciós el va fer tornar novament a Broadway, novament al Capitol, segons ell perquè el públic de Nova York l'hi demanava i no s'hi podia negar, i més tard va menjar-se les seves paraules i va signar una nova temporada al Waldorf. Ningú ho va trobar estrany, al contrari: és que l'orquestra d'en Cugat era l'essència del Waldorf-Astoria i, a més a més, ho era des del primer dia. És molt probable, d'altra banda, que l'obligació de ser feliç li hagués fet oblidar tots aquells greuges i tornés a l'hotel —a Cugatland, tal com li agradava dir-ne— ben bé com qui celebra un ritus de pas, un bateig iniciàtic, perquè ara la veu cantant de l'orquestra era una noia de divuit anys que es deia Abbe Lane, havia crescut a Brooklyn i aviat seria la seva esposa número tres. La Lorraine Cugat Allen, doncs, esposa número dos, començava a ser història —igual que la meva Perdita, ai!— però encara s'havien de produir alguns destrets i escàndols, i no s'ha de descartar que en Cugat acceptés un retorn al Waldorf, amb un contracte a la baixa, perquè les demandes i compensacions del divorci amb la Lorraine l'estaven deixant escurat.

De moment, però, l'Abbe Lane s'espera al seu camerino. La tardor del 1947, mentre la Lorraine i en Xavier s'acostumen al luxe ostentós, l'Abbe encara es diu Francine Lassman i és una adolescent que s'embadaleix escoltant l'orquestra d'en Cugat a la ràdio —amb la veu de la meva Perdita— i no es pot ni imaginar que tres anys més tard serà ella qui cantarà i acceptarà una proposició de matrimoni d'aquell senyor tan convincent. Una confiança fonda, tanmateix, li diu que està predestinada a tastar la mel que endolcirà els seus dies i la farà abandonar Brooklyn. Tot arribarà.

Ara he de tornar al moment en què, quan ja feia un mes que vivien junts al casalot de Brentwood, en Xavier i la Lorraine van anunciar que aviat es casarien. La nota de premsa deia que les noces tindrien lloc a Mèxic «per raons sentimentals», i tot seguit especificava què volia dir allò: creuarien la frontera per casar-se el mateix dia en què es fes oficial el divorci de la Carmen Castillo, que a Mèxic, el seu país de naixement, encara no era efectiu. Un clau trauria un altre clau. Al final devia ser massa complicat trobar un forat a l'agenda de concerts i, com que la Lorraine ja feia dies que el pressionava, es van casar un dia qualsevol a la suite d'un hotel de Filadèlfia. Per segon cop, igual com havia passat amb la Carmen, era la núvia qui empenyia en Cugat cap al matrimoni. Va tocar Filadèlfia perquè feien una sèrie d'actuacions al Click Club, però també hauria pogut ser a Galveston, Minneapolis, Wichita Falls o allà on s'escaigués que els portés la gira. A més dels padrins de boda, que van ser en Mannie Sachs i la Dolores, la dona de l'Albert Cugat, entre la quinzena de convidats que s'amuntegaven en aquella suite hi havia la Perdita. Aquella mateixa tarda em va telefonar a Nova York, tota excitada i amb ganes de compartir l'exclusiva, i em va descriure l'esdeveniment. L'esforç de nuvi i núvia perquè allò no semblés només una formalitat, sinó el dia més important de la seva vida; la marxa nupcial que van improvisar els músics; la convicció excessiva d'en Xavier quan deia els vots i assegurava que aquell casament era el bo, el definitiu; la seguretat irritant de la Lorraine, que lluïa un vestit paraula d'honor i quan reia se li sacsejava el pitram; el ram de flors, que la núvia va llançar per sobre de l'espatlla (i que casualment va agafar ella, la meva i no meva Perdita); el pastís de quatre pisos amb la figura d'uns nuvis al capdamunt sota una Liberty Bell que santificava aquella unió; el brindis que va fer l'Albert, rematat amb un *chin chin* en castellà que tothom va entendre; les llàgrimes d'emoció de la Lorraine i el gest immediat d'en Xavier oferint-li un mocadoret; els dos chihuahues que corrien per allí, evitant les trepitjades dels convidats; la significativa absència de la senyora D'Morello...

Amb tots aquests detalls després jo vaig confegir una gasetilla d'urgència, per a l'edició vespertina, i l'endemà un article més complet i laudatori que va sortir als diaris de mig país, en algunes edicions acompanyat d'una foto en què els nuvis tallaven el pastís a dues mans. Si el llegíssiu ara, potser us semblaria massa sentimental, però és que tot escrivint-lo cada cop enyorava més la Perdita, em deia que el nostre tracte s'havia convertit en una excusa per parlar i veure'ns, i que aquelles ganes de jugar a conspirar només podien ser el pròleg d'alguna cosa més fonda. Així és com ho sentia jo. Recordava la seva rialleta entremaliada per telèfon, quan em descrivia la cerimònia de casament, i no em costava gens veure'ns a tots dos dins el llit, com tantes vegades, estirats l'un al costat de l'altre, conversant i mirant al sostre després de fer l'amor, com si amb els nostres ulls hi projectéssim el film que protagonitzava en Cugat només per a nosaltres —una pel·lícula exitosa i tanmateix ridícula perquè en coneixíem els trucs, els figurants.

Vet aquí les il·lusions que em feia, la dimensió platònica que jo donava al nostre afer. Com si en Cugat i l'orquestra fossin només el pas previ per a una vida junts, l'anècdota que explicaríem quan anys a venir algú ens preguntés com ens havíem conegut amb la Perdita. Com que l'estada de tota la companyia a Filadèlfia s'allargava fins a finals de mes, vaig fer un cop de cap i em vaig plantar a l'hotel on s'allotjava amb els altres músics. Vaig aparèixer d'incògnit, sense avisar-la, esperonat per la nostra conspiració telefònica de feia dos dies. Només d'arribar li vaig deixar una nota a recepció, convençut que la sorpresa li agradaria, i per fer-ho més interessant li vaig demanar que aquella nit, quan tornés a l'hotel, encara que fos molt tard, vingués a la meva habitació. Però no va venir. Vaig dormir malament, mentre el meu somieig l'ajudava a trobar excuses —el cansament, un refredat, l'oblit de la recepcionista, l'esfondrament inesperat del teatre on actuaven—, i l'endemà quan em vaig llevar vaig trobar que m'havia deixat una nota per sota la porta. «Vindré al punt del migdia», deia.

Vaig fer-me servir l'esmorzar a l'habitació, i un ram de roses que serien per a ella, i una ampolla de xampany, i vaig foragitar amb bones paraules la cambrera que havia de netejar. Em vaig dutxar, afaitar i empolainar amb parsimònia, perquè els minuts fossin més llargs, i a les dotze en punt la Perdita va fer tres trucs mel·liflus a la porta. Vaig obrir transformat i segur de mi mateix, amb el comport d'un Cary Grant. Ella em va dedicar un somriure trist i abans que jo pogués dir res, sense treure's l'abric, allà al mig de l'habitació em va dir:

—Hem de parlar.

A vegades, per pura melangia, penso que just en aquell instant la Perdita va encunyar un lloc comú del cinema, la petició que després ha donat peu a tantes i tantes separacions. Tot seguit vaig comprendre que la frase no anunciava res de bo i em vaig rendir, i aleshores vaig escoltar les seves explicacions sobre el trompetista i el seu futur junts i els records nostres que mai no ens robaria ningú. Li faria il·lusió que seguíssim conspirant, si jo volia, però només de paraula, per telèfon. Pensant-hi ara, m'hauria agradat que la nostra ruptura fos una mica més arrauxada, com aquella escena del principi de *His girl Friday*, quan Cary Grant i Rosalind Russell es tiren els plats pel cap, com una enrabiada de per riure, segurs que l'altre no s'ho agafarà malament del tot i entremig encara queda lloc per a una possible reconciliació. Però no va anar així: la Perdita, la meva Perdita, em va acariciar la galta, em va fer un petó i se'n va anar apesarada, movent aquella cabellera seva que em feia embogir.

Tot plegat va durar cinc minuts escassos. Jo li doblava l'edat, em vaig dir mentre em llepava les ferides, és llei de vida, i sol en aquella habitació, amb el xampany que s'esbravava a les copes, vaig adonar-me que qui feia el ridícul en aquest món era jo, i no en Cugat.

No he tornat mai més a Filadèlfia.

No m'he volgut casar mai (en Cugat ja es casava per mi).

En lloc de fugir esperitat cap a Nova York i agafar distància, em vaig quedar clavat en aquell hotel. Durant tres dies i tres nits no em vaig moure de l'habitació ni vaig menjar res. M'imaginava la Perdita i l'orquestra actuant al Click Club i em feia por que, si gosava posar un peu al carrer, tot seguit una força ingovernable em xuclaria i m'obligaria a anar corrents al club i seure a la primera fila, flagel·lant-me i fent el ploramiques davant de tothom. Llavors, per fugir d'aquella sensació patètica, el meu cervell reaccionava repassant cançons que parlaven de mi, de nosaltres dos, i així se'm barrejaven les melodies de *Live alone and like it*, *But not for me*, *Just friends*, *Thanks for the memory*, *Where or when*... I les veus dels grans artistes que les cantaven es confonien totes amb la de la Perdita, tan embriagadora.

No sé quant de temps m'hauria quedat allà dins, si no arriba a ser per la senyora D'Morello. El matí del quart dia van trucar a la porta de manera insistent. Com que no responia, un *garçon d'étage* va obrir amb la clau mestra i, amb passos insegurs davant d'aquell espectre que vegetava en una butaca, la mirada perduda i una ampolla buida als peus, va acostar-se'm i em va lliurar un telegrama. Vaig llegir-lo pensant-me que seria de la Perdita. Hi deia alguna cosa d'aquest estil:

SR. CUGAT EL VOL VEURE AVUI STOP CLUB CLICK
CINC PM STOP INFORMA SRA. DMORELLO STOP

Vaig suposar que la senyora D'Morello m'havia localitzat gràcies a la Perdita. Fent un esforç magnífic, em vaig compondre com vaig poder i a les cinc en punt arribava al club. També era un intent d'espantar totes aquelles cabòries. Em delia per retrobar-me amb la Perdita i alhora em feia pànic, però al club només m'esperava en Xavier. Em va rebre amb els braços oberts i grans afalacs als meus articles, amb un afecte que potser era sincer però en cap cas gratuït, i vaig assumir que aquella reunió sobtada no tindria res a veure amb la Perdita.

Vaig felicitar en Cugat pel casament amb la Lorraine, mentre per dins pensava que el món era injust i sempre tenien sort els mateixos. Ell m'ho va agrair amb indiferència, com si en lloc de quinze dies fes deu anys que havien passat el tràmit. Amb el contracte matrimonial a la mà, la Lorraine se n'havia tornat a Los Angeles per seguir arreglant la seva mansió de Brentwood a cop de talonari —«i poder-te enyorar millor, Xavier», li deia ella fent veu de llop davant de la Caputxeta—. En Xavier li reia la gràcia, però cada milla de distància atiava la seva imaginació, és a dir, la seva gelosia, és a dir, la seva malícia. L'única manera de no pensar-hi era omplint el temps i embrancant-se en massatges de l'ego que fessin de contrapès. Amb aquesta motivació, doncs, em va mirar fixament, seriós com mai l'havia vist, i em va fer una proposta:

—Vull que escrivim junts la meva autobiografia —em va dir, sense cap consciència del contrasentit—. Vaja, jo dictaré i tu escrius, i després hi afegeixes tots aquests adjectius que sabeu els periodistes. Tinc moltes coses per explicar però poc temps per dedicar-m'hi —es va justificar—, perquè si no ja les escriuria jo mateix. El que sí que hi posarem són uns quants dibuixos meus aquí i allà, perquè així no es noti que hi ha tanta lletra.

No va fer cap menció al meu article d'anys enrere al *Vanity Fair*, com si no hagués existit, i em va ferir en l'orgull, però m'atreia massa la possibilitat de furgar en territoris més íntims de la seva vida i no em vaig queixar. Vaig preferir callar perquè seguís parlant —una estratègia que amb ell sempre funcionava— i així no va trigar a posar-me al dia. La proposta venia d'una editorial de Nova York, de moltíssim prestigi, i volien que el llibre sortís com més aviat millor. En parlaria tothom. Fins i tot ja havia pensat el títol, es diria *Rumba is my life*, i per descomptat em pagarien molt bé per la meva feina (i perquè el meu nom no figurés enlloc, vaig pensar). Començaríem d'aquí quinze dies, tornant de Filadèlfia, i no hi havia temps per perdre. Durant uns quants mesos hauria de viure a prop seu, traslladar-me a Los Angeles o allà on el portés la música, i jo havia de ser la seva ombra, el seu fantasma. Escriure, escriure. Escoltar-lo i escriure. Ens vam donar la mà per segellar l'acord (i vaig pensar «mira, com dos mafiosos»). La veritat és que no necessitava els diners i, si vaig acceptar tan ràpidament, era perquè en primer lloc ningú sabia tantes coses d'ell com jo, i després perquè així em guanyava el dret d'estar sempre a prop de la Perdita (malgrat el trompetista). M'equivocava de mig a mig, esclar, ja he dit que no serveix de res fer previsions. Al cap d'un mes, uns dies abans que jo comencés a entrevistar-me amb en Cugat, la Perdita i el trompetista van deixar l'orquestra per casar-se i anar a viure a Miami, i ja no la vaig veure mai més. S'havien acabat les nostres conspiracions.

Més endavant, a l'hora de signar el contracte de confidencialitat amb l'editorial, vaig lligar caps per entendre millor el sentit de l'encàrrec d'en Xavier. Havia sigut una idea del seu germà Enric per retornar-lo a primera línia de l'actualitat. Feia més de vint anys que corria pel país amunt i avall amb l'orquestra, havia ensenyat a ballar desenes de milers de persones, sortia a les pel·lícules i el reconeixien pel carrer. Sí, era un clàssic vivent, popular, entranyable, però s'estava fent gran i, després del comiat del Waldorf, els Cugat intuïen que la seva estrella començava a perdre fulgor.

La revista *Downbeat*, que aleshores marcava el pas de les noves modes musicals, havia proclamat que Machito era el nou Rei de la Rumba, i jo hi estava secretament d'acord. Posats a buscar un rei, valia més que hagués nascut a Cuba de debò i fos la quinta essència de la música negra de les illes. Els ritmes de l'orquestra de Machito s'acostaven més al jazz del moment; es feia acompanyar de compatriotes com Mario Bauzà, o com Chano Pozo, un llampat que feia uns solos de conga que esberlaven la terra. La seva música ensibornava virtuosos com Charlie Parker o Dizzy Gillespie, que es delien per barrejar-se amb aquells ritmes llatins, i cada cop era més clar que en Cugat quedava fora d'aquelles aliances.

Vam començar les sessions de treball amb en Xavier poc abans del Nadal del 1947. Com que l'orquestra tenia emparaulada una temporada llarga de concerts a Los Angeles, primer al Million Dollar Theater i després al Ciro's, la seva disponibilitat ens permetia una rutina de treball. Jo havia agafat una habitació al Country Club de Brentwood i cada migdia ens trobàvem a casa seva per reviure els episodis més destacats de la seva vida. No em deixava fer gaires preguntes i només l'interrompia quan calia matisar un nom o una data, o ampliar algun episodi massa difuminat. Buidava el pap sense perdre el fil, d'una manera superficial i recreant-se en anècdotes, i es notava que volia fixar una imatge de si mateix que fos graciosa i festiva. A vegades, en recordar algun episodi de la infantesa a Girona, amb els seus pares i germans, se li humitejaven els ulls. Aleshores, com un acte reflex, corria a agafar un paper i esbossava una caricatura de l'escena. Era la seva manera de fer-se passar l'enyorança, com si el dibuix pogués capturar la memòria perquè no s'escapés, encara que tingués trets exagerats i estrafolaris, i allò li calmés l'atac de nostàlgia. Quan s'entendria així, jo li feia alguna pregunta destinada a enaltir el seu talent, la gent que havia conegut i havia ajudat al llarg dels anys, i ell s'hi avenia sense cap pudor. Vaig entendre que es tractava de trobar un balanç que l'humanitzés i alhora li permetés fer el fatxenda dins uns límits. Per acostar-lo més als lectors, de tant en tant hi barrejàvem paraules i expressions cubanes o mexicanes, o transcrivíem expressions imitant l'accent rocambolesc del seu anglès, i tampoc no era estrany que parlés d'ell mateix en tercera persona. De fet, n'hi ha prou de llegir el primer paràgraf del llibre, tal com es va publicar, per captar-ne el to:

> Tinc moltes coses sorprenents per explicar-vos, *amigos*. Moltes històries divertides per confiar-vos, no pas totes sobre mi mateix, com podríeu esperar, sinó sobre la meva família i amics; sobre les persones que més han significat en la meva recerca trepidant de les tres coses que tots els espanyols volem: *salud, dinero y amor*. Per als que us vau saltar les classes d'espanyol a l'institut, vol dir salut, diners i amor. Sí, *amigos*. Tinc moltes coses per explicar. O sigui que relaxeu-vos. Enceneu un cigarret, prepareu-vos una copa i afineu l'oïda per a en Cugat.

Aviat vaig adonar-me que els moments feliços sobrevivien millor dins la seva ment que no els destrets, baralles o decepcions. Disfrutava evocant un dia que va coincidir amb el rei Alfons XIII a Bilbao, anys enrere, o recomanant els seus restaurants preferits de Nova York, o explicant que la seva suposada rivalitat amb l'Enric Madriguera era en realitat un pacte d'agressió amable entre ells dos. Tot i això, quan tocava parlar d'algun moment traumàtic no el defugia pas. Al contrari, capgirava les situacions per reduir-ne el dolor i extreure'n allò que el deixava en bona posició (segons la seva opinió, esclar), sobretot quan abandonàvem la vida familiar a Girona i a Cuba per entrar en el terreny de l'esforç personal. Una vegada el vaig empènyer a parlar de la separació amb la Carmen Castillo, que jo coneixia de primera mà; en Xavier es perdia en subterfugis i excuses per no reviure aquell mal de queixal, i ho reduïa tot a la falta d'ambició i incapacitat d'ella per adaptar-se a la vida nòmada de l'artista. Al final vam despatxar el conflicte en un parell de pàgines i em va obligar a escriure això sobre el distanciament d'ells dos, quan havien tornat a viure al Waldorf i ella no ho suportava: «La Carmen odiava estar sola mentre jo feia créixer els meus negocis. Es moria de ganes de tornar a Califòrnia, a les bones estones viscudes amb la seva neboda Margo. A mi em va semblar una crueltat retenir-la a tanta distància». I per acabar una conclusió al més pur estil Cugat: «És més difícil governar una dona que un reialme».

Aquest estira-i-arronsa ens tenia ocupats fins a l'hora de dinar, quan en Xavier havia d'atendre altres compromisos. A la tarda, després de la migdiada, jo m'asseia en algun racó tranquil del Country Club amb la màquina d'escriure, em feia portar un mint julep rere l'altre i començava a traduir les meves notes a l'idioma cugatià. Escrivia en primera persona, doncs. Jo, jo, jo, jo —i així, sense pensar-hi, estava fent un pas més en el procés de convertir-me en ell—. Em transformava en la seva veu i la gràcia del transvestisme era que m'ho havia proposat en Xavier mateix, era ell qui m'hi esperonava. Ara sé que aquell procés em va ajudar a elaborar la idea que gran part del que vivim, o creiem que vivim, és una invenció, un pel·lícula que ens fem per sentir-nos protagonistes, multiplicar-nos i contenir multituds per evitar que el nostre pas per la Terra sembli encara més fugaç. Ni que sigui per actualitzar les paraules de Macbeth al final de l'obra, quan li diuen que la reina és morta i ell proclama allò de «la vida no és més que una ombra que camina, un pobre actor que gasta el poc temps d'estar en escena actuant d'una manera afectada». Com potser ja s'intueix, i com s'anirà veient encara més, són les ganes de ser algú altre —de ser també en Cugat, vaja— les que m'han portat a escriure aquestes pàgines als cent tres anys, amb penes i treballs, com una lluita contra el temps finit.

Dic tot això perquè, a mesura que se sentia més i més còmode en el paper de narrador de si mateix, en Cugat no va vacil·lar a l'hora d'introduir exemples notables del que jo he batejat com la Galeria de Records Inventats. Eren premis que s'atorgava lliurement a si mateix a canvi de revelar-nos aspectes personals autèntics, com un *quid pro quo* entre la realitat i la ficció. Jo l'escoltava i de sobte em descobria a mercè de les seves fabulacions, atuït i fascinat pel seu art a l'hora de narrar una existència encara més sensacional, com si no en tingués mai prou. El seu convenciment fins i tot em feia dubtar a mi, que m'havia passat mitja vida informant de la seva trajectòria, com si el simple fet de formular tot allò, d'inventar-s'ho, ja ho convertís en un fet incontestable. ¿Deia la veritat quan explicava que de petit, a l'Havana, tocava el violí en un cinema, acompanyat per un pianista que es deia Moisés Simon i que després es faria famós per haver compost *El manisero*? ¿De debò que una vegada, a París, ell i la Carmen van sopar amb Pablo Picasso al seu taller, acompanyats d'un amic comú, l'Ernest Soler? ¿Ens havíem de creure que en unes inundacions a Baltimore va estar a punt de perdre un violí Stradivarius, valorat en vuitanta mil dòlars? *Chi lo sa*. A mi no me la va ensenyar mai, aquella peça de museu, ni quan me'n parlava. Tampoc no vaig tenir el coratge de confrontar-lo i posar en dubte totes les afirmacions, de tan embalat que el veia, i ara és un bon moment per deixar caure una dolenteria meva. A vegades, en transcriure un d'aquests episodis dubtosos, jo mateix l'adornava amb algun detall superflu, una llicència colorista, a veure com reaccionava, i he de dir que més tard, quan en Xavier ho llegia, no hi trobava res d'estrany. Senzillament, ho incorporava als seus records inventats com si res. M'havia convertit en el seu guionista particular.

Quan ja feia sis setmanes que escrivíem l'autobiografia, em vaig adonar que havia omplert prop de dos-cents folis, ens acostàvem al present i encara no havíem dedicat ni una ratlla a la Lorraine Allen. Aquest segon matrimoni era precisament allò que li havia donat més notorietat en els últims mesos, les novetats sentimentals del suposat *latin lover* que la gent voldria llegir, però quan jo provava de dirigir-lo cap a aquesta qüestió, ell l'esquivava dissertant sobre la infantesa, els instruments importants en la música cubana o la vellesa dels seus pares a l'Havana. Era prou clar que hi havia una voluntat de no parlar-ne, o més aviat ho posposava a l'espera d'alguna decisió, algun canvi. El fet és que als matins, quan jo anava a casa seva per treballar junts, vaig veure la Lorraine ben poques vegades. Els dos primers dies em va venir a saludar, dilecta i afable. S'acostava, agafava un cigarret dels que fumava jo i ens deia:

—Bon dia. Com esteu, *chicos*? —feia un petó a en Xavier i a mi em picava l'ullet.

Després ja no va tornar més. Jo em deia que les dotze del migdia potser era massa d'hora, encara devia dormir. A vegades la veia de cua d'ull, com una aparició al fons de la sala, o passant lentament cap al jardí, deixondint-se, sense maquillar, vestida amb una bata de seda turquesa que el reflex del sol perfilava amb un *flou* vaporós i li donava un aire indefens, d'animal que ha sortit per error de la jungla i no sap on anar.

El revers d'aquesta escena es produïa a la nit, en les penombres estudiades de la sala de ball. Alguns vespres, després de la meva ració diària de transcripció i embelliment de la prosa, baixava fins a Sunset Strip per veure l'espectacle d'en Cugat i descobrir quina nova cantant havia substituït la Perdita. Com que sobresortia en altura i bellesa, no em costava identificar la Lorraine asseguda tota sola en una taula, o ballant enmig del públic, i em fixava en els seus gestos i en la mirada d'en Cugie. Jo era l'espia que espiava l'espia. De tant en tant ella desapareixia uns minuts per anar al tocador a refer-se el maquillatge, o per acostar-se a la barra i demanar una altra copa. Era fàcil detectar en el rostre d'en Xavier una barreja d'orgull i de temor, una tensió que per dins li feia créixer els recels, però no se n'adonava ningú més. A part de la Lorraine, esclar, que semblava divertir-se amb la intriga. Per a ells cada vetllada al Ciro's era com un aparador, un anunci de la química que volien exhibir com a matrimoni, i alhora cada titubeig d'ella quan un actor de renom li demanava per ballar, cada pipada del cigarret quan un milionari li donava foc, esquerdava imperceptiblement aquella relació. Llavors, per un atzar necessari, vaig ser testimoni del primer cop que es va trencar seriosament, més enllà de rucades adolescents.

Potser durant el dia havien discutit per alguna bajanada, o potser en Xavier li havia exigit que aquella nit estigués més per ell i ella s'hi havia rebel·lat. No ho sé, són suposicions. La qüestió és que quan vaig entrar al Ciro's de seguida vaig intuir que la Lorraine s'avorria. Asseguda a la barra, amb el cap baix i d'esquena a l'orquestra, la vista li anava de les seves ungles a la copa de xampany i de nou a les ungles, i de tant en tant deixava anar un esbufec silenciós que traduïa el fastigueig d'un enfilall de pensaments. Si se li acostava algú per donar-li conversa, ella el defugia amb dos monosíl·labs i després avortava un badall de mandra. Mentrestant, en Xavier dirigia l'orquestra amb la prestesa habitual. Va presentar una cançó amb un comentari picant sobre l'esclavatge a què el sotmetien les dones, i la gent va riure. Va passejar la mirada pel públic, buscant la Lorraine, i no la va localitzar. Al final de la cançó, tampoc no la va veure enlloc i va anunciar que l'orquestra faria una pausa de vint minuts. Era normal, estava pactat per contracte que cada nit tenien dret a dues aturades. Gairebé era mitjanit i havien d'actuar fins a quarts de dues. Tot seguit en Xavier va baixar de l'escenari i, passant entre el públic, va sortir al carrer amb aire atabalat, i això ja no era tan normal. Un instint de protecció, com si fos el seu guardaespatlles, em va empènyer a seguir-lo. Ell ni se'n va adonar.

Com si el guiés una premonició, va creuar el carrer i va caminar amb passos vius fins al Mocambo, que era a cinc minuts. El porter del club el va deixar entrar a contracor, i jo al darrere. A l'interior no li va costar gens distingir la Lorraine, que ballava amb un jove. Ell li deia alguna cosa a cau d'orella i ella assentia tota enriolada. Semblava una altra. En Xavier s'hi va acostar, va tustar el noi a l'espatlla i amb autoritat, sense dir res, el va convidar a sortir a fora. El noi el va seguir obedientment. La Lorraine va somriure amb incomoditat, sense acabar de reaccionar, i es va quedar allà palplantada. Quan van ser al carrer, en Cugat es va girar i va clavar un cop de puny al noi. Així, sense avisar. No vaig arribar a temps d'aturar-lo i em sembla que hauria sigut inútil, veient la fúria que el governava. Tot i això, l'envestida va ser maldestra i només va rascar el mentó del rival, que s'hi va tornar sense tocar-lo del tot. L'escena era tan ridícula que per un moment va semblar que feien broma. Dos comediants de *slapstick*. Aleshores es van agafar de les jaquetes i es van empentar i forcejar, ara l'un ara l'altre, fins que el porter i jo els vam separar. En Cugat, que era més vell i pesat, amb el tupè rebel a la closca, panteixava i alhora reia de nervis. El noi li deia i repetia que estava boig mentre se'n tornava al Mocambo, allisant-se el vestit, i en Cugat encara va alçar un dit amenaçant-lo i li va dir que no s'acostés a la seva dona, però l'altre no es va ni girar. La Lorraine no era enlloc.

Tan bon punt es va desfer la baralla, vaig reconèixer el contrincant. Era l'Oleg Cassini, el dissenyador de moda. L'espàrring ideal per a aquell sainet. Tots havíem llegit que entre ell i la seva dona, la Gene Tierney, les coses no anaven bé; no s'havien separat oficialment, perquè ella estava embarassada, però feia dies que ell buscava consol fora de casa. Recordo ara les seves faccions de pòmuls sortits, el bigotet prim, el seu anglès afrancesat, i em costa creure que aquell finolis acabés sent un dels dissenyadors de més renom, que feia vestits per a la Grace Kelly o la Jackie Kennedy. (Tots aquests, també, ja són morts.)

Entre la gent que havia sortit del local per veure l'espectacle vaig reconèixer la Louella Parsons. Anava amunt i avall, preguntant als passavolants què havia passat. En Xavier s'hi va acostar per donar-li la seva versió. Encara li bullia la sang. Ella es va treure un bloc i un llapis de la bossa.

—¿Ho has vist, no, Louella estimada? La conducta d'aquest vailet de Hollywood és inacceptable. Jo només li volia dir que deixés en pau la Lorraine i ell m'escomet com si res. —Pel to semblava una declaració a la policia.— Si em buscava ja m'ha trobat! ¿ Que no ho sap que tinc sang espanyola, jo? I això només és el primer assalt.

La Louella va assenyalar-li la mà dreta. El dit petit estava agafant un to moradenc.

—¿Te l'has trencat amb el cop de puny, Cugie? ¿I ara què?

—Ah, això no és res. Una mica de gel. No podré tocar el violí uns quants dies, però no s'hi perdrà gran cosa. —Rialla sarcàstica.

—¿Esteu bé amb la Lorraine, Cugie, va tot bé? —el va tallar ella, seriosa.

—Mai tan bé com ara. Tot és fantàstic entre nosaltres, creume. Has de venir un dia a sopar a casa i ho comprovaràs.

He buscat en una carpeta el retall de diari de la notícia, que l'endemà va sortir a primera pàgina de *Los Angeles Times*. Més tard, aquell mateix vespre, l'Oleg Cassini va donar la seva versió a la Louella. «No sé de què parla, el senyor Cugat», deia, «no el conec de res i em sembla que l'únic que busca és una mica de publicitat. Jo m'he limitat a parar els cops i arraconar aquest pobre home contra la paret». Per allunyar-lo d'aquell merder, jo havia acompanyat en Xavier al Ciro's, on va reprendre amb prou feines l'actuació, i la Lorraine se n'havia anat cap a casa sense fer soroll ni creuar-se amb en Cassini. Abans, però, la Louella encara la va persuadir perquè donés la seva versió, i així sortia al diari: «No entenc tot l'embolic», deia la Lorraine, i per força detecto la ingenuïtat impostada de la seva veu, «jo només seia a la taula del senyor Morrison, l'amo del Mocambo, quan se m'ha acostat el senyor Cassini i m'ha demanat per ballar. Abans que res he preguntat al senyor Morrison si això estava ben fet, oi?, i ell ha dit que sí. De manera que he acceptat i quan ballava amb ell, i ell em deia tot de coses agradables sobre en Cugie, de sobte no sé què passa que em fan fora de la pista. Però m'han assegurat que la baralla no ha sigut res de l'altre món».

Aquella nit, al llit, a punt d'adormir-me, vaig pensar que per primer cop tenia una exclusiva sobre en Cugat i no ho podia explicar ni escriure per culpa de la confidencialitat del meu contracte. Sense adonar-me'n, havia passat a l'altre bàndol i ja formava part de la notícia.

L'endemà, quan vaig arribar a la residència dels Cugat per seguir treballant en el llibre, una minyona em va foragitar dient que el senyor no em podria rebre i que ja m'avisarien. Van passar tres dies i, quan finalment hi vaig tornar, en aparença no havia canviat res. En Xavier no va fer cap referència a la baralla, que els diaris seguien alimentant amb rumors i conjectures, i mentrestant jo estava pendent dels moviments dins la casa, per si llucava alguna cosa. Ni senyals de la Lorraine.

Aquesta absència era també molt evident en les nostres converses. Ens acostàvem al final del llibre i en Xavier seguia fugint d'estudi per no parlar d'ella, com si s'hagués esfumat de la faç de la terra. Es perdia en llargs circumloquis sobre els seus negocis, sobre l'energia i l'ambició que havia heretat del seu pare, «un català de soca-rel». Jo ho apuntava tot pacientment, però va arribar un punt que m'esgotava i l'hi vaig plantejar com un ultimàtum. O dèiem alguna cosa de la Lorraine o els editors es queixarien amb raó. Havíem arribat a l'últim capítol del llibre. Ell va estar-hi d'acord i al final en va parlar. Quatre ratlles i prou, tot per dir «ara hi ha un altre membre a la nostra família» i el seu nom i apuntar que s'havien casat a Filadèlfia i estaven buscant casa a Hollywood. Tot seguit feia una dissertació sobre l'amistat com el bé més important que existeix, i així s'havia d'acabar el llibre. Com si el present que vivíem no fos del tot real o encara no hagués acabat d'arribar.

Quan penso en tot plegat, resulta inversemblant que després d'aquell afer en Cugie i la Lorraine encara estiguessin junts gairebé dos anys, i dos més de propina fins que es van haver de posar d'acord i van signar els papers del divorci. Dos anys ara sí ara no, que ens van fer ballar el cap als periodistes del ram. En tot cas havia començat una nova fase en la seva relació, com si un cop casats i certificat l'amor que els unia tinguessin permís per desconfiar l'un de l'altre. El «sí, vull» de Filadèlfia havia trencat un encanteri i desfermat un malefici: el de la separació inevitable. Ara, també és veritat que a Hollywood els processos de divorci van a un altre ritme, més lent i complex. Són un bon ingredient de l'espectacle quotidià, com més embolicat millor, i tothom els esprem tant com pot. La prova és que quinze dies després de l'afer d'en Cassini, els Cugat marit i muller van escenificar al Ciro's una reconciliació que els donava una treva temporal. La Lorraine fins i tot va pujar a l'escenari per cantar una cançó, *The man I love* (la meva Perdita la cantava millor, no cal dir-ho), mentre en Xavier se la menjava amb els ulls i de tant en tant alçava les celles de cara al públic, com dient «¿veieu?, l'home a qui estima soc jo».

Uns dies després, quan ja havíem acabat la redacció de les memòries, vaig tornar a casa d'en Cugat al punt del migdia. Havíem quedat per repassar quatre detalls que volia retocar, però la minyona em va dir que no hi era. Dos dels seus músics havien tingut un accident de cotxe i ell havia sortit corrents cap a l'hospital. Ja me n'anava quan, des de la porta, la Lorraine em va cridar i em va convidar a entrar. Quina sorpresa més agradable. Duia la bata de seda turquesa i, quan em guiava cap al jardí, em vaig adonar que de prop, a contrallum, se li transparentava el cos gairebé nu, amb els mínims ajustos de la decència. Ella no s'esforçava pas per dissimular-ho i, com que soc imaginatiu, vaig fer-me el trobadís.

—¿Com t'ho fas, Lorraine, per estar tan elegant i esplèndida a primera hora del dia? —li vaig dir.

—Això es té o no es té, guapo —va fer ella, sense alterar-se—. És com el talent musical, que diu en Xavier. O el dels que escriviu. Es té o no es té. —Va cridar la minyona per demanar-li que ens portés dos bloody mary ben carregats.— Aquest matí m'he llevat amb el cap emboirat i intueixo que tu també. Ens anirà bé, el suc de tomàquet.

Tot seguit es va encendre un cigarret i em va tirar la primera glopada de fum a la cara, tot dedicant-me un somriure que no vaig saber si volia ser un envit o un retret. Vaig fixar-me que duia una cadeneta al turmell dret i, quan estava a punt de preguntar-li què hi posava, em va tallar en sec:

—¿Què diu en Cugie de mi? En aquest llibre vostre, em refereixo. ¿Què t'ha explicat? Perquè espero que no em deixi gaire malament. Quan vol és encantador, però ja et deus haver adonat que també pot ser un mala bèstia.

No, ella i jo no recrearíem l'escena de seducció a *Double indemnity*. Ni tan sols les ganes de maltractar el seu marit, fent-li el salt, jugarien al meu favor. La minyona va deixar-nos els bloody mary. Vaig fer el gest de brindar, però ella no se'n va adonar. Va agafar el tronc d'api per remenar el còctel i després amb aquelles dents tan blanques hi va clavar una mossegada seca. Semblava que trossegés un os del seu home.

—Estigues tranquil·la —vaig fer-li jo, per guanyar proximitat, intimitat.

—No, si de tranquil·la ja ho estic. Passa que el conec massa bé i sé que a vegades s'inventa coses. Tot allò de l'Oleg Cassini, per exemple, ¿hi surt al llibre?

—No, no hi surt. De fet, tu només treus el cap una mica al final, Lorraine. En Cugie recorda moltes coses del passat i no parla gaire del futur, i tu estàs entremig, ets el present. Mira, si vols puc venir aquest vespre amb el manuscrit i ens mirem junts les pàgines que facin falta.

—No cal que tornis, no —va riure divertida, com si la meva gosadia dugués la marca d'una innocentada infantil—, quan sigui l'hora ja ho llegiré jo sola. O no. De fet, a hores d'ara em sembla que en Xavier i jo tenim més passat que futur...

La incògnita va quedar penjant en l'aire i, sense donar-me temps a qüestionar-la, es va alçar, em va fer un petó formal i va entrar de nou al casalot. Vaig seguir-la amb la vista com qui contempla el deixant d'un estel fugaç, com si levités a dos pams de terra, i potser per això em vaig fixar que anava descalça. Havia deixat les sandàlies sota la taula. Com que estava sol, en vaig agafar una i me la vaig guardar dins la jaqueta, just abans que la minyona sortís a recollir els gots llargs i fregués les taques vermelles de sobre la taula —del suc de tomàquet, s'entén.

Al carrer vaig treure'm la sandàlia de la butxaca i vaig contemplar-ne la forma delicada. Vaig fixar-me en l'empremta dels dits, una mica marcada per l'ús, i des d'allà —no ho vaig poder evitar— vaig seguir mentalment cap al peu delitós que havia observat, el turmell, acariciant així la cadeneta, ficant la mà per sota de la bata turquesa i pujant per la cama, amunt amunt, resseguint aquella pell colrada amb el tou dels dits, la carn ferma fins arribar a la carena de les cuixes fresques de la Lorraine... M'hauria d'haver esperat a casa per donar via lliure a la meva fantasia, però aquella estona sola amb ella, la càrrega voluptuosa que m'havia regalat, els ulls sorrencs de bon matí en contrast amb els llavis carnosos i lluents, tot em portava a llegir-ho com una insinuació. Vaig decidir que aquella seva fredor burleta en el fons era una invitació i vaig pitjar el timbre. M'inventaria alguna excusa amb la sandàlia. Llavors, mentre esperava que la minyona vingués a obrir, un pensament va créixer des del racó més irracional del meu cervell: per fi sadollaria l'enveja de tots aquells mesos, la imatge que em feia d'en Cugat en la intimitat amb ella, tots dos sols, i de sobte amb la mateixa claredat vaig comprendre que era una escena impossible, ridícula. Jo encara era més vell que en Xavier! Si la Lorraine havia rigut no era perquè la meva innocència li semblés infantil, o tendra, sinó senil, precisament com la que li devia provocar en Cugat. Els seus cinquanta anys flàccids contra els trenta turgents d'ella. Va envair-me un fogot de vergonya i, abans que la minyona obrís de nou la porta, vaig llençar la sandàlia per damunt de la tanca, cap al jardí, i vaig fugir com un vulgar lladregot a punt de ser atrapat in fraganti.

Suposo que al cap de tantes setmanes macerant-me en aquell ambient, vaig quedar enfitat d'en Cugie i el seu món. Quan vam posar el punt final al llibre, em vaig empescar una urgència familiar i vaig fotre el camp a Nova York. Abans de marxar, per agrair-me la feina, en Xavier em va regalar un chihuahua que es deia Mambo, com si aquell nom tan cridaner fos una cuirassa que el protegís dels perills mundans. Jo no els podia sofrir, els chihuahues, la seva fragilitat em feia patir, i vaig rebutjar-lo argumentant que al London Terrace, on vivia, no acceptaven gossos, cosa que també era falsa. Va fer veure que no em sentia.

—Posa-te'l a la butxaca. Són tan petitons que no el veurà ningú. I si això no funciona, canvia't d'apartament, carai, que ara amb el meu llibre t'hauràs fet ric.

—Sí, ric! Ja pots comptar!

Me'n vaig anar de casa seva donant-li records per a la Lorraine. Era la meva manera de celebrar privadament que un migdia m'havia permès entrellucar el miracle de la seva anatomia. Mentrestant, el chihuahua em llepava la mà, buscant un afecte que no va aconseguir mai, perquè una hora més tard el vaig regalar a una recepcionista del Country Club de Brentwood. Quan va saber que l'havia «criat» el mateix Xavier Cugat, en persona, me'l va prendre de les mans i el va estrènyer contra el pit amb tant d'amor que vaig pensar que l'ofegaria allà mateix.

Aquesta traïció em va acompanyar uns quants anys, perquè cada cop que ens vèiem en Xavier em preguntava pel Mambo i jo havia de pretendre que era l'alegria de casa i s'havia convertit en el meu millor amic. M'inventava una vida canina, vet aquí, un altre punt de fuga en la fabulació. Llavors ell em parlava d'algun dels seus germanets, nascuts de la mateixa cadellada, i sempre em sorprenia que la seva memòria, tan avesada a mirar-se el melic, guardés un espai per a tota aquella nissaga. Que quedi clar, en tot cas, que en la redacció d'aquestes pàgines no s'hi ha maltractat cap animal, i prometo que, si ho puc evitar, no tornaré a parlar de chihuahues.

Passada aquella temporada intensa en què vam escriure junts *Rumba is my life*, va venir una llarga etapa de desconnexió d'en Cugie, gairebé diria de desintoxicació. No l'evitava però tampoc no el buscava, i alhora algun vincle més fondo m'empenyia a seguir-lo de lluny, perquè no podia oblidar aquella frase premonitòria de la Lorraine a la nostra trobada furtiva: *Em sembla que en Xavier i jo ja tenim més passat que futur.*

Mentre el combat final no arribava, jo em divertia cada nit a Nova York, descobrint la nova fornada de músics cubans que sorgien de Harlem i s'ensenyorien cada cop més dels clubs de tot Manhattan. Hi havia artistes com José Curbelo, Tito Rodriguez, Pérez Prado i tants d'altres, alguns amb un passat anecdòtic a l'orquestra d'en Cugat, cosa que em feia sentir una mica com un renegat, un amic deslleial per preferir-los a ells. Si, ballant i provant d'intimar amb alguna bellesa caribenya, li deia que era amic del gran Xavier Cugat, el seu nom ja no provocava el mateix enlluernament d'abans.

—Perdona, ¿quin nom has dit? Em sona vagament.

La premsa informava que els episodis de baralla i reconciliació amb la Lorraine es repetien sovint, depenent de si ella l'acompanyava de gira o es quedava a Los Angeles, i jo em preguntava què retorçava més la imaginació d'en Xavier, ¿que ella fos a prop seu i la veiés en acció, o que es quedés lluny i s'ho hagués d'imaginar tot? Aquesta incertesa devia ser esgotadora. Així, va arribar un dia que el matrimoni Cugat es va enfrontar a una prova de foc: el febrer del 1949 l'orquestra començava una gira de sis mesos per l'Amèrica del Sud —Caracas, Lima, Rio de Janeiro, Montevideo, Buenos Aires— i van decidir que la Lorraine l'acompanyaria. Ella devia pensar que no podia renunciar al perfum exòtic d'aquells noms que, pronunciats l'un rere l'altre, li atorgarien un pedigrí cosmopolita. I en Cugat devia creure que amb ella al costat atrauria encara més els flaixos de la notícia: com que a l'Amèrica del Sud les seves pel·lícules s'estrenaven amb retard, el rebrien a tot arreu com una estrella al pic de la seva carrera.

Després de la novetat dels primers dies, amb cada nou destí ell i la Lorraine internacionalitzaven el conflicte. Vet aquí el problema. Es renovava l'escenari, però no els aconseguia distreure prou i les queixes, discussions i greuges eren els mateixos de sempre, com si els haguessin entaforat al necesser, junt amb el maquillatge i les potingues per cuidar els tupès. Ella s'avorria mortalment i, si volia sortir a fer turisme, en Xavier li posava totes les pegues. Quan ja n'estava tipa, la Lorraine va tornar del Brasil tota sola i va fer saber a tothom que demanaria el divorci. En Cugat va aparèixer quinze dies més tard i, a petició seva, es van retrobar en una suite de l'hotel Astor, a Nova York. Volia una última oportunitat. S'hi van tancar amb el cartell de «do not disturb» penjat a la porta durant dos dies i va fer la sensació que ho podrien arreglar, allò seria la Reconciliació Màxima, però finalment ella va baixar al hall feta una fúria, amb un grum al darrere que li carregava les maletes, i va telefonar a la gran papessa Louella Parsons per anunciar-li que aquest cop sí, s'havia acabat definitivament. El món ho havia de saber. Anirien a judici. La causa principal: incompatibilitat de caràcters. Seria una guerra i, per signar l'armistici, els advocats respectius haurien de posar-se d'acord en les propietats a repartir.

Aquella mateixa tarda la senyora D'Morello em va telefonar i, només de sentir-li la veu, ja vaig intuir el que em diria. En Xavier em concedia una entrevista en exclusiva per parlar del galimaties amb la Lorraine. Vaig estar a punt de refusar, però un cop més m'atreia massa el personatge, me'l sentia molt a prop, i una veu interior va parlar per mi i va acceptar la proposta. Era com si em concedís unes pàgines més de l'autobiografia, només que ja no es podrien imprimir en el llibre.

Per algun ferment sentimental, el meu record va viatjar enrere en el temps i vaig tornar a veure aquell adolescent del vaixell que anava a Nova York, als quinze anys, aferrat al somni de triomfar i, cosa més important, esdevenir un ésser immortal. Potser per això a l'Astor esperava trobar-hi un home abatut, un Cugie aclaparat pel desenllaç, i en canvi em va rebre amb la seva efusivitat habitual, com si aquell capítol que estava a punt de tancar-se només pogués tenir un final feliç. Vaig intuir que per a ell separar-se de la Lorraine, afrontar un nou divorci que s'afegiria al de la Carmen —que en algunes minúcies encara cuejava—, tenia un punt d'alliberament. De manera inconscient, s'obria al futur. Com passa amb alguns éssers de mal conformar, potser en Xavier disfrutava més del misteri d'enamorar-se, amb tota la inversió en tribulacions i desitjos, que no pas cultivant aquell amor un cop aconseguit. Hi havia, també, un impuls de possessió que ho feia tot més difícil, sobretot si la dona en qüestió tenia caràcter i autoestima. Era com si per dins comencés a calcular el dineral que li costaria la broma, i tanmateix no se'l veia gens enfadat. Mirant d'entendre aquell estat d'ànim, li vaig preguntar què li podia recriminar a la seva esposa.

—¿Recriminar, dius? Jo soc molt gelós, amic meu, no ho puc evitar —va fer—. ¿Saps què passa? Que quan el sol es pon, una noia bonica com la Lorraine vol sortir acompanyada d'un home, de l'home que estima. Però quan el sol es pon en Cugat sempre ha d'estar en algun altre lloc tocant la rumba, i em passo les nits tocant la rumba i arriba un moment que ella em diu, «Xavier, *chico*, ¿em deixes ballar una estona? Va, sisplau, sisplau», i jo li he de dir que sí, esclar, què li puc dir —semblava que se'n volgués convèncer assajant amb mi una confessió—. Quan això passa aquí, ho accepto perquè a més la veig des de l'escenari i sé que es diverteix. Però jo soc llatí, amic meu, tinc sang llatina, i quan passa a qualsevol país del sud no suporto que un altre home entretingui la meva dona mentre jo treballo. La veig com balla amb un jove guapo i, com que sé que és llatí igual que jo, i que deu pensar igual que jo, m'agradaria que el maleït edifici on som s'ensorrés i ens matés a tots, m'entens, barrabum, tots morts.

A mesura que es desfogava, les faccions se li enfosquien, per primer cop emergia davant meu un altre Cugie, més taciturn, més abassegat, i davant d'aquest canvi tot d'una vaig pensar que em tenia pel seu millor amic. O el més proper, en tot cas. Ell, que presumia de cultivar l'amistat però no se li coneixien amics íntims més enllà de la gent amb qui treballava, com el seu germà Enric o el seu mànager, m'havia triat a mi per obrir-se en canal.

—¿I per què és tan gelós? —vaig punxar-lo. Li volia recordar que jo era allà com a periodista.

—Perquè ella només té vint-i-vuit anys, ves per què, i jo ja estic a la ratlla dels cinquanta. Tant de bo es pogués curar la gelosia amb una pastilla, t'ho juro. —Va fer una pausa, com si rumiés alguna cosa, i va dir:— Jo ja m'ho veia a venir, tot això. Encara sort que no en vam parlar gaire al nostre llibre, oi? Ara hauríem de canviar-ho tot.

Vam riure alhora, però per raons diferents.

—¿I ara què? —vaig fer jo.

—Oh, ara... Només tinc una cosa clara, amic meu: no em penso casar mai més. S'han acabat els matrimonis d'en Cugat. *C'est fini*.

—Perdoni, però no m'ho crec.

—¿Saps què? Ni jo. Segur que em tornaré a casar un dia o altre. Però ni sabrà cantar, ni ballarà, ni recitarà Shakespeare.

Vaig publicar l'entrevista sense tocar ni una coma. Dos mesos més tard, quan el divorci encara estava en els tràmits inicials, destinat a embolicar-se en clàusules i més clàusules, l'Abbe Lane ja era la cantant de l'orquestra i en Xavier tenia al seu altar una nova verge per adorar.

Però encara no és el teu moment, Abbe, em sap greu. T'has d'esperar una estoneta més entre bastidors. La teva entrada en aquesta història demana l'escenografia d'un vodevil, amb portes que s'obren i es tanquen, equívocs i jocs de paraules maliciosos, i em sembla que abans he de cedir els últims minuts de protagonisme a la Lorraine. És la secundària que es mereix un mutis memorable.

Quina peça, aquella noia. Deixeu-m'ho dir així. En Xavier sempre va vacil·lar en les qüestions de l'amor, però la Lorraine era un peix que es porta l'oli. Parlo des del meu segle de vida i d'haver vist com una filera d'homes queien sota la influència de tota mena de dones fatals, vampiresses, viudes negres, *cocottes*, aprofitades, querides, pendons, mantingudes o esposes trofeu. Digueu-ne com vulgueu, malnoms que durant dècades volien descriure la llibertat de no deixar-se dominar fàcilment, però també en alguns casos la cobdícia d'amassar una fortuna peti qui peti. Així com la Carmen, en allunyar-se d'en Cugat, va lluitar pels seus drets adquirits en matrimoni però no hi barrejava qüestions personals —diguem que van acabar força bé—, l'estratègia de la Lorraine va ser lenta i continuada, i encara avui em meravella amb quina persistència va esprémer fins al final aquella relació més aviat breu i perifèrica.

Els periodistes celebràvem els divorcis com aquell perquè ens esperonaven la creativitat. Com més turbulents, millor. Recordo un titular de l'època, no pas meu, que deia: «La Lorraine, cansada de donar la nota», i un altre, tampoc meu, que titulava així un retrat de l'encara esposa d'en Cugat: «La dona que desafina». Intenteu no llegir-hi el rastre de l'acritud o la rancúnia, sisplau, perquè aquesta mena de sortides de to formaven part de l'espectacle i, vulgues que no, la Lorraine les aprovava. No és pas casualitat que en totes les seves rodes de premsa i aparicions públiques, amb advocats o a la porta dels jutjats, sempre hi hagués un fotògraf d'agència per immortalitzar l'acte tot retratant-la en el seu millor perfil.

En el pic més virulent de la seva disputa amb en Cugat, quan el foc creuat de les acusacions i demandes semblava no tenir aturador, la Lorraine va tramar una jugada pèrfida: va decidir que muntaria una orquestra. Ella mateixa, que no havia agafat mai una batuta ni per casualitat, en seria la directora. Es deia l'Orquestra de Lorraine Cugat, com si amb el nom n'hi hagués prou per tocar bé, i alimentava vint músics. Tots vam entendre que era una forma de neguitejar en Xavier perquè al capdavall, si l'orquestra sonava com una olla de grills, el fracàs se l'apuntaria el cognom. Sota el seu nom, als anuncis publicitaris, hi va fer posar la Reina de la Rumba.

La farsa i l'escarni de l'orquestra de la Lorraine va durar uns quants mesos, més o menys els mateixos que va allargar-se el plet entre ells dos —o més ben dit entre ells tres, perquè aviat també s'hi va veure implicada l'Abbe Lane—, i, quan finalment la sentència del divorci va ser ferma, l'orquestra de la Reina de la Rumba es va anar esllanguint sense fer soroll. Preguntada per aquest final trist, la Lorraine encara va tenir temps de clavar una última coça:

—He deixat de fer servir el cognom Cugat perquè en el fons perjudicava la meva carrera musical.

Tot amb tot, durant uns anys em vaig distreure seguint-li la petja, igual que altres companys de professió. La Lorraine sabia cultivar el xafardeig i en qualsevol moment les seves aparicions inesperades t'arreglaven un article. Després d'en Cugat, vaig perdre el compte dels homes amb qui la vam relacionar i les crisis de parella que va provocar amb els seus coqueteigs. «Fa cinc mesos que no ha hagut de pagar-se un sopar», escrivíem, o «li han posat una centraleta a casa seva, de tantes trucades que rep per convidar-la».

Va arribar un moment que la Lorraine Allen Cugat Stalford Wood, *née* Stein, feia servir els cognoms dels exmarits com si col·leccionés carnets VIP, i es donava a conèixer amb l'un o l'altre segons li convingués més. Així tant la podien relacionar amb un banquer com amb un productor de Hollywood, un músic, un explorador o un magnat del petroli. En el seu afany per enriquir-se a costa d'en Cugat, va arribar a fer una subhasta amb els seus papers personals, a l'aire lliure, en ple carrer de Nova York, i per descomptat no hi faltava un fotògraf d'Associated Press. Un dia, no recordo quan, em vaig adonar que el seu nom ja no sortia a les converses ni als articles, com si se l'hagués menjat el silenci, cada cop més lluny de l'onada expansiva del soroll que feia el seu exmarit, i em vaig estimar més pensar que aquell anonimat era voluntari i, gastades totes les reserves de ràbia i totes les maquinacions, per fi havia trobat alguna mena de felicitat.

8. Crueltat conjugal

Ara sí, ha arribat l'hora de l'Abbe Lane. L'any 1993, l'Abbe Lane —tercera dona i exdona d'en Xavier Cugat, quarta en el recompte de la Galeria dels Records Inventats— va publicar una novel·la titulada *But where is love?* En aquell moment tenia seixanta anys, dos fills d'un segon matrimoni feliç i una carrera internacional que es reflectia en una vitrina rutilant de premis, un activíssim club de fans a Roma i un altre de menys actiu a Manila, i un cicle de les seves pel·lícules al canal televisiu TCM. S'havia entregat en cos i ànima a la vida familiar i, quan es permetia alguna actuació, sobretot a Las Vegas, encara sortia jovenassa a les fotos. L'edat, però, havia començat a cobrar els interessos de tants anys prestant-li bellesa i sensualitat. Es trobava en aquella època en què un matí qualsevol, davant del mirall, la pell rosada de les galtes té de sobte una coloració diferent, mig groga i mig tornassolada per la nova textura més flàccida, i tu com a estrella intocable pots decidir si és un problema que cal resoldre al quiròfan o si és el primer senyal d'una evolució que abraçaràs amb seguretat —la seguretat que t'ha infós el teu terapeuta de tants anys—. Digueu-me malpensat, però jo sospito que la novel·la de l'Abbe Lane era també, en part, una reacció a aquell moment crucial, o si més no una manera de prevenir-lo.

Encara no feia ni tres anys que en Xavier Cugat havia mort —com a mínim de manera oficial— i, en el món de l'espectacle, els periodistes que el recordàvem vam celebrar la delicadesa de l'Abbe a l'hora de publicar aquelles memòries mal dissimulades. S'havia esperat a la desaparició definitiva del seu exmarit per passar comptes i explicar-nos el tràngol que li havia causat, sense estalviar-se ni una glopada de bilis. Bé, ja he dit que era una novel·la i, si per un moment heu pensat que jo vaig ser-ne l'autor a l'ombra, fantasma o negre, aneu errats. Només m'hi vaig relacionar com a lector: me la vaig fer enviar a Barcelona, on aleshores passava una temporada, i confesso que la vaig llegir buscant-m'hi a mi mateix, veiam si treia el cap en alguna improbable escena. No m'hi vaig saber trobar, però no em va doldre.

¿He dit que allò era una novel·la? Doncs ho repeteixo per afegir-hi que era una novel·la en clau, amb els personatges perfectament identificables. La protagonista es deia Julie Lehman —picada d'ullet—, una noia de Brooklyn que als setze anys començava a cantar a l'orquestra del director català Paco Castell —picada d'ullet— i al cap d'un any tots dos es casaven, ella obnubilada pel seu carisma i ell embogit pel seu atractiu irresistible. Gràcies a la màgia de la música, amb el nom artístic de Julie Lauren aprenia a cantar en castellà i de seguida atreia totes les mirades del *show business*, però alhora ell, el Gran Manipulador, exercia sobre ella un control absolut, físic i emocional, a dalt de l'escenari i a la vida en general. La pregunta del títol —¿però on és l'amor?— es responia al final de la novel·la, quan després d'anys de patir aquell abús la Julie aconseguia divorciar-se d'en Paco Castell i al cap de molt poc temps coneixia l'home de la seva vida, es casaven, tenien fills i eren feliços i menjaven anissos. Per si algú no havia captat les picades d'ullet evidents, a la solapa del llibre s'hi llegia: «Amb un detallisme massa autèntic per ser ficció, Abbe Lane retrata la violència impactant rebuda, de portes endins, en un matrimoni dominat per l'obsessió, l'exaltació de l'èxit i les vides d'una colla de celebritats de Hollywood que tots reconeixem».

Ficció, ficció, ficció. Vet aquí. I realitat, realitat, realitat. Un dia o altre, com l'Abbe Lane, tots busquem el refugi de la invenció per esborrar alguna cosa que ens degrada i desagrada, i reescriure així el que hem viscut. Enganyem a favor nostre i ens diem que allò és una mentida blanca. La memòria és selectiva i amb el pas dels anys hi ha qui necessita que tot tingui un sentit, si cal forçant la lògica, i fins i tot els errors o els passos en fals poden embellir una existència, ben assaonats per la imaginació. No es pot negar que és un exercici de vanitat reconfortant. Quan vaig llegir la novel·la de l'Abbe, vaig alegrar-me'n per ella i alhora me'n vaig compadir. Tot i que era difícil empassar-me tant de ressentiment, em sabia greu que hagués suportat el trauma d'en Xavier durant més de mitja vida i alhora celebrava que la ficció l'hagués ajudat a fer les paus amb aquell període funest.

Llavors un dia, sense adonar-me'n, vaig començar a rellegir aquelles pàgines com si jo mateix fos en Xavier —un Xavier de noranta-tres anys, això és— i l'experiència no va causar-me cap rebuig especial. La literatura de l'Abbe m'enviava a l'infern dels dèspotes i els superbiosos i, tot i que les seves paraules tenien un fons de veritat que m'avergonyien de culpa —ho reconec—, alhora eren tan maniquees que per protegir-me'n de sobte em refugiava en la meva versió del passat. Així m'obligava a reviure una època trepidant, començant pel dia que vaig descobrir aquella mossa —ni nena ni dona— que cantava i es movia amb una delectança íntima, més golosa als ulls perquè el seu ímpetu era inconscient, innat, i cada dia ens acostàvem una mica més l'un a l'altre, passàvem trifulgues i ens reconeixíem més i més compenetrats, fins al punt que les tibantors i els malentesos em semblaven divertits i prometedors. Aleshores una veu interior se m'imposava per dir-me que el Xavier de debò —no jo, el de debò— havia mort convençut que l'Abbe era l'amor de la seva vida, un amor realment no correspost, però tant li feia, ara ja era massa tard perquè els treballs d'una ficció en poguessin desmentir i desvirtuar una altra que havia quedat signada i enterrada per sempre.

Amb tot, avui, com a espectador preferent de la relació entre en Cugie i l'Abbe, no em puc estar de remarcar que a la novel·la hi havia com a mínim dues decisions controvertides: una inexactitud i un oblit, que interpreto com a giragonses d'una ànima creativa. La primera tenia a veure amb la mare de l'Abbe Lane. La senyora Grace Lassman, que vaig tractar de passada, era una dona de naturalesa forta, resolutiva, que parlava més amb l'expressió del rostre que no amb la veu. Quan la vaig conèixer em va fer pensar en la senyora Zukauskas de la meva infantesa, un exemple de la mateixa estirp d'immigrants de la vella Europa, d'un capteniment entre dolç i fetiller, de bruixa bona amb un costat ocult. Per la manera de protegir l'Abbe, encara tan tendra, saltava a la vista que era la nineta dels seus ulls. S'entén que a la novel·la la pinti com una dona suspicaç i patidora, doncs, que en tot moment fa d'espelma de la seva filla perquè es malfia de les intencions del senyor Castell i les seves arts de sàtir insaciable —és a dir, d'en Cugat.

En canvi, el relat ignora una cosa que també era evident quan les veies juntes: de bon principi l'Abbe era una projecció d'aquella dona. A la vida real l'actitud de la Grace, d'un atractiu agrest, entre protectora i abnegada, no era pas tan violenta com això. En gran part responia al fet que ella mateixa hauria volgut presentar-se a concursos de bellesa i fer carrera d'artista, però un marit massa tradicional no l'hi havia permès mai. Així, era com si l'Abbe ho estigués fent en nom seu, i un detall m'ho confirmava: la mare acostumava a seguir les actuacions de la filla molt atenta, movent els llavis com si cantés per dins les mateixes cançons —com si fos la seva apuntadora, vaja.

L'oblit de l'Abbe a l'hora de narrar l'escena més literària dels seus primers mesos amb en Cugie és encara més significatiu. Em pregunto si es tracta d'una supressió involuntària, freudiana, o si volia eliminar a consciència un episodi que devia causar en la noia núbil estupor i vergonya aliena. La qüestió és que tots els periodistes vam sucar-hi pa, durant setmanes, i ens rabejàvem en aquella tendència del gran Cugie a fer que el seu dia a dia acabés sent una pantomima més delirant que les pel·lícules en què participava.

Només d'esmentar-ho, em venen ganes de reproduir l'estil entre sensacionalista i foteta amb què volíem estremir els lectors... Vet aquí. En afers de dones en Xavier no perdia mai el temps, ja ho he dit. Encara s'estava separant de la Lorraine i la futura Abbe ja havia entrat a la seva òrbita. Com era habitual en els seus trànsits amorosos, un adeu comportava una benvinguda. La qüestió era no estar sol més de cinc minuts. L'ull entrenat d'en Xavier va descobrir la futura Abbe quan feia el seu primer paper professional, com a corista en un musical de Broadway, i ja se sap com van aquestes coses. A través del seu mànager, en Cugat li va transmetre que estaria disposat a fer-li una prova. La mare va dir que no (però pensant que potser sí), la filla va dir que sí (per fer contenta la mare), i al final entre totes dues es van convèncer que per provar-ho no hi perdien res. D'entrada en Xavier va quedar molt parat que aquella joveneta fos jueva i no tingués ni una gota de sang llatina, perquè a l'audició la noia va cantar-li *Bésame mucho*. Tot i que no sabia què deia la lletra, se l'havia après de memòria de tant escoltar-la en un disc, precisament del senyor Cugat, i fins i tot imitava les entonacions de la Carmen Castillo, però menys afectades. ¿Calien més arguments? En Cugie va pensar que aquella criatura era un diamant en brut i es delia per polir-lo. Dos mesos després l'Abbe ja debutava amb l'orquestra. Al cap de mig any, mentre feien una sèrie d'actuacions a l'Uruguai, la parella va anunciar que s'havien compromès. Flors i violes. Esperaven casar-se tan bon punt el divorci de la Lorraine fos definitiu. L'Abbe tenia divuit anys i en Xavier, cinquanta-un (quan vaig veure la seva primera foto junts, vaig pensar que ell es feia cada cop més vell i elles, cada cop més joves).

Mentrestant la propaganda dels dos ocellets enamorats no facilitava gens els acords amb la Lorraine. Per no perdre'ns en l'encreuament d'acusacions i sentències, repasso els papers i retalls de diaris que he guardat pacientment tota la vida. Un jutge ja havia dictat que en Xavier pagaria a la seva exdona una gran compensació econòmica, però ella no hi estava conforme i exigia, a més, una pensió i el casalot de Brentwood. És a dir, volia deixar-lo pelat com una rata. Havent escoltat les dues parts, el jutge va atorgar la pensió mensual per la quantitat acordada, però Brentwood no. La mansió se l'haurien de vendre i amb els diners en Xavier li pagaria la mesada.

¿Em seguiu fins aquí? Just després de la sentència, va produir-se un cop d'efecte molt literari, de novel·la barata. Un migdia uns quants periodistes —jo entre ells— vam rebre una carta suposadament signada per la Lorraine Cugat en què ens feia saber que volia el divorci d'en Cugie com més aviat millor, perquè tenia la intenció de casar-se amb l'actor Tom Neal. «Això potser et sorprendrà, però fa temps que estem enamorats», deia el missatge. Des del punt de vista narratiu era un gir de guió important, perquè una relació secreta hauria situat la Lorraine en el terreny de l'adulteri i els acords previs quedarien anul·lats. Però la veritat és que tot allò feia un tuf de falsificació vulgar. ¿Qui va escriure i enviar aquelles notes? No ho sabrem mai del cert, però ens ho podem imaginar. ¿La senyora D'Morello? ¿L'Enric, el germà d'en Xavier? ¿El mateix Cugat, que s'havia esforçat ben poc a dissimular la seva lletra en la firma? La Lorraine va negar rotundament que fos cert, en Tom Neal va fer cara de venir de l'hort i el jutge va desestimar aquella prova d'última hora. Com a represàlia, la Lorraine va contraatacar acusant en Xavier de «crueltat conjugal», afegint-hi que sabia del cert que, mentre estaven casats, ell sí que havia mantingut relacions extramatrimonials —i no una, no, sinó sis, tres de les quals amb cantants de l'orquestra, incloent-hi l'Abbe Lane—. Per tant l'adúlter era ell. El jutge tampoc no es va creure aquella denúncia indemostrable.

Passen els mesos. L'orquestra està de gira a l'Uruguai, doncs. Des de l'altra punta del continent, tot allò es veu petit petit, i en Xavier opta pel silenci: mentre sigui lluny de Califòrnia i de la seva jurisdicció, s'estalviarà la mensualitat per a la Lorraine. Després, tornats de la gira, ell i l'Abbe no s'estan mai quiets i es prodiguen per tot el país, es deixen veure junts en festes i sopars, actes benèfics, fent de jurat en concursos de ball de rumba —i sempre amb la mare d'ella en un segon terme, entre complaguda i recelosa.

Cada mes sense rebre la pensió, la Lorraine s'enfilava per les parets de ràbia i jurava que no es quedaria de braços plegats. I no ho va fer. El gener del 1951, quan ja feia més d'un any que les hostilitats seguien latents, el periple va portar l'orquestra a actuar a Chicago. L'Abbe i en Xavier s'estaven a l'hotel Edgewater Beach, en habitacions separades però contigües, que es comunicaven per dins. Un vespre, a mitjanit, la Lorraine s'hi va presentar amb quatre homes —dos d'ells detectius—, va trucar a la porta d'una de les habitacions i, sense esperar resposta, hi van irrompre per sorpresa. A partir d'aquí, la versió dels fets diferia segons els protagonistes. Un acarament de les diverses declaracions als diaris hauria quedat més o menys així:

LORRAINE (*contundent*): Jo només volia tenir una conversa amb en Xavier. Per no anar sola m'acompanyaven el meu advocat i uns amics seus. Vam entrar a l'habitació com si res i ens vam trobar que allà amb ell hi havia la senyoreta Abbe Lane, la qual, en veure'ns, es va afanyar a cobrir-se amb un vestit de lluentons, però un mirall de cos sencer ens l'ensenyava per darrere, nua com un gaig dins el seu niu.

XAVIER (*tranquil*): Feia una estona que havíem acabat la nostra actuació i l'Abbe i jo estàvem a punt de sortir per anar al cine, a una sessió de matinada. Jo l'esperava que es canviés. Volíem veure una pel·lícula de terror i el terror ens va venir a veure a nosaltres. No entenc per què la Lorraine no ens deixa en pau. Jo no m'hi fico pas, en les seves relacions. Aquell actor de Califòrnia que ara la ronda... Si fos un bon actor, encara, però és que a més no ho és, no és un bon actor.

ABBE (*esporuguida*): En Xavier m'esperava al vestíbul de la suite i algú va entrar. En aquell moment jo era al quarto de bany arreglant-me i, com que sentia crits, vaig obrir la porta a mig vestir. Però no anava nua, no anava nua. Tenia el vestit de lluentons a mig aire. Un d'aquells senyors em va empènyer i em va fer sortir allà fora, com si em volgués avergonyir, i jo no entenia res.

LORRAINE (*segura*): L'única certesa és que fa mesos que en Xavier m'ha de pagar dos mil dòlars cada mes, i no ho fa. Senzillament, no li dona la gana. S'estima més anar pel món descobrint jovenetes, i sé de què parlo. La realitat és que, segons els meus advocats, aquest incident pot fer augmentar encara més la pensió que m'ha de pagar. El denunciarem per infidelitat. I pobre d'ell que negui res, perquè es van fer fotos de la noia despullada i, si cal, les publicarem.

XAVIER (*indignat*): Tot això és fals, per descomptat. Cada cop que la Lorraine canvia d'advocats hi ha nous problemes. Ahir a la nit vam patir un assalt en tota regla i ara em volen fer xantatge. No hi ha dret.

ABBE (*desconsolada*): Em sento molt desgraciada. Aquesta dona vol comprometre'm a mi i a la meva carrera. Quina vergonya que entre tots em feu servir com a boc expiatori del que passa entre ella i en Cugie, quan és ben clar que m'ataca a mi per fer-li mal a ell.

L'enfrontament es va allargar uns quants mesos, amb les intermitències que imposa la justícia. L'Abbe va demandar la Lorraine per injúries, alhora que la convidava a publicar les fotos, si és que existien, però mai no van sortir a la llum. Jo pensava en la mirada lúcida i astuta d'aquella *femme fatale* que dos anys enrere, un migdia al jardí de casa seva, m'havia fet ruquejar, i no em creia res de res. En tot aquell temps ningú es va preguntar mai si era gaire il·legal que quatre desconeguts, detectius o no, irrompessin d'aquella manera en una habitació d'hotel. Tampoc va quedar clar on era en aquella hora l'omnipresent mare de l'Abbe, la Grace Lassman. Incògnites.

Si en algun moment esperàveu que aquest desori tingués un clímax, desenganyeu-vos: quan algú viu instal·lat en un crescendo continu, com en Xavier, on cada instant de la teva vida tendeix a la taquicàrdia, les resolucions solen ser banals i previsibles, i definides pel poder subjugador dels diners —dels diners dels altres, s'entén—. Els judicis milionaris que s'eternitzen espanten molt. Els advocats tenen la mà foradada. Els zeros i les despeses creixen exponencialment, i en aquest cas tothom tenia part de la culpa. Tothom menys l'Abbe. Malgrat això, les reporteres de successos que dominaven l'opinió pública, com la Hedda Hopper, es van alinear amb la Lorraine, més que res perquè els feia fàstic la imatge d'aquell home llefiscós arrambant-se a una joveneta càndida. En Xavier se'n devia adonar i va començar a pagar tímidament els endarreriments de la pensió a la seva exdona, sempre fent el ronsa.

Davant d'aquest panorama, els advocats respectius van arribar a un acord per formalitzar el divorci. Finalment la Lorraine es quedaria la mansió de Brentwood i en Xavier li pagaria una quantitat respectable a canvi que retirés la denúncia per adulteri i quedés net el bon nom de la senyoreta Lane. Al seu torn, l'Abbe també retirava la seva denúncia per danys i perjudicis contra la senyora Allen Cugat. Amb fotos compromeses o sense, estava clar que l'acord beneficiava molt més la Lorraine. Per aplacar la sensació de derrota, al llarg dels anys en Xavier va fabricar-se una versió menys ofensiva per al seu orgull: de sotaveu feia córrer que, si s'havia arribat a un acord, era perquè els seus amics de la màfia havien coaccionat la Lorraine, qui sap amb quines arts, i ella havia entès que calia cedir o passarien coses. Segons ell, doncs, les xifres que s'havien fet públiques eren només una façana exagerada per protegir les formes.

Cada cop que l'hi sentia explicar, jo estava més i més convençut que la seva Galeria dels Records Inventats s'havia convertit en una realitat paral·lela, un món ideal on els fets es confabulaven per dibuixar una vida sense gaires arestes, arrodonida en benefici propi.

He de dir que vaig tractar poc l'Abbe Lane. Pot semblar un contrasentit, perquè és l'esposa que va compartir més anys de casada amb en Cugie, però les gires per mig món, els viatges sentimentals a Catalunya i sobretot les llargues estades a Itàlia i Espanya me'n van distanciar. Físicament, s'entén, perquè per la meva feina de reporter jo tenia els meus contactes, estava al dia dels discos que publicaven tots dos —amb una constància triomfal— i de les pel·lícules on sortien, cada cop més escadusseres les d'en Xavier i cada cop més celebrades les de l'Abbe. Ens vèiem molt de tant en tant, quan la música els portava a Nova York o a alguna ciutat que no quedés massa lluny de la meva mandra. Els deixava una nota dient que els saludaria després de l'espectacle i, si els abellia, junts anàvem a fer un ressopó al Sardi's, al Monkey Bar o al Scandia, depenent de la gana que tingués l'Abbe. Actualitzàvem la nostra diguem-ne amistat, és a dir, jo feia preguntes i ells responien, però era sobretot en Xavier qui parlava, criticava, remugava, agraïa els elogis d'altres comensals, signava autògrafs o m'informava de les pròximes gires. Tot era força superficial, mai no s'interessava per la meva vida privada i després jo m'ho justificava dient que potser em veia com una rèmora del passat, aquell paio que en una altra vida l'havia ajudat a escriure la seva biografia, de sobte tan desfasada sota la influència de l'Abbe.

En alguna ocasió no érem nosaltres tres i prou i s'afegia més gent al sopar: la mare de l'Abbe, l'Enric Cugat i la seva dona, el seu mànager, algun productor de visita a la ciutat. En dies així jo procurava asseure'm al costat de l'Abbe i donar-li conversa mentre els altres estaven pendents d'en Xavier; m'hi apropava per tal de copsar millor el subsol d'aquella relació, gratar-ne detalls aparentment innocus. Costava molt, sobretot al principi, perquè a ella la dominava la prudència, com si caminés de puntetes en aquell món nou per no esguerrar el somni. Jo no diria que fos tímida, al contrari, sota la pell hi corria sang calenta, una fermesa feta d'un càlcul precís de cada gest, i tanmateix en moments desprevinguts, quan s'oblidava de si mateixa, treia el cap una fragilitat momentània, el tremolor subtil de qui comença a intuir que hi ha una bèstia a prop i és millor no despertar-la. La bèstia era en Xavier, no cal dir-ho, o més aviat la seva tendència a xuclar tot allò que, passat pel sedàs de la seva persona, pogués representar negoci, publicitat, èxit.

D'aquí la cautela de l'Abbe, sobretot al principi, però he de consignar que amb la mateixa serenitat va capgirar la situació. Com que els veia poc sovint, tres o quatre cops l'any, vaig experimentar amb una certa brusquedat el canvi en l'equilibri de forces, i així de seguida va ser l'Abbe qui atreia més mirades, després qui rebia els elogis per una carrera tan brillant, després qui convocava els flaixos dels fotògrafs. Mentrestant en Xavier havia d'assumir el paper de comparsa, s'acontentava traient pit com un pare orgullós, deixant caure alguna anècdota que volia destacar que ell, i ningú més, era qui havia donat al món aquella preciositat tan talentosa. Amb un gest igualment paternal li bufava un petó des de l'altre cantó de la taula i ella l'hi agraïa amb un somriure. L'escena es repetia, però el posat d'ella també va anar canviant i aquell somriure era cada cop més matisat, més compassiu, més fingit.

És llei de vida, ¿no? És una evidència que el temps s'escola més ràpid per a un senyor amb alopècia que depassa la cinquantena que per a una noia que tot just ha estrenat la joventut, i ara mateix aquest decalatge m'empeny a assajar una nova contorsió literària. Serà una impostura marca de la casa, ja us aviso, lúdica i alhora nascuda d'un desig de proximitat: em ficaré una estona dins de l'Abbe Lane. Dins del seu cap, vull dir. Miraré el món amb els seus ulls. A punt de començar, de fons sento la veu del vell Cugat, mig ajagut en un d'aquells sofàs del saló del Ritz, que em diu:

—Ai, l'Abbe, la dona que més m'ha influït a la vida.

9. Els perills de la gelosia

Al principi de tot, abans de ser coneguda com a Abbe Lane —la nova cantant de l'orquestra d'en Xavier Cugat, el nou bombonet—, em deia Francine Abigail Lassman i vaig tenir un altre nom artístic: Lily de Luna. ¿O era Ruby Gonzalez? La veritat és que ja no me'n recordo, de tot fa molts anys. El misteri és que abans que jo ja hi havia hagut una Lily o una Ruby donant la cara per a l'orquestra, i de fet no en vaig heretar només el nom, sinó també el cos. Durant les primeres setmanes de gira, fins que en Cugie no va donar l'ordre i es van imprimir nous cartells, jo havia de sortir a l'escenari fent veure que era una dona llatina, més o menys mulata, de cabellera salvatge i malucs amples, i així a l'esforç d'interpretar s'hi afegia l'acció d'habitar una vida falsa.

Aquella Francine només tenia disset anys i a la nit, mentre la meva mare ja dormia al llit del costat, jo revivia del tot desvetllada les emocions i no em treia del cap aquella altra noia que m'havia cedit el nom sense saber-ho. ¿On devia ser ara? ¿Havia deixat l'orquestra o en Cugat l'havia fet fora perquè no es plegava als seus desitjos? Tot agafant el son em preguntava si trigaria gaire a afegir-me a la llista, i ja dins el somni se m'apareixia una filera de noies repetides, totes iguals i sense rostre, com si el director tingués una màquina per crear-les en sèrie.

Tot l'ajudava a créixer, a l'Abbe. Com en una d'aquelles pel·lícules accelerades que mostren com una poncella es converteix en flor, ajuntant imatges de les seves actuacions hauríem comprovat com es feia gran a ulls vistents. La veu i el cos, l'actitud desinhibida de qui va traient-se capes de temor, de perill, de dubte, de vacil·lació —tot per tastar més i més aquella sensació d'alliberament a l'escenari—. En Cugie no se'n sabia avenir. No hi havia res que l'Abbe no pogués absorbir. Li donava una partitura, escoltava els acords d'una cançó i de seguida s'apropiava de la lletra i el to, encara que sovint no entengués què volia dir. Semblava que aprengués idiomes mentre cantava —anglès, castellà, francès, italià— i els assajos es convertien en una classe de transformisme bucal. No només això, la seva fesomia —el seu atractiu— també era variable i universal, una metamorfosi amb cada cançó. Amb els focus semblava que els cabells li canviessin de color, i en una mateixa nit podia ser una cubana misteriosa, una brasilera sensual, una espanyola castissa, una italiana ingènua, una jueva festiva de Brooklyn (que és el que era de veritat).

Si primer en Xavier s'havia fixat en aquella noia perquè l'atreia sexualment, com sempre que buscava una nova cantant, al cap de ben poc va haver de rendir-se a l'evidència que hi havia alguna cosa més: se n'estava enamorant, coi. No era el típic impuls de mascle que l'enravenava i el dominava fins que aconseguia despullar una dona i posseir-la —aquella fal·lera que ell disfressava de passió llatina i li donava tan bons resultats—, o sí que era això, però ara a més s'hi afegia el complement d'una tendresa subtil, una gravitació nova que no desapareixia en absència d'ella. Al contrari, quan no la tenia al davant s'intensificava. Hi estava tan poc acostumat que li costava entendre aquella inquietud i, com a molt, recuperava sensacions de quan havia conegut la Carmen, trenta anys enrere, abans que tot es tornés monòton. Una convicció creixent que estaven fets l'un per l'altre. Només que amb la Carmen gran part de la identificació provenia de la igualtat, del tu a tu de dues persones que s'obrien al món compartint un anhel, i ara amb l'Abbe hi havia una jerarquia que ho feia tot més asimètric. Una jerarquia i l'edat. Quan la volia seduir a través dels consells i les lliçons, se sentia com un pigmalió: per dins era molt plaent i se li eriçaven els quatre pèls del clatell (sota la perruca) com feia anys que no li passava, però alhora temia que la relació mestre-aprenenta acabés refredant la possibilitat d'un amor. Per ell tot es reduïa a mantenir l'admiració d'ella i una certa dependència —que la seva mare, sempre al mig del pas, feia més complicada—, però com que era esclau de la seva vanitat ignorava un detall important: que les ambicions de l'Abbe, per joveneta que fos, eren grans, tan grans que potser l'ultrapassaven a ell i tot.

Sí, cal que parli de tot allò. Un dia em deia Francine i l'endemà ja era l'Abbe, però és com si tot hagués tingut lloc en una altra vida. Jo era una altra persona, només a mig fer, i encara que no en renego —forma part del meu creixement— tot va quedar enrere. Avui tinc dos fills preciosos amb el meu segon marit i això és el que compta. Al principi la mare em preguntava com podia ser que m'agradés aquell home més gran que el meu pare —es portaven dos anys— i ni jo mateixa tenia una resposta. La mare entenia la meva admiració per en Xavier, que ella compartia a distància, i fins i tot que em sentís atreta per tot el que representava, però em deia que jo no sabia què era l'amor. Era massa jove i m'estava confonent. Li feia una il·lusió boja que continués amb l'orquestra i em convertís en una estrella, però no pas si havia de pagar un preu tan alt. El meu pare encara era més intransigent i fins i tot em va deixar de parlar unes quantes setmanes. Quan li trucàvem des d'una ciutat llunyana, només volia la mare per dir-li que féssim el favor de tornar d'una vegada, i si sentia la meva veu penjava tot d'una. La mare provava de fer-lo entrar en raó amb paciència i unes paraules que avui em semblen prou convincents.

—La nostra Francine —li deia— no està enamorada d'en Cugie. No ho està. Li sembla que sí, però és només un miratge:

en el fons s'agrada a si mateixa al costat d'en Cugie, cosa molt diferent. Aquell home la fa sentir més gran, i el problema és que tu n'estàs gelós. Has d'entendre que la teva nena ara és de tothom, de tots els que ballen mentre ella canta. Si la vinguessis a veure un dia, t'adonaries que fa girar el món, la nostra nena.

En el fons el pare només va començar a canviar d'opinió quan la mare va ingressar els primers xecs al seu compte i va adonar-se que jo era un negoci. Als seus ulls, deixar-me casar amb en Cugat, amb la seva orquestra, devia ser com fer una bona inversió de futur, i ara no tinc ganes de recordar la trobada entre ells dos per parlar de tot plegat. Els vam deixar sols a l'habitació del Waldorf, mentre la mare i jo esperàvem nervioses en un bar de l'hotel, i ens van venir a buscar amb un somriure d'orella a orella. En Xavier va demanar una ampolla de xampany i vam brindar tots quatre sense saber exactament per què.

En lloc d'aquella escena vergonyosa, m'estimo més recordar que els primers temps amb l'orquestra van ser duríssims i més d'un cop vaig estar a punt de desistir. Anàvem de gira amb autocar i sempre estàvem cansades, la mare i jo. No hi havia cap itinerari establert, fèiem ziga-zagues pel mapa, dormint més hores a l'autocar que als hotels. A vegades ens empassàvem tres-centes milles per carreteres solitàries de l'Oest Mitjà només per un contracte d'un cap de setmana, amb dues actuacions cada nit. Primer una hora, descans, sopar, i després dues hores més, tot i que en aquesta segona part jo l'alternava amb un cantant mexicà. I l'endemà, tornem-hi, més milles. En els moments de fatiga màxima, la mare es queixava que en Xavier ho feia amb tota la intenció, com una prova de resistència per veure si la meva vocació era prou forta —però i tant que ho era.

En aquell espectacle del meu debut també hi actuaven dos ballarins que eren parella, noi i noia, espanyols. Ella era un nervi, escandalosa i manifassera, i per sort sabia entabanar la mare i m'acompanyava a comprar vestits de nit per lluir a les actuacions, prou atrevits i sense aquell aire escolar d'un ball de graduació. També em donava consells per esquivar les escomeses d'en Cugie, que cada cop eren més agosarades i a la vegada opressives. Ell aprofitava els pocs moments que estàvem sols per tirar-me floretes, tocar-me, abraçar-me amb excuses com ara que tenia els botons del vestit mal cordats. Alhora, però, quan jo estava exultant, m'abaixava els fums dient que no m'enganyés: aquells aplaudiments i xiulets d'admiració del públic eren gràcies a ell i l'orquestra, qualsevol altra cantant hauria aconseguit el mateix. Si jo arrufava el nas o se m'humitejaven els ulls perquè m'havia ferit l'amor propi, em presentava la seva versió més tendra tot dient:

—Criatura meva, ja et passarà. Ho sé per experiència. I mira què et dic: arribarà un dia que em trairàs i deixaràs l'orquestra, totes feu el mateix.

En Xavier ho podia ser tot: càlid, encantador, cortès, però també despòtic, insensible, femeller. I gelós, molt gelós, encara que això ja ho sap tothom i ara no cal que m'hi allargui. Ja arribarà. La qüestió és que des de la primeria, si veia que algun jove del públic em contemplava amb ulls enamorats o fins i tot em portava un ram de flors al camerino, ell m'ho retreia com si fos culpa meva.

—Xicotera! —em renyava, i mai no sabia si ho deia de broma o de debò—. Més que xicotera! Ves amb compte que els homes només volen una cosa, i tu potser no saps què és però jo sí. No et deixis perdre, Abbe, per favor.

En moments així semblava el meu pare i es convertia en un aliat de la meva mare, tots dos eren de la mateixa pasta generacional. Aquest deu ser el meu retret que ha sobreviscut més anys: l'un i l'altra, amb les seves lleis i manies i negatives, em van escatimar una joventut. D'acord, sí, en vaig sortir amb un èxit precoç, però vaig trigar molt de temps a sentir l'atreviment de ser jove i guiar-me pels meus instints. Vaig haver d'anar a Itàlia i allunyar-me d'en Cugie, ves.

Torno a la pregunta que em feia la gent quan vam anunciar el nostre casament, un any després de començar a cantar amb ell. ¿Com és que te n'has enamorat?, em deien, entre incrèduls i esgarrifats, mig a contracor, a sota veu, com si fos un error de la naturalesa humana que calgués prevenir per a futures generacions. Vaig trigar uns quants anys a saber del cert la resposta: me'n vaig enamorar per obligació, d'una manera passiva, com si m'ho hagués ordenat un fat diví i ell ho sabés. Ho dic per la seva actitud des del principi. Quan em presentava a l'escenari, quan arribàvem a una ciutat nova i ens rebien les autoritats, quan l'entrevistaven i li preguntaven per mi, ell jugava sempre amb el doble sentit, com si mantinguéssim una relació en secret i a més fos una maldat que ens divertia. Picades d'ullet que volien ser còmplices, expressions del tipus «nosaltres dos sempre diem...» mentre em posava una mà a l'espatlla (que jo m'espolsava molt discretament), preguntant-me davant dels altres un detall de la seva vida com si fóssim íntims i jo ho sabés tot d'ell. Els anys a Hollywood l'havien convertit en un mestre d'aquests equívocs. Recordo estar junts en un restaurant, o a la vista de tothom, i tenir la sensació que ens enllaçava una mena de química inversemblant, però que els altres s'empassaven perquè formava part de la lògica del personatge. Jo devia ser massa ingènua per donar importància a aquelles aproximacions, però la meva mare no, i la ballarina espanyola tampoc, i m'avisaven dels seus objectius o fins i tot provaven de parar-li els peus insinuant-li que era un vell verd. Llavors jo em posava vermella i treia ferro per no parlar-ne més. «Ja sabeu com és, no n'hi feu cas», frases així, com si el volgués excusar. Devia ser instint de supervivència, perquè em feia por que s'enfadés i llavors tot fos un desastre, però també he d'admetre que aleshores encara m'afalagava que estigués tan pendent de mi. Vet aquí el combat entre les meves inseguretats i les meves ambicions.

Més que seduir-me, en Xavier em va hipnotitzar a través del luxe i l'esplendor de la *high life*. Em va introduir en un món de fantasia, que jo només coneixia de les cançons i la ràdio, del cinema i les revistes que comprava ma mare, i m'hi va fer sentir tan a gust que no en volia marxar. Una nit que no actuàvem, va insistir a convidar-nos a la mare i a mi a un restaurant de luxe. A l'hora de les postres va venir a saludar-lo la Joan Crawford i jo, esclar, vaig quedar bocabadada. Feia més de vint anys que es coneixien, ell l'havia dibuixada uns quants cops, i es tractaven amb aquella intimitat que mai no saps si és autèntica o assajada —jo mateixa l'he cultivada després, de gran, amb alguns col·legues—. Afable en extrem, joiós d'ensenyar-me als altres, ens va presentar la Joan i jo no sabia què dir, més enllà del típic balbuceig d'admiradora. Però ella, per sort, no em va deixar sentir ridícula. Més que la bellesa, em va enlluernar la seva familiaritat, de dona a dona: parlava amb en Xavier tot mirant-me a mi, i era com si els comentaris picants que es dedicaven l'un i l'altra en el fons fossin un acudit privat, del qual per dins ens en rèiem juntes ella i jo. Aquella tènue frontera entre *riure's de* i *riure amb*. Aquesta escena, repetida en camerinos, restaurants, gales benèfiques i fins i tot al carrer, va produir-se després amb artistes com la Lana Turner, en Van Johnson o la Gene Tierney. Semblava que en Cugie tingués un imant per atreure estrelles. Jo em fregava els ulls i havia de reprimir les ganes de demanar-los un autògraf, tal com hauria fet només uns mesos abans, fins que va arribar un dia que m'hi vaig acostumar. De sobte em semblava la cosa més normal del món que en Humphrey Bogart vingués a dir-nos hola, i que fins i tot em dediqués una mirada penetrant de les seves, que semblava calibrar si jo era una altra conquesta fugaç o tenia algun futur amb aquell bufó simpàtic.

S'entén, doncs, que en aquest context fabulós enamorar-me d'en Xavier un dia va esdevenir l'única decisió possible, com si seguís el guió d'una pel·lícula, i a l'escena final hi hauria per força un casament. Encara que avui pugui semblar precipitat, en realitat tot va ser gradual, prou constant i prou lent perquè ens en féssim a la idea —jo i tots plegats, començant pels meus pares.

Després d'unes primeres setmanes infernals, amb l'orquestra rodant com una baldufa per diverses ciutats menors i malvivint en hotels de segona, a la primavera vam fer temporada a Nova York. Cantar cada nit al Waldorf, quin somni! Durant aquells dos mesos vaig tornar a viure a casa els pares i en Xavier es quedava al seu apartament a l'hotel. Amb aquest nou ritme laboral em podia desempallegar més fàcilment de la seva presència, no se m'imposava tant perquè només coincidíem als assajos i actuacions, però arribava a casa els pares i el contrast amb aquell ambient m'estabornia. L'olor opaca dels mobles vells, la catifa ratada, els ruflets del vapor sortint dels radiadors com d'una locomotora. I ja no diguem la regressió que significava aïllar-me al meu quarto com quan era una adolescent somiosa: els quadres de punt de creu penjats a la paret, la vànova blanca amb sanefes blaves d'inspiració israelita, el flascó de perfum barat a la tauleta de nit. M'estirava al llit, envoltada d'aquelles romanalles, i tot d'una trobava a faltar el rebombori emfàtic que envoltava sempre en Xavier. Massa silenci. Per combatre'l em posava a taral·lejar alguna tonada i dins el meu cap s'hi afegien els instruments, la música que creixia per omplir-ho tot. Mentrestant, a la sala, per fer-me contenta o per estovar el pare, la mare posava un disc de l'orquestra d'en Xavier Cugat i de sobte tot es tornava una cacofonia insuportable.

En aquell temps de Nova York ell ja havia intentat alguna aproximació seriosa. Al camerino, un dia que la mare havia sortit corrents a comprar-me unes mitges noves, va agafar-me dels braços i em va fer un petó als llavis que jo vaig rebutjar. Ell va insistir-hi, no es rendia fàcilment, aquest cop amb més suavitat, i mig penedida vaig acceptar-lo tancant els ulls. Un petó llarg, que em va fer posar vermella i que ell va intentar repetir, aquest cop amb la llengua que es volia obrir pas. M'hi vaig negar traient-me'l de sobre i uns trucs a la porta (el seu germà Enric) em van salvar. A partir d'aleshores van venir les indirectes perquè pugés a veure la seva habitació al Waldorf —tota sola, esclar—, o els rams de roses grogues que em feia portar al camerino, sense cap targeta (cosa que despertava la imaginació de la mare i s'inventava milionaris que em feien la cort), o el reguitzell de compliments que em dedicava a l'escenari, sempre puntuats per alguna insinuació que només captàvem ell i jo.

La meva capitulació principal va venir el dia que li vaig fer saber que finalment, després de molts precs, havia convençut els meus pares perquè em deixessin anar a fer temporada a Los Angeles. Amb la mare d'acompanyant, esclar. L'hi vaig dir després d'un assaig, quan els músics recollien els instruments, i en Cugie es va posar tan content que allà mateix em va abraçar i va provar de fer-me un petó. En un primer moment no vaig saber reaccionar, de tan inesperat que era al davant de tothom, però quan vaig notar els seus llavis humits me'l vaig treure de sobre, fent-me l'ofesa. Ell va retrocedir entre rialles. Quan ens vam quedar sols, vaig envalentir-me i li vaig dir que allò no ho podia fer perquè encara era un home casat. Jo em considerava una noia decent. Amb aquest error li vaig donar raons per seguir intentant-ho, li vaig oferir munició, i es va convèncer que, un cop divorciat de la Lorraine, la meva mare i jo li donaríem via lliure. I així va ser.

A l'Abbe, el matrimoni li va fer repensar què era la felicitat. Començant pel que havia de ser el dia més feliç de la seva vida, segons li deia tothom, i que va ser el més insuls i bromós. Es van casar en una suite de l'hotel Casablanca, a Miami Beach. No va haver de fer res, ni que volgués, perquè tota l'estona la seva mare, una tia i la senyora D'Morello la van agombolar. Tot d'una es va trobar vestida de blanc, amb una mantellina al cap i un petit xal de puntes a les espatlles que havien sortit d'algun aixovar familiar. Una colla de veus parlaven per ella i li deien que era la núvia més bonica del món, i aleshores la van deixar davant d'en Xavier i un jutge, i tota la cerimònia va durar deu minuts. Ho van celebrar amb un dinar al mateix hotel. Havia de ser una festa en la intimitat —aquest cop en Xavier no hi va voler músics—, però per art de màgia va aparèixer un fotògraf que va trobar-los el millor perfil quan tallaven el pastís (de quatre pisos). No li van haver de dir que somrigués perquè ja duia el somriure clavat a la cara des de bon matí. Anys després algú li va ensenyar una pel·lícula súper-8 d'aquell dia —havia oblidat que també els filmaven— i es va esfereir: aquella nena morena del sol de Florida, vergonyosa com un cabirol, ¿era ella de debò? Al seu costat en Xavier, amb un clavell blanc al trau, semblava que estrenés tupè i se'l veia ufanós, triomfant; algú els demanava que es fessin un petó i ella parava de seguida la galta perquè tot fos ben púdic. Quan brindaven amb xampany, mirava breument a la càmera, els ulls mig closos com si l'encegués una visió del futur, o potser només era l'anell de compromís amb el diamant. Hi havia una reticència i alhora una redempció en aquells minuts filmats —haver cedit finalment.

D'un dia per l'altre havia aconseguit tot allò que des de petita associava a les ganes de ser feliç. Cantar i ballar, sí, viatjar i veure món, sí, conèixer gent interessant, potser. La felicitat era la feina —i a l'inrevés—, però a estones li costava creure-s'ho. Ara era una noia casada i la mare ja no l'acompanyava, havia de bregar amb aquella mena d'inquietuds tota sola. El viatge de noces s'havia convertit en una gira d'actuacions sense pausa —i a l'inrevés— i certament s'emocionava a l'hora de trepitjar ciutats i països per primer cop. Era l'aprenentatge de la fama, i amb poc temps de diferència va conèixer dos presidents que la resta del món considerava abjectes i ella va trobar encantadors. A Cuba, on havien d'actuar al cèlebre Tropicana de l'Havana, els va rebre Fulgencio Batista, que es va abraçar amb en Xavier com si fossin amics d'infantesa. A Santo Domingo, la trobada amb Leónidas Trujillo va ser més formal, però en Cugie va sortir-ne eufòric. El dictador li havia ofert un contracte milionari perquè gravés un disc de merengues i els toqués als concerts durant dos anys: calia fer més popular la música nacional dominicana. Tots dos presidents van coincidir a felicitar en Cugat per la seva elecció tan excelsa —és a dir, ella— i des d'aleshores la sensació d'incomoditat es va ajuntar dins el seu record amb les imatges que veia de cua d'ull, quan els xòfers els portaven a l'aeroport i creuaven barris de gent pobra i digna, amb uns nens que els saludaven de lluny quan veien passar la comitiva de cotxes negres.

Aquest contrast entre privilegiats i marginals es va repetir durant la gira asiàtica, tot un esdeveniment que va durar dos mesos i mig. El Japó, Corea del Sud i les Filipines els van rebre amb una devoció que semblava religiosa, de tan excessiva i dislocada. Flaixos i reverències a dojo. Centenars d'ulls, en tot moment, volien xuclar-li la bellesa mentre els acompanyaven en multitud a tot arreu. Els dedicaven elogis que no entenien, en llengües estranyes, i després ballaven la seva música amb una expertesa que els desconcertava, com si fes anys que assagessin per no decebre'ls. En Xavier era el més ràpid de tots a pair la novetat, perquè també era qui més necessitava aquella escalfor.

—Això..., això és el futur —deia i repetia—, a partir d'ara vindrem més sovint, no cal patir.

Però allò no era el futur: allò era el passat rediviu, que ell experimentava com un present continu, la bombolla intemporal d'una mentida que no li costava gens de creure's.

L'Abbe no va trigar a entendre que la felicitat també podia ser una altra cosa, i no calia que en Cugie sempre estigués al seu costat. De fet, fins i tot potser era més fàcil perseguir-la en absència seva. Poc abans de marxar de gira per l'Àsia, havia fet una prova per als estudis Universal International, veiam «si la càmera l'estimava». En un primer moment en Xavier l'hi havia animat molt, quan encara era sobretot la seva descoberta, i fins i tot havia mogut fils entre els seus contactes al cinema. Després, en veure com el director li copiava l'entusiasme, s'havia refredat i de tant en tant alliçonava l'Abbe sobre la falsedat i la buidor d'aquell món superficial. Quan eren a Manila, enfilant els últims concerts de la gira, van rebre un telegrama de la Universal: li oferien un paper secundari en un western a Mèxic, donant la rèplica a Van Heflin i Julie Adams. Volien signar un contracte ja. L'esclat de joia va ser instantani, però aviat van sorgir els recels d'en Xavier, una ànsia indissimulada perquè hi renunciés: la música ja li donava tot el que podia voler, li deia, i ara una filmació alterava els plans de l'orquestra.

Ella, tendra i inexperta, va resistir bé aquell primer embat d'enveja. Durant un parell de dies va arribar a dubtar si el seu home no tenia raó, i una tarda a Manila es va escapar de l'hotel i va sortir a caminar tota sola —o és el que ella es creia, un guardaespatlles de l'hotel la seguia a distància—. Necessitava pensar, es deia, i l'atzar dels passos la va dur fins a un barri modest, de cases baixes i malgirbades, amb els carrers sense asfaltar i emmirallat de bassals. Es va fixar en el rètol cridaner d'un basar, al final d'un carrer, i s'hi va acostar. Tot caminant, al seu volt s'anaven reunint una colla de nens i nenes que li deien coses que no entenia, i l'Abbe els acariciava els cabells una mica perquè sí. Una nena li estirava el vestit i ella li va somriure tot retirant-li la mà dolçament; una altra li volia tocar el nas i es va ajupir perquè hi arribés millor, però després els altres nens la volien imitar i espantada es va posar dreta de nou; un nen sense samarreta li va regalar una fruita que no sabia què era, rodona i vermellosa, peluda, i per cortesia la va olorar i se la va guardar a la butxaca del vestit. Quan ja era davant del basar, la va sorprendre una gotellada tropical. En pocs segons les gotes queien a plom, grosses i fredes, i va córrer a refugiar-se dins la botiga.

No hi havia ningú més. Una noia la va rebre amb un posat submís i li va fer entendre que triés i remenés, tot estava en venda. L'Abbe va atabalar-se una mica perquè no portava diners, i el desordre d'objectes dins de la botiga, junt amb un ambient polsegós i de sobte enxubat, li va fer rodar el cap. Va tentinejar uns segons i es va recolzar al taulell. La dependenta li va portar una cadira de vímet i ella l'hi va agrair amb el gest incongruent d'ajuntar les mans, com si resés. S'hi va asseure i aleshores va distingir rere el taulell un bressol amb un bebè que dormia plàcidament. No es va poder estar d'acostar-s'hi i la noia va deixar anar un breu espinguet d'alegria. El nadó, prim i escarransit, potser massa abrigat, no es va despertar.

Passats uns segons de silenci contemplatiu, que només trencava l'estrèpit de la tempesta a fora, la noia la va fer seure novament i li va portar un got de te glaçat. Amb el primer glop li va venir un calfred i ara es va sentir com dins una campana de vidre, protegida. L'aigua regalimava pels vidres de l'aparador. S'hi estava bé allà dintre. La noia va agafar una revista d'un expositor i l'hi va ensenyar: ella i en Xavier sortien a la portada en una foto de promoció, l'havia reconeguda, i a la cara se li va dibuixar una expressió beatífica. Com si ho hagués entès, el bebè es va remoure al bressol i la noia el va agafar en braços.

Era una nena, tota vestideta de color rosa.

Llavors l'hi va deixar a la falda i l'Abbe la va aguantar rígida i maldestra, com si les mans no li obeïssin les ganes d'amanyagar-la. L'actitud amatent de la mare li va fer comprendre que n'esperava alguna cosa, una mena de benedicció. Va passar un àngel. L'Abbe va besar la nena al front amb un punt d'afectació teatral i l'hi va tornar. Un nou espinguet i la noia li va fer un petó al mateix lloc.

—*She's so beautiful, and so delicate. What is her name?* —va preguntar-li l'Abbe.

—*Maganda. But now she is forever Abbe.* —Tot seguit va assenyalar-li la panxa:— *You baby too?*

L'Abbe va fer que no amb rotunditat, seriosa de sobte. Allò només era un mareig passatger, treballava massa i menjava malament. Després, com per fer-li un regal, li va dir que si mai tenia una filla li posaria Maganda.

A fora havia deixat de ploure i les teulades degotaven, com si les cases suessin per l'esforç de mantenir-se dretes. Quan s'acomiadaven, la noia li va regalar una ombrel·la blanca, com de joguina, amb uns farbalans tot al voltant, que feia més per protegir-se del sol que de la pluja. Va sortir al carrer i no va tenir temps ni de desplegar-la, perquè el guardaespatlles la va cridar. Feia estona que havia avisat un taxi perquè els portés a l'hotel. Van fer el trajecte en un silenci tens. Des de lluny, només d'arribar, va veure que en Xavier era a la porta, mirant amunt i avall preocupat, i quan va baixar del taxi ell va acostar-s'hi de pressa. No sabia si renyar-la o abraçar-la, se'l veia indecís, i la pregunta li cremava a la llengua, ¿on has anat? Abans de dir res, no obstant, es va fixar que a la part baixa del vestit de l'Abbe, en un costat, s'hi havia escampat una taca d'un vermell fosc, com de sang. Es va espantar.

—¿Què t'ha passat? ¿Què t'han fet aquests bestiotes? —va cridar assenyalant-li la taca.

L'Abbe va trigar a reaccionar i només quan es va tocar el vestit va notar dins la butxaca la fruita d'aquell nen, matxucada, tot polpa dolça i llefiscosa. Per primer cop va sentir el plaer de tenir en Cugie subjugat, el seu home pendent d'ella, i el va abraçar amb sentiment.

—No és res —li va dir.

Més tard va pensar que aquella aventura solitària l'havia xarbotat per dins més que tota la gira asiàtica, i a l'instant va saber que faria la pel·lícula per a la Universal, sense discussió.

Quan miro enrere, tinc la sensació d'haver-me fet gran al cinema, a batzegades, creixent pel·lícula rere pel·lícula, i no al ritme d'una noia normal. Als disset anys jo cantava i ballava a l'orquestra del meu futur marit. Ens vam casar. Ell era una espasa per als negocis de la música, sabia vendre's com ningú i recollia els dòlars a palades. Els judicis amb les seves dues exdones li costaven una fortuna, però fins i tot això semblava que fos un hobby. Comprava cases i cotxes i obres d'art, i tot el que li venia de gust, volia obrir un restaurant amb el seu nom. Es cuidava de tot i jo no podia dir-hi la meva i em pensava que així era com funcionaven els matrimonis. Teníem una casa fabulosa a Hollywood i més tard vam comprar un dúplex a Nova York, un àtic que era com una torre de vigilància per damunt de la ciutat, però dormíem més nits en hotels que al nostre llit. A la primeria de casats, quan tornàvem d'alguna gira, ell obria la porta de casa i jo em sentia com una convidada. Els primers passos sempre eren dubitatius, em costava reconèixer la moqueta flonja, on era cada habitació, els interruptors dels llums, i fins que no obria els armaris i veia els meus vestits, tots ben afilerats i planxats per la minyona, no em sentia a casa meva. Quatre dies i ja havíem de marxar de nou, mai no veia com floria el jardí de Los Angeles, no tenia temps d'acostumar-me a res, sempre aquella sensació de provisionalitat que per a en Xavier era tan natural com l'aire que respirava. Amb els anys vaig arribar a la conclusió que la seva vida privada era la seva vida pública, eren del tot intercanviables, excepte per la dona que tenia al seu costat —durant uns quants anys, jo—, que l'ajudava a projectar davant dels altres la il·lusió d'una intimitat.

Vaig trigar a fer-me valdre, imposant els meus gustos en la decoració, per exemple, que eren molt millors que els d'ell, menys recarregats, o comprant objectes amb els meus diners, o encarregant rams de flors, o convidant la meva família sense consultar-l'hi abans, o muntant-li festes sorpresa que mai el sorprenien del tot. L'embat autoritari me'l va donar el cinema, ja ho dic, perquè allà en Cugie quedava fora de quadre i a mi m'oferien papers de dona seductora, que atreia els homes i els dominava i els feia patir. Era com un assaig per a la vida real, fins al dia que vaig gosar contradir en Xavier de debò i tot va començar a canviar. Jo devia tenir vint-i-dos anys. Estàvem a punt d'iniciar una sèrie d'actuacions a Nova York i, quan decidíem el repertori, ell volia recuperar unes quantes cançons passades de moda, com ara *La cumparsita* o *La violetera*. Tot i els arranjaments nous, a mi aquelles melodies se m'entravessaven a la gola com si m'hi fessin teranyines. Potser era un acte inconscient per part seva, però jo veia molt clar que s'aferrava a les velles glòries perquè tenia por del futur immediat. No li trucaven de Hollywood perquè ja no s'estilaven els musicals amb una orquestra al fons i ara tot l'escenari era per als ballarins i cantants. *Singin' in the rain*, *Carmen Jones*, *Guys and dolls*: aquell món li quedava tan lluny! Ens miràvem el repertori, doncs, i jo li insistia que havíem de cantar tonades i ritmes més moderns, que ell s'hauria d'aprendre, i per tallar la discussió em va etzibar:

—Fes el que jo et digui i tot anirà bé, Abbe, *darling*.

—No senyor —em va sortir de cop—. ¿Què t'has pensat? Quan es tracti de la meva feina faré el que jo vulgui. Respecto la teva opinió, Cugat, però tu respecta també la meva. I sí, aleshores tot anirà bé. *Darling*.

Amb escenes així, en què de cop creixia deu anys, amb el determini d'una dona agressiva, tots dos vam anar fixant la realitat que ens unia com a parella.

—Quan estiguem en públic no em diguis Cugat, que fa vell —em demanava—. Digue'm Cugie.

Abans he escrit una paraula complicada: *intimitat*. Hi va haver èpoques que estàvem molt ben avinguts, en Xavier i jo, i fins i tot diria que ens estimàvem. Així, sense matisar-ho gaire. Tot i la diferència d'anys, ens unia la intimitat que neix de la vida quotidiana, quan comparteixes tantes coses que se t'acaba imposant per insistència. I no serveix de res resistir-s'hi. Al principi et sorprèn, perquè no hi estàs preparada, sobretot si ets tan inexperta com jo, però després t'hi acostumes i, quan no la tens, la trobes a faltar. Te n'adones sobretot el dia que estàs sola i aquella absència agafa cos en detalls que a algú altre li passarien inadvertits. L'habilitat per encertar sempre quines arracades em quedaven millor, segons el vestit que em posés, i el pessic dolç a la natja després d'ajudar-me amb els botons de l'esquena. L'art de fer-me riure amb qualsevol xafarderia del vell Hollywood, quan veia que m'enyorava dels meus pares; o al contrari: quan ma mare em desesperava amb algun retret immerescut. La generositat a l'hora de donar propina als cambrers i la proximitat sincera quan tractava la gent senzilla. L'elegància amb què sabia oblidar qualsevol destret, superat l'enuig inicial. Coses així. Però un dels instants que més m'enamorava, un cop casats, era quan inesperadament es posava a parlar de la seva infantesa. Amb els ulls brillants de nostàlgia, no podia sinó recordar els anys que van viure tots els germans junts, a l'Havana i a Nova York, i era com si es desfermés de sobte una comporta que el seu ego contenia amb massa zel.

Excepte l'Enric, que treballava com a mànager nostre i ens acompanyava gairebé a tot arreu, jo coneixia molt poc els seus altres germans, en Francis i l'Albert, sempre per trobades ocasionals, i ja no diguem la Regina, que vivia amb els seus pares a Cuba. M'embadalia la felicitat pura que traspuaven aquelles escenes en família, quan m'explicava que es disfressaven per fer teatre junts, o preparaven vetllades musicals i d'òpera bufa al menjador de casa, i les recreacions d'en Xavier eren tan vívides, fins i tot recitant fragments d'aquelles obres, que m'imaginava el noi enjogassat i ebri d'atenció, intocat encara pel pecat original de la vanitat. Llavors, com si pogués fer encaixar dues peces de puzles diferents, m'adonava que tot allò havia tingut lloc en un apartament del carrer 180, molt al nord de Manhattan, potser a quinze minuts a peu de casa nostra, que era a l'avinguda Fort Washington, i com una idiota veia en aquella proximitat un indici del destí. ¿I si en algun moment, anys enrere, el violinista s'havia creuat pel carrer, o al metro, amb la nena que volia ser corista? Una mirada furtiva, un somriure imprudent: així, creient-me mentides com aquesta, aconseguia saltar la diferència d'anys i justificar una mica que la vida ens hagués ajuntat.

Però la intimitat encara, el sexe. El sexe, que per a en Xavier era la raó principal de tenir-me al seu costat. La resta potser només era adoració i paternalisme. Les primeres setmanes tot era ràpid i violent, perquè jo no sabia què fer i ell sí, i em pensava que així era com funcionaven els matrimonis. Quan ell en tenia ganes, és a dir molt sovint, m'esperava al llit despullat i de seguida venien els esbufecs mentre se'm ficava al damunt, maniobrava pesadament i s'escorria. A vegades ni arribava a entrar, tot ell es desfeia abans, sobretot si ja s'havia tret el tupè —no vaig establir mai una hipòtesi sobre aquest detall particular—. El cinema, en aquesta qüestió, també em va ajudar a créixer. Durant els rodatges algunes actrius més grans es reien dels homes i les seves obsessions, jo em ficava a la conversa i, com que sabien que m'havia tocat en Cugie, em planyien i m'aconsellaven sense pèls a la llengua. D'elles en vaig aprendre l'habilitat per fer-li gruar les estones de llit o fins i tot de dissuadir-lo, però també com desdramatitzar la necessitat de donar-se de tant en tant, sabent que el contrapunt era la recerca del plaer propi, amb ell o sense, alhora o després. També és veritat que la insistència d'en Cugie m'esgotava i al final acabava cedint perquè no pidolés tant. Més valien tres minuts d'aquella simulació i avall, perquè era com un tigre dels del circ: molts bramuls però sense urpes.

Tot amb tot, en les bones estones en què no ens discutíem i jo no havia d'estar alerta per les seves escomeses sexuals, admeto que la nostra vida privada arribava a ser força normal. Penso sobretot en la calma que venia després d'una nit llarga d'actuacions, quan deixes enrere els seguidors que et volen felicitar, puges a l'habitació de l'hotel i per fi tens una estona per a tu sola. Tots dos us descalceu, us desvestiu amb calma, us poseu roba còmoda, i mentre t'asseus a pentinar-te el sents que truca per demanar un ressopó al servei d'habitacions, i tria exactament el que ara vols menjar, et coneix els gustos. En nits així, quan l'atmosfera era propícia a les confidències i podíem parlar sense alçar la veu, jo li preguntava per les seves exdones, com eren, si les trobava a faltar, com se'n va enamorar. A vegades responia amb sinceritat i d'altres amb evasives; recordava anècdotes que no les deixaven gaire bé, o se'n burlava directament, i sempre acabava dient:

—Només volien els meus diners, Abbe, no com tu —i reia provocativament.

Aquesta escena li agradava molt, perquè tot seguit jo me li acostava amorosa per darrere, l'abraçava amb tendresa i li palpava les costelles, el greix tou com de peluix, i així feia veure que li buscava la cartera, i ell es deixava fer i reia de les pessigolles. Tot seguit, pensant-se que em faria patir una mica, m'explicava aventures amb artistes que l'havien volgut conquistar, sense dir-me si ho havien aconseguit o no, nits de flirteig picant amb la Mae West, o de gresca infinita amb la Carmen Miranda, i jo ho trobava massa fantasiós i no m'ho acabava d'empassar, també perquè tal com ell ho recordava tot semblava remot, en blanc i negre, com si l'heroi fos un altre Xavier, un avantpassat seu.

Aquesta mena d'harmonia, tanmateix, no es podia quedar quieta en un punt per sempre més, perquè els rellotges no s'aturen mai i tot el que puja, baixa, i a l'inrevés. Així, si primer jo era una cantant que acompanyava la gran Orquestra de Xavier Cugat, mencionada amb lletres minúscules sota el seu nom, al cap de poc la mida es va igualar, i un dia qui actuava ja era Abbe Lane, amb rètols lluminosos, acompanyada de l'orquestra del seu marit, que resultava ser en Xavier Cugat. El mateix passava amb els cartells de promoció: la meva foto creixia, la caricatura d'en Cugie es feia cada cop més petita. I amb les entrevistes igual, i les fotos dels magazines, i per descomptat amb les propostes de gravar discos amb altres músics, més joves i talentosos, que jo rebutjava a contracor com una deferència, una professió de fe —l'última claudicació que ell encara podia esperar de mi—. Amb el temps l'evidència dels fets (i les xifres als contractes, que ara ja signàvem separadament) li van fer acceptar la nova realitat, si et plau per força. I aleshores vam anar una temporada a Europa.

Tal com havia passat abans amb la gira asiàtica, aquell estiu del 1954 les setmanes a París, Roma o Barcelona van fer-los retrocedir en el temps i, de cop, en Xavier Cugat i la seva música tornaven a ser la sensació arreu on anaven, o així s'ho formulava ell. Lluny de les novetats d'Amèrica, en aquella Europa que maldava per refer-se dels estralls de la guerra, no era ben bé que en Cugie es rejovenís, sinó que el temps corria més lentament i ell tornava a lluir amb l'halo inextingible del seu Hollywood. Com si hagués sortit una estona d'una d'aquelles pel·lícules de l'Esther Williams o de la Rita Hayworth que tothom coneixia i adorava. Ell ho assumia d'una manera instintiva, perquè sí, i com si fos una transfusió de sang el seu caràcter s'expandia, s'inflava per poder ser de nou l'home famós, el portaveu global de la felicitat i l'alegria. Al seu costat, per contrast, l'Abbe tornava a semblar una noia ingènua i delicada, la bellesa que tots elogiaven perquè, ja se sap, en Cugie sempre ha tingut bon gust amb les dones i la seva tercera esposa és la més guapa.

Feia tants anys que en Cugat no trepitjava els teatres d'Europa que el desplegament per a la conquesta va ser colossal.

Tota l'expedició, amb músics, artistes de varietats, ballarins i cantants, més modistes, maquilladores i producció, la formaven seixanta-cinc persones. Finalment havia entès que els artistes negres donaven autenticitat a l'espectacle, el feien més cosmopolita, i així va contractar figures com el Quinteto Facundo Rivero, que cantaven clàssics cubans, o els Four Step Brothers, que convertien el claqué en una exhibició rítmica. Mai abans havia fet rodar tanta gent en una gira i, quan arribaven a les ciutats, impressionava veure'ls desfilar pels carrers. Per marcar les distàncies, ell i l'Abbe, i el seu germà Enric i la seva dona, s'hostatjaven en hotels de més nivell, on poguessin rebre la premsa i deixar-se fotografiar en un entorn de luxe.

Havien travessat l'Atlàntic amb el Queen Mary i la primera parada va ser a París: quatre nits actuant al *music hall* de l'Alhambra que eren com un escalfament, davant d'una colla de francesos que se'l creien perquè Maurice Chevalier l'havia saludat en públic. Després vindria Itàlia: Roma, Milà, Florència, Sanremo. De seguida van entendre que a Europa les distàncies es feien més curtes que als Estats Units, però els gustos eren menys uniformes. Els espectadors responien millor a les cançons de tota la vida, sobretot les de lletra dramàtica, que havien sentit tants cops per la ràdio, i seguien l'actuació amb una solemnitat religiosa, però quan els presentava un ritme nou com un txa-txa-txa o un merengue, demostraven més traça que els americans a l'hora de ballar, més imaginació en la disbauxa. En Xavier, com en un núvol, dirigia l'orquestra amb gestos massa complaents i distrets pel que demanava una locomotora d'aquella fúria, però era el que el públic esperava d'ell, i els músics més experts sabien corregir-li les distraccions momentànies.

Des de la primera nit a París, tanmateix, va quedar clar que la protagonista —l'artista que robava totes les mirades— era l'Abbe. Sortia a l'escenari al cap de tres o quatre números, quan el públic ja havia celebrat prou la figura d'en Cugie, i ell la presentava com la «bomba de Brooklyn». Els focus li perfilaven la cabellera pèl-roja amb una fogositat candent, com lava volcànica que et mors de ganes de tocar, tot i el perill. Quan sonaven les primeres notes d'una cançó i ella es posava a cantar i remenar els malucs, l'arravatament col·lectiu d'homes i dones ofegava la música uns instants, fins que l'orquestra s'adaptava al ritme dels cors desbocats.

Després, a la gira d'Itàlia, aquesta atracció encara es va intensificar. Al llarg de l'espectacle l'Abbe es canviava de vestit cinc o sis cops, i amb cada nou model el públic la veia més llatina, més con les seves estrelles nacionals. Quan arribaven a una nova ciutat, ella i en Xavier eren portada a tots els diaris. Pel carrer, als restaurants, els seus seguidors la cridaven pel nom —«Abbe, Abbe!»— i semblava que saludessin el cèsar.

—*Abbe, Abbe, sei bellissima!*

Ella es deixava complimentar amb una timidesa assajada. Al seu costat en Xavier s'ufanejava i intentava semblar més jove a través dels gestos, l'actitud desimbolta. Era un estiu molt calorós i s'obria un botó extra de la camisa perquè el veiessin més despitregat i mediterrani. Com tots els catalans, es pensava que parlava l'italià perfectament i tothom l'entenia, i els equívocs el feien encara més graciós. L'impacte va ser tal que, com a mínim a Roma, aquella tardor es deia que havien augmentat les vendes de perruquins i tupès. Mentrestant, als despatxos de Cinecittà, les fotos d'Abbe Lane ja corrien per les taules dels productors i els agents internacionals els informaven que també era actriu, havia fet dues pel·lícules i tenia un contracte amb els estudis Universal, la qual cosa encara esperonava més les seves ànsies de conèixer-la.

A Barcelona, on se'ls esperava el 15 d'agost, tot aquest circ va agafar una dimensió més sentimental, més a flor de pell. Havien d'actuar quatre nits seguides a la plaça de toros Monumental, en un espectacle que començava a les onze de la nit per evitar la calorada. Feia exactament vint anys de l'última visita d'en Xavier a Catalunya, aleshores acompanyat de la Carmen —la seva primera dona i exdona—, però aquest cop l'esdeveniment va transcórrer amb la prosopopeia que envolta la visita d'un cap d'Estat. El dia abans *La Vanguardia* havia anunciat l'hora de l'arribada i una gernació es va presentar a l'aeroport. En Xavier i l'Abbe van ser els primers a sortir de l'avió, amb un chihuahua als braços cadascun, i saludaven la multitud que els aclamava des de la distància. Els van rebre l'empresari Balañá i dues o tres autoritats menors que no feien vacances, i tot seguit, davant la insistència dels periodistes més àvids, van buscar una ombra i els van atendre a peu de pista. Només tenien preguntes per a en Xavier. Com es trobava. Quina seria la seva propera pel·lícula. Quants chihuahues portaven. Si visitaria altres llocs de Catalunya. Ell ho responia tot amb la traça de qui ho ha fet milers de cops, amb tòpics i anècdotes i esquivant malentesos, però quan li van preguntar per què havia trigat tants anys a tornar, va deixar anar la resposta que tenia preparada des d'abans de sortir de casa:

—Mai no havia tocat aquí amb una orquestra —va fer, rialler— perquè als Estats Units molta gent no simpatitzava amb el govern d'Espanya, però ara que els americans hem donat a Franco molts milions de dòlars, he vingut per si en recupero uns quants.

Alguns li van riure la broma, i una mà anònima el va empènyer per l'esquena perquè caminessin cap al cotxe. Ja n'hi havia prou, s'havien acabat les primeres impressions. Uns metres enllà, un xòfer els esperava amb les portes obertes d'un Cadillac negre. La comitiva de cotxes, voluminosos i lluents com si haguessin vingut directament d'Amèrica, més un parell d'autocars que transportaven tota la banda, va fer el camí del Prat fins a Barcelona acompanyats d'una corrua de motos i cotxes. Feia poc que s'havia estrenat *Bienvenido Mr. Marshall* als cinemes i la comparació era inevitable i fins i tot buscada pels organitzadors. Com que dins el Cadillac feia calor, van obrir les finestres i els motoristes més agosarats circulaven en paral·lel i s'acostaven a l'Abbe per dedicar-li galanteries. Mentrestant en Xavier, impacient i atrafegat, signava els contractes que li anava donant un secretari del senyor Balañá i discutien detalls de les actuacions dels propers dies a València i Madrid. De tant en tant alçava la vista, saludava els seguidors i treia el seu chihuahua per la finestra perquè l'acariciessin des de la moto, com qui fa una promesa a un santó.

Aquelles primeres hores van ser esgotadores. Els van portar a dinar a la Barceloneta i entre cullerada i cullerada d'arròs havien de signar autògrafs; en Xavier fins i tot va haver de fer una caricatura per a l'amo del restaurant. Als ulls de l'Abbe, tot aquell cerimonial tenia un punt esperpèntic. La divertia una estona però després la cansava, com ja havia passat a Itàlia, i començava a comprendre el via crucis que serien aquells dies al voltant del Xavier més català. Quan ja no podia més, en una pausa de la conversa va agafar-lo del braç perquè estigués per ella i, fent-se la nena malcriada, va demanar que anessin a l'hotel. Estava morta.

Igual que vint anys enrere, en Cugat havia exigit que els hostatgessin al Ritz. Durant el trajecte des de l'aeroport li havia semblat que Barcelona estava molt canviada, més caòtica i descurada que abans de la guerra. La façana de l'hotel, amb la marquesina a l'entrada, els finestrals endomassats i la seva aparença de noblesa parisenca, va temperar aquell desànim. El porter va rebre'ls amb una mitja reverència i en Cugat el va saludar en anglès, com si aquest fos l'idioma oficial dels hotels, però tot seguit va tornar enrere per fer-ho en espanyol. Llavors el va reconèixer, era el mateix porter de feia vint anys —i, si no ho era, s'hi assemblava molt—. Li va donar una propina suculenta, en bitllets de dòlar rebregats, i l'home va seguir-li el joc. Després va repetir els mateixos comentaris amb el recepcionista i el director de l'hotel, que es mirava amb aversió els dos chihuahues que corrien pel vestíbul.

Quan van pujar a la suite, una cambrera ja els havia desfet les maletes i guardat la roba als armaris. L'Abbe es va refrescar i es va estirar al llit per fer una migdiada. S'havien llevat molt d'hora per agafar l'avió i volia refer-se per al que vindria després, amb les proves de so de l'orquestra, a mitja tarda, i el debut a la nit. Es va adormir a l'instant. En Xavier es va descalçar i es va ajeure al seu costat, va aquietar-se, i aleshores li va sobrevenir una buidor inesperada, unes ganes de plorar que no feien per ell. Com si tot l'enyor que durant anys havia reprimit sense gaire esforç als Estats Units o voltant pel món, finalment sobreeixís en aquella cambra impersonal. A més, es va dir, ja era prou absurd que se li presentés precisament ara que per fi tornava a la seva terra natal. Potser no era enyor, potser només era cansament, estranyesa. Va tancar els ulls i va sacsejar el cap dos o tres cops per dissipar el desassossec, i llavors, com un borinot que pica obstinat contra un vidre, no va poder sinó reconèixer els impactes del retorn. A l'aeroport, una veu enmig de l'aplec de gent exaltada havia començat a entonar *L'emigrant* i durant uns segons se li havien afegit altres veus, cada cop més altes i ufanes, fins que uns guàrdies civils els havien cridat l'alto i la cançó s'havia afeblit enmig d'aplaudiments. Més tard, a l'entrada del restaurant de la Barceloneta, entre els passavolants que s'hi havien congregat, hi havia tres homes que el cridaven amb insistència, «Xavier, ei, Xavier, aquí». L'Abbe signava un autògraf a una admiradora i ha passat de llarg, però ell s'hi ha aturat perquè reconeixia aquell accent de quan era petit, la musicalitat en pronunciar el seu nom. Venien expressament de la Bisbal amb la furgoneta d'un d'ells, que és forner. Han sortit a les sis del matí, amb l'últim llonguet del forn, i ara són aquí per saludar-lo i regalar-li un pa de pagès.

—Té, Xavier, per tu —li deia un, mentre li donava el paquet embolicat—. I saluda el teu pare de part nostra, sisplau, que a la Bisbal ens en recordem molt d'ell. Per bé, eh, per bé!

Havia sigut molt amic del meu pare... I a la teua mare també, l'Àguila es deia, no?, dona-li records. ¿Estan bé? ¿Oi que són a Cuba o per allà aquells mons?

—Doncs la meva dona i jo —feia el seu amic— ens vem casar poc després que tu vinguessis a tocar a la Bisbal, en fot anys ja. Ho diem sempre. Ballàvem sardanes junts, i mira, allò que passa. Ara tenim una nena que ens estudia música a Figueres, i diu que vol ser artista. Jo li dic «ja pots comptar, artista», però la nena hi té afició, tu, molta, molta. Un dia te l'enviarem a Amèrica —reia—, a veure si ens l'espaviles.

—¿Quan tornaràs per allà dalt? ¿Quan tornaràs? —li preguntava el tercer, més reservat—. Mira que et trobem a faltar. I no et descuidis mai de l'Empordà, eh, ara que ets tan famós.

En Xavier havia tingut feina a seguir-los. Com que no li deixaven dir res, només assentia i els donava les gràcies. En el fons aquells tipus, tota aquella xerrera, ja els tenia clissats. Sempre que viatjava es repetien les mateixes escenes, amb els matisos particulars de cada lloc, però la cantarella en el parlar com dels seus pares ara el desarmava. Era això. L'atabalaven i alhora l'emocionaven. Era això, sí. Com a resposta, el fil dels pensaments li va anar dibuixant un horitzó on creixia la idea del retorn per sempre, per quedar-se. ¿On voldria que l'enterressin? Encara que visqués cent anys rodons, com era la seva intenció, bé s'hauria de morir en alguna banda. Anys enrere aquesta pregunta l'incomodava i la defugia sense contemplacions, i ara es va adonar que li feia pessigolles a la panxa, com si el borinot li anés per dins.

L'Abbe es va deixondir. Ell s'havia alçat i s'estava davant de la finestra, amb la mirada perduda al carrer.

—¿Encara hi ha gent a baix? —va preguntar-li des del llit.

—Sí, sí, i tant —va dir-li ell—, no se'n van. És que aquí m'estimen molt, ja ho veuràs.

Entotsolat, en Xavier havia trigat a respondre. Van ser només vint segons, però aquella pausa era tan inusual que l'Abbe va llegir-hi un pressentiment crepuscular, com si el seu cor s'hagués saltat un batec.

Deixeu-me bravejar una estona. Vaig fer una vintena de pel·lícules a Europa, sobretot a Itàlia, i unes quantes més als Estats Units. Vaig actuar amb Totò, amb Vittorio de Sicca, amb Peter Ustinov, amb Glenn Ford. He perdut el compte dels galans de cine que em van seduir de mentida, però també dels que ho intentaven de debò fora de la pantalla. Vaig ser pèl-roja, rossa i morena. Vaig ser esclava, dona de mala vida i metgessa. A les meves pel·lícules gairebé sempre passaven dues coses: en alguna escena el guió exigia de manera grotesca que sortís en roba interior, i en alguna altra escena volien que cantés i ballés un txa-txa-txa, un mambo, un bolero. «Una cosa va per l'altra», pensava jo, convençuda que la música em distingia entre tantes actrius guapes. Amb en Xavier fent-hi com de comparsa beneitó, vam presentar un programa de varietats a la televisió italiana, els diumenges a la nit, i els dilluns el sant pare Joan XXIII ens enviava emissaris del Vaticà per dir-nos que no se'l perdia mai, però que per favor anés menys escotada. Van arribar a censurar-me algunes actuacions perquè la meva forma de ballar els semblava massa eròtica —això a Itàlia, el país de les *maggiorate*, com si abans no els haguessin impressionat prou els moviments sinuosos de la Silvana Mangano quan ballava el bayón amb dos africans que eren com déus tribals—. Tot perquè jo venia dels Estats Units i portava dins meu el magnetisme de Hollywood, l'atracció pecaminosa que desfermava les baixes passions dels mascles. Vaig ser portada de revistes com l'*Oggi*, *Mascotte* o *Tempo* i els periodistes enginyosos parlaven de les tres eles: Lollobrigida, Loren i Lane. Només que la Gina havia tingut una criatura i no estava per pel·lícules, i la Sofia havia fet el viatge invers i ara treballava principalment a Hollywood. O sigui que durant una època jo vaig ser l'estrella més italiana del país.

Tots aquests fets que esmento, despullant-los del seu embolcall emocional, van tenir lloc al llarg d'una dècada fabulosa. Com a mínim per a mi. Ho dic amb la boca petita perquè, si miro enrere, m'adono que en aquells anys també hi ha escampats, com llavors que germinaven i creixien lentament, els senyals que van allunyar-me d'en Xavier i van fer impossible la nostra relació, fins al punt que me'n vaig haver de separar, artísticament i personalment: la seva gelosia, la dependència, la desconfiança, fins i tot l'enveja.

La ironia de tot plegat és que va ser ell qui va provocar-ho amb la primera gira per Europa, desitjós de l'escalf de les masses. ¿Què hauria passat, si ens haguéssim quedat als Estats Units? Qui sap, i a qui li importa. La realitat és que el 1955, un any després de veure'm actuar a Itàlia, uns productors de Nàpols em van oferir un paper en un drama musical. Al principi en Xavier va arrufar el nas, però la bona rebuda de la gira anterior era massa temptadora i el seu mànager va fer mans i mànigues perquè l'orquestra tornés a Itàlia i Espanya. Vaig filmar la pel·lícula a Cinecittà, després en va venir una altra, i més espectacles, i els programes per a la RAI que fèiem junts, i els anuncis televisius, i a mesura que creixia la meva popularitat, més portes se'ns obrien a tots dos. Més pel·lícules per a mi, més actuacions per al seu lluïment. Durant molts anys aquesta tràfec ens va fer repartir el temps entre Itàlia i els Estats Units, i a vegades manava la meva carrera i a vegades la d'en Cugie. Vam fer diners, ens vam comprar un apartament a Roma on passàvem llargues temporades, i els italians ens van adoptar com si fóssim uns parents que tornen a casa i s'han de cuidar. Ens feien entrevistes en parella, ens convidaven a festes tradicionals i a grans esdeveniments internacionals, ens donaven premis.

Dec ser la dona més fotografiada al costat d'en Xavier. A la platja del Lido de Venècia, em van proposar una sessió de fotos en biquini —un cos de vint-i-tres anys espaterrant, ho sé— i al final ell també va voler sortir a les fotos, amb gorra de mariner i espardenyes reixades. Fent autoestop amb faldilla curta, en una carretera romana, ell em recollia amb un Triumph descapotable. En un camp de golf, durant el festival de cinema de Venècia, jo posava com a model i ell treia el cap al darrere, en pantalons curts i unes cametes blanques. A l'estrena de *La dolce vita* de Fellini, a Roma, ell amb esmòquing i jo amb abric de pells i morta de fred. A les corrides de toros que tan sovint ens feien presenciar a Espanya, al nostre apartament de Roma, a l'hipòdrom, als set dels rodatges, als aeroports...

No puc negar que algunes temporades fins i tot vam fer plans de futur engrescadors, però avui quan em veig al seu costat en aquelles imatges sento un ofec que m'embafa. És com si només haguessin conservat l'agror soterrada, la tensió per dissimular les meves inseguretats, i no les bones estones que hi havia al darrere, les rialles sinceres, la complicitat de saber-nos en un joc que després criticaríem en privat. Només cal mirar-les amb detall: la meva postura i somriure eren cada any més forçats i mirant de dissimular el meu enuig, incòmoda amb el seu exhibicionisme infantil. En canvi, sempre que veig fotos meves de la mateixa època, quan ell no hi era, en rodatges i en sessions per a revistes, em veig més bonica i radiant, i el mateix em passa en les imatges de quan estic cantant i ballant, dalt d'un escenari: potser era a pocs metres d'en Cugie, però actuar era una forma d'alliberar-me'n i ser més jo.

Com que la meva agenda i la d'en Xavier eren cada dia més complicades, el vaig convèncer perquè em deixés agafar un mànager per a mi sola. La seva influència de seguida es va notar i, tot d'una, els diaris americans es feien ressò de la meva tirada entre els italians. Així, quan tornàvem als Estats Units per actuar a les grans sales que ja eren com casa nostra, ens convidaven a participar junts en concursos televisius o en programes com el xou de l'Ed Sullivan o el d'en Red Skelton. Els agradava l'exotisme de comptar amb uns americans que venien de triomfar a la vella Europa —dit així a l'engròs— i, a més a més els aportàvem un rerefons morbós: ja feia uns quants anys que en Xavier i jo estàvem casats. «Increïblement», pensava tothom, «el tercer matrimoni d'en Cugie aguanta ferm malgrat la diferència d'edat», i això redoblava l'afecte que ens tenia el públic. Ens havíem convertit en una raresa, vet aquí. Recordo que una revista de renom va publicar un reportatge sobre parelles famoses que es portaven molts anys, sempre amb l'home més gran, i ens va posar al costat de Mel Ferrer i Audrey Hepburn, Porfirio Rubirosa i Odile Robin, Charles Chaplin i Oona O'Neill. En Xavier em va ensenyar la pàgina tot cofoi, com si la llista confirmés que érem part d'una elit romàntica.

Tot això, esclar, era el que ell volia exposar a l'aparador de la nostra vida en comú. La felicitat conjugal. A la rebotiga, en canvi, la relació amorosa estava cada dia més podrida per les nostres trajectòries divergents. Me n'adonava sobretot quan tornàvem a Itàlia, o fèiem un salt per passar uns dies de vacances a Catalunya. Perquè la realitat és que, mentre jo creixia com a actriu, en Xavier anava quedant més i més arraconat, més captiu del seu passat, encallat en un personatge. El rei de la rumba. El gran cercatalents. El padrí de la música llatina. El dibuixant de les estrelles. Altiu i orgullós de tota una vida rebent compliments merescuts, no podia o no volia adonar-se d'aquest gir cada cop més llastimós, i l'abraçava amb entusiasme. Mentre hi hagués algú que el reconeixia i lloava, el truc li era útil.

A Itàlia, sempre que participava en algun acte públic, tot sol o al capdavant d'alguna orquestra, en Xavier trobava l'ocasió per ensenyar un dels seus gossets, acariciar-lo i dir amb aquell italià tan peculiar:

—*Che simpatico, eh!*

De tant dir-la a tot arreu, la frase es va convertir en el seu lema, i la gent l'hi repetia en públic quan el veia —i ell, content—. No s'adonava que era un pas més en la seva fossilització de personatge paròdic, gairebé com un ninot de ventríloc de si mateix. En canvi, als Estats Units, potser perquè la seva trajectòria abraçava més d'una generació, la caricatura tenia moltes cares i el seu predicament no dequeia: en Cugie seguia sent algú que feia parlar en molts fronts i en qualsevol moment et podia donar una notícia. Com un funàmbul que fa rodar molts plats alhora, el seu nom apareixia sovint en demandes per danys i perjudicis, disputes interminables amb exdones, contractes revocats per mal ús del seu nom, negocis ruïnosos i projectes quimèrics que ell defensava amb una il·lusió encomanadissa.

D'un temps ençà, a inicis dels anys seixanta, hi havia una novetat que li donava encara més presència pública, més fins i tot que els concerts, i és que de sobte feia un gran negoci amb els discos. Ara moltes cases tenien tocadiscos, els joves es barallaven amb els seus pares per qui triava la música, i quan guanyaven els pares una alternativa eren els *longplays* del gran Cugie, que els picava l'ullet des de la portada o els motivava al costat d'una noia sensual. Els seus discos tant sonaven de fons un matí de diumenge tranquil de primavera en un barri dels afores, mentre l'home regava el jardí i la dona preparava uns martinis, com eren la banda sonora d'una festa nocturna d'hivern entre acadèmics, o de matrimonis que es reunien per parlar de l'últim ballet que havien vist al Lincoln Center i emborratxar-se de ponx mentre se sentien com en una escena de *Breakfast at Tiffany's*. En aquesta nova fase en Xavier havia canviat de discogràfica i, motivat per l'enèsima renovació del seu estil, ara actualitzava el txa-txa-txa, el mambo o la bossa nova per vestir-los amb ritmes més sofisticats i elèctrics. Ho aconseguia repescant velles cançons que li havien donat renom, com *My shawl* o *La cumparsita*, i apropiant-se d'èxits recents com ara *Fly me to the moon* gràcies als arranjaments amb ritmes llatins. Com que l'onada li era favorable, els vells contractes li permetien recuperar gravacions antigues, barrejar-les, moure el seu catàleg de manera que sempre hi havia alguna nova recopilació d'en Cugie al mercat.

A vegades l'Abbe cantava dos o tres números dels discos nous —i llavors era ella qui sortia a la portada—, junt amb altres intèrprets convidats, però la majoria de discos eren instrumentals, d'un escoltar més fàcil i ambiental. De tant en tant, doncs, mentre ella quedava reclosa a la bombolla d'un rodatge en algun poble perdut d'Itàlia, ell viatjava unes setmanes a Nova York o Chicago per gravar o mesclar un nou disc. La crítica aplaudia aquest Cugat que plantava cara als nous temps, no com altres col·legues seus, i ell n'hauria d'haver estat content, però la llunyania li omplia el cap de mals pensaments, la seva imaginació travessava rabent l'Atlàntic i els seus recels infundats es concretaven en tot d'aventures sexuals rebuscades, en què l'Abbe li feia el salt, li posava les banyes i totes les metàfores que vulgueu. En aquestes qüestions tenia una imaginació fecunda, en Xavier, i molta por de perdre la seva dona. El seu contraatac, aleshores, era deixar-se veure amb alguna altra noia a la nit novaiorquesa, o filtrar als seus periodistes afins que aviat faria un càsting per trobar una nova cantant. Misèries. A vegades tot arribava a ser tan ridícul que l'un i l'altra s'hi recreaven buscant els límits i es barallaven a distància, a través de les entrevistes que concedien.

—Quan surto a l'escenari —el provocava ella—, hi ha homes del públic que em miren com si fos un plat d'espaguetis i fes un any que no han sopat.

—Que algú m'expliqui com es pot tocar el violí a Filadèlfia, quan la teva dona està filmant amb Marcello Mastroianni a Roma! —s'exclamava ell. En realitat l'actor a qui es referia era l'Ugo Tognazzi, però al públic americà l'impactava més que l'adúlter fos en Mastroianni, que tenia més nom i era més guapo. Fins i tot en les sospites la seva ment era creativa.

El refugi per al seu malestar era retreure'm la gelosia que li feia sentir, com una provocació meva que li despertava un monstre. Jo estava curada d'espants perquè coneixia aquest defecte des del primer dia, com si l'hagués inclòs en els seus vots al casament. Amb els anys i els escàndols, fins i tot l'havia convertit en un tret del seu personatge, que exhibia en públic, fent-se l'ofès, com un joc que en el fons ressaltava la nostra diferència d'edat. Era esperable —volia fer entendre— que al costat d'una dona tan bella se sentís gelós. A Itàlia els periodistes regionals, àvids de titulars, van publicar que estàvem a punt de separar-nos. En Cugie llegia la notícia i se'n burlava obertament: de cap manera creia que allò fos possible. Separar-me, jo? I on aniries tu, pobreta? Però aquesta mena de maquinacions van deixar de ser inofensives quan vaig tenir més reconeixement que ell, i de sobte es van convertir en un camp minat entre nosaltres.

Una vegada, quan filmava a Madrid, vam enganxar-nos en una discussió d'aquelles que sorgeixen de matinada, quan estàs més cansada, i que són les pitjors. Feia poc jo havia participat en un disc d'en Tito Puente, a qui ell considerava un dels seus deixebles preferits, i fins i tot havíem gravat dues cançons amb arranjaments d'en Cugie. De bon principi li havia semblat una bona idea, ho veia com una mena d'homenatge, però per dins el rosegava el corc de l'enveja —jo l'hi notava— i més a partir del moment que va veure la portada del disc: una foto meva, molt sexi, que semblava una insinuació del títol, *Be mine tonight*. De sobte el missatge era més clar que l'aigua: l'havia enganyat amb en Tito, i no tan sols musicalment. Llavors una nit tot allò va esclatar per no sé quina rucada i en

Cugie va descarregar sobre meu una bateria de retrets que feia temps que covava. Jo ja els havia sentit mil vegades i no en feia cas. Que si no series res sense mi, que em fas ombra i jo no m'ho mereixo, i altres deliris de diva atrotinada. En una altra ocasió jo hauria fet com si sentís ploure, però aquell dia estava exhausta, portava moltes hores de rodatge i per tallar-ho de rel li vaig engegar:

—Doncs si n'estàs tan tip, Cugie, serà millor que ens separem. La vida és massa curta per gastar-la amb baralles, sobretot per a tu que ja tens una edat.

Què vaig haver dit. El meu to calmat i condescendent encara el va enfurismar més.

—¿Separar-nos? Ni pensar-hi. Això no passarà mai! Treu-t'ho del cap i posa-t'ho als peus. Ara que ja tens tot el que volies, no em deixaràs, no t'ho permetré!

La seva reacció em va exasperar i em vaig envalentir:

—Ah sí? Doncs ara me'n vaig i ja no em veuràs més. Bon vent i barca nova, Cugie —vaig cridar mentre em dirigia cap a la porta. En ple rampell d'ira va tallar-me el pas, em va agafar pel canell i per dominar-me em va clavar una estrebada tan forta que vaig perdre l'equilibri i vaig anar per terra. Vaig quedar-me immòbil, en estat de xoc. Va passar un minut de quietud i desesperació, mentre jo em desfeia en sanglots muts i ell em mirava, entre fatxenda i afligit d'haver anat massa enllà. Els dos gossos es pensaven que jugàvem i ho celebraven amb els seus lladrucs aguts.

—Estàs cansada i has perdut els nervis, Abbe —em va dir finalment, i em va ajudar a aixecar-me—. Vaja, tots dos els hem perdut. Pren-te una pastilla i mira de dormir, demà serà un altre dia.

Abans que jo pogués dir paraula, em va deixar sola i ell va baixar al bar de l'hotel a prendre's un whisky, a veure si també es tranquil·litzava. Jo vaig pensar: «Aquesta escena ja l'he interpretat en alguna pel·lícula».

Vam haver de posposar una setmana el rodatge perquè no em trobava bé. Vam dir que era esgotament, una vida massa intensa, però la realitat és que tenia el cos adolorit i m'havien sortit uns blaus al canell que no volia que me'ls veiés ningú. Després, quan vaig tornar als estudis de filmació, les meves ganes d'actuar i el pas dels dies va apaivagar-nos i vam fer veure que oblidàvem tot aquell daltabaix. Però el meu avís ja estava fet, havia pronunciat l'amenaça en veu alta, i ara jo també sabia que, quan em volgués separar d'ell, hauria de lluitar. Vaig decidir que aviat, un dia o altre, tot cauria pel seu propi pes, de tan madur —i així va ser, encara que el drama d'última hora no me'l vaig estalviar.

Cap al final de tot, jo no parava de treballar a Roma i va arribar un punt que en Xavier em feia nosa i em provocava vergonya aliena. Quan no preparava un nou disc, obligat per les exigències dels contractes amb les discogràfiques, passava els dies desvagat, cavil·lant projectes massa inconcrets o pintant quadres en un estudi que havia llogat. Si se'n cansava, apareixia pels rodatges per esperar-me i xerrar amb el personal. Semblava un marit jubilat. Sí, tot havia canviat quan jo vaig entrar a la trentena i ell a la seixantena, o dit d'una altra manera: quan jo vaig començar a sentir-me adulta i segura dels meus passos, i ell, desconfiat i dubitatiu. Per cada any que jo vivia plena de joventut i de color a la cara, ell semblava que n'avancés dos cap a la decadència. Ara ja no em feia plorar mai. Jo guanyava fàcilment les nostres discussions i baralles, com si ell ja no tingués ganes de competir, i encaixava les meves queixes sense capficar-s'hi.

Per entendre-ho millor s'ha de saber que el meu exmarit no podia tenir fills, ni ell ni cap dels seus germans, i la veritat és que jo havia crescut amb la idea de formar una família. Fins i tot quan m'havia casat amb ell, tan ingènua, tan criatura, en algun racó del meu ànim havia acceptat inconscientment que un dia els nostres fills creixerien amb un pare massa vell per pujar-hi a collibè, o per passar-li la pilota de beisbol al jardí de casa. Molt d'hora, tanmateix, quan tot just feia uns mesos que dormíem junts, ja em va dir que ell no era «fèrtil», amb aquest diagnòstic que abans ja havia liquidat dos matrimonis. En aquell moment jo vaig fer com si res. Vaig desar la frustració per més endavant, encara no em pertocava, i em vaig dir que la carrera musical era el més important. No ho vaig comentar a la meva mare, tanmateix, i això vol dir que em guardava la recança ben endins, i que un dia o altre hauria de sortir.

De fet, la necessitat no va aparèixer de cop, sinó que es va anar manifestant a poc a poc, en detalls més previsibles, com ara la meva mare preguntant-me quan la faríem àvia, o simplement quan m'embadocava davant dels nens dels altres: no era estrany que l'ànsia sobtada em retornés a la memòria una imatge recurrent, d'una nena que havia agafat en braços anys enrere, en una botiga de rampoines a Manila.

No em vaig fer càrrec que allò era un error que calia esmenar fins uns quants anys més tard, a Itàlia, cap al 1962. Coincidint amb l'estrena d'una pel·lícula de moral distesa, com en deien aleshores, els productors em van aconsellar que per contrarestar la meva imatge participés en algun acte de beneficència, i una tarda —acompanyada de les càmeres del noticiari cinematogràfic— en Xavier i jo vam visitar un orfenat en un poble muntanyenc del nord de Roma. Ell va tocar el violí davant una colla de nens i nenes que el miraven amb uns ulls grossos i curiosos, fent rotllana, i jo vaig cantar amb ells dues cançons infantils, mentre al meu darrere unes monges seguien el ritme picant de mans. Durant la visita del centre, sempre amb una càmera que ens seguia, van portar-nos a la sala dels nadons, i aquell va ser el senyal d'alerta. Hi havia una dotzena de bressols amb criatures de diferents edats, bebès que havien nascut feia pocs dies en un món desemparat, criatures de bolquers que dormien amb una placidesa de cadell ben alletat i d'altres que es removien neguitosos, com si ja intuïssin l'abandó de la mare. L'olor dolça de llet, roba neta i pólvores de talc, amb el concert de balbucejos i ploricons i sonalls per calmar-los, m'embriagava i a penes podia seguir les explicacions de la mare superiora. Sense entrar en gaires detalls, ens descrivia com arribaven i com se n'anaven, els processos d'adopció, l'afecte que els agafaven i la barreja de pena i emoció quan finalment els veien marxar amb alguna família.

—No t'hi acostumes mai —ens deia. En Xavier seguia la conversa de lluny, al seu aire, i de tant en tant s'acostava a un bressol i, si el bebè estava despert, li agafava la maneta i li feia ralet ralet esperant una rialla.

—¿Estan tots batejats? —vaig preguntar a la mare superiora.

—Sí, sí, per descomptat, aquí no els falta res —va fer. Després en un to més baix com de confidència em va preguntar:— ¿Vostès tenen fills?

—No, no. Encara no.

—Doncs ja ho sap.

A la tornada, dins el cotxe, en silenci tots dos, la meva petició surava implícita en l'ambient, però en Xavier em va obligar a dir-la en veu alta:

—Tots aquests nens tan macos... ¿No et venien ganes d'agafar-ne un i emportà'ns-el?

—Quins acudits —va respondre ell—. La feinada que tindríem.

—No, ho dic de debò, Cugie. Estic segura que, si ho demanéssim, ens donarien la criatura de seguida. ¿A tu què t'agradaria més, un nen o una nena? A mi em costaria triar.

—Un nen, jo sempre hauria volgut un nen, però ara ja és massa tard, *darling*. A la meva edat no pot ser.

—Doncs no sé com ens ho farem, perquè un dia o altre jo encara en vull tenir, de fills —em va sortir així, pel broc gros.

Per tota resposta va sacsejar el cos com si li vingués un calfred, i es va posar a taral·lejar una cançó mentre mirava per la finestra. El xòfer, que havia entès de què parlàvem, em va picar l'ullet des del retrovisor.

Com funciona la memòria, oi? En el meu record, aquella conversa breu és inseparable d'una altra de mesos després, dins un altre cotxe. Si agafàvem vacances i anàvem unes quantes setmanes a la seva terra, en Xavier es tornava de caràcter més bonhomiós, i estimar-lo era més fàcil. El mar de la Costa Brava m'agradava molt, amb aquelles platges reservades i el paisatge de roques agrestes, i sempre ens instal·làvem uns quants dies a l'Hostal de la Gavina, en un lloc privilegiat que es deia S'Agaró, no sé si avui encara existeix. Per ell era com viure al paradís. Parlava la llengua de la infantesa, se sentia estimat, alternava amb les celebritats locals i donava conversa als estrangers que el reconeixien. De tant en tant, llogava un cotxe amb xòfer que ens portava a voltar per pobles encantadors i dinàvem en restaurants que, només de veure'l, li feien reverències. Els dies eren senzills, a S'Agaró, i li despertaven l'anhel d'una existència immutable, per això durant una d'aquestes sortides, una tardor especialment benigna, dins el cotxe va deixar caure que s'estava rumiant de comprar una casa per aquells verals.

—Plantar arrels i quedar-nos a viure aquí, Abbe, amor meu. ¿Què et sembla? Tu podries seguir treballant a Itàlia, que és tan a prop, i de tant en tant tornaríem a Amèrica per veure els nostres amics i parents. Faríem algun concert al Copacabana, o al Ciro's, només per divertir-nos i no perdre la pràctica.

Em va mirar esperançat, l'ull engrescat, a veure com reaccionava. «¿Amics i parents?», vaig pensar. Em parlava com si jo també tingués seixanta anys i només vaig saber presentar-li un somriure moix, esforçant-me perquè no em sortís massa distant. Amb tota la seguretat li vaig dir una mentida:

—Sí, i tant, ¿per què no? Seria molt bonic.

El drama de la separació. El fet és que només va ser un drama per a ell, i encara gràcies, perquè la pena li va durar ben poc i al cap de tres mesos ja anava amb una altra. Tal com es va produir, amb tot el suspens indispensable per a les grans decisions, jo ho vaig viure més aviat com si m'escapés d'un segrest que havia durat molts anys (i sé que exagero, però què carai, doneu-me aquesta satisfacció). Diguem que vaig veure una porta ajustada i, tal com havia planejat més d'un cop, em vaig escapar. I, seguint amb la fantasia, diguem que d'un temps ençà ell ja no es cuidava tant de vigilar la porta. Perquè el cert és que, tot i que davant del món seguíem sent la parella ideal, i dotze anys junts començava a ser un rècord a Hollywood, els últims mesos ja fèiem vides més separades, amb els mínims acords de feina i personals, rarament sexuals (tot i que ell no en perdia el desig). Sense saber com, la dinàmica quotidiana ja no ens lligava tant com abans. Jo no havia tornat a mencionar els fills perquè era inútil, però ho tenia al cap com una prioritat i, d'una manera natural —potser eren coses de l'edat—, ell s'ensumava que no valia la pena resistir-se a l'evidència.

L'any 1963 vam fer gira per Espanya, actuant sobretot a Catalunya, i a les entrevistes semblava que somiés en veu alta: «Si no fos per l'Abbe», deia i repetia, «jo ja no faria música. M'agrada més pintar, i em podria permetre viure aquí i no fer res més en tot el dia, però l'Abbe encara vol actuar i per això segueixo, per ella». Era el seu últim cartutx i potser esperava que em convencés la gent, per insistència, però jo ja havia pres la decisió de no viure a Catalunya. De fet mai m'havia passat pel cap, realment, i d'altra banda feia temps que amb el meu mànager no acceptàvem més projectes que vinguessin d'Itàlia. Els bons directors com Antonioni o Pasolini no em trucaven, això ja estava clar, i cada cop em sentia més ridícula a les pellícules que m'oferien, on les insinuacions eròtiques es tornaven més i més grolleres i denigrants. A casa, a Nova York, les revistes parlaven de feminisme i mentrestant els periodistes destacaven sobretot el meu *sex appeal*. No, jo volia triomfar al meu país com a actriu i com a cantant i, de passada, anar-me traient la disfressa de dona objecte llatina que m'havia fet vestir en Cugie.

La seva altra estratègia desesperada era fer-me regals. El nostre últim Cap d'Any junts, acabats de tornar d'Itàlia, el vam passar a Chicago, actuant a l'hotel Palmer. Aquells dies hi feia un fred glacial i gairebé no sortíem de l'hotel, i una nit em va regalar un abric de pells de xinxilla. Me'l va donar després de sopar i per emprovar-me'l em va fer sortir al carrer, on hi havia mig metre de neu. De sobte va aparèixer un fotògraf que ell havia avisat per caçar la imatge d'aquell os *grizzly* i l'endemà, veient les fotos al diari, vaig saber quant li havia costat la broma: vint-i-set mil dòlars! No sé on deu parar avui, aquell abric de pells tan denses que els gossets s'hi camuflaven, perquè fet i fet només me'l devia posar mitja dotzena de vegades. A finals de gener vam començar una petita gira pel Carib, a Puerto Rico, Veneçuela i l'illa d'Aruba, i certament allà no me'l vaig emportar. Me'n recordo d'aquelles actuacions perquè van ser les últimes que encara m'estimulaven una mica. Al davant hi teníem un públic nou, verge, que ens rebia amb unes ganes de passar-s'ho bé que als Estats Units ja havien caducat, convertides en una rutina. Sobretot a Aruba, aquesta sensació de novetat era tan palpable que, en un parell d'hotels, els recepcionistes no ens reconeixien i, quan veien que compartiríem habitació, ens la donaven amb dos llits perquè es pensaven que érem pare i filla.

Com que en Xavier no sabia estar-se quiet, tornats del Carib ens esperaven una colla d'actuacions repartides pel nostre país. Jo ho veia com una estratègia per tenir-me lligada i em feia una mandra infinita viatjar per acabar sempre amb el mateix repertori, els mateixos solos exòtics de percussió, les mateixes bromes suades. Cada minut perdut amb ell m'allunyava d'un futur en solitari que jo m'afigurava com una recompensa per tot el que havia aguantat. Per no parlar de les estones mortes, hores i hores en ciutats que la meva indolència veia totes iguals, anodines i desavinents. ¿Qui volia tornar a tocar a Pittsburgh, Knoxville o Wilmington? O Hot Springs, Arkansas, ja que hi som, perquè precisament aquest va ser l'escenari de la meva evasió —o defecció, segons com es miri.

Estava previst que dilluns comencéssim una sèrie de gales en un club de la ciutat i en Cugie va marxar el dia abans per acabar de polir quatre detalls. El mateix dilluns al matí jo m'havia de trobar a l'aeroport de Nova York amb l'Enric, el seu germà; volaríem junts fins a Little Rock i d'allà en cotxe fins a Hot Springs —però jo no em vaig presentar a la cita—. Quan l'Enric va aconseguir localitzar-me, unes hores més tard, li vaig fer saber que no hi aniria, que ja no cantaria més amb l'orquestra i que, tal com tothom intuïa però volia ignorar, allò s'havia acabat. Allò volia dir tot. Nosaltres. Tot. Que ho comuniqués a en Xavier, ja parlarien els nostres advocats, i per posar una mica més de distància li vaig fer saber que me n'anava a veure els meus pares a Miami.

Com que no hi havia temps per trobar una cantant que em substituís, van haver de cancel·lar els concerts i, en ple atac de pànic, aquella tarda en Xavier va fer circular una nota de premsa. Hi deia que jo havia patit «una lleugera crisi nerviosa» que no em permetria actuar, i tot seguit, per intentar desactivar els rumors, posava la bena abans de la ferida i deia: «Ja ha sortit gent que diu que això és sospitós, però no hi ha hagut cap baralla matrimonial. La pobra criatura no ha pogut aguantar un ritme de feina tan fort i s'ha ensorrat. Ni tan sols hi ha hagut cap baralla. Diumenge al matí agafaré un avió i aniré a veure-la».

Era la seva manera de negar la realitat, inventar-se'n una de nova que li convenia més, i per descomptat el diumenge no va aparèixer a Miami. Per si de cas jo ja havia marxat i m'havia encastellat al nostre apartament del carrer 56, a Nova York, després de canviar el pany. De fet, no el vaig tornar a veure fins quinze dies més tard, una nit que va intentar entrar a casa —quan jo i ma mare ja dormíem— per fer-me'n fora. Típica reacció histèrica i melodramàtica, més destinada a fer soroll que no a trobar una solució. Eren les tres de la matinada i de sobte, al rebedor de casa, hi érem jo i la meva mare (amb bata de dormir), tres policies desorientats, un serraller que no sabia on ficar-se, un advocat endormiscat, en Xavier i el seu germà Enric. Enmig de tot plegat, una pluja de retrets i amenaces de judici que va durar sis hores i es va esllanguir per pur cansament, amb el compromís dels nostres advocats d'arreglar-ho civilitzadament. Dotze anys enrere, tot havia començat amb un assalt de matinada de la seva exdona Lorraine, en un hotel de Chicago, i ara ell ho volia acabar semblantment.

Em resisteixo a afegir-hi més detalls perquè tot això és sempre molt pesat i no vull prestar-me a la sonsònia legal que tant feliç el feia a ell. M'estimo més recordar que, quan vaig aconseguir deixar-lo enrere, ell tenia seixanta-quatre anys i jo n'havia de fer trenta-dos, la meitat. Em reconforta creure que me'n vaig allunyar abans de veure'l decrèpit o convertit del tot en una paròdia de si mateix, i sé que amb el pas del temps ell m'ho va agrair, perquè el meu comiat també li va donar vida. Primer el va deixar quiet en un instant, com embalsamat, però el seu cor seguia bategant a bon ritme i durant anys va semblar que el personatge no canviava gens ni mica.

Els artistes populars com en Cugie saben ser cursis, no tenen por de la sensibleria perquè se'ls perdona. Al principi, cada cop que em presentava en societat tot presumint d'intuïció i bon gust, sempre deia: «Vull un aplaudiment per a aquesta criatura deliciosa que es diu Abbe Lane i només té divuit primaveres». Deia divuit primaveres, dinou primaveres, vint primaveres... Després va deixar de dir-ho perquè l'hi vaig demanar. La fórmula, tan untuosa, m'obligava a semblar una floreta innocent. Va arribar un punt que, cada cop que ho deia, jo pensava: «¿Vint primaveres? Més aviat sis o set, al principi, i set estius més, i tres o quatre tardors, i la resta un llarg hivern que de tant en tant m'ofereix llambregades de sol radiant, esclats de llum càlida, i para de comptar». Per això, quan tot ja estava dit i fet, i no hi havia marxa enrere, vaig sentir el mateix alleujament de quan em desmaquillava cada nit després d'actuar: treure'm capes i capes de la màscara per tornar a ser jo mateixa —en aquest cas, potser, per ser-ho per primer cop.

10. Ciutat sense nens

Torno a ser jo, el vostre dilecte narrador sense nom (encara), deslliurat ja de la màscara de l'Abbe, i ara vull recordar que, quan feia unes quantes dècades que seguia les peripècies d'en Xavier Cugat Mingall de Bru i Deulofeu i etcètera, se'm va acudir que podria escriure una novel·la basada en la seva vida. Santa innocència. La vella temptació dels periodistes. Acostumats al comerç diari amb les paraules, arriba un dia que volem passar a l'altre cantó del mirall. Com si fos la cosa més fàcil del món. La decisió sol portar a dins un pinyol bord, que ha anat creixent a repel de la vocació: no hi ha ningú que tingui un tracte tan habitual amb les alegries i les misèries humanes, ens diem, el viver se'ns renova cada dia i el nostre instint està entrenat per destriar els fets que atraparan el lector. Només cal posar-s'hi i adornar-ho amb això que en diuen estil, assegurem amb un punt de menyspreu pels novel·listes —uns creguts i uns desagraïts—, com si el periodisme i la ficció fossin dos parents que sempre es discuteixen a les reunions familiars.

Per estrany que sembli, la idea de dedicar una novel·la a la figura d'en Cugie em va venir poc després d'haver-li fet de negre de la seva autobiografia, amb aquell títol proclamant que la rumba era la seva vida. I reconec que en l'origen hi havia una set de revenja. La barra que va demostrar a l'hora d'obviar uns fets i destacar-ne uns altres en benefici propi m'admirava, però alhora em feia sentir còmplice d'un abús i me'n volia resquitar. (Avui sé que en el fons va ser un curset accelerat en l'art de l'enganyifa, i l'hi agraeixo.) Quan va córrer la notícia que es divorciava de la Lorraine Allen, vaig dir-me que m'enfilaria a l'onada de l'escàndol i em vaig posar a gargotejar. Per separar-ho de la feina de periodista, vaig oblidar-me de la màquina i escrivia a mà en una llibreta nova. Vaig començar per la premonició del seu naixement amb el segle, l'1 de gener del 1900 a la plaça de l'Oli de Girona, i vaig amanir-ho amb algunes estampes d'un pare emfàtic i una mare abnegada, tal com jo me'ls imaginava en el tombant de segle en una ciutat petita. Aviat, però, els meus records es van barrejar amb la seva biografia. De sobte ens trobàvem tots dos en un vaixell que havia salpat de l'Havana, encara adolescents, i en Xavier m'obligava a desviar-me per parlar de mi, i no d'ell, com una estratègia per evitar que jo m'apropiés de la seva història exagerada. Mentrestant, a unes quantes cantonades de la meva llibreta, en un teatre de Broadway, ell coneixia l'Abbe Lane i en pocs mesos la va fer debutar i s'hi va casar, i aquella vivacitat em va fer comprendre que era massa d'hora per recloure'l dins el límits d'una novel·la. El meu heroi s'aixecava de nou. Fent veure que em compadia d'ell, vaig tancar la llibreta i vaig concedir-li una treva.

Van passar dotze anys, que de seguida és dit. Ja he escrit abans que jo vivia feliç al meu apartament del London Terrace, a Nova York, i seguia a distància els camins de l'Abbe i en Cugie, mentre acariciava el chihuahua invisible que ell m'havia regalat i jo havia reregalat. Estava atent a la progressió meteòrica d'ella i la davallada constant d'ell, però la meva inquietud musical necessitava més estímuls. El camí que en Cugie havia ajudat a obrir per als músics cubans i porto-riquenys ara es propagava en estils que volien innovar a partir de la tradició. Es mesclaven amb el jazz, renovaven els orígens africans, feien excursions melancòliques als sons de la seva infantesa. Com a crític curiós que volia estar al dia, no donava l'abast. Vaig veure en Machito i els seus Afro-Cuban Boys al Birdland (els millors!) i en José Curbelo al St Rocco's, i els dos Titos

—Puente i Rodríguez— al Palladium, i en Pérez Prado traient petroli del mambo, i en Charlie Palmieri, i la pachanga d'en Johnny Pacheco, i el trio de la Margarita Lecuona, i tants altres que segueixen tocant dins la peixera de la meva memòria.

En lloc de barrejar-me amb el públic frenètic, ara els observava des de la talaia que em donaven els meus seixanta anys de periodista. Era fascinant comprovar com tots aquells músics s'imposaven sense el filtre de la blancor burgesa i dels grans salons d'hotel. Ho duien a la sang i al davant hi tenien un públic més obert, que es lliurava complaent al ball desfermat i llicenciós de la salsa, el mambo, la guaracha o el merengue. En aquest panorama, en Cugat feia la viu-viu sobretot gravant nous discos, que jo comprava fidelment, com *Cugi's cocktails* o *The king plays some aces*. Els escoltava i li reconeixia les ganes de renovar-se, però el veia com un d'aquells clavells de plàstic que s'havien posat de moda i decoraven les cases benestants: perfectes en els colors i la forma, feien bonic i no es marcien mai, però tampoc no feien olor.

Amb aquestes impressions com a teló de fons, més la meva experiència del tracte amistós amb en Cugat, no em costava interpretar els senyals que tant ell com l'Abbe donaven a la premsa, o quan els van entrevistar junts al xou d'en Hy Gardner. Les ganyotes d'ella, la falsa seguretat d'ell. Es veia d'una hora lluny que la relació trontollava, i jo em deia que la gelosia és un mal incurable. Quan l'adeu de l'Abbe va ser definitiu (i un punt humiliant per com es va produir el mutis), em vaig dir que aquest cop sí, ara sí, el Xavier de seixanta-quatre anys havia tocat fons. Em posava al seu lloc i sentia per ell una pena fonda. Era com si la meva solitud acceptada de solter llibertí, que enfocava els anys de la vellesa amb un bagatge d'amant normalet, amb una proporció raonable d'encerts i decepcions, de cop assumís com a propi el daltabaix d'en Cugie.

Vaig provar de trucar-li per fer-li saber que aquí hi tenia un amic, però ningú agafava el telèfon. Quan finalment vaig localitzar la senyora D'Morello, va informar-me que, amb els papers del divorci mig arreglats, estava a punt d'anar-se'n a Espanya per gravar un programa a la televisió i actuar en unes quantes gales que li fessin pujar l'autoestima.

—Ja ho veu, escampa la boira i s'emporta la Fran Jeffries com a substituta —va dir-me. Jo vaig deixar anar un xiulet d'admiració—. Sí, però estigui tranquil que no passarà res. Abans de marxar la noia ja ha dit a tothom, començant pel mateix Cugie, que no hi ha cap interès romàntic. Només vol cantar i tornar cap a casa. Diners fàcils.

—¿I quant de temps seran fora?

—Dues setmanes. Però jo estic resant perquè el iaio s'hi quedi per sempre, veiam si em puc jubilar d'una vegada —va dir.

Amb aquella fugida endavant d'en Cugie, com ja era habitual, vaig imaginar-me un home vell, derrotat, perdut, desolat, un home en l'ocàs d'una carrera. Tornava a la terra natal com un rei que torna de l'exili, per anar-hi a morir, i aquell mateix vespre vaig decidir que era hora de reprendre el meu projecte de novel·la.

No havia passat ni una setmana que arribaven notícies de Madrid. Ruc de mi, inútil, sembla que no el coneguis, em vaig dir. En Xavier havia descobert una noia en un teatre, que interpretava un paperet a *La nit de la iguana*. Se n'havia encaterinat a l'instant i, després de fer-li una prova, se l'emportava als Estats Units per fer-la triomfar. Es deia Charo, Charo Baeza, i ja havien signat un contracte per debutar a finals d'estiu al Latin Quarter de Nova York. A la foto d'agència que publicaven els diaris americans hi apareixia una noia petitona, de cabellera rossa espessa, nasset arromangat i ulls foscos, mirada trapella, i que a tot estirar tenia disset anys, potser setze. Si no era una Lolita, li sobrava ben poc. Un mes més tard, quan encara m'estava recuperant de l'ensurt, una nova foto al diari d'ells dos —amb les galtes ben juntes com dues tórtores— anunciava que es casarien aviat. No feia ni sis mesos del daltabaix matrimonial i, segons en Cugie, havien pres la decisió perquè l'Abbe ja s'havia promès amb un altre (i tu vols convertir-ho en una competició, vaig pensar, a veure qui es casa abans). Des de la foto, amb la pipa a la mà, el bigotet ben retallat, el front ample que sortia d'un tupè nou de trinca, en Cugie semblava dedicar-me aquella mirada de mostela que ja li coneixia. Allà mateix vaig saber que la seva realitat superaria sempre la meva ficció, amb escreix, i vaig abandonar definitivament el projecte de novel·la.

Amb el seu debut, la Charo va envestir el públic del Latin Quarter com un toro desbocat. Aquella nit la cantant estrella del nou acte de l'orquestra era la Betty George, i també els acompanyava Jack del Rio, «el virtuós dels bongos». Tot i que no sortia al programa oficial, uns dies abans en Cugie havia anunciat una primícia: faria un forat al xou per a la seva última troballa, la Charo de Bru (la va batejar així, amb el cognom que ell havia fet servir de jove com a caricaturista). Molts s'havien acostat al Latin Quarter més per tafaneria que per interès musical, amb una actitud irònica i fins i tot morbosa, i damunt l'escenari s'hi van trobar un huracà. Aquella noia era diferent de tot, el que feia era vell i nou alhora, entre la broma i la performance, i els va deixar tan descol·locats que només van saber elogiar-la amb desmesura. Atret pel rum-rum d'alguns col·legues —i per la pruïja professional— m'hi vaig fer convidar la tercera nit. Tot i que ja no escrivia regularment, en aquest cas vaig proposar un servei especial per al *Daily News* i me'l van acceptar. Sempre he cregut que escrivint m'apropiava més fàcilment del que veia.

Només d'arribar a l'LQ, em vaig instal·lar en una taula racónera —la dels crítics o dels mafiosos— i la primera sorpresa va ser que en Xavier em va rebre amb unes festes majúscules, com si tingués al davant el president dels Estats Units. Encara no s'havia mudat per al xou i duia un polo de ratlles blaves i blanques horitzontals, per semblar més jove, que li marcava els sacsons de la panxa.

—*Amigo del alma*! —va cridar, i després d'abraçar-me es va fer enrere per repassar-me de dalt a baix—. T'has engreixat, no? Ai, la bona vida. I et veig més vell, em sap greu dir-ho.

—Fa tres anys que no coincidíem, Cugie. Què vols. Com que sempre vas amunt i avall.... I han passat moltes coses, sobretot per tu —vaig gosar pitjar-li la panxa amb el dit, assenyalant-lo, i ell no va reaccionar—. Però sí, m'estic quedat calb, sí.

—¿Un consell? Posa't tupè. O perruquí. Hi guanyaràs molt —va fer en to de confidència, i ara fou ell qui em va prémer la panxa amb el dit. Després es va deixar de romanços:— Ja m'han avisat que avui tindríem la teva estimada companyia. No hi podies faltar. El que veuràs aquesta nit et deixarà bocabadat, i només és el principi. Aquesta nena, la Charo, és pura dinamita. El seu anglès..., el seu anglès és encara molt pobre, d'acord, però no hi fa res perquè ho supera amb un talent innat. Divuit primaveres tan sols! He tingut un mes per polir-la i el resultat és es-pec-ta-cu-lar.

—¿I és veritat que us casareu? —vaig interrompre'l per aturar aquella torrentera d'elogis i marcar distàncies. Al capdavall algú encara em podia reconèixer com a periodista.

—Sí, sí, i tant —va dir convençut—. ¿Saps què? Vine un migdia a casa nostra, al Lombardy, i t'ho explico mentre ens preparen uns còctels. Al final me l'he quedat jo, l'apartament. La senyora Abbe Lane el volia tant sí com no, però no m'ha donat la gana de cedir-l'hi. Aquest cop no. Ella s'ha endut els dos chihuahues, pobrets meus, i una milionada de dòlars que no ho vulguis ni saber. —Va fer una pausa i novament en to de confidència:— ¿L'has anat a veure ja, a ella?

L'Abbe actuava aquells mateixos dies a l'altre cantó de la

ciutat, al Persian Room de l'hotel Plaza, i alguns diaris ho presentaven com un combat a distància. Abbe vs. Cugie.

—No, encara no —vaig preferir enganyar-lo—. Últimament surto poc. Ha de ser alguna cosa realment especial. En fi, gràcies per la invitació. Ja parlaré amb la senyora D'Morello pels detalls de la visita.

—No, la senyora D'Morello m'ha abandonat. S'ha retirat. De moment, aquestes coses me les porta el meu germà Enric. Parla amb ell, ja el coneixes. —Tot seguit va fer via cap al camerino, però quan ja marxava encara es va girar i, mentre feia com si escrivís a màquina, imitant-me, va dir en un xiuxiueig i amb la boca ben oberta:— Charo, Charo, Charo.

Guardo un retall de l'article que vaig dedicar a la Charo i en podria recitar de memòria més d'una frase. El vaig escriure aquella mateixa nit, en calent, agullonat pel seu mesmerisme. No ben bé admirat. La primera impressió era que al darrere hi havia les arts d'en Cugie, com un d'aquells xarlatans que fa un segle passejaven fenòmens i rareses de la naturalesa per les fires de poble. Ara bé, veient actuar la noia, t'adonaves que tota ella era intuïció, innocència i una proximitat lúbrica que funcionava com a esquer. Aquella nit va cantar quatre cançons que no podien sonar més imprevistes i desbarrades. Les dues primeres, acompanyant-se de la guitarra, com a mínim eren en la seva llengua —*España cañí* i *La cucaracha*— i després va atacar una versió molt festiva del *Hava naguila* (sí, en hebreu) i encara una cançó en francès que vaig ser incapaç de reconèixer. El que et guanyava, tanmateix, era la seva forma de moure's: una barreja de ball flamenc, dansa del vel egípcia i contorsions del *burlesque*. Genial. Insòlit. Era una sex-symbol i alhora una paròdia de sex-symbol, i en un mateix minut et mostrava l'agitació desinhibida d'Ann-Margret, que aleshores triomfava arreu, i la malfiança d'una gitaneta bruta i extraviada amagant-se rere una guitarra enorme. Tot això, parlant un anglès fracturat i monosil·làbic que acabava sent la part graciosa de l'espectacle.

Aquella nit ja vaig veure en essència els fonaments de la carrera posterior de la Charo, els defectes i virtuts que després va saber millorar per enlairar-se i convertir-se en la famosa noia *cuchi-cuchi* que tothom volia a la seva festa.

Vaig deixar passar dues setmanes, esperant que hagués oblidat el meu article no del tot elogiós, i vaig anar a veure en Xavier a casa seva. M'hi havia compromès i, encara que em feia mandra, per dins em corria el cuquet de la indiscreció: volia conèixer millor els termes de la seva relació amb la Charo. Em costava de creure que, un cop més, hagués seduït una noia que podia ser la seva neta. Jo, que només era dos anys i mig més gran que ell, sabia que a la nostra edat la bretxa entre la realitat i el desig es fa cada cop més insalvable, i el patetisme és una amenaça constant.

El porter del Lombardy em va anunciar i vaig pujar fins al pis vint-i-u, l'àtic dúplex que l'Abbe Lane no havia aconseguit arrabassar-li. Em va rebre a la porta una noia que s'assemblava a la Charo, només que era més alta i de faccions més suaus i serioses, sense la tensió de voler agradar. Vaig descartar que fos la minyona, per com anava vestida, i ens vam comunicar amb el seu anglès de paraules soltes i les meves quatre frases d'espanyol. Es deia Carmen i era la germana gran de la Charo, que l'havia acompanyat en aquella aventura, i de moment s'estaven totes dues «en casa de Javier». Ho va dir en un to vacil·lant i formal, que em va portar el record de la senyora Lassman, la mare de l'Abbe Lane, l'espelma que vigilava les males intencions del sàtir Cugat. Jo esperava que en qualsevol moment fes aparició la Charo, una torrentada d'efusions, però la Carmen em va dir que encara dormia i que en Cugie era a l'estudi del pis de sota, pintant. Em va guiar per un laberint de passadissos, vam baixar unes escales i va trucar a una porta. Abans que s'obrís, em va dir adeu i se'n va anar.

Jo m'esperava trobar un Xavier vestit d'artista, amb una bata plena de taques de pintura i els pinzells a la mà, però em va rebre perfumat i empolainat com si hagués de sortir a l'escenari. El seu somriure de dimoniet, el tupè impecable, la distinció inherent. Al seu voltant, una colla de quadres recolzaven contra les parets de l'estudi, de mides diferents i a vegades en doble fila. Al cavallet n'hi reposava un d'inacabat, on s'intuïa el bust d'una noia de trets ametllats, nua, cabellera negra contra un fons d'un verd selvàtic.

—Es dirà «Noia balinesa» —va dir tot assenyalant-la—. És un record que tinc. Ella i aquests altres quadres aniran a l'exposició del gener a les galeries Hammer. Has de venir al vernissatge. El meu amic Dalí la beneirà amb la seva presència.

Vaig felicitar-lo i em vaig posar a mirar els quadres amb atenció, obligat per les circumstàncies. No hi entenc gaire, però tots em semblaven iguals. De colors vius, amb escenes populars i poca-soltes, recordo uns mariachis que dormien sota un sol imponent, uns ballarins de flamenc, un venedor de globus, toreros. Gent que li resultava propera i familiar. Mentre jo feia la meva, el vaig sentir que trucava per telèfon al bar del Lombardy i demanava que li pugessin dos old fashioned. Em va mirar:

—Em tanco aquí perquè la Charo no em deixa beure —i, canviant de tema, em va etzibar:— ¿Què, quin et quedaràs? Perquè me n'has de comprar un, eh? Si te'l quedes ara, abans que passi per la galeria, et sortirà més barat.

—No sé què dir-te —vaig fer—. És que m'agraden tots. Amb això de pintar sí que no et faria pas la competència. ¿Amb quin estil et sents més identificat? Perquè això no és ben bé abstracte, ni naïf.

—Jo en dic pintura feliç. Uns fan cubisme i jo, cuguisme.

Vam riure. Van arribar els còctels. N'hi havia quatre. L'hi vaig fer notar.

—És el meu secret amb el bàrman. Sempre el doble del que li demano. —Vam brindar per la nostra amistat. El primer xarrup de l'old fashioned va tenir un efecte enardidor, com sèrum de la veritat, i li va desfermar la llengua:— Tot això que veus, els quadres, la pintura, és el que ara m'interessa i m'omple de debò. La música va quedant enrere, ja no tinc esma per pensar nous arranjaments, ni em surten tan fàcilment com abans. I els músics joves són uns terrossos que només volen tocar coses modernes. ¿Oi que tot costa molt més ara? ¿No et passa a tu? —Vaig fer que sí, i això el va animar a obrir-se més.— Tota la separació de l'Abbe em va afectar molt, m'ha costat de pair-ho perquè jo no sé perdre, no he perdut mai, i em pensava que ella era una dona diferent, per a tota la vida —se li van humitejar els ulls; parlava a poc a poc, com si estigués sol i repassés un monòleg en veu alta, sospesant el got a la mà—. No n'he estimat cap com ella. Però el que ens ha passat m'ha obert els ulls a fi de bé. Pensa que vaig estar a punt de quedar-me a la meva terra i no tornar mai més a Amèrica, i encara no ho descarto.

Jo m'ho apuntava tot mentalment, confirmant la meva llista d'intuïcions, i al mateix temps creixia dins meu una estima per la feblesa que deixava a la vista. Amb el segon còctel, vaig gosar burxar-lo una mica:

—¿I la Charo, què? Alguns col·legues meus, que ja saps que n'hi ha de molt malpensats, es pregunten què va ser primer: si el contracte per cantar amb tu o l'amor que acaba en casament.

—¿Què va ser primer, l'ou o la gallina? Aquesta noia em fa riure, ves, em dona més ànims i energia que tres o quatre d'aquests —va sacsejar el seu got llarg—. Ja la vas veure, no hi ha qui la pari. A part que és molt intel·ligent i guapa. I molt jove: té divuit anys! ¿Què faríem nosaltres amb divuit anys? Ara l'Abbe va dient a les entrevistes que jo era massa vell per ella; doncs mira, potser és que ella era massa vella per mi. ¿Ho veus? Per això també ens hem promès amb la Charo, per fer bullir l'olla, i ens casarem a Las Vegas, al Caesar's, perquè se n'assabenti tothom. Alguns diran que això és un casament de conveniència, ja ho sé, i que ella i jo, res de res al llit, però tant me fa, amb el dubte en tinc prou. Ens uneix una mena d'amor, digue'n com vulguis, però si ens casem serà pels papers i perquè el govern no la persegueixi quan guanyi molts diners. Perquè això vindrà, seguríssim. I et dic una cosa: amb la Charo estic molt tranquil perquè no em farà sentir mai gelós, que és el meu mal. Això s'ha acabat pel Xavier Cugat d'ara. És més: quan ens convingui, potser faré veure que estic gelós, perquè és el que la gent espera de mi, i ella i jo ens en riurem a la cara.

El timbre del telèfon ens va interrompre. En Xavier va respondre i era la Charo. Li demanava si podia pujar perquè havien d'assajar una cançó nova. Per un moment vaig pensar que em convidaria a l'assaig per conèixer-la a ella, però no ho va fer. Vaig entendre que allà era on s'acabava la nostra trobada i que, després de les seves confidències, potser l'incomodaria que els veiés junts en privat. Tot just penjar el telèfon, la transformació va ser immediata i tornava a tenir al davant en Cugie, el personatge. Em va semblar més robust i galtaplè.

Em va fer sortir per una porta que donava a un replà, sense passar pel pis de dalt. Quan ja marxava, em va preguntar:

—Per cert, ¿com està aquell chihuahua que et vaig regalar anys enrere?

Vaig dubtar uns segons (¿quants anys vivia un gosset d'aquells? ¿I quants anys feia que me l'havia donat?) i me la vaig jugar:

—Bé, bé. Comença a estar vellet com nosaltres, però t'envia molts records!

Ja al carrer, vaig celebrar com una victòria que m'havia escapolit de comprar-li cap quadre. Aquella mateixa tarda, arribant a casa, vaig agafar un llapis i en un full qualsevol vaig començar a dibuixar una monja i un capellà, imitant l'estil d'en Cugat. Em va semblar molt fàcil, com si ell em guiés la mà.

Si després d'aquella visita al Lombardy m'haguessin fet apostar quant durarien les relacions entre en Cugie i la Charo, no els hauria donat més de tres anys, fins que ella aconseguís el permís de residència. Soc un jugador nefast i ho hauria perdut tot, perquè, com a mínim oficialment, el matrimoni va resistir tota una dècada i més. El meu error de càlcul naixia d'un prejudici —veia la Charo com una noia frívola i amb el cap ple de pardals, i no ho era—, i tampoc no em creia que aquella aliança de mutu benefici es basés en un vincle familiar, més de pare i filla que no de marit i muller. S'hi afegeix, a més, que els contractes els havien fet gravitar cap a la costa oest, fluctuant entre Los Angeles i Las Vegas, i allà tothom estava més disposat a acceptar l'excentricitat que representaven i fins i tot a celebrar-la sense fer gaires preguntes.

Vivien en un món paral·lel i jo m'havia quedat estancat a Nova York. Seguia amb curiositat les noves tendències musicals, feia vida reposada, i tanmateix sempre que llegia notícies d'ells dos m'agafava una recança per no haver estat més valent per buscar-me una alternativa, una mena de passadís secret que —tal com havia aconseguit en Xavier— em dugués a un lloc on envellir no signifiqués claudicar definitivament. Al meu voltant els senyals m'indicaven el contrari: els periodistes de la meva quinta es retiraven perquè estaven malalts o cansats, com la Louella Parsons i en Walter Winchell; d'altres es morien inesperadament, com el meu amic Chamoiseau (pícnic, os de pollastre), o perquè ja els tocava, com la Hedda Hopper. Noves veus heretaven el seu verí, però no l'elegància en la ploma.

Jo ja havia fet els setanta anys i em veia a mi mateix com un captiu del present, que en una ciutat vibrant com Nova York se t'imposava cada dia. Les protestes per la guerra del Vietnam, les revoltes racials a Detroit, l'assassinat de Martin Luther King, el moviment dels drets civils, l'estiu de l'amor i la gresca dels hippies: participava a distància de la ràbia i l'alegria col·lectives, m'escalfava la sang, però era difícil trobar una vàlvula d'escapament a mida. El meu entregent acabava sempre al mateix carreró sense sortida: les converses insubstancials amb els cambrers a la barra d'El Quijote, o amb els porters i ascensoristes del London Terrace; el sopar ocasional amb un vell company de fatigues (que es trobava igualment desplaçat i ens lamentàvem junts); les visites a la família en dies assenyalats com Acció de Gràcies o Hanukà; les discussions amb mi mateix a casa, després d'una tarda al cinema o llegint *A sang freda*. ¿Mudar-me cap al nord de l'estat, en una caseta de fusta d'un poblet bucòlic, començar a anar a missa els diumenges i menjar cada dia pastís de poma? M'estimo més la soledat urbana que la rural, em deia. Aquest pessimisme corrosiu s'estava convertint en una cuirassa contra el món i, quan n'era conscient i me n'avergonyia (perquè jo sempre havia estat a favor de la felicitat), l'antídot era envejar la sort d'en Xavier, fent la viu-viu en ciutats dominades per la fantasia com Hollywood o Las Vegas.

El déu dels periodistes solitaris es devia compadir de mi, perquè un matí, a primera hora, la meva germana em va enviar una nota del tot inesperada, dient-me que em vindria a visitar per dinar —ella que no s'aventurava mai més avall del carrer 42— i així, sense voler, va capgirar-me la vida com un mitjó.

Arribats a aquest punt, algú potser em retraurà que fins ara hagi parlat poc de mi mateix, i jo li diré que s'equivoca. Fins ara m'he deixat veure a través de tots aquests homes i dones (i gossos) i alhora ells han parlat per boca meva. Els meus cent tres anys es descomponen en els milions d'instants que he compartit amb ells, o en què els he prestat la meva atenció, i és com si recollís totes les miques i miquetes d'aquelles escorrialles i amb paciència les anés entreteixint per fer-ne un tapís bigarrat. Al revers de la trama hi soc només jo, movent els fils, i així vaig allargant els meus dies. No us penseu pas que ho faig pels altres, no; soc egoista i per sort no repapiejo. Ho dic perquè encara tinc unes quantes coses per explicar fins que arribi la transfiguració final. En canvi, sí que potser he parlat poc de la meva família més directa, així que ara m'esmeno la plana i aniré per feina.

¿Recordeu el coronel canadenc pacifista i la meva mare? Van viure anys llargs i venturosos, i van tenir l'encert de triar Montreal per afrontar el seu declivi. Jo els visitava quatre cops l'any, un per estació, i m'hi quedava el temps just per no avorrir-nos els uns als altres. Els cuidava una assistent hongaresa, guapa i eficient però una mica curta de gambals, que en una de les meves últimes visites se'm va ficar al llit i no li vaig saber dir que no. També era la meva parella quan, havent sopat, jugàvem al rummy —no guanyàvem gairebé mai— i es feia evident l'únic defecte que m'irritava del meu padrastre, tan bona persona: comentava les jugades en francès, com si fos un llenguatge en clau que només entendria la mamà. Una de les vegades que l'orquestra d'en Cugat actuava a Montreal, diria que al Quebec Coliseum, els vaig enviar entrades perquè hi anessin a ballar; la mamà em va trucar l'endemà, tota enriolada, per dir-me que en Cugat i jo ens assemblàvem molt, fèiem els mateixos gestos, i que veiam si atrapava una dona tan «intel·ligent» com l'Abbe Lane. El coronel va tenir un atac de feridura el dia que feia vuitanta-vuit anys, mentre bufava les espelmes del pastís, i encara va respirar una setmana, ara hi soc ara no; al llit de mort va confessar a la mamà que al front havia capturat un soldat italià, un nen realment, i l'havia deixat escapar per no haver-lo de matar, i que per això no havia volgut anar mai més a Itàlia, per por de trobar-se'l pel carrer. La mamà va sobreviure al coronel només tres setmanes. Va morir afligida i malalta de pena —«mort natural» deia l'informe mèdic— i recordo una conversa amb en Xavier en què em va contar que a Cuba als seus pares havien fet la mateixa fi —ell se'n va anar primer, i al cap de poc ella.

Un cop casada i emmainadada, la meva germana va seguir tocant el piano, però només en actes de beneficència i festes d'amics, igual que la mamà. Ella i el fabricant de conserves van tenir quatre fills, dos i dues, i, malgrat que el negoci rutllava i eren rics, no es pot dir que tinguessin una vida familiar plàcida. El fill gran, l'hereu, va sentir la crida del deure patriòtic i es va enrolar a l'exèrcit als divuit anys; el van destinar a França, va participar en el desembarcament de Normandia i no el van matar. Va ser pitjor: va tornar malferit, amb un tros de ferro al cervell que li rovellava els pensaments, i van ingressar-lo al millor sanatori de Massachusetts, massa lluny per poder-lo visitar gaire sovint. Les dues noies eren de caràcter molt diferent. Una es va casar jove i l'altra va deixatar-se en múltiples afers amorosos que no portaven enlloc, però en les nostres trobades familiars totes dues semblaven fastiguejades per la mateixa manca d'afecte, i només es dirigien la paraula quan havien begut força. Quan vaig llegir *The Easter parade*, la novel·la de Richard Yates, dins el meu cap es van convertir en les germanes Grimes. Semblava que s'hagués inspirat en elles. Aquesta identificació va saltar pels aires anys després, quan van envellir i la seva mare ja no era en aquest món. Solterona l'una i divorciada l'altra, sense fills, les meves nebodes van anar a viure juntes a la llar familiar del carrer 83, i allà van encastellar-se unint dues obsessions: la gasiveria i l'avidesa. Víctimes de la síndrome de Diògenes, dins el meu cap van passar de ser les germanes Grimes a les Collyer.

La visita impetuosa de la meva germana, aquell migdia que va convidar-se a dinar, tenia com a motiu el seu fill petit, que aleshores ja devia rondar els quaranta anys. De tots els nebots era el meu preferit perquè li havien posat el meu nom, i perquè ell em retornava l'estima amb la seva manera de ser: pel poc que m'havia explicat, les seves aficions noctàmbules semblaven inspirar-se en els meus inicis. De ben jovenet, la mort virtual del seu germà gran l'havia situat primer en la línia de successió de l'empresa i ell havia estat a l'altura del repte: durant uns quants anys havia fet costat al seu pare amb bons resultats, a canvi d'uns horaris distesos a l'oficina i el compromís de no fer preguntes incòmodes. Amb la mort del meu cunyat, tanmateix, el seu rol havia canviat i, collat per l'allau de responsabilitats, havia acabat descarrilant. I aquí és on entrava jo.

—Sabem que és a Las Vegas —em va informar la meva germana—, però fa tres setmanes que li hem perdut la pista. Va desaparèixer sobtadament, suposem que després d'una negociació molt tensa que li va fer saltar els ploms. De seguida vam contractar un detectiu perquè el localitzés i el fes tornar, i ho va aconseguir amb facilitat, seguint-li el rastre de jugador que es feia notar als casinos perdent grans quantitats. Llavors, quan ja l'havia convençut per tornar i semblava que havia posat seny, a l'aeroport de Reno el nen va aprofitar un moment de distracció per fugir de nou. —Aquí va fer una pausa dramàtica, perquè jo pogués pair-ho i potser digués alguna cosa, però vaig callar.— Res, que la situació és desesperada i ja et deus imaginar el favor que et demano: tu que et saps moure per aquests ambients diguem-ne frívols, ¿per què no vas a buscar-lo i ens el portes? Ens faries un gran favor i te'l faries a tu mateix, si vols seguir cobrant cada mes, perquè ara mateix ell té la mà foradada i ja fa dies que els voltors dels bancs estan a l'aguait per prendre'ns-ho tot.

L'endemà de bon matí agafava el primer vol cap a Las Vegas, content com si m'haguessin tret vint anys del damunt.

A vegades em surt el mitòman i vaig demanar al taxista que em portés a l'hotel Flamingo. Per increïble que sembli no havia estat mai a Las Vegas físicament, tot i que abans m'havia imaginat la ciutat des de tots els angles possibles. Coneixia els noms dels casinos i hotels i la seva sonoritat —Tropicana,

Sahara, Stardust, Riviera—, m'infectava amb records viscuts per altra gent, que jo havia fet meus a còpia de llegir les cròniques d'alguns col·legues i veure xous com el de Johnny Carson. Però si vaig triar el Flamingo va ser sobretot pels records de la meva estimada Perdita, que feia trenta anys l'havia inaugurat quan cantava amb l'orquestra d'en Cugat, sota la mirada vigilant de l'infame Bugsy Siegel. Se'm posava la pell de gallina només de pensar-hi. Des del taxi, a mesura que ens acostàvem a la ciutat, el somni d'en Bugsy es feia realitat i creixien els edificis a banda i banda de la carretera. El dia tot just clarejava, els ulls em pesaven de son i els cartells lluminosos feien pampallugues sobre els jugadors tardans que sortien dels casinos, i vaig pensar que algun d'ells podia ser el meu nebot.

En Xavier i la Charo em van donar la benvinguda des d'un gran rètol que anunciava la seva presència al Caesar's Palace. Al cap de poca estona el taxi va entrar a l'aparcament del Flamingo i aleshores vaig fixar-me que just al davant, a l'altre cantó del bulevard, s'hi alçava precisament l'edifici del Caesar's, com un coliseu, amb l'avinguda de fonts italianes i les columnes neoclàssiques. Quina gran coincidència. El cap se'm va omplir de més evocacions prestades. Feia un any que en Cugie i la Charo s'havien casat allà mateix i la foto del brindis amb el pastís havia donat la volta al món. La Charo duia un llaç al cap, com de Minnie Mouse, que encara la feia més nena, i en Xavier no es podia creure la seva sort. Tenien l'honor de celebrar el primer casament oficial del Caesar's Palace. En aquell instant els maliciosos havien començat el seu compte enrere mental per al divorci, però passava el temps i mentrestant la parella seguia manifestant en públic la fortalesa del seu enllaç. Viatjaven a Espanya, els feien entrevistes, sortien a la televisió i, quan no estaven de gira, s'havien convertit en una de les atraccions habituals del Caesar's. Anar a Las Vegas i no veure'ls era un pecat. A més, per si algú dubtava d'aquest lligam, els vincles familiars s'havien fet més estrets amb un gir rocambolesc: la Carmen, germana de la Charo, s'havia casat amb l'Enric, germà d'en Xavier. Potser sense amor i amb la intenció de sortir d'algun atzucac legal, però tot quedava en família.

El primer dia vaig descansar unes hores i al capvespre vaig sortir per conèixer el terreny. Vaig començar pel mateix Flamingo, passejant-m'hi i fent el tafaner com si em guiés la Perdita, i després vaig seguir amunt i avall pel Strip. Necessitava absorbir totes aquelles llums, com un bronzejat nocturn que eliminés la meva estampa de nouvingut, i alhora llegia els cartells que anunciaven els espectacles i comprenia per què Las Vegas era el centre de l'entreteniment. Aquells mateixos dies coincidien a la ciutat, en diferents casinos, estrelles com Tom Jones, José Feliciano, Sarah Vaughan, Peggy Lee, Paul Anka, Jerry Lewis o Herb Alpert —i només cito les figures del moment—. De tant en tant entrava en un dels casinos de més renom i jugava al blackjack o a les màquines escurabutxaques, i no em sabia greu perdre diners perquè volia entendre què se sentia, quina febrada dominava al meu nebot. Després feia veure que afogava les penes a la barra d'un bar, bevent i compartint anècdotes tristes amb els altres jugadors.

A partir del segon dia vaig optar per un sistema més metòdic. Si volia trobar el meu nebot, el millor seria anticipar els seus moviments, ja que, ingènuament, comptava que teníem gustos semblants. Vaig llogar un cotxe i vaig començar a explorar el ambients més luxosos. Duia una foto seva i, quan l'ensenyava a cambrers, crupiers i aparcacotxes, em sentia com un detectiu de pel·lícula, però sempre rebia la mateixa ganyota indiferent. Una cara entre milers. A falta de resultats, vaig anar baixant en l'escala social i vaig entrar en motels més senzills, bars de mala mort, clubs de striptease i fins i tot cases d'empenyorament. Estrafeia un posat seriós i ensenyava la foto a tothom, i ara com a mínim se la miraven més atentament. Es notava que estaven acostumats a aquest ritual. Però res, al cap de sis dies seguia sense haver trobat cap senyal de vida del noi.

Cada nit, quan tornava al Flamingo, la Charo i en Cugat em cridaven des de l'anunci lluminós del Caesar's i em retreia a mi mateix que encara no els hagués anat a veure. Feien tres xous diaris, d'una hora com a màxim perquè els amos del casino volien que el públic se'n tornés a jugar, però mai no coincidien amb els meus entra-i-surts de detectiu de pacotilla. Malgrat tot, durant aquells dies havia sentit que la seva presència m'acompanyava, com si fossin àngels de la guarda de Las Vegas: des de la finestra de la meva suite veia la mola del Caesar's i saber que ells eren allà dins, actuant, em feia sentir menys sol i desemparat.

El capvespre del setè dia, quan sortia a fer la meva recerca, vaig veure que al seu anunci hi deia: «Després de tres setmanes *sold out*, dues últimes nits! Tornaran al novembre». M'ho vaig prendre com un avís i, com que estava desmoralitzat per la falta de pistes, vaig canviar de plans i vaig anar a veure l'actuació. Per entrar al Caesar's vaig haver de passar pel davant d'una imitació de la Fontana di Trevi i, com molts altres visitants, hi vaig llançar una moneda perquè em donés sort. Un cop em vaig orientar dins el casino, vaig localitzar la sala on actuava l'orquestra d'en Cugat. A la porta, una imatge seva de cartró pedra, de mida natural, et donava la benvinguda. Hi havia cua per fer-s'hi una foto. A dins, com sempre, vaig buscar una taula retirada. Una cambrera em va servir un whisky doble, *straight no chaser*, i un presentador (que també duia tupè) va anunciar l'espectacle. Vaig fer una ullada al públic —mitjana d'edat entre els seixanta i setanta anys, amb alguna excepció juvenil— i vaig comptar-hi tres tupès més, potser quatre. Allò començava a ser una moda.

Feia tres anys que no havia vist actuar en Xavier i la Charo, des d'aquella nit al Latin Quarter de Nova York, i amb uns quants números en vaig tenir prou per comprendre la seva evolució inevitable. La Charo conservava la mateixa embranzida, però l'experiència li havia polit excessos i defectes i els seus gestos es veien menys caòtics, com si aquella ferocitat inicial hagués passat per les mans d'un domador, sense acabar de llevar-li el perill. El seu anglès no havia millorat gaire, però de la necessitat en feia virtut, sobretot quan es dirigia al públic i exagerava els errors. Era evident, en canvi, que en Xavier havia iniciat la retirada: amb la pipa que mai no encenia en una mà i un chihuahua a l'altra, s'havia convertit en una espècie de mestre de cerimònies. Va dirigir les dues primeres cançons, encara sense la Charo, i quan ella va sortir a l'escenari ell es va situar en un extrem, supervisant el xou. Ni pensar-hi de tocar el violí. Cedia la batuta a un altre músic, presentava les cançons i de tant en tant feia un acudit sobre les seves dones i sogres (que la Charo replicava posant els ulls en blanc). La fixació era completa i s'havia convertit en un personatge immutable, una figura postissa, el tòpic cugatià.

Avui puc dir que en un primer moment aquella imatge em va deprimir profundament, potser perquè hi veia reflectida la meva senilitat —com d'altra banda evidenciava la incompetència en l'afer del meu nebot—, i vaig estar dubtant si anar-me'n abans del final i no dir-los res. Però un desig sobtat d'agraïment em va retenir, i encara bo, perquè la falsa Fontana di Trevi em reservava un cop de sort. Al final de l'espectacle, quan el públic ja desfilava cap a les taules de joc, vaig acostar-me a l'escenari i vaig cridar en Xavier. Ell es va girar, em va mirar uns segons i quan per fi em va identificar com un amic, i no com un seguidor pesat, va baixar els quatre graons i em va abraçar com si li hagués salvat la vida. De cop tornava a ser ell, l'home i no la figura de cartró. Li vaig cantar les excel·lències de l'espectacle i em va fer callar amb un gest d'indiferència, com dient ja pots comptar. ¿Quants cops havíem repetit la mateixa escena al llarg de la vida? No pas menys d'una dotzena, i aquesta vegada em va semblar més sincer que mai.

—Tot això s'està acabant, amic. Ho faig per ella, fins que pugui volar sola —em va dir. El gosset se li havia adormit i se'l va canviar de braç. Havien encès els llums de l'escenari, em pensava que estàvem sols i jo rumiava com consolar-lo, i aleshores se'ns va acostar algú per darrere i vaig sentir que deia:

—¿Tiet Daniel? ¿Què hi fas aquí? —¿Aquella veu? Em vaig girar i el vaig reconèixer a l'instant.

—Això tu, Danny. ¿Què hi fas aquí? T'he buscat pertot arreu i aquest és l'últim lloc on esperava trobar-te.

En Cugat ens va mirar a tots dos i va interrompre la meva sorpresa amb una nova sorpresa:

—¿Que coneixes aquest depravat?

—Sí, esclar, és el meu nebot. És de Nova York. ¿Per què?

—Jo no soc pas cap depravat! —es va queixar en Danny—. Només...

—Fa dues setmanes que ve cada nit—va tallar-lo en Cugie, se'm dirigia com si fos responsabilitat meva—, s'asseu a primera fila i només té ulls per la Charo. La contempla i li cau la bava amb tanta fixació que més d'un dia hem estat a punt d'avisar els vigilants.

Em vaig mirar el meu nebot amb incredulitat.

—L'hi puc explicar, senyor Cugat —va dir en Danny—. Només és admiració, l'hi asseguro. M'agrada tot de la Charo: els seus moviments felins, la contundència feréstega, la roba extremada que porta. Però entengui'm, l'únic que vull és copiar-los per a un espectacle que faig. Soc..., diguem que soc un aficionat al transformisme.

La meva estupefacció augmentava cada cop més. En Xavier va deixar anar un buf llarg i li va canviar la cara.

—Ah, coi, ets un marieta d'aquells que es disfressen! —va cridar—. Ho hauries d'haver dit, home. La Charo estarà encantada de saber-ho, us aprecia molt. Però fins aquí hem arribat, noi. No tornis, sisplau, que me la desconcentres. I sàpigues que, si vas dient que la imites, et farem pagar royalties —em va dedicar una mirada còmplice, de gat vell a gat vell—. Val més que diguis que és un homenatge. I ara us deixo, que d'aquí una hora tenim un altre xou i encara he de sopar.

Després d'aquest comiat abrupte jo devia estar tan trasbalsat i alhora tan alleujat, tan paralitzat, que el meu nebot em va agafar per l'espatlla i em va dir:

—Nosaltres també. Anem a sopar i t'ho explico tot, tiet. Conec un lloc on es menja molt bé. Convido jo.

En poca estona, mentre ell devorava una hamburguesa amb formatge i *jalapeños* i jo picava unes patates rosses amb quètxup, massa alterat perquè m'entrés res a l'estómac, en Danny em va desvelar una part de la seva vida que m'era desconeguda. Un submon que precisament el temptava pel que tenia d'ocult i fins i tot de prohibit. Em va parlar dels clubs de *burlesque* que hi havia a Manhattan, i dels *ballrooms* de dragqueens on ell participava de tant en tant. A les nits li agradava sortir de la seva seguretat diària, lluny de sa mare, i transformar-se en una altra persona: una dona explosiva que cantava i ballava i s'exhibia amb la consciència de formar part d'una comunitat. Era un salt salvatge cap a una doble vida on es divertien, competien per ser les més belles, les més extravagants o les mes boges, on se sentien admirades i deixaven que la imaginació hi fes la resta. Tot i que era difícil representar-me el meu nebot transvestit, veia com els ulls li brillaven amb la convicció de qui per fi es treu un pes del damunt. Amb la distància que calgui, en aquell accés de confiança m'agradava veure-hi un reflex de la meva joventut, quan descobríem els clubs de música de Harlem i la llei seca ens batejava cada nit amb un dosi extra de rebel·lia. Ens separava una generació, això sí, trenta anys d'haver eixamplat els límits d'allò que s'ha de poder fer lliurement.

—¿I tu quin nom tens? —li vaig preguntar, insegur.

—Si t'he de dir la veritat, tiet Daniel, encara m'estic fent un nom. Fins ara tot eren proves, però aquests dies he entès que m'he de dir Charade. Sí, la gran Charade. —Va obrir els braços com una diva.— Per això he estat estudiant la Charo, per impregnar-me'n. Ja sé que soc molt més gran, però tant li fa, aquesta és la gràcia.

—Tot això està molt bé, Danny —em vaig obligar a fer un posat seriós—, però la teva mare pateix molt i jo t'havia de rescatar. ¿I el detectiu? ¿Per què vas fugir?

—No vaig pas fugir. Li vaig donar uns quants dòlars perquè em deixés tranquil i digués a la mamà que tot anava bé. Només volia guanyar temps, uns quants dies més.

—¿I tots aquests diners que, segons la teva mare, has perdut? ¿On han anat a parar?

—No estan pas perduts. Estan invertits i a la llarga els recuperaré, segur. Ja saps que la mamà s'esvera per res, d'ençà que es va morir el papà. Com que ell sempre li parlava de diners i jo no ho faig, té por que se'ns acabin. Però estigues tranquil: en tots aquests dies no he jugat ni una sola vegada. Són uns altres jocs, els que m'interessen. Si vols te'ls ensenyo.

Vam agafar el cotxe que havia llogat i em va guiar pel mateix Strip fins que vam arribar al davant del Silver Slipper, un casino de dues plantes, amb la façana que volia evocar un Saloon de l'oest. En el meu periple no hi havia arribat a entrar, tot i que m'havia cridat l'atenció el seu gran reclam lluminós: una sabata de taló gegant, que lluïa com si estigués folrada de lluentons i girava sobre si mateixa a tres metres de terra. Al dessota, un cartell anunciava que aquella nit hi havia un espectacle de *boylesk*, la versió drag del *burlesque*, i en Danny me'l va assenyalar orgullós.

L'interior del local era un casino com els altres, més petit i més fosc potser, i la moqueta, els llums i la decoració es veien antiquats i barats, però hauríeu dit que aquest efecte *démodé* era volgut. Mentre m'ensenyava els diferents ambients del local, en Danny va saludar tres o quatre persones. Va trucar a una porta amb un senyal de «no passar» i la va entreobrir. Era un camerino i al davant d'un mirall de paret hi havia tres nois que s'estaven arreglant per a l'espectacle: perruques crepades, vestits arrapats, boàs de plomes, molta purpurina. Tots tres van deixar anar un xiscle exagerat, com si els haguéssim atrapat enmig d'una malifeta.

—Molta merda! —els va dir en Danny, i va llançar-los un petó. Després va tancar la porta de nou i em va demanar si tenia ganes de veure el xou i jo li vaig dir que sí, amb molt de gust.

Ens vam estar dos dies més a Las Vegas i després vam tornar a Nova York, ell amb uns quants diners menys i el cap ple de promeses. A canvi d'invertir una petita suma en la propietat del Silver Slipper, els seus nous socis l'ajudarien a obrir una sala de ball a Manhattan. Em va parlar de noms que aleshores no em sonaven de res, com la Flawless Sabrina, la Kenny Kerr o la Crystal Labeija, conegudes seves que com ella es divertien i alhora planejaven com fer més àmplia i digna la cultura de les drag-queens. Volien organitzar concursos on ballar, cantar, posar, desfilar com a models i moltes altres coses que per als profans com jo costaven d'entendre.

Un cop reincorporat a la vida quotidiana, durant les primeres setmanes vaig actuar com a parallamps de les tribulacions de la seva mare. En Danny va fer-se el penedit i jo vaig adoptar una postura paternalista perquè la meva germana no sospités res. Ja he dit abans que a la nostra família els lligams no ens estrenyien gaire, sobretot per part meva, i em sembla que aquella temporada vaig conèixer millor el meu nebot que no pas en tota la seva vida anterior. El dia que debutava com a Charade, en un club de Harlem, em va convidar. Veient-lo a l'escenari, aplaudit i aclamat per un públic enardit, vaig copsar clarament que aquella fabulació era la seva primera pell, el cos on se sentia més viu. Duia una perruca rossa que se li enfilava sobre el cap en dues ondulacions que, quan es movia, li queien com cascades. Un top daurat li premia els pits de mentida i li deixava a la vista el melic, i tota ella s'havia encabit en uns pantalons texans, de cul estret i pota d'elefant, que acabaven en una cortina de serrells i unes botes de punta roma. Armada d'una guitarra espanyola sense cordes, que tustava per seguir el ritme, la Charade va obtenir el seu minut més glamurós i extravagant recreant *America*, de la pel·lícula *West Side story*, que va cantar amb playback. L'accent de porto-riquenya li anava com l'anell al dit.

Guardo aquell instant de glòria i no cap altre, amb tot el públic entregat i fent-li els cors, com el record perenne del meu nebot preferit. Uns quants anys més tard va morir de sida, va ser un dels primers. Ni la seva mare ni les germanes ho van saber mai, es pensaven que era una malaltia de la sang, una leucèmia rara, i jo no els hi vaig pas desmentir. No vaig poder anar al seu enterrament perquè aleshores era a Barcelona, a l'hotel Ritz, i és una de les coses que més greu m'han sabut a la vida: no acomiadar-me'n com calia. Temps després, una amiga seva, companya de fatigues, em va dir que els últims dies en Danny i la Charade havien demanat per mi en ple deliri; preguntaven si encara era viu o ens trobaríem a l'altra banda, i l'amiga em va explicar que, gràcies als oficis d'un forense còmplice, dins el taüt anava maquillat i amb una perruca rossa.

No sabria dir quants cops vaig tornar a Las Vegas, després d'aquella primera estada, quants cops el seu imant em va xuclar de manera irresistible. A vegades m'esgarrifo pensant que en total, sumats, podrien ser uns quants anys, però llavors em dic que no era tan ximple i un instint de mortalitat em feia escapar i tornar de pet a Los Angeles o a Nova York. El fet és que, quan envelleixes, Las Vegas esdevé un *déja vu* balsàmic, on el món sense rellotges és una còpia d'una còpia d'una còpia, tots els llocs es confonen i fins i tot les persones repeteixen sempre les mateixes paraules. ¿Com estem avui? Ho vull amb fitxes de cinc i de deu. Em dic Jim Beam, com tothom. La sort és més cega que la justícia. ¿Vols més cafè, rei?

A part d'això, Las Vegas sempre em va semblar una ciutat sense nens, com si la seva presència estigués vetada per algun defecte de construcció. N'hi devia haver, segur que sí, perquè tots els crupiers i aparcacotxes i recepcionistes i vigilants i cambreres i hostesses i noies de companyia vivien rere el decorat gegant dels casinos i hotels, en uns carrers a l'ombra, i bé que devien tenir vides normals amb fills normals que anaven a l'escola i a festes d'aniversari i ploraven quan se'ls rebentava un globus —però jo no en vaig veure mai cap, de nen—. Els adults érem els nens, fet i fet, i el parc infantil estava obert les vint-i-quatre hores.

Suposo que aquesta visió mig lúdica i mig patètica prové d'una de les meves últimes visites, que va començar com una juguesca amb mi mateix i anys després, de manera del tot inesperada, em va empènyer a fer un dels tombs importants de la meva vida. A principis dels setanta, el magnat Howard Hughes havia comprat una colla de casinos per pur capritx i els havia renovat; Las Vegas s'expandia, arribar a aquell oasi fabricat al desert era cada cop més fàcil, i nous negocis hi creixien amb pretensions faraòniques. El lema era «com més gros, millor» i tot d'una la competència s'havia tornat brutal. Això es traduïa en més oportunitats per als artistes de tot rang, bons i no tan bons, consagrats i nouvinguts. Orquestres com les de Guy Lombardo, Harry James o Stan Kenton, sempre atents a la propera onada nostàlgica, vivien una segona o tercera joventut, i l'espectre s'ampliava amb humoristes, imitadors, ballarins, mags, acròbates, domadors de tigres i lleons: tot s'hi valia.

En algun moment —no sé què m'hi jugo que va ser després del concert mític d'Elvis Presley a l'hotel International— algú va pensar en els concursos de dobles, que havien sigut una atracció al vell Hollywood. Es buscava una cara famosa —una icona, algú que sortís a les revistes i la televisió— i es convocava els seus dobles, a veure qui demostrava una semblança més natural, tant en els trets físics com en la imatge pública. Charles Chaplin, Marilyn Monroe, Betty Boop, Sonny & Cher, Muhammad Ali o el mateix Elvis eren dels més habituals, i el premi solia incloure un cap de setmana en un hotel i una quantitat considerable de diners en fitxes per jugar al casino. Aquests concursos em semblaven una carallotada; veia les fotos dels guanyadors als diaris i sempre pensava que no s'hi assemblaven prou, per no parlar de la cara de pomes agres dels originals en veure que tenien un doble. Llavors un dia, llegint el diari a casa, vaig assabentar-me que l'Aladdin convocava un concurs de dobles d'en Xavier Cugat i vaig haver de repensar les meves conviccions.

Jo sabia que, al llarg de més de sis dècades de coneixença, s'havia produït de manera natural una assimilació. Probablement ell no n'estava al cas, i tampoc no diré que fóssim dues gotes d'aigua, però vestits igual i posats dins una sala de miralls, ens haurien confós, això segur, i fins i tot potser ens hauríem confós nosaltres mateixos. D'una banda veia en el concurs una excusa per viatjar de nou a Las Vegas, però de l'altra hi havia una mena de recança —la por de semblar un paràsit— que em frenava. Vaig comentar els dubtes amb el meu nebot Danny i ell em va acabar d'animar:

—Sempre he pensat que teníeu una retirada, tiet, però no gosava dir-t'ho per no ferir-te. Això del concurs ho veig claríssim. A més a més, si no t'hi presentes tu ¿saps qui guanyarà? Un farsant.

Així és com, després d'anys de rumiar-m'ho, vaig deixar enrere la vergonya i em vaig encarregar un tupè a mida. Per acostumar-m'hi, vaig sortir de casa amb el tupè posat i, tan bon punt vaig arribar a Las Vegas, el dia abans del concurs, vaig anar a inscriure'm al casino. Les normes deien que s'acceptava la imitació de qualsevol època cugatiana i que només hi havia tres limitacions: no es podia tocar el violí perquè ens allargaríem massa, com a màxim es podien dir tres frases, i no es podia portar cap chihuahua perquè allò es convertiria en una gossera. L'organització disposaria d'un exemplar viu per qui el volgués fer servir d'attrezzo. També vaig saber aleshores que el jurat el formarien quatre persones: l'acordionista Dick Contino, el ventríloc Edgar Bergen, en Xavier mateix i el seu germà Enric. Cadascun donaria entre un i tres punts per concursant i, en el cas improbable d'un empat, decidiria el vot extra d'un ninot d'en Bergen.

La presència d'en Xavier al jurat em va inquietar per inesperada. Em feia por que en veure'm s'ho prengués malament, com una burla o, encara pitjor, com si jo pretengués usurpar-li alguna mena de protagonisme. Anys enrere l'havia ajudat a escriure les seves memòries i aquesta informació privada m'atorgava un avantatge a l'hora de fer-me passar per ell. Tan bon punt va iniciar-se el gran campionat, amb una assistència prou nombrosa, els meus recels es van esvair. En Cugie no cabia dins la camisa de tan inflat que el fèiem sentir els seus sòsies, tots allà asseguts en fila davant seu. Mesos enrere li havia agafat un atac de feridura i vaig trobar que havia perdut molt. S'havia estat un mes a l'hospital, s'ajudava d'un bastó per caminar i tenia el braç esquerre impedit; s'havia aprimat i empetitit, i la perruca li ballava una mica sobre la closca, però era evident que tots aquells clons junts el rejoveníem i, per sort, el bon humor i l'enginy punyeter no l'havien abandonat. Al seu costat, una noia morena l'acomboiava en tot moment, com una infermera amb privilegis, i al no veure la Charo tots els que érem allà vam pensar en la mateixa paraula: *divorci*.

El presentador va explicar breument les regles del joc, va donar a conèixer el jurat i tot seguit va cedir la paraula al protagonista de la nit. En Xavier s'havia arreglat amb tots els accessoris del seu personatge: el bigoti ben retallat, vestit de ratlla diplomàtica, fulard al coll, pipa en una mà i chihuahua a l'altra.

—Tota la vida m'han dit que era inimitable i ara veig que m'enganyaven —va dir, i tots vam riure—. M'agrada molt veure-us aquí junts, però també us hauríeu pogut donar a conèixer abans, carai, així m'hauríeu substituït alguna nit que estava malalt o em feia mandra sortir a l'escenari. —Més riures.— He de dir que tinc curiositat per saber qui serà el guanyador, tot i que difícilment trobarem algú que se m'assembli tant com aquest home que tinc aquí al costat: el meu germà Enric. Només ens portem catorze mesos, pobra mareta nostra! —L'Enric es va aixecar per saludar i la gent el va aplaudir. Era una versió menys atrotinada del seu germà.— Us desitjo molta sort a tots, i sapigueu que si n'hi ha algun que s'hagi casat cinc vegades, com jo, ho haurà de demostrar amb papers!

Una vintena de Cugats ens havíem presentat al concurs, però no vull allargar més la intriga: no vaig guanyar. Vaig quedar segon. En Charlie, el ninot més famós de l'Edgar Bergen, va anunciar que el guanyador del gran premi era un noi molt ben maquillat, imitador carregós de l'anglès hispànic d'en Cugie. Vaig dissimular la meva frustració i em vaig consolar pensant que tots li havien donat la màxima puntuació (o s'hi havien vist obligats) perquè el seu Cugat reflectia l'època de màxima esplendor, quan feia pel·lícules a Hollywood i sobreeixia d'encant.

Al seu costat, els altres van oferir versions parcials d'una imatge polièdrica i entre tots, per acumulació, vam confegir-ne un retrat hiperrealista. Hi havia de tot: dobles aproximatius que només buscaven els diners i devots que ja se sentien guanyadors pel sol fet de poder-lo personificar. El chihuahua va tenir molta requesta, esclar, i no van faltar els diàlegs de les seves pel·lícules i frases que el representaven:

—*¡Buenas noches, amigos!*

—*Che simpatico, eh!*

Un cantava una estrofa d'*El manisero*, un altre aconseguia fer una caricatura d'ell en poca estona i fins i tot hi va haver alguna referència cruel a les baralles turbulentes amb les seves exdones. Enmig d'aquest batibull jo vaig quedar segon, sí, però em vaig sentir el vencedor moral. Per dues raons: primer perquè era el més vell de tots i per edat qui s'hi assemblava més, amb l'únic tupè autèntic, i segon —i més important— perquè en Xavier Cugat no em va reconèixer.

Al final cada concursant es podia fer una foto amb ell i jo em vaig esperar a ser l'últim, amb el diploma a la mà que em distingia com a segon classificat. M'hi vaig acostar i, seguint les indicacions del fotògraf, em vaig posar al seu costat. Se'l veia cansat de tant parlar amb admiradors, tip de ser ell mateix. No em va ni mirar, vam esperar el clic de la càmera i aleshores, quan li vaig donar les gràcies, em va reconèixer per la veu. Es va quedar parat i em va observar llargament amb uns ullets inquisitius:

—¿Ets qui em penso que ets, o qui ets? ¿Ets tu o ets jo?

—Doncs, ves per on, ara mateix soc tots dos, Cugie.

Contra tot pronòstic, el divorci entre en Xavier i la Charo encara va trigar uns quants anys a arribar, i el desenllaç es va produir amb bona voluntat per totes dues parts, sense acritud ni visites intempestives d'espies. La Charo va complir amb gran professionalitat els acords que els havien unit durant gairebé una dècada i el va cuidar en la malaltia i la salut, però sobretot en la malaltia. Dos fets previsibles i gairebé simultanis van posar en marxa la paperassa oficial de la separació: des de feia una temporada la Charo festejava sense amagar-se'n gaire amb un productor d'origen suec (poc després s'hi va casar) i, alhora, ella i la seva germana van obtenir finalment la ciutadania dels Estats Units.

En Xavier sabia que aquell moment arribaria. Gairebé l'esperava, com una sacsejada que el desencallés i, d'una forma una mica il·lusòria, el tornés a posar en circulació. Feia anys que ell ja no actuava i en canvi la Charo te la trobaves per tot arreu. La recordo participant als xous de Dean Martin i de Jerry Lewis, i en un especial televisiu de Sammy Davis Jr., a més de ser una habitual dels *late shows*. S'havia convertit en una de les artistes més verboses i salades del panorama i tothom envejava la seva simpatia descarada. En una festa havia coincidit amb Elvis Presley i li havia etzibat: «Mira quin cul més pla que tinc. T'hauria de denunciar per haver-me robat la pelvis!». En aquest context en Cugie era el seu amor pur i la seva improbable relació també donava peu a episodis que calia interpretar mig de broma i mig seriosament, com quan revivia una nit de Cap d'Any, mentre celebraven el seu aniversari: «Abans de bufar les espelmes li vaig dir: "Cugie, demana un desig, perquè, ¿hem de tenir fills o què, tu i jo?" Ell em va respondre cantant: "To dream an impossible dream...", i després va bufar les setanta-cinc espelmes i em va donar permís per buscar-me un nòvio».

Quan havien començat a ploure els dòlars, la Charo havia comprat una mansió més gran a Beverly Hills i hi havia portat mitja família del poble. A més de la seva germana Carmen, ara en Xavier convivia amb la sogra, una tia de la Charo i una vella serventa que sempre havia estat a casa d'elles. A part de la Charo, tenia problemes per distingir-les i els deia «les murcianes». Algun vespre coincidien tots al voltant d'una taula, sota una porxada del jardí, i feien tabola o cantaven cançons antigues, amb la Charo rascant la guitarra, i l'escena li recordava quan ell i els seus germans havien arribat a Nova York, seixanta anys enrere. Ben bé el mateix desfici per no perdre definitivament tot allò que no s'havien endut amb l'equipatge, com si la conjura de l'enyor els rescabalés del mal de llunyania.

La Charo i la Carmen omplien moltes setmanes de gira, o fent temporada a Las Vegas, i la casa era tan gran que en Cugie s'hi perdia. Li havien arreglat tota una zona perquè hi passés les hores sense que ningú el destorbés, escoltant música o pintant. A vegades, per distreure's, agafava uns pantalons de la Charo, d'aquells estrets, i els hi decorava amb tot de flors pintades perquè semblés més hippy (i perquè la gent no es fixés tant en la seva anatomia). Llavors ella se'ls posava per anar en algun programa de varietats i explicava l'anècdota i ell ho veia des de casa, a la tele, i si el presentador mirava a càmera i deia «molts records per en Cugie», ell responia «gràcies» com si estigués allà mateix, en directe.

A les parets de l'estudi hi exhibia la seva magnífica col·lecció de violins, i els premis, diplomes i condecoracions que havia rebut, a més de quadres i caricatures que li havien regalat al llarg dels anys. En Xavier, però, no suportava la soledat, li feia pànic, i encoratjava les visites amb qualsevol pretext. Un mànager nou, català, de nom Marcel, l'ajudava a portar l'agenda i el correu, i el seu germà Enric hi passava de tant en tant per informar-lo de les últimes xafarderies de Hollywood. Jo mateix hi havia anat quatre o cinc vegades, coincidint amb viatges a Los Angeles, i m'adonava que em rebia amb una complaença inèdita, com si en veure'm —fresc com una rosa— es reflectís en un mirall màgic i s'adonés que ell també seguia viu.

Si la Charo no parava mai, aquell Xavier setantí es movia poc. Tot sovint rebia invitacions per tocar en revivals tronats i festes privades, o per participar en invents estrafolaris com aquell concurs de dobles a Las Vegas, però la quantitat de preparatius que exigia el seu desplaçament el feia desistir. Després del primer atac de feridura havien vingut més avisos: crisis respiratòries i un atac de cor que l'havia sotraguejat de valent.

Amb aquests inconvenients havia anat acomodant-se a una rutina fàcil, que la minyona de Múrcia regulava amb uns horaris rigorosos i una dieta estricta. Es llevava tard i, després d'esmorzar, donava menjar al chihuahua i al caniche, feia un volt pel jardí, saludava el jardiner i pintava tot el matí o preparava els quadres per a alguna exposició. Dinava a la cuina i feia una migdiada. Al capvespre, tip de si mateix, agafava un taxi i s'acostava a Casa Cugat, el restaurant mexicà que havia obert a Hollywood, al bulevard La Cienaga. S'asseia en una butaca de vímet enorme, on s'acomodava com al tron d'un rei indonesi, amb un dels gossets a la mà, i saludava els clients. Si albirava alguna bellesa entre els comensals o coincidia amb algun famós del seu temps, s'hi feia una foto o en dibuixava una caricatura. Després li deia que la penjarien al restaurant, encara que en realitat no hi havia lloc perquè cada pam de paret estava ocupat pels seus quadres d'escenes mexicanes.

Tot el que l'envoltava, doncs, era una invitació a evocar el que havia viscut en aquell segle que anava de baixa, i la seva ment selectiva destriava i enaltia els bons moments i les grans companyies i menyspreava tot allò que valia més oblidar. Per postres, un editor de Barcelona li havia proposat de publicar unes memòries, que ell volia titular *Les meves cinc sogres*. Com que li costava molt d'escriure, havien acordat que gravaria tot allò que valgués la pena en unes cintes de casset. Jo l'havia assistit en alguna d'aquestes sessions, fins i tot fent-li preguntes perquè ell pogués descabdellar més fàcilment els records, com quan vam escriure junts la seva primera autobiografia, feia trenta anys. Encara ara em ressona dins al cap el seu castellà una mica pastós de les gravacions, que arrossegava consonants de l'anglès i a estones s'aturava en noms oblidats o passava per alt detalls incongruents. Si l'hi feia notar en veu baixa, ell em dedicava un senyal d'impaciència, perquè callés, i assenyalava la gravadora com si fos un déu impertorbable. Sempre he cregut que en aquella època la necessitat de fixar unes memòries personals, que tothom podria llegir, va consolidar la Galeria dels Records Inventats, perquè a partir d'aleshores va fer circular —negre sobre blanc— una sèrie de llegendes que havia anat perfeccionant al llarg de la vida i les va convertir en veritats difícils de rebatre. És més, les fallades de la memòria, junt amb l'agradable sensació que fos possible inventar-se una vida encara més fabulosa (com un premi final), van acabar convent-lo que tot allò era veritat i havia succeït de debò, i pobre de tu que intentessis contradir-lo.

El divorci de la Charo va tenir un efecte secundari que encara el va deslligar més: va haver de marxar de la mansió de Beverly Hills, amb totes les murcianes que el cuidaven, i li van trobar un apartament molt bonic perquè hi anés a viure amb les seves relíquies, i amb una assistenta nova que no el deixava de petja. Tot i que es trobava en una zona privilegiada, la mudança li va fer entendre que començava a fer nosa a tota una ciutat, i va escriure a un amic de Girona perquè li busqués una casa o un terreny a prop de la Costa Brava. No calia que fos res de l'altre món, li deia, però que estigués «situat en una muntanya, prou elevada perquè ningú li tapi la vista». La carta incloïa un croquis tal com ell s'ho imaginava i acabava: «El que necessito és alguna cosa còmoda amb molta llum i que estigui situada en un lloc que no sigui trist ni amagat. No espero ni vull un palau, només un lloc per treballar i per sortir d'aquest Beverly Hills que ja no aguanto».

Els seus plans viatjaven enrere en el temps, cap als estius que havia passat amb l'Abbe Lane a S'Agaró, recorrent l'Empordà amb un xòfer, però sense deixar de tenir un peu a cada cantó de l'Atlàntic.

¿Quants cops em devia acomiadar d'en Xavier al llarg d'aquells anys a Los Angeles? L'anava a veure i, sempre sense fer escarafalls ni grans eloqüències, li deia adeu pensant-me que era per sempre, fins a l'eternitat. En una de les últimes visites a Casa Cugat em va explicar que se'n tornava a viure a Barcelona, ara sí, definitivament. De moment s'instal·laria a l'hotel Ritz. Tenia projectes, l'havien mig convençut perquè assessorés uns inversors que volien construir un gran casino a Eivissa, i també li anaven al darrere per obrir un Casa Cugat a Madrid. Ah, i una orquestra de la Costa Brava volia portar el seu a canvi d'una modesta quantitat de diners. Parlava de tot això amb una vehemència que no s'adeia amb la fragilitat del seu cos i, aquell cop sí, li vaig dir adeu i el vaig abraçar convençut que no el veuria mai més.

M'equivocava, esclar.

11. Un Rolls Royce aparcat a la porta

Vaig començar aquestes pàgines que aviat agafaran un to crepuscular formulant una mena de teoria de collita pròpia, segons la qual la vida humana és parcialment una invenció que ens fem nosaltres mateixos. Mentides, il·lusions, somnis, esperances, paranoies, cabòries: fet i fet són obra de la imaginació, deia jo, tot allò que ens omple i potser contamina el cervell. Fins i tot vaig gosar quantificar aquesta matèria falsa dient que la mitjana d'humans deu arribar a un quaranta per cent: gairebé la meitat de tot el que vivim, ves per on, no existeix. És possible que en una universitat remota de Wisconsin hi hagi una colla de filòsofs que debatin des de fa dècades sobre aquest territori relliscós que separa la ciència de la ficció —i ara em mirarien amb desconfiança—, o que un neuròleg polonès guanyi un dia el Nobel de Medicina amb els seus estudis trencadors sobre el cervell i la consciència de la realitat. Són coses que jo no entenc i faria bé de no embolicar-m'hi, però a hores d'ara deu haver quedat clar que m'empeny a parlar-ne l'atzar fefaent de dues circumstàncies: una, que tinc l'humor d'haver viscut cent tres anys (a punt de fer-ne cent quatre) i, dues, que una bona part d'aquesta vida meva ha avançat en paral·lel a la del gran Xavier Cugat.

Pensem-hi una mica. I després pensem-hi una mica més. Fa dues pàgines m'he acomiadat per sempre d'en Xavier. L'he deixat a punt de tornar a la terra natal, quan es trobava a la ratlla dels vuitanta anys. En aquesta edat tots els homes vells es van assemblant. Les arrugues, les xacres, les queixes, la soledat, la insensibilitat dels fills, els buits de la memòria. Però també el dret a ser impertinent, la falta de convencions, els privilegis adquirits, l'estima incondicional dels nets, els buits de la memòria com a excusa per fer el que et dona la gana. Són uns anys en què et mous en la indecisió constant, entre discutir o acceptar, compadir els altres o fer-los llàstima, presentar batalla o donar-te a l'enemic. Ho certifico jo que ja he deixat enrere totes aquestes tribulacions. Ni tan sols faig pudor de vell. Tothom que hagi superat els cent us ho dirà: quan afegeixes el doble zero deixes de tenir edat. El Temps s'allibera de tu. Et dona per perdut, et deixa anar. Arriba un nou aniversari i comptes els anys amb tiferia, sí, però el passat s'estén al teu darrere com una festa que encara no vols abandonar —i on tothom riu i et sembla eternament jove.

Ara sé que, quan per fi va instal·lar-se a Barcelona, en Xavier va sobreviure reduint a l'essència tot allò que l'havia fet una persona cèlebre. Omplia les hores i les accelerava com si tingués pressa per regatejar la vellesa i arribar a l'edèn dels cent anys somiats. D'entrada va reprendre la vida d'hotel, instal·lat en una suite del Ritz i envoltat de tots els objectes que l'havien acompanyat en les múltiples mudances. En poc temps havia passat d'una mansió fastuosa a un apartament i després a encabir la seva herència en una doble cambra senyorial. En Marcel, el seu últim mànager, es va quedar als Estats Units i durant un temps li va portar els afers des d'allà, però a Barcelona en Cugie va envoltar-se d'altres persones que li feien la cort, nouvinguts que venien recomanats, amics d'amics que l'aconsellaven o li proposaven empreses que ell ja no tenia esma d'aixecar, però la simple menció del seu nom sí. Amb la mateixa prestesa, acceptava homenatges i premis i fins i tot breus aparicions al capdavant d'un conjunt melòdic; dirigia algun vell èxit, amanint-lo abans amb una anècdota, i després s'asseia rere l'escenari a escoltar la música fins que s'adormia i algú el portava a l'hotel.

Sovint, quan els compromisos públics ho permetien, l'havien d'ingressar a la clínica Quirón: edemes pulmonars, atacs de cor repetits i fins una pneumònia que va activar totes les alarmes. Els redactors d'obituaris em telefonaven a Nova York per demanar-me que confirmés detalls i dates. El seu xassís s'aguantava amb pinces i jo pensava que el salconduit de viure cent anys exactes era paper mullat. I tot i així, l'home resistia.

Sempre que el reclamaven per a algun acte públic, demanava abans que res quant cobraria, en això anava de cara, tot i que a l'hora de la veritat acceptava la majoria d'invitacions no remunerades. Als Estats Units, aclaria, li havien ensenyat a treure un benefici de tot, ja fos econòmic o publicitari. Ningú sabia del cert si era ric o pobre i ell alimentava els dubtes recordant que cada divorci l'havia deixat pelat i un cop al mes anava al notari a revisar el testament. Els seus discos seguien venent-se a tot el món i alhora corrien llegendes sobre el compte de deutes del Ritz. Malgrat l'esgotament físic que significava cada ingrés a l'hospital, de vegades durant unes quantes setmanes, no l'havia abandonat l'avidesa pels diners. Un cardiòleg que l'havia tractat em va explicar que fins i tot treia profit de les estades a la clínica: enviava les factures a la Federació Americana de Músics dels Estats Units i la compensació de les nits d'hospital, cobrada en dòlars i multiplicada pel canvi de divises, li allargava feliçment el sojorn a l'hotel. Potser per això no li vagava de quedar-se tant de temps ingressat i, ja fora de l'UCI, prolongava les dolències i alhora aplacava els metges amb les seves intencions de viure tot un segle de punta a punta.

No estava mai sol. Des del primer moment havia tingut una dona al costat. Una morena mexicana que havia conegut al Casa Cugat, de vint-i-quatre anys molt vistosos, es va convertir en la seva ombra i el seu sol i durant uns anys va viure amb ell al Ritz. A Girona va inaugurar una gran exposició dels seus nous quadres i caricatures —una altra manera de fer diners— i s'hi va presentar amb el Rolls Royce, acompanyat de dues models negres, una a cada braç, que atreien totes les mirades. En les seves fabulacions de vell sàtir, l'erotisme era parent de l'exotisme.

Uns mesos després va presentar amb gran fanfàrria les seves memòries, que finalment es van titular *Yo Cugat*. A les entrevistes de promoció disfrutava recreant els romanços, contalles i galindaines amb què s'adornava a si mateix en el llibre. Omplir la Galeria dels Records Inventats, això sí que el reanimava! Tant podia reviure el drama d'haver passat gana com a nen (si l'hagués sentit la senyora Àguila!), com els favors que li va fer Rodolfo Valentino a Hollywood, com el matrimoni juvenil amb la Rita Montaner o els espaguetis a la *puttanesca* que li cuinava la mare d'Al Capone. Se sentia tan còmode en aquella autoficció que, quan el pressionaven preguntant-li si es tornaria a casar, es mirava la morena, expectant al seu costat, i exclamava:

—Si alguna revista del cor ens paga un milió de pessetes per l'exclusiva, sí que ens casarem, oi, maca?

Ella assentia confiada i li feia un petó ben sorollós, que tenia com a funció deixar-li la galta assenyalada amb el carmí dels llavis.

La tardor del 1982, un d'aquests espavilats que el rondaven el va entabanar perquè participés en una pel·lícula. Tants anys després, tornaria a la gran pantalla. Hi havia productor. Hi havia diners. Hi havia actors de renom, com la Mónica Randall o l'Alfredo Landa, que acabava de rebre un premi important a Cannes. I sobretot hi havia la voluntat de fer-li un homenatge a ell. ¿Com? Doncs a la pel·lícula s'interpretaria a si mateix: representa que el gran Xavier Cugat viu retirat en un palau i una nit truca a la porta una noieta espantada. Dos pinxos han estat a punt de violar-la. Ell l'acull i descobreix que té molt de talent per tocar el piano. ¿Se n'enamora? No, no, és massa petita, a penes una adolescent, però sí que s'enamora de la seva sensibilitat i l'apadrina (com ha fet tota la vida amb el talent). És com si fos la seva neta, diguem, i no para fins que aconsegueix que debuti amb gran èxit. ¿I dius que hi ha diners? Sí, el pare de la noia és un empresari que té calé llarg i pràcticament finançarà tota la producció. Vol que la seva filla llueixi perquè està convençut que és una gran artista i només li falta un padrí. Ah, el film es dirà *Una rosa al viento*, que és un títol molt poètic.

En Xavier va demanar una bestreta per cedir el seu nom i, quan va veure que els diners fluïen, va acceptar la proposta. No era un gran actor, ho sabia, però al capdavall només havia de ser ell mateix. Cap gran esforç, tan sols actuar com havia fet sempre —allò que anys enrere li retreia la seva primera dona, la Carmen—. A la primavera els preparatius de la filmació avançaven, en Xavier ja havia llegit el guió i fins i tot hi havia fet alguna esmena, i llavors va tenir una altra crisi cardíaca, complicada amb un edema pulmonar. La recaiguda el va deixar tan deprimit que no menjava res, fins al punt que el seu germà Enric va viatjar des de Los Angeles per visitar-lo a la clínica. Aquest cop no feia comèdia. El director de producció li va proposar que, mentre ell estigués a l'hospital, agafarien un doble per no aturar els assajos (i a males, devia pensar, si se'ns mor en Cugie, sempre podem filmar amb el doble). En Xavier va assentir i amb un filet de veu, des del llit, va anunciar que el doble només podia ser jo i va deixar-los caure el meu nom. Em van localitzar i així és com el juliol de 1983 vaig agafar un avió cap a Barcelona. Tornaria a ser en Xavier Cugat.

Ara podria inventar-me que em vaig fer pregar i que vaig demanar una sèrie de condicions per acceptar la proposta. No va ser així. Aquell juliol a Nova York m'avorria, hi feia una xafogor insuportable i la perspectiva de passar l'estiu amb la meva germana, que es traslladava a una casa de la costa de Long Island, tampoc no m'atreia. A mi m'agradava la calma i ella s'havia convertit en una vella rondinaire, com si s'hagués quedat tot el potencial genètic de l'amargor, i a més els quatre fills, per raons molt diferents, li donaven arguments per cultivar l'exasperació. No, em vaig posar el tupè i em vaig plantar a Barcelona disposat a divertir-me tant com pogués.

A més, per si calia algun incentiu, dins meu encara hi glatia l'excitació inigualada de l'últim cop que m'havia fet passar per en Cugie. Feia dos hiverns, per a la nit de Halloween, el meu nebot m'havia convençut perquè l'acompanyés a la desfilada disfressat de Xavier. Ell anava de Charo, o més aviat de Charade, i vam ser una de les atraccions més populars. Els espectadors ens reconeixien pel carrer i tot rient em cridaven: «Xavier, where is Abbe? Come back to her!», i «Won't you marry me, Cugie, please?».

A Barcelona m'havien citat directament al Ritz i en arribar el primer que vaig veure des del taxi va ser el Rolls Royce daurat aparcat davant de l'entrada, amb la matrícula CUGAT de Nevada per si encara quedava algun mortal que no sabés que ell vivia a l'hotel i n'era patrimoni. Feia tan sols tres dies que havia tornat de la clínica i, tan bon punt em vaig instal·lar a la meva habitació, el vaig anar a veure. Semblava un pollet eixint de l'ou. Esprimatxat i de moviments lents, s'estava arrepapat en una butaca, envoltat de coixins i amb els peus alçats. Net i pulcre, ben afaitat, duia una camisa blau cel de coll ample, pantalons de mil ratlles i mitjons vermells. S'adornava el pit amb un penjoll d'un Crist, regal d'en Dalí, que li donava un aire de predicador tropical. Els dies següents vaig descobrir que no se'l treia mai i s'havia convertit en el seu nou emblema, junt amb la pipa. Em vaig fixar que en un racó de l'estança hi havia una bombona d'oxigen amb la mascareta corresponent i, a tocar de la seva butaca, una crossa. Tan bon punt aquesta al·legoria de la vellesa va moure's per saludar-me i presentar-me la morena mexicana, em va deixar bocabadat. La seva fragilitat no s'adeia gens amb l'agudesa de les paraules.

Era com si l'energia maldés per sortir del seu cos estropellat sense aconseguir-ho, i així la seva vivor es reflectia en la veu i els ulls desperts.

Només feia cinc anys de Los Angeles, però era sens dubte una altra versió del Xavier de qui m'havia acomiadat. Ja li havien fet tots els homenatges possibles i l'impacte del seu retorn es percebia en el fet que, dia per altre, apareixia algú al Ritz que el volia conèixer: periodistes joves que buscaven una exclusiva (encara que fos inventada), aspirants a artista que demanaven una audició o, senzillament, cinèfils i mitòmans que volien comprovar de prop el seu carisma.

No sempre es trobaven un Cugie acollidor. El caràcter se li havia tornat més voluble i els canvis d'humor i opinions podien ser tan imprevisibles com xocants. Havia començat a desencantar-se de la seva terra perquè no li facilitaven gens els negocis. País de ganduls i vividors, deia quan s'indignava, de toreros i morts de gana. La democràcia espanyola, acabada d'estrenar quan ell havia tornat, trontollava amb conspiracions i un intent de cop d'estat, i alhora s'enfortia al voltant del rei Joan Carles, que ell havia conegut anys enrere als Estats Units. Ara tan aviat rebia invitacions de la Casa Reial per assistir a cerimònies oficials —li havien atorgat la Creu de l'Orde d'Isabel la Catòlica— com participava en un sopar en honor de la filla del dictador Franco. Un dia se sentia més català que el pa amb tomàquet i l'altre es declarava devot de la Pilarica i entonava el *Que viva España*. Quan li preguntaven per la política espanyola deia que no hi entenia, i amb el bastó assenyalava una paret del seu estudi. Allà, emmarcades, hi havia cartes dels presidents Kennedy, Nixon i Reagan, a qui anys enrere havia donat suport en campanya electoral. Perquè eren amics seus, remarcava, i llavors, invariablement, per una associació automàtica, recordava que ell tenia quatre estrelles —no una, no, quatre— al Passeig de la Fama de Hollywood.

Em vaig adonar de tots aquest canvis mentre ens preparàvem per a la pel·lícula. Tot i que encara no ens necessitaven per a res, qualsevol proposta era bona per sortir de l'hotel amb el Rolls Royce i omplir les hores del dia: visitàvem les localitzacions, ens presentàvem als càstings i un matí vam anar a conèixer la noia protagonista i el seu pare acabalat. Amb les setmanes el cos d'en Xavier es va enfortir prou per suportar els dies de filmació, i saltava a la vista que el rodatge li despertava l'ànim, les càmeres l'estimulaven. Com era previsible, de tant en tant interrompia els tècnics per alliçonar-los:

—Això a Hollywood ho fèiem així o així.

El meu paper al film va ser del tot anecdòtic, tan marginal que ni tan sols surto als títols de crèdit. Em van utilitzar com a *stand-in* per fixar la il·luminació en un parell d'escenes d'interior, mentre en Xavier descansava, i vaig fer d'extra en una altra escena coral. Més aviat em volien per donar suport emocional, gairebé diria com a talismà, com si per alguna mena de llei no escrita la meva presència impedís que en Cugat tingués una recaiguda fatal. La veritat és que jo no esperava res més, estava content amb allò que m'oferien, però potser feia pena a l'equip i no passava dia que algú no em digués en un apart:

—És que és clavat, vostè, clavat. Felicitats.

Vam celebrar el final del rodatge amb un sopar al mateix Ritz i després el jovent de la filmació se'n va anar a una discoteca. Asseguts a la taula principal quedàvem en Cugat, la morena mexicana i jo. Nosaltres dos badallàvem de son i ella d'avorriment.

—¿I ara què? —va preguntar-me en Xavier, amb aquella melangia inevitable que desprenen els finals, fins i tot quan són feliços.

—Oh, sí, ara res. Ja pots comptar, tornar cap a casa.

—¿Per què no et quedes uns quants dies més? —va fer ell—. Hem estat tan enfeinats que no has tingut temps de veure res. T'ensenyaré on vaig néixer.

Vaig dir que m'ho rumiaria, però per dins ja sabia que no tenia pressa per marxar. Em vaig quedar i els dies van ser setmanes. I les setmanes, mesos.

Durant un temps em vaig afigurar que la seva vida era una filmació constant i jo el seu *stand-in*, el doble de cos que l'acompanyava a tot arreu. Quan va ser evident que ens havíem cansat l'un de l'altre, me'n vaig tornar a Nova York, però aquest cop vaig tenir la prudència de no acomiadar-me'n com si ja no hi hagués marxa enrere. Com un satèl·lit que s'acostava i s'allunyava, seguint una òrbita definida pels seus alts i baixos de salut, al llarg dels anys vaig repetir les meves visites perllongades, fins que ell va dallonses —és a dir, fins que va arribar al dia 33.172 de la seva vida—. Jo apareixia a Barcelona sense avisar i sense bitllet de tornada i m'hi quedava tant de temps com volia. M'estava al Ritz, com ell, i si era possible m'instal·laven al mateix pis, el tercer, en una suite més modesta. El personal de l'hotel ja em coneixia i es posaven molt contents quan em veien arribar, perquè sabien que jo li moderava el temperament i s'estalviarien les seves xarbotades intempestives.

Ell també moderava el meu ànim, esclar, vull dir que el canvi d'aires em rejovenia despertant-me la curiositat. Quan penso en aquella última època en què ens vam freqüentar, m'adono que em va revelar més detalls de la seva vida agitada que en tots els anys anteriors. Ens havíem conegut a l'adolescència per atzar i durant més de seixanta anys havia seguit de prop la seva evolució artística i personal, amb més finor que cap altre periodista, però tot i així hi havia qüestions que abans no havia gosat preguntar o comentar. Ara sense el filtre professional era més fàcil i, com que parlàvem en anglès, que era la llengua del seu passat gloriós, se li activava una àrea del cervell íntima i nostàlgica. Si se'm permet la frivolitat, ho formularé així: primer vaig adoptar el seu aspecte extern i després tots dos el vam anar omplint amb els seus records i els meus.

A Barcelona, la seva rutina no havia canviat gaire des dels dies a Los Angeles. Als matins li agradava dibuixar i pintar i que el deixessin tranquil. La noia morena estava entrenada per filtrar-li les trucades i només es posava al telèfon si ensumava alguna possibilitat de fer diners. Molts dies per dinar es feia portar a un restaurant de l'altra banda de la ciutat, el Tritón, on li coneixien els gustos i les privacions en la dieta. A mitja tarda, com que no tenia el Casa Cugat per anar a fer el manefla, baixava al saló del Ritz i seia amb un posat expectant, a la caça de desconeguts i sobretot desconegudes. Xerrava i s'entretenia, pensava en veu alta sobre el futur retorn als escenaris o el nou disc que volia gravar amb Montserrat Caballé, amb Julio Iglesias, amb Gloria Estefan. M'imagino que per a ell tota aquella pompa, amb els cambrers amb lliurea i les reverències i els clients cèlebres que el reconeixien i s'aturaven a saludar-lo, devia ser el més semblant a reviure els bons dies del Waldorf. Al capvespre, si no l'esperaven enlloc, tornava a les seves estances, sopava frugalment i mirava la televisió fins que pesava figues. La morena li feia unes fregues a les cames, per la circulació, i l'ajudava a ficar-se al llit.

Jo m'adaptava a aquests hàbits amb suavitat, sense interferir-hi gaire. De tant en tant en Xavier em convidava a dinar al Tritón (i em presentava com «un amic americà»), o em demanava que l'acompanyés a algun acte, ja fos l'estrena d'una revista de vedets al Paral·lel o una entrega de premis del Pipa Club, coses així, i aquells dies jo no em posava el tupè perquè la nostra semblança passés inadvertida. Tot amb tot, la majoria de dies ens vèiem a la tarda als salons de l'hotel. Em feia el trobadís i ell ho esperava, ens assèiem junts i el convidava a un còctel per atiar la conversa. A vegades només regiràvem la memòria per desenterrar-ne vivències comunes, fins que s'esfilagarsaven o ens ficaven en culs-de-sac mentals, i a vegades l'evocació d'una actriu, una sala de ball, una cançó, era com entrar en una cova fosca i descobrir-hi un tresor. Ens veig com dues relíquies més d'aquells salons històrics, i més d'un passavolant devia creure que ens conservaven allà embalsamats.

Als matins, mentre en Xavier pintava, jo em prenia les coses amb calma. Feia poc que s'havia posat de moda la fisioteràpia i una massatgista venia dos cops per setmana a fer-me estiraments i a tonificar-me la musculatura. De tant en tant, sortia a passejar pel barri, fins a la plaça Urquinaona o més enllà, a la plaça Catalunya, pujava pel passeig de Gràcia i tornava per la Gran Via, aturant-me a veure quines pel·lícules feien al cine Comèdia. O bé agafava l'altra direcció i seguia tot recte fins a la plaça Tetuan, on m'asseia a reprendre l'alè sota l'ombra tigrada de palmeres i plàtans, i tornava lentament cap a l'hotel. Abans de dinar, sempre trobava una estona per prendre quatre notes de les converses amb en Xavier del dia anterior, i ara em sembla que la millor manera de reflectir el caràcter insospitat, fins i tot erràtic, del que rememoràvem és reproduir-ne uns quants fragments, sense gaires artificis, amb els ajustos bàsics que demana una narració.

FAMÍLIA. He de parlar dels germans d'en Xavier. Els dies que estava apagat, ell deia que no tenia família, però jo ho interpretava com una reacció contra la solitud que l'acorralava en aquella suite. En el fons volia dir que no tenia descendència —fills, nets— ni músics al voltant. La seva família de sang sí que existia, tres germans i una germana que els fats havien dispersat, però que al llarg dels anys s'havien anat retrobant. En Xavier era el més esquiu de tots perquè no s'estava mai quiet i el governava una vida complicada. Alhora, però, feia de lligam, perquè les gires i actuacions el convertien en una mena de missatger entre germans, sobretot quan els pares encara eren vius, tots treballaven i en Francis vivia a Los Angeles, l'Albert a Nova York, i l'Enric i la Regina a l'Havana, amb els pares.

La vellesa els va ressituar a tots. Quan en Francis, el més gran, es va retirar com a tècnic de color als estudis de Hollywood, ell i la Ruth Wadler van viatjar per tot el món, passant llargues temporades a França, i es van traslladar a l'estat de Connecticut. Vivien en una zona residencial a prop de la costa, a dues hores en tren de Nova York, en una casa amb jardí on tots dos es dedicaven a pintar envoltats de gats.

L'Albert es guanyava la vida amb la il·lustració i havia col·laborat sovint amb en Xavier, vivia a Nova York i els últims anys, ja vidu, s'havia mudat a New Rochelle, que era com dir als afores de la ciutat. De tots era el més reservat.

L'Enric era el qui sempre havia estat més a prop d'en Xavier i amb qui es feia més. Es portaven menys de dos anys i s'assemblaven molt. Quan algú els hi comentava, l'un o l'altre recordava que de joves, havent arribat a Nova York, els nois del barri els increpaven dient que eren bessons irlandesos, cosa que a ells els feia gràcia i no entenien l'ofensa. L'Enric havia tornat a Cuba, on també havia estudiat música i fet mèrits per sortir de l'ombra espessa del seu germà perquè el consideressin un músic de renom. Dirigia l'orquestra de l'hotel Plaza, acceptava encàrrecs per actuar al vaixell que feia la ruta entre Miami i l'Havana, assessorava una orquestra de Ciutat de Mèxic. Era com si els dos germans s'haguessin repartit les àrees d'influència americanes —tu al nord i al sud, i jo al centre.

Tot això passava als anys trenta i, una mica després, quan l'Enric va instal·lar-se a Nova York, van començar a fer negocis junts. S'entenien bé, es compenetraven. Jo vaig conèixer l'Enric en aquella època i és el germà que vaig tractar més sovint, primer a Los Angeles i més tard a Las Vegas i a Barcelona. Era una versió més assenyada i silenciosa d'en Xavier, d'un humor més àcid i d'un tracte elegant en els afers personals. Administrava els diners del seu germà, tramava campanyes publicitàries, li feia de conseller i de suport moral, li solucionava problemes. Sempre amb un *savoir-faire* i una diligència que ho convertia tot en una bagatel·la. La senyora D'Morello el tenia en un pedestal i m'havia insinuat que, sense ell, en Xavier hauria anat coix pel món.

Ningú és perfecte, però. Quan en Cugie i l'Abbe Lane van començar a passar més temps a Europa que als Estats Units —ara parlo dels anys cinquanta—, l'Enric va treure la pols a la batuta i va muntar una orquestra. S'havia casat amb una noia molt més jove que ell, la Maria Margarita, i la va posar de cantant. Amb els seus contactes no va trigar a lligar una gira i, d'acord amb el seu germà, la va titular la *Xavier Cugat Revue*. Així podia donar feina a uns quants músics de l'orquestra que no volien traslladar-se a Europa. Tocarien els clàssics que havien fet famós en Cugie, com una d'aquelles franquícies que corrien pels casinos i hotels de segona classe. Quan feia un mes que rodaven, jo els vaig veure al Morocco de Montreal, coincidint amb una visita a la meva mare. L'espectacle els sortia bé, molt bé, i em vaig fixar en un detall del cartell: el Xavier havia desaparegut i ara hi deia *Cugat Review*. L'Enric s'ho havia cregut massa i ja només li faltava un chihuahua. Vaig pensar: «Malament rai».

Aquesta suplantació poc encoberta va durar més o menys un any i va viure el seu clímax al Seville, el club nocturn de Los Angeles. L'Enric hi va aterrar fet un figurí, com si portés una capa invisible que el proclamava nou rei de la rumba, i amb la seva dona com a cap de cartell. A les tertúlies entre periodistes corria una peripècia viscuda en un assaig, esbombada per un tècnic de so. Al final d'una cançó, en un moment de màxim entusiasme, l'Enric havia abaixat la guàrdia de la modèstia i havia exclamat:

—Bravo! Bravo! Ja em direu què té el meu germà que no tingui jo!

—L'Abbe Lane! —se li havia escapat a un trompetista.

En aquest món tot se sap, i les maldats encara més. En pocs dies la burla va traspassar l'Atlàntic per arribar a les orelles d'en Xavier. A hores d'ara ja intuïa que el passatemps del seu germà havia sortit de mare i agafava aires de motí. S'hi jugava el prestigi del cognom i això s'havia d'aturar. Ell i l'Abbe van tornar a Nova York per passar el Nadal i aleshores va cridar el seu germà a capítol. Acompanyat d'un advocat, el van convidar a signar un paper en què es comprometia a no actuar més amb l'orquestra.

Amb la cua entre cames, l'Enric no va tornar a utilitzar el seu cognom en va. Si algun dia assenyalat recuperava la batuta, era amb el consentiment —o encara diria més: sota les ordres— del seu germà. Una vocació estroncada, que només podia expandir-se en privat o projectar-se en els artistes que ell ajudava a contractar perquè es posessin al servei del seu germà de l'ànima. Passa a les millors famílies. Potser per tot plegat, ja de vells, em mirava l'Enric, tothora tan servicial i atent, i detectava en les seves faccions un vel de tristesa, uns ulls aquosos, un posat d'actor secundari que sap que una hora o altra els gàngsters el portaran a un carreró mal il·luminat i bang!

En una de les nostres tertúlies cançoneres, ja al Ritz, vaig parlar-ne amb en Xavier. L'Enric havia estat una setmana a Barcelona, fent-li companyia, i just el dia que ell marxava, jo arribava. Ens havíem creuat sota la marquesina de l'hotel, com aquell qui diu. L'Enric havia visitat son germà necessitat d'afecte: feia un mes que havien enterrat l'Albert, el març del 1988, després d'una malaltia terminal, i necessitaven consolar-se l'un a l'altre. O més aviat constatar que tots dos seguien vius. En Xavier acabava de superar una nova crisi respiratòria i l'Enric estava molt més sencer físicament, però feia mala cara i se'l veia prim, desossat, abatut.

—He vist l'Enric molt tocat —vaig comentar-li aquella tarda—. M'ha fet patir. A veure si el sol de Califòrnia l'anima, ara que ha tornat a casa.

En Xavier estava tou, amb l'última atzagaiada havia vist les orelles del llop i no tenia el cap gaire clar. Ben endins del cervell, se li va produir un curtcircuit.

—Sí, sí, ja només quedem tu i jo, Enric —va dir—. I la Regina, esclar, que ens enterrarà a tots. Sàpigues que jo t'he estimat molt. Tota la vida.

—I jo també —vaig seguir-li la veta sentimental.

—Tot el que he fet t'ho dec a tu, és com si ho haguéssim fet junts. Des de petits petits. Per això sempre m'ha sabut tan greu allò que va passar, allò que vas fer... Ja sé que no en vols parlar, però sempre me n'he sentit culpable. Imagina't que ara ja no hi fossis, ¿com ho faria jo?

—¿Què va passar? ¿Què vols dir? —el vaig empènyer jo.

—Quan vas voler-te matar, Enric, no m'ho facis dir que ja ho saps. I tot perquè jo no volia que actuessis més amb el meu nom, quina desgràcia. Quan hi penso... —Feia que no amb el cap.— A vegades hi somio i tot, encara. Et veig allà, tal com la Maria deia que t'havia trobat, mig mort, amb el cap dins el forn i el pot de les pastilles per allà a terra. Encara bo.

En Xavier es va posar a somicar. Un cambrer es va acostar per si necessitàvem res i el vaig fer marxar. Jo també estava emocionat. Amb penes i treballs vaig aixecar-me d'aquelles butaques tan flonges i m'hi vaig acostar per abraçar-lo. Abans que arribés la rossa catalana que el cuidava aleshores, i se l'emportés cap a l'habitació, vaig tenir temps de dir-li, estrafent la veu derrotada del seu germà:

—No hi pensis més, X. El que compta és que som aquí tots dos, ara, junts, com sempre.

REGINA CUGAT. L'he deixada per després perquè de tots cinc germans és la més misteriosa, la més elusiva, la més petita, la més cubana. La Regina ja va néixer a l'illa i va seguir sempre els passos dels seus pares. ¿Cap a Nova York? Doncs cap a Nova York. ¿Ara a la Bisbal? ¿Ara a l'Havana de nou? Quan els pares van morir, ella va seguir vivint a Cuba. ¿Amb qui? Les poques vegades que vaig parlar-ne amb en Xavier, no m'ho va aclarir. Es veu que hi havia uns parents llunyans, o uns amics de la família. Cada tant, amb regularitat bancària, s'enviaven diners a Cuba. Era com si la figura de la Regina, amb la seva serenor taujana, la modèstia vergonyosa de qui creix envoltada de joves ambiciosos i tararots, s'hagués quedat ancorada en aquell instant de dubte que precedeix les decisions importants. Com si tingués l'encàrrec de mantenir la memòria dels Cugat a l'illa. Llavors, el maig del 1980, quan tothom semblava haver-la oblidat, el seu nom va sortir als diaris.

Entre els més de deu mil cubans que havien fugit de l'Havana per arribar a Key West en *balsas* precàries, i que després s'havien refugiat a l'ambaixada del Perú a Miami, hi havia una senyora de setanta-un anys que, segons deia, era la germana d'en Xavier Cugat. Regina Juana Cugat Mingall. Els periodistes l'havien trobada al campament de la base aèria d'Eglin. La foto dels diaris mostrava una senyora gran però ferma, de mirada perduda, amb un vestit de quadres que li donava un aire juvenil; s'abraçava a un jove, «el seu net de vint anys, en Florentino». La notícia explicava que en Xavier, el germà més famós, en aquells moments es trobava a Espanya, però que aviat els seus altres germans Albert i Enric la vindrien a buscar. «Fa molts anys que no els he vist», deia ella.

Després es va saber que tots els germans havien fet mans i mànigues per endur-se-la de Cuba, però el règim de Fidel Castro hi posava totes les traves possibles. Els pares d'aquell noi, en Florentino, també havien fet la travessia i cal suposar que els Cugat van ajudar-los. L'Albert va treure la Regina d'allí i se la va endur cap a casa seva, al barri de Queens. Després la seva pista es perd en el no-res, vull dir que en Xavier no la va pas incloure al testament i, tal com a vegades ens vèiem obligats a escriure al diari, «a l'hora de tancar aquesta edició no ens han arribat noves informacions».

DIES DE RÀDIO. Va coincidir que durant una de les meves estades a Barcelona, el Nadal del 1987, van estrenar una pel·lícula de Woody Allen. *Radio days*. Una tarda vaig anar-la a veure al cine Vergara, que no quedava lluny del Ritz, i vaig sortir-ne entusiasmat. A més de divertida, era un homenatge a l'època en què la ràdio era l'aparell central de moltes llars, la finestra a d'altres mons i l'altaveu dels somnis i aspiracions de la classe treballadora americana. Concursos, cançons, radionovel·les, anuncis: tots els formats se servien de la imaginació perquè l'oient gairebé pogués tocar allò que escoltava. En Xavier havia estat un dels protagonistes d'aquella època, i en Woody Allen l'hi reconeixia en una escena. Una orquestra interpretava *Tico tico*, amb una cantant brasilera i un director que duia un chihuahua als braços. Quan el vaig veure l'endemà, n'hi vaig cantar les excel·lències.

—L'ha dirigit en Woody Allen —vaig fer.

—Ah, aquell noi jueu de Nova York. Jo el vaig convertir en una estrella quan el vaig contractar per a un espectacle al Caesar's Palace de Las Vegas. Abans no era ningú, i mira'l ara. No para de fer pel·lícules.

Sabia que em diria això. Feia anys que ho havia incorporat a la seva Galeria de Records Inventats. Tot i que era cert que havia actuat a Las Vegas en un espectacle seu, als anys seixanta, en aquella època en Woody Allen ja era un humorista de renom. Vaig insistir perquè l'anés a veure. Si volia jo el podia acompanyar, no m'importaria repetir. Durant uns segons no va dir res, semblava perdut en els seus pensaments.

—No ho sé, no ho sé —va dir a la fi—. No vam acabar gaire bé. Anys després li vaig presentar una demanda per danys i perjudicis. Havia fet servir el meu nom sense permís i li exigia una picossada de dòlars. Era en una pel·lícula on viatjava al futur i, quan veia un quadre d'aquell pintor que només fa nens amb els ulls grossos, tan lletjos, deia que l'havia pintat jo. ¿On s'és vist això, rebaixar-me d'aquesta manera? —es va sulfurar—. No sé si d'aquí cent anys els meus quadres seran als museus, però a moltes cases sí, i és evident que jo soc més bon pintor.

—¿I com es va acabar? ¿Qui va guanyar el plet?

—Ah, no me'n recordo! Em sembla que el jutge va decidir que no hi havia cas i cadascú cap a casa seva.

—Sigui com sigui, jo crec que aquesta l'has d'anar a veure, Cugie. Es diu *Dies de ràdio* i es nota que en Woody Allen t'aprecia i té un bon record de tu. Fins i tot hi ha una escena amb un director d'orquestra que porta un chihuahua als braços. Ets ben bé tu. ¿I saps qui fa aquest paper? En Tito Puente.

—¿En Tito Puente? —Això li va fer gràcia i se li va il·luminar l'expressió.— Potser sí que hi hauré d'anar, doncs. Ara, pensant-ho bé, en Woody Allen també m'ho hauria pogut demanar directament a mi, no?

LA MORENA MEXICANA. Un dia la morena va desaparèixer i ja no la vam veure més, però com que vaig coincidir-hi unes quantes vegades —i fins i tot sortia a *Una rosa al viento*, igual que jo— em sembla que he d'explicar-ne alguna cosa. La morena. Li veia aquella boca grossa, els llavis carnosos, els pòmuls rotunds i les mandíbules serrades, i pensava: «Un dia se'l cruspirà sencer, pobre Cugie. L'anirà rosegant i només en quedaran els ossets».

Durant uns anys la morena l'acompanyava a tot arreu. Venia de Mèxic, treballava de cambrera al Casa Cugat i amb en Xavier li havia tocat la loteria. ¿Què era? ¿Una cuidadora, una protegida, una dama de companyia, la seva última parella? Els periodistes insistien a presentar-la com la seva futura sisena esposa i jo la veia com un accessori de les fabulacions d'en Cugie, a mig camí entre l'estimació sincera quotidiana i l'emblema del que podia ser una vida eròtica de portes endins. Mai no va arribar a ser un projecte de Charo, tanmateix, ja era massa tard perquè en Xavier la descobrís.

En Xavier li pagava un sou i això la convertia en una mantinguda, però al cap d'uns quants anys al seu costat ja no volia viure al Ritz. En això té la meva comprensió. La vida d'hotel la fatigava, sempre pendent de les visites, i va convèncer en Xavier perquè li posés un pis —a l'avinguda Diagonal, en una zona noble—. Així tindrien més intimitat. En Xavier no va deixar mai la suite 306 del Ritz. A vegades anava al pis de la Diagonal, s'hi quedava a dormir i s'hi estava tres o quatre dies. Quan tornava en deia «casa meva», però es notava que hi trobava a faltar les seves coses i li feia pànic un nou trasllat. Quan es prestava a aquests simulacres de vida en parella, jo pensava «no el veuré mai més», però sempre tornava.

La carn tendra vol carn tendra i un dia la morena mexicana va conèixer un colombià. Primer devia ser com una petita infidelitat, amb l'enjòlit de les trobades furtives, i aviat es va convertir en una relació estable. Un mantingut de la mantinguda, vaja. Ara la morena ja no es quedava tantes hores al costat d'en Xavier, buscava excuses tant per marxar de la suite com per aconseguir que ell no s'acostés al pis de la Diagonal. Algun secretari o mànager o acòlit va avisar en Xavier que la morena li estava aixecant la camisa. Amb tota la delicadesa que demanen aquests afers, i més quan hi ha pel mig persones estrangeres, sense ofici ni benefici, que més aviat fan nosa i s'aprofiten de la gent, les autoritats en van tenir notícia i al pis de la Diagonal va arribar-hi un ultimàtum. Volien veure el seu permís de residència. ¿No? *Adiós*.

Tot això, en tot cas, és el que en Xavier m'havia deixat entreveure quan vaig preguntar per ella. Poc temps després que la morena mexicana desaparegués de l'univers cugatià, hi va aparèixer una rossa catalana, molt diferent. L'havia coneguda el dia que s'inaugurava una exposició dels seus quadres. La rossa també era jove i bufona, però d'una discreció freda i calculada, com d'espia dolenta en una pel·lícula de James Bond. Potser em ve al cap aquesta imatge perquè, des del primer dia que va acompanyar en Xavier, va voler que la definissin com a secretària, res més. Totes dues haurien sigut la parella perfecta en un anunci de xampú: si la morena deixava onejar els cabells en senyal de rebel·lia, la cabellera llisa de la rossa sempre tenia un caient impecable.

L'ESCULTOR I LA MODEL. A l'última època, quan el món d'en Xavier s'havia reduït a les limitacions físiques del Ritz, cada sortida a l'exterior, per minsa que fos, es convertia en una fantasmagoria que li durava setmanes. L'invitaven a celebrar la seva llarga carrera, tots els mals li desapareixien i el present se li distorsionava amb la tramoia de la fama. S'enganyava a si mateix creient que encara l'escoltaven i el futur se li omplia d'idees i projectes que després els seus secretaris miraven de dur a terme (per rascar algun caleró). La majoria d'aquests castells de cartes s'esfondraven en silenci, però això no el desanimava pas.

Una vegada ell i la rossa van marxar dos dies a València per apadrinar una orquestra que a partir d'aleshores duria el seu nom, a canvi d'una compensació econòmica: la Nova Orquestra Xavier Cugat. Va tornar emocionat i, gairebé sense saludar, es va arrepapar en una butaca i em va dir:

—Acabo de descobrir una noia catalana, sensacional, que està destinada a ser una gran estrella. És tan bona que la penso llançar a tot el món. Li he posat Nina de nom artístic, sense res més al darrere perquè no cal. Nina, Nina, Nina... —va dir-ho unes quantes vegades, obrint les mans com si esbossés el cartell i a força de repetir el seu nom ja fos més famosa.

—¿I quants anys té?

—Vint o vint-i-un. És molt jove i a més fa cara de nena, per això li va tan bé el nom. Però té experiència amb orquestres de festa major. La vaig veure ahir a València, cantant *Noche de ronda*, i em va deixar bocabadat. Quan es va acabar l'espectacle, la vaig fer cridar i li vaig dir: «Tens una veu prodigiosa, maca. No pateixis que jo et faré sortir a la tele, la gent ha de conèixer el teu talent». Demà parlaré amb en Chicho Ibáñez Serrador, que té un programa que veu molta gent a la televisió espanyola, i li diré que no se la pot deixar perdre.

—Ja ho saps, ¿no?, que ara la gent dirà que és la teva nòvia i tot això.

—Que diguin el que vulguin. Si ha de servir perquè ella triomfi, a mi ja m'està bé.

Un mes després li van confirmar que els convidaven a tots dos a la tele. Ell la presentaria com una novetat i després la Nina cantaria amb l'orquestra. Estava eufòric.

—¿Amb quantes cantants deus haver compartit escenari a la teva vida? —el vaig punxar aquella tarda—. ¿Quantes n'has descobert? ¿Les has comptat mai?

Va alçar la mà bona enlaire, com si volgués espantar una mosca.

—Va, començo jo —vaig fer—. No s'hi valen les teves esposes. La Nita Rosa, per exemple.

La proposta el va engrescar perquè li despertava els seus múltiples desvaris i flirtejos amorosos, reeixits o no.

—Ai, la Nita Rosa —va fer—. Quina veu més dolça. I la seva mare colombiana. La Carmen estava més gelosa de la mare que de la filla. Sense cap raó, eh! —Va rumiar uns segons.— Ara jo: una de les primeres, la Dinah Shore. Amb ella vam cantar sobretot a la ràdio.

—Meravellosa. Única. Una altra: la Lina Romay.

—Aquesta era fàcil. La Lina i aquella gràcia quan movia el cul. —S'estava animant.— Ballàvem junts i em seguia els moviments com si no toqués de peus a terra. Semblava que fes anar una ploma. El seu pare es deia Porfirio i era diplomàtic de no sé quin país. Era molt bon partit, la Lina, però, ai, jo ja estava casat.

—Potser és la que va cantar més temps amb tu, a part de l'Abbe, no?

—Segurament, segurament. Una altra: la Shelly Mitchell.

—D'aquesta no me'n recordo. Devia durar molt poc, ¿no? Igual que una altra, la Dulcina.

—D'aquesta no me'n recordo jo. Sí, la Shelly la veig al Ciro's i després se m'esborra. Molt bonica. N'hi ha hagut tantes! Però poques com l'Adele Mara. Oh, l'Adele Mara! Em va venir a buscar a Nova York, dient que volia treballar amb mi. Però només tenia setze anys! La vaig retrobar més tard al rodatge de *You were never lovelier* i ara sí, va venir una temporada amb l'orquestra. Ballava més que cantava, però amb això n'hi havia prou.

—Ara que dius del Ciro's, em ve al cap la Ramsay Ames. També va cantar amb tu, oi? La recordo en aquella pel·lícula, no sé què d'una mòmia que perseguia una princesa, i a fe que volies ser la mòmia per clavar-li queixalada.

—Quin perill, aquesta. Però no estic segur que arribés a cantar amb nosaltres. Potser sí. Hi havia una època que en Walter Winchell deia que m'anava al darrere i jo sempre la veia al Ciro's amb en Mickey Rooney. Li treia tres pams, ella. Va fer moltes més pel·lícules i es va casar amb un milionari brasiler.

—Va, no perdem el fil. ¿Qui més?

—¿Qui més? La Betty George. Adorable. Molta classe. Vam festejar una temporada, entre la Lorraine i l'Abbe, però es va cansar de mi, com totes. Anys després ens vam retrobar al Latin Quarter, quan jo presentava la Charo. Massa vell ja.

—Sí, ja hi era jo, ja me'n recordo. Va, una altra: l'Elena Verdugo.

—Aquesta cantava a la ràdio. Com la Maria Romero.

—La Lita..., la Lita Baron.

—La Carmen d'Oro. De Puerto Rico. *Boricua*, que diuen allà. Una bellesa caribenya per caure de cul, i una dona encantadora, sempre molt atenta. Em va felicitar els vuitanta anys.

—Aquesta era més de l'última època, no? A Las Vegas.

—Sí. Quan la Charo no podia cantar, venia ella.

—Va, que no decaigui, que encara n'hi ha més. Ara en diré una que déu-n'hi-do: la Joi Lansing.

—Ui, la Joi Lansing. Una gran *bombshell.* Complicada, però, molt complicada.

—Me'n recordo que vaig escriure sobre ella quan va substituir l'Abbe i vaig dir que tenien les mateixes mides.

—Que ets trapella. La Joi Lansing no va aguantar gaire perquè m'esvalotava el galliner. Havia fet algunes pel·lícules atrevides per l'època. Com la Fran Jeffries, ¿te'n recordes?

—La Fran Jeffries que uns anys més tard va sortir al *Playboy* de pèl a pèl.

—¿Ah sí? M'ho vaig perdre. A mi em feia pensar en la Raquel Welch. Va venir a Madrid per substituir l'Abbe Lane, just quan ens acabàvem de separar, i volia que firmés un paper dient que no teníem cap afer, ella i jo. Esclar que no! Encara no. Jo estava tan desesperat per trobar una cantant que el vaig signar, i a ella li va sortir a compte actuar amb mi, va agafar molt de renom.

Estic segur que n'hi havia unes quantes més, però el joc començava a decaure i, com que ell no la deia, vaig deixar pel final l'amor de la meva vida:

—¿I aquella altra? La Perdita Lavalle...

—Oh, la Perdita! —va exclamar—. Quin caràcter. Ella i el seu pare, tots dos. Tenia una veu fonda i aprenia molt ràpid. Convertia les pauses de la veu en una insinuació que m'esborronava tot jo. Però era una noia difícil, una mica aspra. ¿No me la vas presentar tu, ara que hi penso?

—Sí, sí. M'agradava molt. Ella i jo...

—Però al final se'n va anar amb un trompetista. O un pianista, ja no me'n recordo. Aquestes coses passen.

Com que ell no proposava més noms, n'hi vaig dir encara un parell d'inventats, per jugar.

—La Betty Caprabo.

—Sí, i tant.

—I la Rita da Costa.

—¿No deus pas voler dir la Rita Montaner?

—Potser sí.

—No ens deixem les meves dones, esclar, que eren i són les millors. La Carmen, l'Abbe i la Charo (la Lorraine no, que no cantava gaire bé). Ja ho dic a les entrevistes quan em pregunten per elles: el talent ja el tenien abans, com la majoria de cantants que ara dèiem. Jo només els hi feia sortir a la llum. Era com un escultor que perfilava una estàtua cada dia més atractiva.

NENS I PERIODISTES. Al principi de viure a Barcelona, cada setmana apareixia al Ritz algun periodista que el volia entrevistar. En Xavier acceptava el compromís sense prejudicis de classe: televisions, ràdios, premsa internacional, nacional, diaris locals... Tot li estava bé. Fins i tot rebia els nens i nenes d'alguna escola, amb una professora de música que ja no sabia què fer per distreure els alumnes. Jo havia assistit a l'escena unes quantes vegades. S'asseien tots a terra, al vestíbul de l'hotel, en rotllana al voltant d'una butaca, i la mestra els insistia perquè fessin preguntes a aquell senyor mig momificat, amb uns cabells ridículs i que els mirava amb el cap ben alt i els ullets mig closos. Ell els deia que era amic íntim d'en Frank Sinatra, tenia una orquestra que tocava al millor hotel del món i s'havia casat cinc vegades (en aquest moment tots reien). Al vespre, a casa, farien els deures i ho haurien d'explicar tot en una redacció, i la mare els ensenyaria com s'ha d'escriure Frank Sinatra. Tot seguit en Xavier demanava un voluntari que li cedís la llibreta —jo, jo, aquí, jo, jo!— i amb la mà bona i el pols ferm obria una pàgina en blanc a l'atzar i amb quatre gargots feia una caricatura de si mateix. La curiositat els superava i tots els nens s'aixecaven enmig dels crits de la professora, empenyent-se per veure com dibuixava aquell home. Quan la caricatura estava acabada, la donava al nen de la llibreta, però la mestra s'anticipava i l'hi prenia de les mans:

—La sortejarem a classe el proper dia —cridava—, i ara, abans de dir adeu al senyor Cugat i sortir tots en silenci i sense empentes, un aplaudiment ben fort.

L'ovació ressonava al vestíbul lluminós i en Xavier abaixava el cap amb exageració, com si encara fos a l'escenari. Jo sabia que per dins agraïa que se n'anessin, cansat de la cridòria. Mai no li havien agradat gaire les criatures, i ja és ben estrany, perquè tant la seva persona com la música o les pel·lícules, i ja no diguem els dibuixos, tenien la virtut d'encantar els nens petits.

Un dia que es queixava de les molèsties de dos nens que corrien entre les taules del Tritón, jo li vaig dir que allò li passava perquè no havia tingut fills. Li faltava l'aprenentatge, la paciència.

—I tant que he tingut fills —va respondre, mig ofès, amb el dit enlaire—. N'he tingut a centenars. Tots aquests músics que van passar per les meves mans, totes aquestes cantants que van debutar amb mi, ¿què eren, sinó fills meus? Els vaig donar una educació i un futur, no es pot demanar res més.

Cap al final dels seus dies, quan havia celebrat els noranta anys i el senderi se li tornava més imprevisible, la rossa catalana li va reduir les trobades amb molt bon criteri. Acceptava només entrevistes de trajectòria, amb una producció de qualitat, que destaquessin la fita d'arribar als noranta. Els guionistes, però, sempre inventius, volien fugir de l'entrevista estàtica i el convencien fàcilment perquè jugués a ser el famós extravertit. El maquillaven i el vestien amb colors hiperrealistes, i l'havien filmat mentre pintava, mentre es passejava amb el Rolls Royce per la ciutat, o fins i tot batejant un chihuahua amb unes gotes de tequila (el gosset es deia Dalila perquè rimava amb tequila).

Devia ser en aquesta època que, durant una de les meves visites, un periodista de successos, d'aquells que es consideraven influents, va aparèixer al Ritz i va demanar per mi. Jo em pensava que s'equivocava i volia en Cugat, i l'hi vaig comentar. No, no, era a mi que em volia veure. Em va donar la mà i em va convidar a seure en una butaca. Se'l veia atabalat, mal afaitat, amb la camisa que li mig sortia dels pantalons.

—¿Li puc preguntar qui és vostè? —va etzibar-me, a boca de canó, en un anglès elemental—. Perquè sempre que vinc el veig per aquí, al costat d'en Cugie, i em posa nerviós no saber qui és, perdoni.

—Només soc un amic de fa molts anys —li vaig respondre—. No soc ningú.

—No, no, a mi no m'enganya. Vostè ha de ser algú. Un dia els vaig sentir que parlaven i estic segur que vostè no és català, vostè és dels Estats Units. ¿Com es diu, si es pot saber?

Vaig riure i li vaig dir el meu nom. No em va creure.

—¿És de la CIA, vostè? ¿O potser és de la màfia? Perquè si és de la màfia, jo no m'hi fico, però si volgués parlar i explicar coses, aquí em té.

—¿De la màfia? ¿De quina màfia, l'americana o la italiana? —em van venir ganes de prendre-li el pèl—. Pregunti-ho a en Xavier. Ell li dirà qui soc.

—No puc. La seva secretària m'ha dit que prou d'entrevistes amb ell. Tot això és molt misteriós, ¿no troba? I sap què li dic, que el veig a vostè... ¿Quants anys té, si l'hi puc preguntar?

—Noranta-dos, no me n'amago pas.

—Noranta-dos, ho veus! El veig a vostè i penso que és com el retrat de Dorian Gray. El nostre Cugie està cada dia més decandit, més feble, i vostè més fort i més jove.

Sense dir res més, li vaig clavar una mirada assassina. Es va alçar d'una revolada i se'n va anar, convençut que el pobre Xavier era víctima d'una confabulació del govern americà i la màfia —és a dir, jo.

GALERIA DELS RECORDS INVENTATS. Més d'un cop en Xavier havia insistit perquè l'acompanyés al rodatge d'una entrevista per a la televisió. No era una cosa que m'entusiasmés. La majoria de respostes ja les havia sentit mil vegades i tot anava molt lent. Si m'hi avenia, era per no fer-li un lleig i perquè, d'una manera una mica mesquina, hi tenia interessos. En aquella època jo ja especulava sobre el tant per cent de ficció que som capaços de produir, i em fascinava la possibilitat que afegís nou material a la Galeria dels Records Inventats.

Començava l'entrevista. Les preguntes sobre el present el deixaven descol·locat i responia dubitatiu, amb algun refregit de tòpics o fent referència a l'actualitat de la vida social que llegia a les revistes del cor. Com que l'avorria, no trigava a parlar de les seves cinc dones perquè sabia que l'entrevistador hi sucaria pa. En canvi, quan li preguntaven sobre el seu passat i l'arribada als Estats Units, deixava anar el relat que s'havia construït, amb una confiança en els detalls i una seguretat que li treia trenta anys de sobre. Era com si tingués una sèrie de personatges famosos guardats en una capsa, que podien haver format part de la seva vida o no, i els disposava i movia com qui juga a nines. Li preguntaven per la seva primera casa en propietat, posem per cas, i responia amb convicció que s'alçava als turons de Hollywood. Jo el sentia i per dins ho confirmava, era cert, però ell no en tenia prou i aleshores s'envalentia, descarrilava i deia que aquella casa abans havia sigut propietat de Rodolfo Valentino, però per poc temps; després havia passat a mans de la Virginia Hill, «que era la querida de l'Al Capone». Etcètera. Embolica que fa fort.

Una vegada —però només una vegada—, li vaig sentir explicar un d'aquests records que semblaven néixer en directe, a mesura que la seva fantasia els desenvolupava sense aturador. Rememorava els seus primers temps a Nova York, com a estudiant de Henry Schradieck, quan havia arribat a la ciutat aconsellat per Enrico Caruso —una altra invenció de les seves—, i explicava que havia tingut la sort d'assistir a l'estrena de *Goyescas* per part d'Enric Granados. Èxit fabulós, esdeveniment colossal, glòria mundial. En aquella època, a Nova York hi treballaven músics catalans com la Paquita Madriguera, la Maria Gay o el mateix Pau Casals, i el periodista li va preguntar si havia pogut conèixer personalment el músic. En Xavier va detectar el passadís que el duia de dret al moment històric i no va dubtar ni un segon: i tant que havia conegut el mestre Granados! No només això, fins i tot havia tingut el terrible privilegi d'acompanyar-lo en les últimes hores a Nova York. Junt amb una colla d'admiradors l'havien acomiadat al port de Hoboken, on ell i la seva esposa embarcaven al vaixell que l'havia de dur a Londres. El delit ara ja devia ser incontenible, i ho rematava: per sort o per desgràcia, ell havia pogut pujar a la cabina del vaixell i allà l'excels Granados li havia dedicat personalment una fotografia. La guardava com un tresor. Qui els havia de dir que pocs dies després, en un nou vaixell, moriria torpedinat pels alemanys, en ple Canal de la Mànega. Quin destí més funest, oi?

Ja dic que només li vaig sentir aquesta història una vegada. Potser no va gosar pregonar-la més perquè es va adonar que era excessiva fins i tot per a les seves ambicions.

CHARO. Si passava per Espanya, la Charo Baeza sempre es guardava un dia per visitar el seu exmarit. Tant li feia que l'actuació fos en una *boîte* de Madrid, a la festa major de Pontevedra o en un casino de Marbella: era com si amb el primer dòlar guanyat hagués fet la prometença de no oblidar-se mai del seu padrí. La seva arribada al Ritz se sentia d'una hora lluny, cridant ja des de l'entrada, histriònica i expansiva, la cabellera rossa trepidant amb el repic dels seus passos. Quan veia en Xavier, s'emocionava de debò i havia de refrenar l'impuls de llançar-se-li als braços i desmuntar-lo. En lloc d'això primer el petonejava i després se li acostava a la cara i li feia un petó als llavis, que ell ja esperava posant la boqueta de pinyó. Després venia la inspecció: el mirava de dalt a baix, li posava bé la camisa, li pentinava amb els dits el serrell del perruquí i li preguntava a cau d'orella si aquelles noies —la morena o la rossa o qui fos— el tractaven bé. En Xavier era el seu pare, el seu marit i el seu fill, tot alhora. Vaig presenciar l'escena unes quantes vegades i m'admirava amb quin candor i quina espontaneïtat li mostrava gratitud. Era un sentiment que venia de molt enrere, com si tornés a aquells disset anys. Si la seva visita coincidia amb en Xavier a la clínica, refent-se d'algun ensurt, ella l'anava a veure, s'asseia al seu costat, li agafava la mà, treia una estampeta de la bossa —amb una marededeu que li havien regalat en algun poble de l'Espanya profunda—, i resava una estona.

A vegades eren visites de menys d'una hora, vist i no vist, fins que algú del seu seguici la reclamava dient que el taxi ja els esperava a la porta. En altres ocasions tenia més temps per estar amb ell i, si el veia en forma, fins i tot se l'emportava a alguna entrevista perquè sortís a les fotos. A més de ser una estrella, la Charo havia après l'art de fer diners amb en Xavier i, quan es veien, sempre trobava algun moment per demanar-li com tenia els comptes.

—¿Et falta res, amor? Només m'ho has de dir. —I instintivament ficava la mà dins la bossa.

Ell li deia que no amb la tranquil·litat de saber que era una broma privada. La Charo també li explicava futurs negocis esperant la seva aprovació (després feia el que volia) i, quan es va tornar a casar, li va presentar el seu nou marit amb una actitud semblant: com si ell hagués de beneir la relació.

Jo vaig tractar més la Charo en aquelles visites a Barcelona que no als Estats Units. Vam coincidir quatre o cinc vegades. La primera em va saludar amb afecte i després va preguntar a en Xavier de què ens coneixíem (volia saber si estava entre amics i podia relaxar-se). En Xavier li va dir que era periodista i ella va arrufar les celles, però jo el vaig corregir de seguida.

—Havia sigut periodista. Ara fa anys que estic retirat, com et pots imaginar. Només som dos vellards que ens expliquem batalletes perquè no sabem jugar a golf, o a escacs, oi, Cugat?

Un dels meus últims articles te'l vaig dedicar a tu, Charo, quan vas debutar al Latin Quarter de Nova York.

Amb tota professionalitat va dir que recordava molt bé aquella ressenya (no m'ho vaig creure) i, per acabar-me-la de guanyar, li vaig explicar que temps després vaig veure el seu nou espectacle a Las Vegas i, enlluernat, vaig escriure un altre article —que em van censurar.

—Mai no he oblidat el fragment que el director d'Espectacles em va obligar a treure: «La jove Charo», havia escrit jo, «porta el concepte *escot* a un altre nivell, tant pel davant com pel darrere, perquè els seus vestits de nit cauen tan avall de l'esquena, fins a la frontera amb Mèxic, que provoquen vertigen només de mirar-los». Quins temps, oi? Com ha canviat tot.

Ella va riure i, com per celebrar la meva atzagaiada, va alçar el braços com una ballarina i va donar una volta sobre si mateixa, perquè la contempléssim.

Quan la Charo se n'anava després d'una de les seves aparicions fulgurants, la seva absència es palpava físicament. Tot semblava més gros, més ample. El seu perfum surava en l'ambient, com una penyora del seu comiat, i en Xavier estava trist dos o tres dies. Agafava els seus àlbums amb retalls de diaris i revistes i repassava els dels últims anys amb ella.

Prou. M'aturo abans que comenci a repetir-me com ens passava a nosaltres dos. Aquesta afinitat que he mirat de condensar va durar cinc o sis anys i, a partir del 1988, les meves visites a Barcelona es van anar espaiant, fins al punt de limitar-les a dos cops l'any, hivern i estiu, fugint de les temperatures extremes de Manhattan. El fet és que la nostra litúrgia havia perdut interès. Ara quan estàvem junts no trigàvem a divagar i repetir-nos, i per mi era evident que ho provocava en Xavier. Es feia un embolic amb les llengües, s'inventava records cada cop més inversemblants i tot plegat em deprimia i m'envellia encara més. D'altra banda ja no m'agradava la sorpresa dels viatges inesperats. Darrerament, quan havia arribat al Ritz, en Xavier no hi era i un recepcionista apesarat em deia que estava ingressat a la Quirón. Tota la vida que els hospitals m'han causat aprensió, fins i tot els que són de gamma alta, i la perspectiva d'asseure'm al seu costat mentre dormisquejava, o intentar entendre'l quan parlava amb la mascareta d'oxigen posada, se'm feia un suplici. No he tingut mai paciència per a aquestes circumstàncies.

Amb els anys havia consolidat mitja dotzena d'amistats de debò a Barcelona: amics de fora del cercle d'en Xavier, que, tan bon punt els avisava que corria per la seva ciutat, em convidaven a sopar i em feien la vida més entretinguda. Amb ells omplia algunes hores de la meva estada, mentre en Cugie s'anava refent, i no negaré que em sentia estimat, adulat i fins imbuït d'un cert dandisme quan, de nit, amb el cap tèrbol pel xampany, el taxi em deixava davant del Ritz i algun vianant d'última hora em veia entrar amb aquells aires de grandesa. Llavors jo em deia que m'havia confós amb ell i estaria content de saber que el famós Cugat ja estava recuperat. Tot amb tot, si passaven tres o quatre dies i el Cugie autèntic seguia internat, la mateixa agitació superficial es manifestava en el sentit contrari i, incòmode amb el compàs d'espera, com si només poguessin arribar males notícies, agafava de nou un avió sense dir res a ningú. Com a casa enlloc, em deia aleshores, per foragitar la idea d'una perpètua vida d'hotel, i em feia l'efecte que el meu apartament a Nova York era com una closca que em protegia de tot mal.

Hi havia també la qüestió de la guàrdia pretoriana, que en deia jo. En aquells últims temps, abans de planejar un viatge trucava al Ritz i la rossa catalana m'informava de la situació a la suite 306. La seva crònica mai no era gaire falaguera, més aviat s'inclinava pel pessimisme planyívol, i jo penjava el telèfon amb la sospita que em volia dissuadir. És possible que l'hi dictés la bona voluntat, per evitar que en Cugie es cansés massa, però en la seva veu hi percebia una lleugera irritació, la gelosia de qui salvaguarda el seu protegit i pertot veu amenaces. Era el mateix patró ansiós que havia detectat tantes vegades en secretàries i assistents de celebritats, una deformació de l'amor incondicional.

L'última vegada que vaig veure en Xavier amb les seves facultats mentals intactes va ser el desembre del 1989. Per Cap d'Any faria noranta anys i els números rodons demanaven una festa especial que no em volia perdre. Feia dos anys i mig, jo mateix havia creuat la frontera cap a la desena dècada i sabia que aquell trànsit et provocava un mescla esbojarrada de vertigen, alleujament i emoció —l'emoció d'entrar al selecte club dels nonagenaris—, i que era millor si es disfrutava en companyia i afavorit per una quantitat raonable d'alcohol. La rossa catalana no va dissimular gens l'apatia quan li vaig explicar per telèfon les meves intencions, però no em vaig deixar intimidar i amb tota la impertinència la vaig informar que arribaria uns dies abans de l'aniversari. ¿Quants anys devia tenir aquella noia, aquella última novieta? No pas més de trenta. En cap moment se'm va acudir que no era el mateix tenir cura d'un avi que de dos, i és que jo no em veia pas com un vell.

Un cop a Barcelona, vaig anar a saludar en Xavier a la seva suite i allà mateix, en presència de la rossa catalana, em va convidar a passar el Cap d'Any en una masia de la família d'ella, a pagès, a prop d'Olot, i així la meva participació va quedar santificada pels seus designis. Quina sort, penso ara, perquè guardo un record preciós d'aquella nit. Vaig comprendre el privilegi de celebrar al mateix temps l'arribada del nou any i el teu aniversari, perquè així es multiplica l'alegria i, alhora, es dissimulen millor les penes interiors. Després d'un sopar substanciós, vam rebre el nou any amb els dotze grans de raïm i, superada la confusió de crits, rialles i ennuegaments, va arribar l'hora que en Xavier bufés les espelmes del pastís, un nou i un zero.

Vam brindar i algú va demanar que l'homenatjat digués unes paraules, allò que es fa, i va ser com si els noranta anys haguessin investit en Xavier d'una transcendència inaudita.

—Estimada família —va declamar, seriós, assegut a la cadira de rodes—, deixem enrere un any de merda, amb perdó. M'he passat quasi més temps a la clínica que a casa. Tots sabeu que per mi la vida és multicolor, com els quadres que pinto i com aquells barrets de fruites que duia la Carmen Miranda, i les parets de la Quirón són massa monòtones. De manera que alço la copa perquè el meu cor ja no se salti cap més compàs i amb aquests noranta anys tot millori i puguem fer grans coses —la veu se li va esquerdar i la rossa, que seia a la seva dreta, atenta, el va amanyagar—. Ara potser direu que soc un somiatruites i m'és igual, però jo espero que aviat pugui viatjar altre cop a Amèrica i veure alguns amics que encara em queden, i els meus germans, l'Enric i la Regina. —Ara que s'animava, li van omplir de nou la copa de xampany.— A partir d'avui ja només em queden deu anys per arribar als cent i morir-me, i quan torni a Amèrica ja faré les invitacions per a la gran festa, perquè vull que vinguin els grans amics i els grans amors de la meva vida, que no hi falti ningú. En Frank Sinatra ja deu tenir més de vuitanta anys, però hi serà igualment, amb cadira de rodes com jo, i en Dean Martin i en Jerry Lewis, i l'Esther Williams, i la Lina Romay, i tota aquella gent amb qui vam riure tant. I si em moro abans (que no passarà, perquè la meva mare sempre em deia que viuria cent anys), però si em morís abans vull que m'enterreu a..., a Gina, a Ginor..., Giro-na.

Com que s'embarbussava i feia l'efecte que els esforços li provocarien un nou ictus, tots vam aplaudir per fer-lo callar. La mestressa de la casa ens va repartir el pastís. Algú va posar un disc dels anys al Waldorf i la música sortia d'uns altaveus potents i semblava que tinguéssim l'orquestra allà mateix. Ara no me'n recordo de quines cançons sonaven, però devien ser *Perfidia*, *Brasil*, *Quiéreme mucho*, totes aquestes. Ens vam quedar en silenci i en Xavier va tancar els ulls i somreia i es balancejava seguint el ritme —sabia que el miràvem embadalits—, movent el braç bo com si dirigís per a si mateix, i de mica en mica el gest es va alentir i ell es va condormir, bressolat per la seva música mentre els altres vam continuar parlant en veu baixa, per no despertar-lo.

A l'estiu no vaig ser capaç de tornar a Barcelona. A finals de gener, només d'arribar a JFK, vaig comprar el *Times* i vaig llegir que s'havia mort Ava Gardner. Al cap d'uns dies li va tocar a Barbara Stanwyck, i uns mesos després va caure Greta Garbo. Als matins llegia les necrològiques del diari i em venia al cap un diàleg d'algun western famós: «Disparen a prop, disparen a prop! Poseu-vos a cobert». A l'abril d'aquell any també va morir Sarah Vaughan i unes setmanes després Sammy Davis Jr., i em va saber molt greu perquè tots dos eren molt joves. «Quina pèrdua més absurda», pensava, «ens hauríem de morir tots en el mateix ordre de naixença». Passaven els mesos, va venir la tardor. Si telefonava a la rossa catalana, les seves notícies mai no eren gaire esperançadores, tot i que de moment havien aconseguit mantenir en Xavier lluny de la clínica. Un mal pressentiment em feia creure que no podia destruir el record de l'últim Cap d'Any amb una nova visita que sens dubte em mostraria un Cugie decadent, potser moribund. Llavors a principis d'octubre em va trucar l'Enric i em va dir que el seu germà tornava a estar ingressat, una pneumònia, i aquest cop sí que semblava el definitiu. Uns dies abans l'havien entrevistat al programa estrella de la televisió catalana, en directe, i s'havia queixat que l'aire condicionat a l'estudi estava massa fort. Li feia por refredar-se. Ara l'havien intubat i no responia al tractament. A l'instant em va venir a la memòria una de les nostres trobades d'anys enrere, al Ritz, quan en Xavier s'indignava perquè en Dalí s'estava apagant i el seu seguici el mantenia viu a qualsevol preu, com si fos un valor de borsa i calgués invertir-hi perquè no caigués en picat. «No el deixen morir i això no pot ser», em deia. Vaig explicar-ho a l'Enric. Els dies següents va fer una revifada, va obrir els ulls i va tornar en si unes hores, però només per caure de nou en un estat letàrgic. Ja no es va despertar més. Una vegada m'havia dit que es volia morir dormint i vaig pensar que, com sempre, aconseguia tot el que es proposava. Jo havia demanat a l'Enric que m'avisés quan no hi hagués marxa enrere —i així ho va fer.

Vaig agafar un avió i vaig arribar a Barcelona un divendres a la nit. Al davant del Ritz, a la Gran Via, una castanyera s'escalfava les mans en una caldera mentre escoltava les notícies a la ràdio, i em vaig aturar per si deien alguna cosa d'en Xavier. Res. Semblava que volia ploure i un aire glaçat escombrava les fulles mortes dels plàtans, i tanmateix la gent sortia a sopar i a fer copes, alegre dins els abrics i les bufandes, i les llums de la ciutat —els aparadors, els restaurants, els teatres— lluïen amb un esclat festiu que ofenia el meu estat d'ànim. Aquella nit, entre el jet lag i els pensaments neguitosos, no em vaig adormir fins que ja clarejava.

L'endemà, dia 27 d'octubre, a dos quarts d'una de la tarda, en Xavier va deixar aquest món. M'agrada creure que en el somieig incert, a l'escletxa entre aquells segons finals a la terra i l'eternitat, la seva ment juganera va trobar-hi un instant de lucidesa per a l'últim Record Inventat: sí, exactament, s'estava morint la mitjanit de l'1 de gener de l'any 2000, tal com havia volgut. Mentre baixava el teló, una veu d'ultratomba i tanmateix joiosa devia cridar:

—*It's showtime, baby!*

12. La fletxa del temps

Avui faig cent quatre anys i per primer cop noto que em falta l'alè. La fatiga sempre comença pels peus i va pujant per les cames, a poc a poc s'enfila per tot el cos, per l'esquena cada dia més contrafeta, pels braços com secalls, pel cor tossut, però m'estic quiet i aconsegueixo aturar-la abans que m'enterboleixi el senderi. He de poder arribar al final i per això capgiro la fletxa del temps i torno al principi.

A l'altre extrem d'aquesta existència que ara ja s'allargassa i pren la forma d'uns punts suspensius, vaig néixer el 2 de juliol de 1897 a les quatre de la tarda. Va ser un part llarg i dificultós. La mamà va perdre molta sang i es va desmaiar. El metge va contenir l'hemorràgia a temps i li aplicava remeis miraculosos, però no les tenia totes. Feia molta calor i va demanar que obrissin les finestres de bat a bat. Jo bramava en un bressol, amb la pell que em canviava de blau a morat i després a un escarlata furiós, mentre la llevadora em netejava i m'untava el llombrígol amb una potinga també miraculosa. El metge va dir que avisessin el meu pare, però estava de viatge a Cuba i, com a única alternativa, va enviar una minyona a buscar un capellà —per si calia, que segurament no caldria, però no se sap mai, oi?—. A la sala del costat, la mainadera cuidava la meva germana i resava. A baix al carrer, en aquella hora desfilava per Park Avenue la banda del circ de Barnum & Bailey, fent propaganda de l'espectacle que aviat estrenarien al Madison Square Garden. Obrien la comitiva un domador mig vestit amb una pell de lleopard falsa, que cada vint passos feia espetegar un fuet, i al seu darrere uns malabaristes que feien figueretes. Després venien dos elefants guarnits amb un mantell de colors, brodat amb falsa pedreria, i un plomall blanc al damunt del cap. Els elefants avançaven amb un caminar cansat, emetent de tant en tant un bram agònic de trompa, i al seu darrere els músics havien de tocar ben fort per animar els vianants a seguir la desfilada. A prop de casa nostra, la saragata era tan intensa que va entrar a doll per les finestres i ma mare i jo vam reaccionar alhora: ella va tornar en si i jo em vaig asserenar, agafant un color de nadó més saludable. El metge va demanar una copeta de conyac i va brindar tot sol per mi i pel remei miraculós. Salvada, però atrapada en un estat comatós, la mamà encara va trigar dos dies a recobrar el seny. Els focs d'artifici del 4 de juliol la van despertar i, extraviada en la boira del son, es va pensar que la ciutat de Manhattan celebrava el meu naixement. Li van haver de fer entendre que havien passat dos dies i que per sort estava viva.

—Vas arribar a aquest món un 2 de juliol, fill meu —em repetia quan ja era més gran, cada aniversari—, que és el dia del mig de l'any. Tens cent vuitanta-dos dies al davant i els mateixos al darrere. ¿Saps què significa, això? Que seràs una persona molt centrada. Ara bé, això també vol dir que sempre ets al mig com el dijous i et fiques on no et demanen, i llavors és molt difícil apartar-te'n.

Amb en Xavier ens portàvem dos anys i mig exactes, dia per dia (amb permís dels anys de traspàs, tan enutjosos). Ens unien els capricis d'una matemàtica de calendari que els incrèduls consideraran casual i els amants de les conxorxes, causal. O bé érem fruit d'una contingència, o estàvem lligats a una lògica secreta. Sigui com sigui, no crec que la mamà tingués raó i la meva singladura per aquesta vall de rialles hagi estat especialment centrada, sinó que sovint m'he deixat portar pel vent que bufava i, quan no bufava, m'estava quiet allà on fos. En canvi, la meva centralitat es demostra en l'exercici del periodisme, sempre al mig, i en el fet que avui em sento entre dues aigües, a mig camí entre la realitat i la ficció. M'he acabat convertint en l'experiment pràctic de les meves elucubracions.

Les hores posteriors a la mort d'en Xavier se m'han esborrat de la memòria per culpa de l'esgotament del cos, i només puc suposar que una pena molt íntima em va activar per anar a la vetlla, donar el condol, visitar la capella ardent i l'endemà al matí arribar per algun mitjà a Girona. Em veig de sobte al cementiri, el diumenge al migdia, envoltat de molta gent, cares tristes i cares alegres, totes en un silenci respectuós. Abans s'ha celebrat el funeral a l'església de la Mercè, a pocs metres de la casa on va néixer el difunt. Gràcies a la meva edat provecta m'han obert pas i he pogut seure a les primeres files, a prop de les autoritats, els famosos i la rossa catalana, que és la seva familiar més propera i plora desconsolada. L'Abbe i la Charo han enviat corones de flors magnífiques, però la més exuberant és la del seu germà Enric, que no ha pogut venir. Hi ha gent que em confon amb ell i em dona el condol (jo l'accepto), i tot d'una a l'església comença a córrer la veu que en Frank Sinatra ha agafat un avió i arribarà a temps, però al final tan sols és un rumor digne d'en Cugie.

Plovisqueja i, com que em sento dèbil, al cementiri miro de no barrejar-me amb la gentada. L'endemà llegiré al diari que un miler de persones han assistit a l'enterrament. Observo des de la distància el mar de figures silencioses, que obre pas al fèretre, i em sento com Humphrey Bogart al principi de *The barefoot contessa*. Porto la mateixa gavardina. Si fes com ell, ara podria anar enrere en el temps, rebobinar tota una vida i recordar quan vaig conèixer en Xavier, aquell matí dels seus quinze anys, al vaixell que el portava a Nova York, però entraríem en un bucle interminable —i no m'interessa—. He de continuar endavant encara.

L'endemà de l'enterrament, dilluns, va ser un dia important. Jo ja havia decidit que em quedaria més temps. Un sentiment de pèrdua, més punyent que el que vaig patir en la mort de la meva germana de sang, em retenia a Barcelona. Volia que el meu comiat fos més personal, més íntim. Vaig baixar a esmorzar. Els salons del Ritz, aquell matí, eren un formigueig d'admiradors que venien a deixar rams de flors a la porta i entraven a donar un volt, sotjant el rastre del gran Cugat als salons de marbre abrillantat i butaques massa flonges. També hi van treure el cap uns quants periodistes que feien la crònica d'ambient i buscaven notícies sobre el testament. Entre ells, mig desapercebuts —però jo els reconeixia—, hi havia els diversos amics, mànagers i adlàters que habitualment pul·lulaven a l'entorn d'en Xavier. Tot eren vestits negres, mirades desconfiades, corredisses cada cop que entrava algú amb aspecte important, reunions a peu dret, però l'habitació d'en Xavier seguia tancada a pany i forrellat. I la rossa catalana no apareixia. Vaig demanar pel director de l'hotel i em va atendre. Li vaig preguntar quan quedaria lliure la suite 306 i em va dir que encara no se sabia. Això anava per llarg, fins que el notari no obrís el testament i s'informés sobre els hereus de les seves pertinences. Em va picar l'ullet. Li vaig aclarir de seguida que a mi els béns d'en Xavier no m'interessaven. El que em feia il·lusió era ocupar la seva suite, dormir-hi ni que fos només una nit, més endavant, i sense filigranes espiritistes (que no patís). Em va assegurar que la reserva era meva: tan bon punt quedés lliure, m'avisarien.

A la tarda l'ambient es va assossegar, però em calia alguna distracció i vaig sortir a passejar. Al cap d'uns minuts les cames ja no em portaven i vaig agafar un taxi. Li vaig dir que no anava enlloc, que només volia donar un volt per la ciutat. Eren les quatre de la tarda i per fi lluïa el sol. Vaig abaixar la finestra perquè em toqués l'aire, un aire tan fred que t'espavilava. Ara m'agrada reconstruir mentalment tot el recorregut. El taxista es va pensar que era un turista i va baixar pel carrer Trafalgar, cap a l'Arc de Triomf i més avall cap a l'estació de França. M'anava explicant per on passàvem. Correus. Capitania. Duc de Medinaceli. L'estàtua de Colom. Vam entrar per la part baixa de les Rambles i, quan em cantava les excel·lències del restaurant Amaya, allà a prop, un camió de descàrrega es va aturar al davant nostre. Nosaltres també vam aturar-nos i aleshores vaig fixar-me en una portalada enigmàtica, que s'obria a un carreró fosc i amb un cartell que anunciava un Museu de Cera. Vaig dir al taxista que baixaria allà mateix.

Tots els museus de cera tenen un aire tètric, l'han de tenir si volen atreure públic. Hem vist moltes pel·lícules i les figures ens fascinen amb el seu aspecte seriós i sovint sinistre; no són ni vives ni mortes, i gairebé esperem que es moguin o com a mínim ens segueixin amb la mirada. Passem pel seu costat i se'ns eriça el pèl del clatell. El museu de les Rambles no era una excepció, però aquella tarda per mi va tenir l'efecte contrari. Tot i que les semblances en molts casos eren aproximatives i prou, aquelles figures em van fer companyia. A mesura que avançava d'una sala a l'altra, dels reis i presidents als artistes, dels inventors als grans criminals, em sentia menys sol, com si acceptessin que jo també transités pel seu submon. Devia ser una cosa de la il·luminació, perquè em fixava en els altres visitants i els veia igualment pàl·lids, com si la pell se'ls anés tornant de cera a mesura que avançaven en la visita. L'itinerari em va portar a la sala dedicada als actors de Hollywood. Amb penes i treballs hi vaig reconèixer un Marlon Brando, un Buster Keaton, una Sara Montiel, i de cop gairebé m'agafa un cobriment: en Xavier Cugat m'observava sense parpellejar, vigilant, com si esperés un conjur que l'alliberés d'aquella presó. Estava rejovenit i tenia les faccions com desencaixades, els cabells massa llargs i esbullats, el cos estrafet, i el braç que aguantava la batuta semblava balb, sense força. Un excés d'escalfor el desmembraria sense pietat. Vaig pensar en el Xavier de debò, que no feia ni dos dies que estava enterrat, i vaig haver de foragitar un pensament macabre. Vaig quedar petrificat al seu davant. Me'l mirava fixament, de prop, hipnotitzat, i em vaig adonar que no duia perruca, sinó que els cabells li sortien del crani. Les rialles d'uns adolescents, que ens van fer una foto junts, em van rescatar de la paràlisi. Era ell i no era ell. Era jo i no era jo.

Ara me n'enric, de la meva feblesa en aquell instant, fins i tot de la por momentània, perquè sé que tot allò formava part d'un procés que encara va trigar a concretar-se. Els dies següents, al Ritz, les coses avançaven a poc a poc. Havia aconseguit que em posessin a l'habitació 308, i havia vist un parell de vegades la rossa catalana entrar sola a la 306, i sortir-ne al cap d'una estona amb una bossa d'escombraries, o amb algun paquet indescriptible. Un altre dia va aparèixer acompanyada d'un senyor: tenia l'aparença ensopida dels notaris i parlava anglès amb accent americà. Es van ficar a la suite i vaig provar de sentir la conversa acostant l'orella a l'envà, però sordejo i només m'arribava la fressa de mobles que es movien. Vaig esperar que sortissin i els vaig escometre al passadís. L'americà, que duia un paquet embolicat amb la forma d'un quadre, va espantar-se com si hagués vist un fantasma, i va riure nerviós quan la rossa va presentar-me com un «conegut» d'en Xavier. Per demostrar-li que era més que un simple conegut, vaig improvisar una escena de dol que en gran part era autèntica.

—¿Com estàs? —vaig dir-li, abatut, i vaig assenyalar la porta—. No saps com el trobo a faltar.

Ella va haver de respondre amb la mateixa aflicció.

—Tots el trobem a faltar tant, oi? Ara mateix l'hi deia —es va mirar el seu acompanyant—: només d'entrar em semblava que encara el veia allà, ajagut, esperant que l'ajudés a incorporar-se per dibuixar, o que li donés el dinar, sempre amb aquell somriure tan tendre, com una criatura encara, sempre a punt de fer-me un pessic carinyós.

Se li van enaiguar els ulls i jo vaig oferir-li un mocador i vaig consolar-la, atrevint-me a passar-li el braç per l'espatlla, com un avi entranyable. Vaig ficar-me per aquella escletxa d'intimitat i abaixant la veu li vaig preguntar:

—¿I ara què passarà amb les seves coses? Veig que aquest senyor s'emporta un quadre.

—És que l'hi havia promès fa temps —va córrer a respondre, com si l'hagués enxampada en fals—. L'havia pagat i tot. Té un càrrec al partit republicà, no em faci dir quin exactament, i coincidia que passava per Barcelona. No, pel testament i tot plegat haurem d'esperar el protocol. Ja sap com van aquestes coses, i a més ens hem d'entendre amb els familiars dels Estats Units. Amb el seu germà Enric sobretot, que era amb qui tenia més tracte.

—Sí —vaig fer jo—, a més, com que en Xavier no va tenir fills i els seus germans tampoc, m'imagino que serà més complex, més enrevessat. Un maldecap, vaja.

—No tant, no tant! No exageri tampoc. —La resposta li va sortir geniüda, tallant la conversa, i em van deixar palplantat al passadís.

Al vespre, mentre sopava al restaurant de l'hotel, rumiava sobre aquella comèdia i vaig comprendre que me n'havia cansat. Marxaria l'endemà. Quan vaig pujar a l'habitació, em vaig fixar que per sota de la porta de la 306 es veia un filet de claror. S'havien deixat un llum encès. Vaig tornar a baix i vaig demanar pel director. Volia avisar-lo que me n'anava l'endemà tot recordant-li la promesa de guardar-me la reserva, i a l'últim moment li vaig fer saber allò del llum encès. Em va mirar pensarós, uns segons, i em va pregar que m'esperés.

—Vinc amb vostè —va dir. Vam pujar junts amb l'ascensor. Quan érem al davant de la 306, va obrir amb una clau mestra—. Tota seva. Pot passar-hi la nit, si vol, però miri de no fer gaire soroll.

—¿De debò? —vaig mirar-lo, de sobte indecís i atorrollat.

—És una deferència del Ritz amb vostè, senyor Daniel, per ser tan bon client. I un homenatge privat de vostè i meu al malaguanyat senyor Cugat. Segur que ell hi estaria d'acord. Però que consti que jo no li he obert la porta, no en sé res. Demà deixi el llit fet, sisplau, i tanqui els llums quan se'n vagi.

Li vaig agrair l'atenció i ell va desaparèixer passadís enllà caminant de puntetes, com un nen fugint d'una malifeta.

Aquella nit no vaig dormir a la 306, no en vaig tenir el coratge. Però hi vaig passar un parell d'hores. Ja he dit abans que res d'experiments espiritistes. Només d'entrar va envair-me l'olor de l'últim Cugat, la barreja de medicaments, colònia, pintura, trementina, moqueta polsosa, mantes velles, pèl de gos, crema hidratant —tot junt en un lloc tancat des de feia una setmana—. Vaig obrir una finestra perquè s'airegés l'estança i vaig fer una ullada al dormitori. Els dos llits estaven parats, presidits cadascun per un quadre seu damunt del capçal. En una tauleta de nit, el rellotge despertador digital que un dia m'havia ensenyat un Cugie infantil: era un regal del seu germà, vingut dels Estats Units, i l'alarma imitava el cant estrident d'un gall. En un tocador hi havia un cap de maniquí amb una perruca, però no era la que portava últimament, de cabells més blancs i esclarissats (i tot d'una em vaig preguntar si l'havien enterrat amb o sense).

Vaig entrar uns segons al quarto de bany, més que res per curiositat, i res no em va cridar l'atenció. Un lavabo d'hotel, exactament igual que el meu, les mateixes rajoles amb un dibuix lisèrgic, però amb l'ordre invertit: la banyera a l'esquerra, el bidet al mig, el vàter i la pica a la dreta. Després vaig anar a la sala i em vaig asseure en una butaca, la mateixa de quan el visitava. La rossa, vaig suposar, ho havia arreglat tot per eliminar la immediatesa de la mort. La chaise longue on en Xavier solia reposar els últims temps tenia els coixins ben disposats. Als prestatges no hi faltava res, amb els objectes al seu lloc habitual. Les revistes i els diaris ordenats damunt una tauleta, els estris de pintar a punt, el cavallet plegat en un racó, al costat de la bombona d'oxigen, unes quantes teles ben apilades contra la paret. La ràdio, el televisor, el tocadiscos i la col·lecció de discos. A prop de la butaca hi havia la canastra on dormia el seu últim chihuahua, la Dalila; vaig donar per fet que la rossa se l'havia emportat, però tot i així vaig fer un xiulet breu per cridar-lo i allà dins va sonar opac, inert. En un penjador s'hi avorrien un batí, una jaqueta vella amb les mànigues tacades de pintura i dos barrets *trilby*, que eren els que es posava en Xavier a la clínica, on no li deixaven portar perruca.

No sabia què més fer allà dins, a part de rememorar. Vaig fullejar una de les revistes del cor, però m'agafava son i em vaig adonar que em feia basarda dormir en un d'aquells dos llits. Abans de marxar, vaig preguntar-me si valia la pena que m'emportés alguna cosa, algun detall que fos senzill i ningú trobés a faltar. Res valuós. M'havia fixat que damunt d'un prestatge, afilerades en una safata de fusta, hi havia la seva col·lecció de pipes, mai no enceses. Me'n vaig quedar una. I quan sortia vaig agafar també un dels barrets del penjador, de color blau cel, i me'l vaig posar. Vaig esquitllar-me amb el tremp del lladre que s'endú el diamant més valuós.

Ja al meu llit, mentre m'adormia, se'm va acudir que allà al costat tot componia una natura morta, i que el bé més preuat que m'enduria era precisament l'ordre de les coses. L'ànima d'en Xavier encara glatia en cadascun dels objectes, com si no s'hagués acabat de morir. Aviat algú desfaria aquell equilibri que havia sigut casa seva. La meva missió, el benaurat dia que hi pogués tornar, seria sobretot un exercici mental: imaginar-m'ho tot tal com ho havia deixat en apagar els llums i tancar la porta de l'habitació 306.

De nou a Nova York, em pensava que aquesta pulsió aniria minvant i en canvi la distància la va fer créixer encara més. La desaparició física d'en Cugie s'havia manifestat com un *memento mori* per a mi, més literal impossible, i em va empènyer a fer un exercici de regressió. Alguns matins m'acostava a la biblioteca pública del carrer 42 i m'instal·lava a la sala de periòdics, enfonsant la vista —proveït d'una lupa— en els vells volums de diaris relligats i llegint articles que jo mateix havia escrit i oblidat. Quina impressió, trobar la meva foto de jove al capdamunt d'una columna o signant un reportatge! Sorgia inesperat aquell cofoisme del principiant que veia escrit el seu nom i alhora amb quina familiaritat se'm presentaven algunes frases felices, conservant intactes les seves intencions, la mala bava, l'aplaudiment reverencial! Tots aquells noms d'artistes i d'indrets em saltaven dins el cap com crispetes, activaven associacions fortuïtes, rescataven melodies que em tornaven a les orelles com l'eco que puja d'un pou molt fondo, i un bibliotecari m'avisava amb molt de tacte que des de feia una estona estava taral·lejant en veu alta.

Passaven les setmanes, la trucada del Ritz no arribava i jo em lliurava en cos i ànima a fer reviscolar oblits i omplir blancs, llacunes, amnèsies. ¿Oi que, uns segons abans de morir, diuen que et passa pel davant tota la vida en imatges? Doncs jo volia deixar la feina feta, igual que des de feia anys pagava el meu raconet al panteó familiar del cementiri de Green-Wood. Així, empès per aquest rau-rau revisionista, un dia se'm va ficar al cap que havia de tornar a Cuba.

Volia visitar la tomba del meu pare al cementiri de San Carlos, si és que encara existia. Feia mig segle que no hi havia estat, des d'abans de la revolució, i només baixar de l'avió a l'Havana ja s'apreciava que el país havia canviat moltíssim amb el comunisme i els múltiples bloquejos econòmics. Però jo havia arribat buscant el passat i precisament la seva aparença —el Malecón, els carrers, les cases, els cotxes, els cabarets, la música— seguia inalterada i em permetia refer els meus passos de joventut amb confiança. Em vaig quedar cinc dies a l'hotel Nacional, on si no, i el primer el vaig dedicar al meu pare.

El cementiri encara havia canviat menys que la vida pública, només s'havia engrandit, i em va caldre l'ajuda d'un vigilant per trobar la tomba. Com que era en una de les zones més antigues, el paratge es veia assilvestrat i negligit, amb creus desmembrades, àngels sense ales i làpides esquerdades. Els líquens s'havien fet els amos de la làpida del meu pare, però el seu nom es llegia perfectament i em va sorprendre que algú hi hagués deixat al damunt un ram de gardènies. S'havien assecat feia mesos, però tanmateix. El viatge m'havia posat sentimental i a l'instant vaig imaginar-me una dona gran, d'uns setanta-cinc anys, guapa encara, digníssima, la meva mitja germana que de tant en tant portava flors al seu pare que mai no havia conegut.

El vigilant va trencar la meva contemplació i em va preguntar qui hi havia allà dins.

—Era el meu pare, però a hores d'ara aquí dins ja només hi ha pols —vaig dir—. Fa molts anys. Només cal veure'm a mi, que ja en tinc noranta-tres.

Mentre m'acompanyava a la sortida, em va explicar que amb la revolució el cementiri havia passat a propietat pública i a Cuba tots els morts tenien els mateixos drets. Això volia dir que de tant en tant els tocava un ram de flors. Li vaig donar una bona propina i li vaig demanar si podia comprar unes gardènies i portar-les-hi.

L'endemà, aquesta fibra sensible se m'havia exacerbat. La imatge llunyana del pare i els carrers de l'Havana s'havien unit per causar-me una agitació interior, com un pessigolleig que es resistia a sortir a la llum, i jo intuïa que estava relacionat amb aquell primer viatge, a la ratlla dels divuit anys. Em vaig dir que passejant una estona per l'Havana Vella se'm dissiparia i vaig demanar un auto a l'hotel, que em va deixar a la cantonada dels carrers Obispo i Compostela. Segur que hi havíem passat amb el meu pare, i segur també que havíem fet una cervesa al Floridita, però aleshores encara no coneixia en Xavier ni sabia que de petit havia viscut precisament al carrer

Compostela. Ara vaig endinsar-me entre les cases velles i tronades, amb les façanes de colors vius. Buscava la botiga del senyor Iglesias, el luthier del davant de casa seva que li havia regalat el primer violí, però no vaig trobar-la. Una dona gran que s'estava en una finestra, a peu de carrer, em devia veure desorientat i em va cridar.

—Señor, ¿se ha perdido? Tome una limonada.

Va desaparèixer uns segons i a través dels barrots de la finestra em va allargar un got de llimonada fresca amb unes fulles de menta. Vaig trobar-la boníssima i me la vaig beure tota d'un glop. Agraït, li vaig preguntar per la botiga del senyor Iglesias. Va rumiar uns segons. Sí, ella ja no l'havia vist mai oberta, feia molts anys que s'havia traslladat a un altre carrer, ho sabia pels seus pares. No recordava el nom del nou carrer. Abans de marxar encara li vaig preguntar si havia sentit a parlar d'en «Javier Cugat» —en castellà, tal com el coneixien de petit al barri.

—¿Caviar Cugat? —va repetir, estranyada—. No, aquí todo el caviar que llega es soviético, señor, pero solo se reparte en los despachos.

Vaig deixar-la rient i vaig passejar una bona estona, sense nord i sense grans esperances de trobar la botiga, aturant-me aquí i allà. En un carrer qualsevol vaig fixar-me en l'entrada d'una casa, ampla i obaga i amb una llampada de claror més endins. Em va cridar l'atenció i m'hi vaig ficar fent-me el despistat, com si busqués algú. Vaig arribar a un pati interior amb una font al mig. Un rajolí d'aigua refilava alegre i monòton. No hi havia ningú. Era un pati envoltat de balcons i finestres obertes i d'una en va sortir un crit sobtat, d'una mare que renyava una criatura. A continuació va venir el plor desconsolat i un gosset de peluix va volar en paràbola per caure als meus peus. Un home va aparèixer en una altra finestra al primer pis i em va mirar, fent que no amb el cap, fastiguejat, i va tornar a dins. Al cap d'un moment d'aquella mateixa finestra en va sortir una música a un volum altíssim, una guaracha que sonava contra algú, per molestar, i anava repetint «el diablo tun tun, el diablo tun tun». El pessigolleig antic em va rebrotar, com si volgués sobreeixir de dins meu, i vaig fer memòria...

Un capvespre d'estiu, quan vaig acompanyar el meu pare, passejàvem per matar les hores abans de sopar. Per força havia de ser aquell mateix barri. Tot d'una vaig sentir una música que sortia d'una entrada senyorial, amb les portes obertes de bat a bat, i m'hi vaig aturar. El papà seguia caminant i, impacient, es va girar. Li vaig dir que ja ens trobaríem al restaurant i ell va dubtar, no li agradava que el manessin, però va fer-me cas. A l'entrada del casal, tres o quatre veus conjuntades acompanyaven el so mig esquerdat d'una guitarra i seguien el ritme sec d'alguna cosa que semblaven cops de bastó. Toc, toc, toc, toc-toc; toc, toc, toc, toc-toc. Malgrat que no entenia la lletra, la tonada passava de la melancolia a l'alegria amb una facilitat que em va captivar. El senyor que tocava la guitarra, de rostre arrufat, duia una punta de cigar penjant de la boca i, tot i que semblava fossilitzada als llavis, en sortien unes volutes de fum que s'enfilaven i davallaven com si també seguissin la música. Al seu costat, un home gros, gras, amb la pell lluent, les aixelles suades, era la veu principal. Cantaven en un redol, com entotsolats, però en aquella entrada el so s'expandia amb la grandiositat d'una catedral. Es va acabar la cançó i jo n'esperava una altra, però el papà va aparèixer i em va fer senyals perquè l'acompanyés. No vaig descobrir mai com es deia allò tan bonic que havia sentit. La vaig perseguir durant anys, buscant notes amagades en els sons i els ritmes que venien de Cuba, paraules com *amor* i *locura* i *lejos* que es repetien sense parar, fins que un dia vaig entendre que no era important. El que comptava és que aquell vespre, mentre sopàvem, el papà em va demanar què tocaven aquells homes, amb una punta de desdeny, i ferit en l'orgull jo vaig voler-li transmetre com m'havien emocionat les veus gastades i tanmateix vivíssimes. Buscava adjectius i els elogiava sense vergonya, compromès amb ells com si fossin els meus amics. Estava a punt de fer divuit anys i una metzina incurable em corria pel cos. Uns dies després al vaixell vaig conèixer en Xavier, que amb el seu violí fugia justament d'aquella música popular, sense saber que allò era impossible perquè ja formava part de les seves arrels i un dia, quan fos més gran, fins i tot la reivindicaria.

Al pati de la font, em vaig rabejar en la dimensió d'aquell flaix. Quan has passat dels noranta anys, l'eufòria es manifesta en petites dosis i sovint es confon amb la pura joia d'estar viu, però aquest cop no n'hi havia dubte: tancava un cercle que donava més sentit a l'esforç titànic que significava aquell viatge.

També tinc per cert, a més, que sense aquella regressió no se m'hauria manifestat l'epifania a l'avió de tornada a Nova York. Mirava per la finestreta i, a mesura que iniciàvem el descens, es definia en la distància l'illa de Manhattan. Reconeixia a primera vista l'escaquer entrevirat dels barris, la catifa de Central Park, el perfil dels seus gratacels, les agulles i torres que sobresortien del cel calitjós. Quan la deixàvem enrere, vaig abaixar la mirada cap a l'oceà i vaig buscar la figura de l'estàtua de la Llibertat, la taca petita d'Ellis Island i al costat la de Governor's Island. Tot es veia minúscul, de joguina, i com si m'hi obligués el meu retorn de l'Havana, vaig pensar en les paraules d'en Xavier aquell primer cop al vaixell. «Soc immortal», vaig dir-me per dins, i just allà vaig entendre que la meva missió havia de ser viure en nom seu. Acabar el segle per ell, fins a l'últim segon del 31 de desembre de 1999.

La meva supervivència en aquest món seria també la seva i, com que li portava dos anys i mig d'avantatge, em feia més il·lusió arribar al seu centenari que no pas al meu.

La revelació cugatiana, per batejar-la d'alguna forma, va tenir un efecte immediat. Quan era a casa, veient passar les hores, el meu delit es mantenia somort i era ell qui venia a burxar-lo.

La vista cansada de llegir o el simple avorriment de ser un nonagenari em feien encendre la televisió al capvespre, mentre em menjava un entrepà de pastrami i cogombrets que m'havia fet pujar del deli. Em topava amb una reemissió del concurs *Jeopardy* dels anys setanta, on les preguntes se centraven en l'època daurada dels directors d'orquestra, i Xavier Cugat era la resposta que donava més punts. O el zàping m'enviava a un canal de films antics i de sobte em quedava enganxat mirant *Weekend at the Waldorf* per enèsima vegada, embadalit amb la dansa dels cossos de la Rita i en Fred, i esperant de nou les escenes on sortia ell.

—El seu pic com a actor —dialogava amb mi mateix.

L'endemà em despertava amb la fal·lera de perseguir un record escàpol, em mudava amb un vestit elegant que no m'anés massa balder i demanava un taxi —no, una limusina— perquè em portés al Waldorf. Arribàvem, aparcàvem al davant i a la vorera la gent m'obria el pas. Entrava a l'hotel a poc a poc, ajudat d'un bastó, com si temptegés per on podia ficar-me a la màquina del temps, i envoltat dels turistes, clients i personal del servei el món agafava una ingravidesa protectora. Com si anés drogat, però perfectament despert i atent, els meus peus decidien pel seu compte. Aviat sentia la veu d'en Xavier. Em girava i el veia a la llunyania, difuminat, flirtejant amb una cambrera, o més enllà els retrobava a ell i la Carmen, donant propina al grum que els portava les maletes tornant d'una gira. Baixava al Peacock Alley i a l'entreclaror del bar veia la silueta d'en Cugie a la barra, fent còctels amb algú que semblava en Cole Porter i mirant de convence'l perquè li cedís una cançó. Els passadissos em guiaven fins a la Sert Room i em trobava la porta tancada. Al darrere se sentia un foxtrot molt animat i, de sobte, s'obria de bat a bat i en sortien dues cambreres atrafegades, amb la còfia blanca al cap, que havien abrillantat el terra de la sala buida: la meva imaginació les transformava en dues *pin-ups* engatades, cabells *à la garçonne*, que buscaven un lavabo per empolvorar-se i explicar-se secrets amorosos.

Després d'unes hores en aquest formol, alguna cosa se'm despertava per dins i, com si em trobés a totes dues bandes del mirall, començava a moure'm pel Waldorf com si jo fos el Cugat que hi va viure tants anys. La temptació era massa forta. M'aturava a l'Empire Room, entrava a la Rainbow Room, sortia a la terrassa del Starlight Roof. A cada lloc li corresponia la seva música i era com si tornés als escenaris de la meva glòria, ara ja ancià, amb els noranta anys al sac —una última visita encara per dir adeu a tot allò.

Al cap de tres o quatre transports com aquell, em vaig adonar que a Manhattan la seva petja era pertot arreu. N'hi havia prou de sortir al món exterior per, com si fos un joc de pistes, anar caçant les seves gestes i proeses als escenaris de la ciutat. Quedava per dinar, posem per cas, amb el net d'un col·lega periodista que volia indagar en els anys salvatges del seu avi: per fer-me content em citava al Monkey Bar, al carrer 54, i només d'entrar la vista se me n'anava cap a una taula rodona on una nit havia sopat amb l'Abbe i en Xavier, quan encara se'ls veia feliços. O si per força havia de traspassar la selva eixordadora de Times Square, perquè un músic cubà de la nova fornada m'havia convidat al Birdland (i no podia dir-li que no, ja que en el fons em sentia afalagat), m'aturava uns segons davant del Paramount i s'hi amuntegaven les tardes que hi havia contemplat l'orquestra, ja fos amb la Lina Romay, o fent cartell amb els Abbott i Costello, o donant veu a l'Olga Guillot. Aquelles parets l'havien vist créixer i fer tots els papers de l'auca musical. I així era amb tot: assistir a una actuació al Carnegie Hall o una festa a l'hotel Plaza, passar amb un taxi per davant del Lombardy o del local on hi havia hagut el Copacabana, entrar a la galeria on havia exposat els primers quadres o a la llibreria on signava exemplars de l'autobiografia (que vam escriure junts). No quedava ni un pam de l'illa que no em remetés a la seva presència. Llavors tornava al London Terrace, tancava la porta del meu apartament, em treia la perruca i em preguntava com era possible que ell no hagués posat mai els peus a casa meva.

Un dia, finalment, el director del Ritz de Barcelona va trucar-me per dir que la 306 ja tornava a estar lliure. Havia passat gairebé mig any. Quan li vaig preguntar pel desenllaç de l'herència, a l'altre cantó del telèfon es va sentir una riallada.

—Oh, això ha sigut escandalós, no s'ho pot ni imaginar. No hi havia manera que buidessin la suite, tots pendents de què s'emportava cadascú. Pobre senyor Cugat, al cel sigui.

En Xavier havia decidit que la part grossa del pastís se la repartissin el seu germà Enric, la morena mexicana, la rossa catalana i dues noies que ningú sabia qui eren, dues germanes.

—Quin misteri. ¿I per mi no hi havia res? —vaig exagerar el to de lament perquè s'entengués que era irònic.

—Per vostè la 306, ja ho sap.

Vam mirar dates i vaig fer la reserva. Quan vaig penjar, em vaig passar la mà per la closca pelada, acariciant-la. Era el meu mètode per foragitar una ombra de tristor, perquè en el fons sí que em podria haver tocat alguna cosa, no? (Xavier, ¿per qui em tenies?) Encara bo que a l'últim instant m'havia emportat el barret i la pipa. Qui no es conforma és perquè no vol.

Al cap d'uns dies, quan vaig entrar al Ritz i vaig pujar a la suite, vaig entendre millor què era el que m'havia tocat en el llegat: omplir el seu buit. Em concedia el privilegi de poder viure deu anys en lloc seu. No obstant, ¿era realment un privilegi? El problema és que una dècada costa molt de passar, ara ho sé del cert, fins i tot si te la reparteixes entre dos. Una de les conseqüències és que el transvasament de la personalitat es fa esgotador, encara que el dominis amb la voluntat. Te n'adones amb tota la contundència quan, davant d'un mirall que et reflecteix per atzar —un aparador, un ascensor, un lavabo públic— la pregunta «¿qui soc?» deixa de ser filosòfica per convertir-se en un concretíssim rodament de cap. Per sort, aviat vaig aconseguir que el meu combat diari agafés una lògica més suportable: a dins de casa era jo i prou, el vell Daniel; quan sortia a fora, era en Xavier Cugat. O més aviat un Xavier Cugat.

Aquesta duplicitat, tanmateix, es va convertir en una excepció precisament al Ritz. A Barcelona, en els confins de la suite 306, era on retrobava l'essència d'en Xavier. L'interior i l'exterior se solapaven. Tant li feia que ara ja no hi hagués la seva empremta física. Ni que haguessin canviat cortines i vànoves, tret els seus quadres i eliminat la bombona d'oxigen i altres signes de decrepitud. Només passar la porta, la meva foto mental animava aquell espai neutre amb tot allò que n'havia xuclat els últims anys i sobretot l'última nit clandestina. Jo mateix m'ho havia buscat.

Amb la primera sortida per Barcelona ja em vaig adonar que no hi hauria treva. Ara el Rolls Royce estava en mans d'una empresa que el contractava per a casaments i actes socials. M'hi vaig posar en contacte i el vaig llogar, amb xòfer i tot, perquè em passegés per la ciutat. El cotxe seguia sent una carraca, però impressionava. Quan ens aturàvem en un semàfor, els taxistes tocaven el clàxon. Els vianants em saludaven i buscaven on eren les càmeres de filmació. Un guàrdia urbà ens va aturar gesticulant com un energumen i, quan va veure qui era jo, ens va deixar passar amb una amabilitat postissa. Vaig dinar al Tritón, on els cambrers van fer com si tot fos normal (però hi havia mirades d'estupefacció) i, a mitja tarda, seguint una recomanació del xòfer, vaig entrar a jugar al bingo de la Gran Via. Hi dominaven els clients de la tercera edat i es va formar un aldarull considerable. Vaig signar uns quants autògrafs —havia assajat la seva firma incansablement— i vaig compartir anècdotes dels meus cinc matrimonis amb els altres jugadors de la taula. Només una senyora se'm va acostar i, amb l'alè que li pudia a xerès, em va dir:

—¿Però vostè no era mort?

Els altres van defensar-me. Vaig cantar un bingo i, com que la cosa començava a sortir de mare, un vigilant em va convidar a marxar. Mentre m'acompanyava a fora, agafant-me massa fort del braç, em deia a cau d'orella:

—Farsant, mentider, a mi no m'enganyes, que he vist totes les teves pel·lícules.

Tot això ja m'estava bé, els errors i el rebuig eren imponderables que formaven part del repte. El Cugat de debò també havia tingut detractors i crítics, no tot eren alegries, però ell sabia ignorar-los. Jo entomava, entomava i aguantava pensant que aviat tornaria a ser jo, i quan vaig arribar a la 306 i volia sortir del personatge per descansar, no ho vaig aconseguir. Fins i tot traient-me la perruca seguia en els seus dominis. Tot em parlava d'ell. Espremut i defallit, al cap de tres o quatre crisis de personalitat vaig entendre que les visites al Ritz havien de ser molt més espaiades, un cop l'any com a molt. Les convertiria en una coartada, una solució d'emergència, un recés espiritual per carregar l'autoestima —sense collonades purificadores, sisplau— quan em flaquegessin els ànims.

Per simple contrast, tornava a casa i allà era més fàcil ser tots dos alhora. I no només al London Terrace, a Nova York. Els Estats Units, la terra que el jove Cugat havia creuat d'un extrem a l'altre centenars de vegades, nodrint-la amb la seva música, era un territori abonat a la mitomania i les especulacions, a les conspiracions i les enraonies. Es deia que Jim Morrison era viu, que Elvis Presley era viu, que Greta Garbo era viva. ¿I per què no en Xavier Cugat? S'havia mort lluny, en un altre país, als noranta anys, i la premsa reservava els obituaris per a les eminències i els poderosos que havien fet més gran aquella terra. Si s'hagués mort jove, de sobredosi i en un accident terrible, encara.

M'entretenia fent llistes dels llocs on havia actuat, de tota la gent que havia tocat amb ell, dels països on havia anat de gira, i se m'obria al davant tot un panorama de possibilitats que donaria per a dues vides més. Hollywood, Las Vegas, Chicago, Miami... Després hi havia les exdones, les vídues. La Carmen feia anys que ja no cantava en aquest món, i la Lorraine havia desaparegut del mapa, però els primers anys de la meva personificació, quan les forces encara m'acompanyaven, si l'Abbe Lane o la Charo actuaven a una distància tolerable per a la meva pròstata, m'hi acostava. Amb l'Abbe era prudent i no m'imposava, perquè no sabia com reaccionaria. Seia lluny de l'escenari, envoltat d'espectadors que al principi es preguntaven si jo era part del xou. Els més innocents em deien que m'admiraven o em felicitaven, però sortia algun saberut que recordava que el Cugat de debò havia «traspassat» i desfeia el malentès. Durant l'actuació, però, em divertia fent-los dubtar: seguia el ritme de la música amb un moviment pausat de la mà dreta, movia els llavis com si cantés aquelles melodies que em sabia de cor, fins i tot tancava els ulls fent veure que la son m'havia vençut. Pur mètode Stanislavski.

Normalment, quan s'acabava l'espectacle, m'esperava que marxés tothom per sortir a poc a poc, sense empentes, i una vegada vaig coincidir amb la Charo. ¿On era allò? Algun casino d'Atlantic City. En un vestíbul enorme. Jo caminava a pas de tortuga, ella sortia corrents amb el seu ímpetu habitual —sabates de taló, passets curts— i em va reconèixer. Va frenar i va fer un senyal als del seu seguici perquè continuessin. Ens havíem vist a Barcelona, encara amb en Xavier viu, quan ell i jo ja érem com dues gotes d'aigua. Li va canviar la cara i vaig notar com l'envaïa la tendresa amb què l'havia tractat sempre, la bondat que naixia de l'agraïment.

—¿Què hi fas aquí? —em va preguntar perplexa, i ella mateixa va respondre per mi—: No saps com deixar-ho, oi? Tota la vida amb el cuquet de l'espectacle, fins a l'últim dia. ¿Quants anys tens ja?

—Molts. Massa —és tot el que em va sortir.

Em va posar una mà a la galta i l'hi va deixar uns segons. Era tan alta, o tan baixa, com jo. Després em va fer un petó als llavis, curt, de nen petit, que em va causar una esgarrifança agradable.

—Ara no em puc entretenir que hem de gravar un anunci de tele, però a les onze actuo altre cop. Si et quedes, a la sortida podem fer una copa i posar-nos al dia. Demà ja me'n torno cap a Hawaii. ¿Ho saps, oi, que ara visc a Hawaii?

Però no em vaig quedar. Ja s'ho devia imaginar. De nou a Nova York, en l'aixopluc de casa meva, em vaig emocionar revivint l'escena: la Charo no ens havia confós i tot i així era el moment en què havia estat més a prop de ser en Xavier.

Aquest tragí va començar a passar-me factura quan s'acostava el meu centenari i, com que el cos ja no em responia amb la mateixa predisposició d'abans, vaig comprendre que hauria d'abaixar el ritme. «És llei de vida», em deia a mi mateix, però era com si m'estigués justificant davant d'en Cugat amb una unça de despit. Potser semblarà egoista, però després de tota una vida sense saber què era un encostipat, veia com una injustícia que em vinguessin tots els mals de cop sobte, com si el destí me'ls hagués guardat per entorpir el desenllaç final. Em despertava al matí, m'alçava del llit i abans de res jo mateix em repassava la carcassa: quan no era dolor als genolls, era als malucs, a la columna, a les cervicals. Les hores del dia m'anaven revelant altres dolences: palpitacions, otitis, cataractes, gasos traïdors, tremolors sobtats... I no s'ha de descartar una hipocondria provocada per en Xavier mateix, com si els seus atacs de cor esperessin rebrotar.

Veient aquest quadre, l'assistenta que des de feia uns anys m'omplia la nevera, em netejava l'apartament i em planxava la roba, a més d'altres intendències i cures, va instal·lar-se a l'habitació de convidats. Ara viuria amb mi les vint-i-quatre hores, i sort d'ella, que encara avui em flanqueja i protegeix a tot arreu. A més a més hi he guanyat una mecanògrafa eficient: quan els dits em fan mal per l'artrosi i no tinc forces per teclejar, és ella qui escriu aquestes pàgines mentre jo dicto. Com ara mateix. Es diu Mary i no vol cap protagonisme. Em demana que no expliqui res més d'ella, on va créixer o quants fills té, però confio que em farà cas i deixarà constància aquí del seu nom. Mary. És com la governanta de casa, o com la mainadera si voleu, i a vegades per fer-la enrabiar de broma li dic Mary Poppins i li canto el «Chim chiminey, chim chiminey, chim chim cheree!», mentre feineja al meu voltant. Té molta paciència.

Quan la Mary es va traslladar a casa, volia informar-la del desafiament que donava sentit a la meva vida, però no va ser necessari. Feia temps que ho intuïa pel seu compte. Li havia parlat tants cops d'en Cugat! Els quadres, les fotos, els discos, els meus articles: tot respirava la seva influència. A partir d'aleshores amb ella tot va ser més fàcil. Ara la perruca estava més ben pentinada i, si algun vestit ballava sobre el meu cos escanyolit, ella me l'ajustava. Quan tramava alguna aparició d'en Xavier, era ella qui es cuidava de tot, com una ajudanta de direcció sempre disponible. Decidia si aquell dia em convenia més una corbata o un fulard, si un esmòquing seria excessiu o em definiria millor un vestit de moda esport.

Tot amb tot, el meu radi d'acció s'havia reduït i era més precari que mai. Limitàvem molt les passejades pel barri perquè en aquells anys a Chelsea es vivia una època convulsa. S'obria camí una escena alternativa per als gais, però alhora això volia dir carrers perillosos que calia evitar i altres que maldaven per construir-se una personalitat rebel. Com més a prop del riu, més violent es tornava tot: drogues, prostitució, assalts, un terreny que ensordien sovint les sirenes de la policia, els bombers i les ambulàncies. Algunes tardes, quan feia molts dies que no sortia de casa, la mateixa Mary m'animava a empolainar-me per afaiçonar l'ancià Xavier i treure'l a passejar unes hores. Aleshores demanàvem un taxi i ens escapàvem de la fortificació del London Terrace per buscar àrees més tranquil·les de Manhattan. Alguna sortida al Waldorf per refrescar la memòria, alguna producció de Broadway que recuperava un musical de Jerome Kern o d'Irving Berlin (i jo em fixava en les coristes més joves com si volgués clissar-hi algun talent) i poca cosa més.

Una nit miràvem un *late show* a la tele i jo marejava la Mary parlant de la popularitat immensa que havia tingut el programa de l'Ed Sullivan als anys seixanta. En Cugie i l'Abbe Lane hi havien actuat sovint, a la mateixa època gairebé que els Beatles es donaven a conèixer als joves americans, i la Mary va tenir una idea brillant: ¿i si ens apuntàvem de públic al xou d'en David Letterman? Es gravava precisament en el mateix escenari i, de fet, ara el teatre portava el nom de l'Ed Sullivan. Vaig dubtar uns instants. Em feia massa respecte i no em volia convertir en la riota nacional d'un programa de varietats, amb la càmera que de cop enfocava l'imitador cafre. La Mary em va assegurar que buscaríem un perfil baix, un Xavier que passés desapercebut, i al final la il·lusió va ser més forta que la por.

En Letterman tenia tanta requesta que van haver de passar uns quants mesos fins que vam aconseguir invitacions. Era finals de setembre, a la ciutat ja es respirava tardor i, com diu la cançó, feia bo de viure-la de nou. Com que el programa s'enregistrava un dijous a la tarda, vam sortir d'hora de casa amb la intenció de compartir un d'aquells pastissos de formatge gegants del Carnegie Deli. Feia anys que no el tastava i sempre havia format part del meu Broadway: la memòria s'hi rebolca de gust, en aquesta mena d'associacions carrinclones. A l'hora de la veritat ja estava satisfet amb tres cullerades i una quarta que era per golafreria, i la Mary també, de manera que vam demanar que ens emboliquessin la resta per emportar. L'endemà allargaríem el plaer a casa. Sèiem en una de les taules a tocar del carrer, bevíem cafè i fèiem temps fins que fos l'hora de l'espectacle, i aleshores una senyora va picar al vidre des de fora, la vaig mirar i em va saludar com si em conegués. Vaig haver de recompondre'm i entendre que ella veia en Xavier, i li vaig tornar la salutació amb excessiva formalitat. Va somriure insegura i va seguir caminant Broadway enllà. Una mica més tard, però, quan fèiem cua per entrar al teatre, vam coincidir de nou. Se'm va plantar al davant i em va dir:

—Senyor Cugat. Xavier. No te'n recordes de mi, oi que no? Abans ja m'ho ha semblat. Vaig cantar amb la teva orquestra. Dues setmanes al Chez Parée, de Chicago. I després una setmana a Detroit.

Li vaig besar la mà per guanyar temps. Li feia uns setanta anys ben portats. Ulls negres i grossos, cabells curts i foscos, llavis fins, figura esvelta, un vestit minimalista de colors tardorencs (de l'Eileen Fisher, segons la Mary). Upper East Side, potser Hamptons a l'estiu. La vaig mirar als ulls i vaig assajar un nom a l'atzar, de la llarga llista de noies possibles:

—¿Betty? ¿Betty D'Argento?

—No, llàstima! —va fer ella divertida, sense gota de desil·lusió—. De soltera em deia Ruth Miserendino, però amb l'orquestra em vas batejar com a Ruth Solo. Deies que els noms curts funcionaven millor. Però és normal que no te'n recordis, eh? Tu t'estaves divorciant d'una de les teves dones i jo només era una nena. Vaig cantar amb l'orquestra aquelles tres setmanes i el meu pare, que era molt de missa, em va fer plegar perquè s'imaginava qui sap què. Ja et dic, només era una nena de disset anys i no sabia res de la vida.

—Ara que ho dius, sí que em balla pel cap el teu nom, Ruth —vaig mentir—. Ruth Solo... Espero que et tractés com cal, perquè en aquells anys jo podia ser molt dèspota amb les noies que començaven, sobretot quan tenia problemes a casa. Les batusses de parella em destarotaven. —Vaig notar com els ulls se li enfosquien i premia els llavis com per contenir-se, i vaig voler-la allunyar d'aquell record:— ¿I després què, vas seguir fent carrera musical?

—Oh, això seria massa llarg i complicat d'explicar, Xavier. Un altre dia.

Es va mirar la Mary calculant qui devia ser, com si li fes por fer-me una confidència, o violentar-me, i llavors la cua es va començar a moure i vam entrar al teatre. Ella anava amb un noi que feia cara de ser el seu fill, però abans de buscar els nostres seients encara es va girar i em va dir de nou en to afable:

—Ai, perdona una cosa que no me'n sé estar: abans t'he dit pel nom i potser m'he excedit en la confiança, però és que per mi tota la vida has sigut en Xavier. «No em diguis Cugat», deies, «digue'm Xavier, bufona».

El xou d'en Letterman va ser una experiència magnífica i el vell estudi 50, encara que renovat, conservava la flaire de l'estil de televisió que feia l'Ed Sullivan. I tanmateix tot havia quedat com encongit sota l'influx d'aquella coincidència. Malgrat que la conversa s'havia mantingut en una superfície plàcida, per dins m'havia trasbalsat. Mai havia fet de Xavier tan activament i ara em sentia en fals, compungit per uns remordiments que no gosava formular-me. Un iceberg.

Al cotxe que ens portava a casa vaig tancar els ulls per aïllar-me. Una altra virtut de la Mary és que entén els meus silencis. Vaig pensar en la Ruth Solo i em vaig preguntar si no estava fent el ridícul, portant tan enllà el meu afany. Si hagués sabut que el suplantava, en Xavier m'hauria engegat a pastar fang, ell que es creia insubstituïble. Ni tan sols m'hi havia guanyat el dret en aquell concurs potiner de Las Vegas. ¿Era un acte altruista, la meva actuació, o era el fruit del més pur egoisme? Dins el meu cap va formar-se un debat entre defensors i detractors. Algú podia dir que tot naixia del meu agraïment més sincer, perquè al llarg dels anys ell havia donat sentit a la meva vida professional, i segurament tindria raó. Però llavors també es podia argumentar que la meva apropiació era un acte de revenja, perquè en el fons m'havia acabat limitant, en Xavier, com si jo no hagués pogut anar més enllà per culpa seva: sí, el que ara jo feia era una revolució per usurpar-li el mutis final. Ja érem al portal de casa i no n'havia tret l'entrellat, però com a mínim vaig convence'm d'una cosa: si volia arribar al final de tot, havia de fer com han fet sempre els humans. Havia de seguir tolerant la meva intrínseca ximpleria, i precisament això era el que havia fet en Xavier tota la vida —amb gran compliment.

Aquella nit me'n vaig anar a dormir d'hora i sense sopar, amb l'última cullerada de pastís de formatge fent-me nosa a la boca de l'estómac.

Quan vaig atrapar els meus cent anys, el 2 de juliol de 1997, encara en faltaven dos i mig per a l'aniversari d'en Xavier i, com que m'estava recuperant d'una operació de maluc, em feia l'efecte que no acabava de ser la meva festa. No em quedava cap amic viu, ni cap familiar, i la Mary m'animava proposant possibles celebracions. Podíem encarregar una taula per dinar a l'East of 8th, o si ho preferia anar a veure dansa al Joyce Theater de la Vuitena Avinguda, o simplement quedar-nos a casa i fer veure que el dia del mig de l'any no era tan important.

Tot i que no havia sigut una operació complicada, el trasbals dels dies a la clínica m'havia afeblit més i durant unes setmanes encara m'hauria de traslladar a tot arreu en cadira de rodes. Suposo que per això estava baix d'ànims i res no em motivava, però al final la Mary em va convèncer per dinar al restaurant xinès de la cantonada, el Grand Sichuan, que era com una extensió del menjador de casa. Ens vam arreglar més del compte i, quan sortíem de l'apartament, allà al vestíbul mateix del quart pis, una explosió de globus, serpentines i confeti em va deixar astorat. Uns segons després va venir el crit esperable:

—*Surpriiiiise!*

Els ascensoristes del London Terrace són els nostres periodistes ultralocals. S'assabenten de tot. Això és com una ciutat, hi ha gairebé mil set-cents apartaments i ells fan d'autèntics intermediaris entre els veïns dels diversos edificis del complex. En Raimundo, un dels conductors d'ascensor del meu bloc, havia descobert que s'acostava el meu aniversari rodó i amb la Mary ho havien tramat tot en secret.

En un primer moment em vaig torbar, però després ja vaig veure que la cosa no era tan forassenyada. Vam baixar al jardí interior del complex i allà m'esperaven una cinquantena de persones, que en veure'm van tornar a cridar «surprise» i em van cantar el *Happy birthday*, acompanyats per un veí que era trompetista de jazz. La majoria eren del meu bloc i, després de tants anys de coincidir a l'ascensor, a la piscina o als restaurants del barri, els considerava amics; d'altres eren coneguts o curiosos que no volien perdre's la festa, invitats pels altres ascensoristes. Amb gran hermetisme, la Mary havia disposat que hi hagués xampany i pastís per a tothom. Els que em coneixien millor s'acostaven i em felicitaven, i d'altres em miraven des de la distància, reduït a la meva cadira de rodes com si fos un fenomen extraordinari (o amb la viva sorpresa de descobrir que aquell homenet que feia anys que no veien encara estava viu). Jo no parava de donar les gràcies a tothom i pensava que, quan pogués caminar de nou, baixaria cada tarda als jardins a passejar. Tot d'una es va fer un silenci, es va obrir un passadís entre la gent i en Raimundo em va entregar un regal.

—De part de tots els veïns —va dir en veu ben alta—, perquè no passa cada dia, ni cada any, que un de nosaltres, aquí al Terrace, tingui l'atreviment d'arribar als cent anys.

La capsa tenia uns foradets rodons i es movia. Tothom estava expectant. Quan vaig estirar el llaç i vaig treure'n la tapa, a dins hi havia un chihuahua. Un chihuahua tímid que de seguida em va llepar la mà. El vaig alçar en braços i tot el redol va entonar un llarg oh d'admiració. Amb la mirada vaig interrogar la Mary i estava tan parada com jo. Em va assegurar que ella no hi tenia res a veure. A vegades la vida és fabulosa de debò.

Els amics s'acostaven a acariciar el gosset i em preguntaven quin nom li posaríem. Jo responia que m'ho havia de pensar. No era una decisió fàcil i mentrestant jugava amb la idea de dir-li Dalila —una Dalila del nou món—. Amb la cridòria, alguns veïns que creuaven el jardí venien a veure què celebràvem, agafaven un got de xampany i un tall de pastís i em saludaven. Així és com se'm va acostar la Susan Sontag, que era una de les nostres residents més reconegudes i vivia al mateix bloc que nosaltres. Em va felicitar i em va dir:

—¿Sap que així assegut, amb el chihuahua a la falda, em fa pensar en en Xavier Cugat? ¿Se'n recorda d'en Cugie? Era de la seva època. —Vaig dir-li que sí, naturalment.— No sé si encara és viu, suposo que no. Fa una pila d'anys em van convidar a un programa de televisió, a Barcelona, i vam coincidir entre bastidors. Ell, esclar, anava acompanyat d'una morenassa que feia caure d'esquena. Jo sempre m'havia pensat que era cubà i resulta que no, que era d'allà i havia tornat a la seva terra. No se'm va acudir res més que dir-li que el trobàvem a faltar.

Li vaig explicar que, certament, en Cugie havia mort anys enrere i que jo era amic seu. Quan se'n va anar, la Susan Sontag va dir:

—Adeu, Cugie! Espero que en facis molts més i sobretot que els puguis celebrar com avui! —i aquell va ser el segon regal del dia. I al chihuahua, que era femella, li vam posar Susie.

Una dècada costa molt de passar, ja ho he dit abans (la Mary alça la vista de la màquina d'escriure i em confirma que encara no repapiejo). Per transmetre rigorosament l'estagnació dels dies, la parsimònia amb què els rellotges van fer la seva feina durant aquells dos anys i mig, ara hauria de consignar amb precisió i detallisme tot el que succeïa i el que no succeïa al meu voltant. Fer-me pesat, carregós, cançoner, una llauna, perquè així poguéssiu experimentar la llangor de qui té més de cent anys i viu en un calendari sense dates. Però ja he dit que tinc el dipòsit cada dia més buit, i a més en Xavier, amb la seva hiperactivitat encomanadissa, m'ho hauria retret. *It's show-time, baby* —¿recordeu?

Sí, els dos anys i mig fins al seu centenari van trigar a culminar-se, i tanmateix el fet que jo ja hagués acomplert el meu, de centenari, em va relaxar. De sobte em llevava al matí i em notava més jovial. Devia assemblar-se a aquella satisfacció beneita que senten els conductors de cotxe quan, al comptamilles, els números avancen i tots de cop canvien per oferir una xifra amb molts zeros. Una harmonia màgica, estètica, i que tanmateix no s'atura i aviat desapareixerà. En el meu cas, l'aparició dels dos zeros va significar que aviat tornava a caminar i a sortir al món exterior, i de tant en tant aconseguia que el meu temps i el d'en Xavier avancessin al mateix ritme. Vaig anar per últim cop a Barcelona, per dir adeu al Ritz i a la 306, i aquesta vegada m'hi va acompanyar la Mary. Dins de la suite vaig reactivar la memòria dels objectes, de les converses, i vaig carregar-me d'energia cugatiana. La Mary té els cabells llargs, d'un castany clar, i segons com li toqués la llum a vegades se'm representava com una dona morena i a vegades com una de rossa.

A mesura que ens acostàvem al 31 de desembre de 1999, s'establia dins meu un combat entre la meva ansietat i la suficiència insultant d'en Xavier. Se m'apareixia de nit entre el son i la vigília, amb l'aspecte de la figura del museu de cera, i em recriminava que no estigués a punt. Duia un paper a la mà i em deia:

—¿Que no ho veus que és el salconduit? No et pot passar res. Té, no el perdis —i me l'oferia, però jo no arribava mai a agafar-lo, i com més a prop estava, més lluny el veia.

Quan faltaven només unes setmanes per al gran dia, tot el món vivia en un estat d'alarma i convulsió per allò que en deien l'efecte 2000 —un nom que jo adoptava particularment per definir la meva fita—. Als àpats de Nadal no es parlava de res més. La Mary intentava aïllar-me de la marea apocalíptica i a vegades es bloquejava: ¿què era millor, tancar-nos dins l'apartament fins al Dia D, com refugiats que esperen una hecatombe nuclear, o sortir a fora i passejar per comprovar que l'existència humana seguia el seu curs normal?

Ens envalentíem i sortíem, i aleshores els preparatius per a la gran festa de final d'any, arreu del planeta, em confirmaven que res no era normal. Ningú es recordava ja de les promeses d'en Xavier Cugat. Els catastrofistes havien reunit prou informació per imaginar-se un desenllaç dantesc, un udol negre que primer col·lapsaria les màquines i després destruiria la civilització pels segles dels segles. Els panxacontents es preparaven per encimbellar la nit i després abocar-s'hi en cos i ànima; si el món s'acabava, més motiu per cremar totes les naus, i si al cap d'unes hores veien sortir el sol, brindarien pel futur i es burlarien dels incendiaris i els fatalistes.

Pensem-hi una mica, i després pensem-hi una mica més. En el fons, em vaig dir, tot allò no era res més que una disputa entre fabulacions. Ganes d'enganyar el temps, cadascú com més li convenia. Igual que jo.

La mascarada s'acostava al seu final. Poc abans de la mitjanit del 31 de desembre de 1999, vaig desitjar un bon any a la Mary i el meu Xavier Cugat Mingall de Bru i Deulofeu se'n va anar a dormir. Des del llit, amb els ulls tancats i els braços encreuats damunt el pit, sentia els petards, els coets, els clàxons dels cotxes i la cridòria de la gent que pujava des del carrer. Els focs d'artifici es van tornar més insistents, el cel retrunyia i tot d'una em va venir la imatge de la mamà, aquell 4 de juliol de feia més d'un segle. Ara en Xavier es pensaria que tots aquells espetecs i retrons omplien el cel per ell, en honor seu, i agombolat per aquella simfonia festiva de la ciutat es va adormir sense sobresalts, com un nadó.

L'endemà de bon matí, un dia més vell, em vaig despertar i tornava a ser jo. Però ja era un altre.

Agraïments

Vull donar les gràcies a Stefanie Kremser, Jordi Cornudella, Josep Lluch, Mercè Ubach, Mònica Martín i Jordi Llavina. Tots ells van llegir la novel·la en diversos estadis i em van ajudar amb els seus comentaris, correccions, dubtes i suggeriments.

Aquest projecte va començar a prendre forma la tardor del 2014 a Nova York, gràcies a l'any extraordinari que vaig viure, convidat com a *fellow*, al Dorothy and Lewis B. Cullman Center for Scholars and Writers de la Biblioteca Pública de Nova York (NYPL). La recerca i la documentació que em va oferir sobre en Xavier Cugat —i tots els indicis que em portaven a la seva Galeria dels Records Inventats— em va permetre entendre millor com havia de ser aquesta novel·la. Durant aquell curs, l'entusiasme de la directora del Cullman Center, Jean Strouse, així com les converses i el suport dels altres *fellows*, van propiciar el marc ideal per començar a escriure. A tots ells, també, moltíssimes gràcies.

De manera desinteressada, per pura atracció pel personatge, al llarg d'aquests anys desenes d'amics i coneguts, i fins i tot algun desconegut, m'han contactat per oferir-me algun detall biogràfic d'en Cugat i companyia que em pogués interessar. Caricatures, fotos, gravacions de ràdio, entrevistes en diaris locals i fins i tot les gravacions privades en què el mateix Cugie narrava alguns episodis per incloure a l'autobiografia. Voldria citar-los tots aquí, però no acabaríem mai. Si llegeixen això, ells ja sabran qui són i que els estic molt agraït.

Tot i que se centra en la figura exitosa i excessiva d'en Xavier Cugat i d'una colla de persones que van coincidir amb ell i van formar part de la seva vida —ja sigui amb el seu nom real o a través de figuracions i artificis meus—, això és una novel·la. Ficció. Fabulació. Més enllà de l'àmplia bibliografia consultada per reconèixer millor el segle que va viure en Cugat, sobretot pel que fa a l'escena artística, o de les hores de música que he escoltat i les pel·lícules que he mirat per entendre què feien ell i els altres artistes del seu temps, hi ha quatre llibres que m'han acompanyat en tot el procés —i que, a la seva manera, són també exemples d'aquesta necessitat de fabular per afaiçonar una peculiar idea de la realitat. Per això no em puc estar de citar-los: *Rumba is my Life* (1948), del mateix Xavier Cugat, va ser el seu primer intent d'autobiografia. Molts anys després, quan va tornar a Barcelona per viure al Ritz, va publicar *Yo Cugat. Mis primeros 80 años* (1981), amb una carta-pròleg de Frank Sinatra, i que reproduïa en part —traduïdes— moltes pàgines d'aquella primera autobiografia americana. Uns anys després, el 1993, Abbe Lane va publicar una novel·la en clau sobre la seva relació amb en Cugie, aquí convertit en un tal Paco Castell: *But Where is Love?* Finalment reservo un lloc principal per a *Cugat* (1995), la biografia de gran detallisme gràfic que li va dedicar l'estudiós i crític de cinema Luis Gasca, i que va comptar amb la col·laboració valuosa del seu germà, Enric Cugat.

Al llarg d'aquests anys, mentre escrivia *Confeti*, han mort els meus pares i diversos amics amb qui havia parlat de la novel·la. Per a ells també el meu record ple d'agraïment.

Comentari del jurat

El jurat ha premiat *Confeti*, una obra exuberant, detallista i molt ben documentada i fabulada que recrea una època i un ambient associat al món de l'espectacle. És una novel·la que converteix una persona històrica (Xavier Cugat) en un personatge literari.

Els Premis Sant Jordi

1961 **L'últim replà** · Josep Maria Espinàs
1962 **Balanç fins a la matinada** · Manuel de Pedrolo
1963 **L'ombra de l'atzavara** · Pere Calders
1964 **La visita** · Ramon Folch i Camarasa
1965 **La derrota** · Estanislau Torres
1966 **El carrer de les Camèlies** · Mercè Rodoreda
1967 **39° a l'ombra** · Antònia Vicens
1968 **Un lloc entre els morts** · Maria Aurèlia Capmany
1969 Desert
1970 **Nifades** · Josep Maria Sonntag
1971 **Fes memòria, Bel** · Vicenç Riera Llorca
1972 **L'enquesta del Canal Quatre** · Avel·lí Artís-Gener
1973 **La casa encesa** · Miquel Àngel Riera
1974 **Pinyol tot salivat** · Josep Albanell
1975 **Un regne per a mi** · Pau Faner
1976 **El temps de les cireres** · Montserrat Roig
1977 **Coll de serps** · Ferran Cremades
1978 **Un home qualsevol** · Jordi Carbonell i Tries
1979 **La senyora** · Antoni Mus
1980 **L'espectacle** · Joan Mas i Bauzà
1981 **Evangeli gris** · Vicenç Villatoro
1982 **Christian** · Toni Pascual
1983 **La teranyina** · Jaume Cabré
1984 **Al meu cap una llosa** · Olga Xirinacs
1985 **Els colors de l'aigua** · Isidre Grau
1986 **Les primaveres i les tardors** · Baltasar Porcel
1987 **Posicions** · Ricard Creus
1988 **Retrat de Carme en penombra** · Agustí Alcoberro
1989 Desert

1990 **Línia trencada** · Ferran Cremades
1991 **El sol de la tarda** · Robert Saladrigas
1992 **Cames de seda** · Maria Mercè Roca
1993 **La salvatge** · Isabel-Clara Simó
1994 **Gràcies per la propina** · Ferran Torrent
1995 **Els fantasmes del Trianon** · Nèstor Luján
1996 **El misteri de Berlín** · Jordi Mata
1997 **L'atles furtiu** · Alfred Bosch
1998 **El Quincorn** · Miquel de Palol
1999 **El llibre de les mosques** · Emili Teixidor
2000 **Sota la pols** · Jordi Coca
2001 **No miris enrere** · David Castillo
2002 **Purgatori** · Joan Francesc Mira
2003 **La meitat de l'ànima** · Carme Riera
2004 **La ciutat invisible** · Emili Rosales
2005 **El metall impur** · Julià de Jòdar
2006 **Sayonara Barcelona** · Joaquim Pijoan
2007 **Les senyoretes de Lourdes** · Pep Coll
2008 **El nas de Mussolini** · Lluís-Anton Baulenas
2009 **Se sabrà tot** · Xavier Bosch
2010 **L'home de la maleta** · Ramon Solsona
2011 **Crim de sang** · Sebastià Alzamora
2012 **Plans de futur** · Màrius Serra
2013 **Dies de frontera** · Vicenç Pagès Jordà
2014 **L'àguila negra** · Joan Carreras
2015 **La vida sense la Sara Amat** · Pep Puig
2016 **El setè àngel** · David Cirici
2017 **Jo soc aquell que va matar Franco** · Joan-Lluís Lluís
2018 **Digues un desig** · Jordi Cabré
2019 **Les amistats traïdes** · David Nel·lo
2020 **L'aigua que vols** · Víctor García Tur
2021 **Morir-ne disset** · Sergi Belbel
2022 **Les nostres mares** · Gemma Ruiz Palà